无字碑主 武则天

李端科◎著

内蒙古出版集团
远方出版社

图书在版编目(CIP)数据

无字碑主——武则天 / 李端科著. - 呼和浩特:远方出版社,2014.4

(唐宫红颜系列)

ISBN 978-7-5555-0159-6

I. ①无… Ⅱ.①李… Ⅲ.①长篇历史小说-中国-当代 Ⅳ.I247.5

中国版本图书馆 CIP 数据核字(2014)第 055342 号

唐宫红颜系列　**无字碑主——武则天**

作　　者	李端科
责任编辑	刘洪洋　蔺　洁
插　　图	马东原
封面设计	晓　乔
出版发行	内蒙古出版集团　远方出版社
社　　址	呼和浩特市乌兰察布东路 666 号 (电话 0471-2236466　邮编 010010)
经　　销	新华书店
印　　刷	内蒙古爱信达教育印务有限责任公司
开　　本	710×1000　1/16
字　　数	380 千
印　　张	26.5
版　　次	2015 年 1 月第 1 版
印　　次	2015 年 1 月第 1 次印刷
书　　号	ISBN 978-7-5555-0159-6
定　　价	39.00 元

【前言】

武则天出生在初唐时的大官官之家。她父亲虽为出身低贱的大木材商，但当时却爬上了工部尚书、六尚书事的高位（相当于现在的工业部长）。她母亲杨氏是隋炀帝的堂侄女，属于贵族，生得俊美，是她父亲的续弦。由于她父聪母俊，加之生活富裕，她营养良好，所以她生来就聪明异常，艳丽非凡。

她14岁时便使唐太宗及太子李治对她一见钟情、销魂入迷，并被太宗封为才人。

26岁时太宗驾崩，她被迫出家为尼，却也是为掩人耳目，施“欲进先退”之计。不到两年，高宗即接她回宫，封为昭仪，上演了子纳父妃的丑剧。

她回宫后，妙计百出，大肆揽权。首创“建言十二事”，以取悦官员、收买人才、讨好百姓、树立私恩。但为了快速掌权，她心狠手辣地掐死女儿，以此嫁祸给皇后，夺取了凤冠，号称“天后”。从此，她开始“垂帘听政”，之后“二圣临朝”。至此，她已是独揽朝纲，挟天子以令诸侯，并私通男宠。

她好大喜功，趁祭祖、封禅之际，大兴土木，建庙塑神，以愚弄百姓。因她挥霍无度，国库空虚，物价飞涨，不得已改铸新钱，以一当十。百姓不行（不使用），又恢复旧币。同时，国疆不稳，丢失西域四镇十八州。

她59岁时，高宗驾崩，她遂以太后身份临朝，先后立第三、四子为傀儡皇帝（第一、二子早被毒害致死）。期间，她怂恿无赖酷吏残酷镇压不服己的旧臣元老，血雨腥风，弥漫全国。直到后来，她弄得“冤案迭出，百无一实”，杀戮流放者成千上万，使得天下“人人自危，惶惶不可终日，道路（相遇）以目示意”……

武则天见时机成熟，怂恿一批奸佞“上表劝进”，并终于登极，改国号为“大周”。

登极之后，她唯恐有遗老遗少唆使儿子篡权，故设立“铜匦”，盛开告密之门，“实者重赏，不实者不予问罪”，于是诬告者蜂起，或贪功图赏，或挟嫌泄愤，流毒四溢。忠臣良将纷纷被害下狱；三子被贬而又贬；四子亦被株连，险些丧命……如此情形引起刚直不阿的谏官纷纷上疏，告发酷吏。

武则天眼见冤魂载道、民怨沸腾，有危社稷，才佯称是受酷吏蒙蔽，将责任一推而光，遂起用一批忠良去制裁酷吏。但当天下大安、忠良功高震主之时，她又重新起用酷吏，致使宰相李元素等三十六家被残杀。当酷吏的阴谋被揭露之后，她又故伎重演，推卸纵容之责。翻手为云，覆手为雨，使忠良同酷吏奸佞之间鹬蚌相争，互为残杀。她却把玩制衡之术，两面讨好，坐收渔利。

总之，在政治上，武则天在当政之初虽多有革新，如爱才，扶植庶族进步势力，破格用人，有爱民之心，反对腐朽保守势力，打击那些苛剥百姓的罪行。但她玩弄权术，亦造成了冤杀流放无辜成千上万的惨剧，物极必反，得不偿失。

在经济上，由于她重视政治、轻视生产，且好大喜功，常常大兴土木，建庙塑像；在生活上，她骄奢淫逸，腐化堕落，挥金如土。因此在她统治的中期，便“赋役繁重，民无以堪”，到垮台之际，则“数年以来，公私俱竭，户口耗减。家无接新之储，国无备荒之蓄。百姓衣牛马之衣，食犬彘之食……或起为盗，或四处流亡”，已形成岌岌可危的局面。

在军事方面，在她统治中期就丧失了西域四镇十八州，三十六年后方得收复。其时，“北狄西戎作梗，调发伤重，家道悉破，或至逃亡，剔屋卖田”，当她垮台时，“丁壮尽于边塞，孤孀转于沟壑，十室而九空……军屯积年，差勒阖宅逃亡”，严重破坏了唐初“偃武修文”的睦邻关系。

在文化方面，在她统治的晚期，“以武氏诸王及驸马都尉（即王孙贵胄子弟）为成均祭酒（国学最高长官），博士助教亦多非儒士，学生不复习业（对科举失去兴趣），二十年间学校殆废。酷吏乘间专欲（诬告），杀人以求进（谋官）”，学风可谓是一片狼藉。

综观以上情况，在武则天统治的四十九年间，除政治上有所创新，可算“功过参半”外，在经济生产、军事和文化方面都比唐太宗及之后的唐明皇时期倒退了不少。根据惯例，对帝王“功过”的评价，应按其“是否推动了历史的前进，是否促进了生产力的发展，是否改善提高了人民的生活”这三个标准来衡量的，那么，武则天则应是“过大于功”的。她统治的时代恰处于唐太宗的“贞观盛世”和唐明皇的“开元中兴”之间，形成了一个马鞍形的下凹情形，称之为“依上赖下”较为合适，即上依“贞观”遗泽，下赖“开元”中兴。另外，若无“倒退”，何需“中兴”？所以，不能将她溢美为“承上启下”。她的功劳只有三件：“武举”、“南选”、“建言十二事”。

最后，谈一下有关她私生活描写尺度上的问题：她有五个男宠，书中只涉及四名。笔者认为，她是比较淫荡的，但比之拥有三宫六院七十二妃的男皇帝却是强之百倍，因此对她是略有开脱的。虽然对此也有些半详不略的描写和渲染，但是既不回避，也不夸张。

总而言之，笔者的写法是比较实事求是的，遵循着“七成事实，三成虚构”的原则，既强调了“戏剧性、故事性”，又保持着“事实大致不错”的精神！

本书在格调上，是属于雅俗共赏的；在主题上，是新奇有趣的——旧题材写出了新意，不盲从权威人士；在情节上，是曲折引人的——展卷后令人爱不释手；在语言上，则流畅不俗，可口宜人。

【卷首语】

词曰：

垂帘听政首创，
钗裙登基第一。
求贤薄赋“十二事”，
焉何半途遗弃？
罪缘穷奢极欲，
滥刑信谗多疑。
上依“贞观”遗泽长，
下赖“开元”扶起。

目录

楔子

隋朝末年，太原城里有个木材商人，名叫武士彟，乘隋炀帝暴虐无道、死人众多之际，贩运棺木，发了大财。但他因没有权势，时常受地痞敲诈勒索，便趋势钻营仕途，以解心头之恨。他见天下大乱，到处分裂割据，隋炀帝又游幸江都难归，心想留守李渊有可能发难，便在茶馆闲聊时，煞有介事地道："昨天夜里，我梦见太原留守李渊到长安当皇帝去了。"

茶馆里鱼龙混杂，各色人物皆有，武士彟的话很快就传到李渊的次子李世民的耳朵里。李世民曾数次劝父起兵，皆遭拒绝，听此消息，不胜高兴，立即登门拜访，请武士彟去劝说父亲。

一天傍晚，武士彟手持羽扇，蹒蹒跚跚，似痴如癫，来到留守客厅，靠椅就座。李渊见此人行迹蹊跷，问道："雅士前来，有何贵干？"

武士彟不卑不亢，单枪直入道："我昨晚做一个好梦——梦见大人到长安当皇帝去了。"

李渊道："隋炀帝迁都洛阳，我称帝也不该去长安呀！"

武士彟道："长安历来为开国发祥之地，西周、前汉无不如此。而洛阳往往是亡国之处，东周、后汉皆然。"

李世民一旁插话："我听到一首民谣：'江南杨花败，河北李花开，黎民争（贞）观幸福来。'先生可知道吗？"

武士彟道："晋阳城内家喻户晓，妇孺皆知，更何况我前知千年、后知百载呢！"

李渊道："如此说来，你定是术士了。请问百年之后，我的前程如何？"

武士彟端详了一下他的容貌，佯为一惊，哈哈大笑道："大人天庭饱满，地阁方圆，龙睛含威，双耳垂祥，分明是帝王之相。不出三年，必登金銮。"

李渊心中一动，"万一不成，家有灭九族之灾，可如何是好呀？"

武士彟道："谋事在人，成事在天。既有天命，必有神助。如蒙不弃，吾愿为大人效劳。"

李世民道："周文王访贤拉辇八百零八步。刘备拜诸葛亮三顾茅庐。如今雅士登门，可真是天助我也！"

李渊道："好，设宴款待。"遂又问道："不知先生尊姓大名，家居何处？"

武士彟道："小人姓武，名士彟，乃晋阳城内木材商人，虽不敢夸富，但可称小康之家，衣食无虑。"

李世民举荐道："他乃晋阳城内十大商人之一，可不是油嘴光棍跑江湖骗钱的。"

李渊道："孩儿怎么知道的呀？"

李世民忙掩饰道："我……是在茶馆听到的……"

说话间酒宴备齐，李渊让武士彟上座。他毫不谦让地坐了上去。酒过三巡，李渊道："曹操煮酒论英雄；诸葛亮未出茅庐，就知三分天下。不知先生对当今的时局有何看法？"

武士彟道："隋炀帝荒淫无度，穷奢极欲，已经失去了民心。且他独断专行，被群奸包围，残杀忠良，将相离心，已成四面楚歌之势，危在旦夕。"

李渊道："如今群雄四起，这残局如何收拾？"

武士彟道："天下大事分久必合，合久必分。而最强者莫过于王世充、窦建德和李密数子。但他们不是有文无武，就是有武无文，终难成大器。常言道：'好将不在多。'大人有一、二公子，师无不克。"

李渊心花怒放，捋捋胡子，连给武士彟敬酒三杯。正欢叙之间，李渊四子李元吉匆匆忙忙跑了进来，气喘吁吁地道："隋炀帝遣使送旨，召父亲去江都陪驾。此行凶多吉少……"

李渊顿时惊慌失措，连问："这可如何是好？"

李世民急中生智，同武士彟一阵耳语。武士彟当即道：“常言道：‘先下手为强。’绝不能束手待毙。”于是就如此这般向李渊献策。李渊见事已至此，也只好采纳。便急忙摆起香案，请使者进来，三拜九叩接旨。

只听使臣念道：“敕令太原留守李渊，速来江都，计议剿灭群寇之策。钦此。”

李渊接罢圣旨，重赏使者，盛情款待。次日晨起，立即起程，副留守王威等陆续前来送行。待人员到齐，使者忽然又掏出一道圣旨：“王威接旨。”于是念道：“敕令太原留守李渊将叛贼副留守王威斩首示众。钦此。”其实这两道圣旨，皆系李世民的计策。

王威挣扎道：“其间有诈……”士兵蜂拥而上，不容分说将他捆牢，绑赴刑场。于是李渊开仓济民，以去长安拥戴恭王侑的名义，令次子世民、长子建成和四子元吉为先行，挥军五万南下。李渊父子一路上势如破竹，所向披靡。又招抚郡县和沿途草头王兵马五万，第十天就抵长安城下。这时李世民有个叔父名叫李神通，好侠重义，在雩阝南山避难，闻李渊父子起兵后，也立即集结英豪赶来围城。

恭帝杨侑系炀帝的孙子，年虽十五，心中也十分明白，李渊打着拥戴自己的旗号，只不过是掩人耳目的权宜之计。但是自己的将相皆系昏庸之辈，守军亦不过五万，困居愁城，插翅难逃。与其终必被擒，不如送个人情，或许能侥幸于万一。所以把守两天之后，他便率文武百官迎接李渊父子入城。并立即在太极殿拜李渊为相，封地十郡，拜李世民为英武将军，建军、元吉皆为兵部侍郎。

李渊心中暗笑：“我难道是为这十郡地而来的吗？我可不像小孩子那么好哄。”但初来乍到，他也不便立刻揭破，只好佯作谦诚的样子，跪下谢恩，口呼“万岁”不迭。

召拜毕，李渊将家眷全部安置妥当。李世民把原来的侍卫召集起来告慰道：“你们皆离家数年，思乡之情日增。每人发白银十两，你们可速回家团聚。”众人听罢，无不欢喜雀跃而去。恭帝见状，似霜打的烟叶，预感到前途渺茫，终日郁郁寡欢。

不到数日，隋炀帝被逼自缢的消息传来，恭帝彻底绝望，遂禅位引退。

李渊登基后，改元武德，国号唐，自封高祖，诏令天下。于是东自商汴，南尽巴蜀，诸郡县长史、氐羌酋长纷纷请降。此开国元勋首推李世民和武士彟，论功行赏，封李世民为秦王，位列三公之上；武士彟为太原郡公，检校并州督军。

欲知后事如何，且听下回分解。

第一回

媚娘诞辰满朝庆贺
都督屯田载路歌谣

武德七年三月五日，国都长安春花烂漫，温和宜人。在皇城东隅龙首渠畔，有座豪华的官邸，三面临水，背靠假山，绿柳红墙，曲径通幽。那宽敞明亮的客厅里，红毡铺地，雅乐盈耳，喜气洋洋，正在举行盛大的宴会。这是右厢卫将军武士彟的续弦杨牡丹生了一双美丽无比的女儿，正庆贺满月。唐高祖竟然率领丞相、礼部尚书和秦王李世民等将相驾临了。

原来武士彟当年为了勤政，将家眷留在长安，只身赴任并州，两个小儿夭殁，其妇亦亡。高祖念其忠心可嘉，遂擢他为右厢卫将军，并为其保媒："卿在并（州）督军之日，两儿患重（病），以至于殁，亦不赴问。去年儿夭，今日妇亡，以身殉国，举无与此。今有遂宁公杨达，英才冠绝，有女志行贤明，可以辅德，降敕结亲。"

杨达为谁？乃隋文帝时的工部尚书，隋炀帝堂兄杨雄的胞弟。其女杨氏，乳名牡丹，身材苗条，面若芙蓉，真是名副其实，足够艳丽。杨家兄弟姐妹都十分聪明漂亮。杨雄之子杨师道曾被高祖之女，新寡的桂阳公主看上，再醮为驸马。杨氏之侄女亦被李元吉纳为妾，后来又被唐太宗封为淑妃，此系后话，暂搁不提。

且说武士彟见高祖驾临，急忙命杨氏把一双孪生女儿抱将出来，让宾客们观看。本来她俩的荷容月色已够艳丽，加之穿锦披绣，佩金戴玉，霎时辉耀客厅，满室生香。高祖接过来抱在怀中，左右亲吻一阵，夸赞道："大者面如牡丹，小者容似荷花。"李世民端详一番，也赞道："依儿臣看来，二者虽然都貌似天仙，但大者眼神不若小者机灵。而牡丹为花中之王，所以父皇评定过悬。”礼部尚书裴寂急忙立起调和道：“莲花出淤泥而不染，品质高洁，虽不为花王，亦称为花圣，似不为过。”

武士彟亦趁机附和道：“臣以为圣意最善，愿按旨取名，可好?”

秦王李世民道：“民间女儿常以牡丹、莲花取名，俗不可耐，且母女同名亦为不当。儿臣以为不若用‘丽娘’和‘媚娘’，文雅有致。”唐高祖捋须凝思片刻道：“就依皇儿是了。”

武士彟夫妇听罢，一齐跪下谢恩。

丞相封德彝专善于揣摩献媚，讨好圣意，趁机奏道：“臣才疏学浅，但忽然灵机一动，似有神助，诌出四句诗来：

御赐姻缘动皇天，
孪生谪仙在人间。
福有双至成先例，
满月朝天更空前。

唐高祖听此颂诗，越发高兴，笑得眼睛眯成了一道缝儿，因道：“好个福有双至！朕今日再擢武卿两级，为工部尚书。”

武士彟夫妇本来就有些受宠若惊，忽又闻旨升赏，不约而同地跪下谢恩道：“皇恩浩荡，当尽死节，孝忠陛下！”尚书裴寂为了讨唐高祖的欢心，也接着和诗一首：

母因子贵传佳话，
父为女显不常有。
黄尚李膺俱乘龙，
谁比西施美名久?

秦王李世民亦和道：

谪仙当朝好时节，

圣君明臣看未歇。

春闺长成及笄日，

敢教三宫尽咨嗟。

高祖觉得此诗虽然不错，但稍显轻薄，遂宣谕饮宴。杨牡丹将丽娘和媚娘抱入卧室。

宴席非常丰盛，山珍海味，应有尽有：玉珠天鹅、莲子海参、猴头燕窝、凤尾龙虾、红扒熊掌、蟹黄鱼翅、桂花银耳、芙蓉干贝……干鲜果品，一应俱全：荔枝、龙眼、栗子、核桃、白果、银杏、蜜橘、枇杷……餐具亦是精致无比：金壶、银碗、夜光杯、象牙筷、翡翠碟、八宝盆……

两个婢女身着春衫，佩金带玉，手托葡萄美酒，齐眉相敬。

武士彟举起酒杯道："皇恩浩荡，光照四域，祝吾皇万寿无疆！"众将相一起陪唐高祖欢饮，但刚到唇边，唐高祖感觉味道不对："此酒为何有酸味？"原来是杨氏张皇失措，把醋误为酒。武士彟尝罢急忙让婢女更换，然后又举杯道："天下一统，国泰民安，祝大唐江山万古长青！"众将相陪唐高祖一饮而尽。

酒过三巡，秦王李世民举酒道："既有国色二女，必招乘龙快婿，祝武尚书双喜临门。"众人又欢饮一杯。

接着，武士彟奏请高祖颁行联句酒令：第一句用成语，且含顺序数字；第二句用有关圣君贤相的典故；第三、四句用诗经，且同前两句意思一致。合格者饮酒一杯交令，不合格者罚酒三杯。

高祖道："很好，贤卿可先做个示范。"

武士彟道："按座次臣为第六，就先献丑，抛砖引玉是了：六出奇计，死而后已。率土之滨，莫非王臣。"

高祖听罢，十分高兴，道了一声"好"，武士彟饮酒一杯交令。

下面即按座次开始，高祖凝思片刻道："一呼百应，稷契周伊。四黄既驾，两骖不猗。"

众人齐声称好，高祖饮酒一杯，交令给丞相封德彝。而封德彝年老体衰，脑子迟钝，良久方凑出四句来："两相情愿，文王拉辇。薄言还归，醴酒有衍。”

武士彟道：“此四句只歌颂了周文王访贤下士的美德，但未点出姜子牙的贤才，并且用美酒作为钓饵，亦为不妥。所以臣以为不合格，应罚酒三杯。”

众人认为有理，一致赞成。封丞相只得认罚，饮完三杯方交令给秦王李世民。

李世民是第三位，早已打好腹稿，脱口而道：“三生有幸，梦见周公。既见君子，展也大成。”

周公虽为贤辅良宰，却有弑兄屠弟之举。而今秦王同太子和齐王兄弟之间亦有嫌隙，此联似为不妥，但众人皆不敢说破，武士彟遂和道：“合格。”立即交令。

大将军李靖为了迎合秦王，亦顺水推舟道：“四海为家，光武中兴。王于兴师，与子偕行。”

众人皆装聋作傻，认其为合格交令。

最后是礼部尚书裴寂，他较为圆滑，只泛泛而谈：“五谷丰登，大舜南巡。实维丰年，室家溱溱。”

酒令到此完成，大家又共饮一杯。高祖心事重重，面带愁容，用餐毕，快快不乐，立即回宫。武士彟见高祖不快，随即跟进宫去。

高祖正躺在床上唉声叹气。武士彟趋前问道：“陛下从寒舍归来时，面色不悦，莫非是为臣款待不周？”

高祖欠起身子，慢声细语道：“建成中庸无才，因为居长，立为太子；而世民功高望众，英武有为，封为秦王。如今两人嫌隙日深，大有同室操戈之势，吾又不忍效法隋文帝杀子的故事。贤卿素多智计，可有良策？”

武士彟对太子和秦王不睦早有所闻，故胸有成竹地道：“秦王不仅英武超群，功高望众，且又礼贤下士，仁柔著称，堪可继承大业。但太子为嗣日久，羽翼已就，又无大过，不可轻废。故请效法汉梁孝王（汉文帝之子）故事，让秦王赴洛阳，太子去蜀中，以秦岭为界，分别建立旗号为宜。”

李渊听后，甚嘉其言，于次日早朝时赐他锦缎十匹，擢判六尚书事，以彰其功。岂料当时的左丞相肖瑀，嫉贤害能，媚上欺下。其人系隋炀帝肖皇后的胞弟，当时任侍郎，谏言炀帝以女义成公主和亲突厥，恃功骄矜，贬为河池郡守。只因执郡归唐，又拥护唐高祖的均田制，将关内数十顷田宅，除庙祠奉祀外，全献给宗室，深获恩宠，晋升为左丞相。但他的才智远逊于武士彟，因此他早怀嫉恨。今见武士彟即将超越自己，便引经据典，暗向唐高祖进谗道："历来制度，商人和工匠杂流出身者，不得居五品。而武士彟已官至三品，传至四海之外，必将有失国统，请速左迁州县为妥。"

唐高祖认为他言之有理，恰逢扬州都督李孝恭谋逆，被押解入京，遂将武士彟招来婉言措辞道："扬州为古九州之一，是东南的名胜，隋炀帝曾三次游幸，欲迁都于彼，筑有豪华的迷楼宫殿。李孝恭亦做起偏安的美梦。朕思之再三，唯贤卿最为可信，拟敕汝赴任，不知意下何如?"

武士彟十分机灵，即猜知肖瑀进谗。他觉得扬州确为名胜古城，幽雅宜人，曾有"腰缠十万贯，骑鹤下扬州"的佳话，渴望一游。且可免除在朝中受人歧视的境遇，所以心中十分乐意，立即拜旨。

启程那日，时值暮春，两堤垂柳绿满天，三月烟花红满地。风和日丽，落英乱坠。紫燕迎舟贴水争飞，莺歌声里人欲醉，真是个迷人的天气。

武士彟生长在北方，头一次见此江淮旖旎的风景，简直入了迷，唯恐行舟太急，晚起早宿，半月方到任所。

官邸自然选择那隋炀帝的迷楼，其豪华如何？有诗为证：

富丽千门柳垂绿，
静雅万窗花映红。
依人栏杆饰金凤，
擎天玉柱附蛟龙。
五彩画廊曲邃深，
一色幽室洞房明。
唯见珠光腾宝气，
谁知雕梁几多重?

杨牡丹住进迷楼，真可谓金屋藏娇了。次日一早起来，武士彟夫妇把两个女儿打扮得花枝招展。他们为了饱享天伦之乐，摒去侍卫，只携两个千金，游览隋宫观音园。他们自迎春门而入，沿回廊东上，一路上，奇石堆秀，清泉明丽，花草竞茂，亭台络绎。时走时歇，约一个时辰，方到岗顶观音阁。极目四眺，宫殿楼阁的豪华，炮山河（瘦西湖）的湖光山色，长江的辽阔浩渺，名寺佛塔的古朴典雅，尽收眼底。更那鹤翔长空，粉蝶双飞，花香鸟语，调情惹趣，武士彟夫妇坐于石凳上搭肩偎依，甜情蜜意油然而生。两个女儿采花扑蝶，嬉戏左右，十分惬意。直至日西，他们方有些饥意，吃些茶点，向蜀岗南麓的仙鹤池走去。池中三亭鼎立，四面环山，垂柳匝地。画桥相连，仙意盎然。云映水中，人在云上，宛似登上天宫灵霄，忘乎所以。他们许久未归，急得家仆侍卫们四处寻找，原来是路生林密，迷入了花径，回到住所已是二更时分。

武士彟被这江南景色所迷，真正感到"山奇水秀胜中原，园林绝佳非人间"，暗自赞叹隋炀帝葬身于此也算不辜负一生了。他连游三日，仍不过瘾，又决定兼察民情，去游金陵。

是日晨起，晴间多云，薄雾缭绕，烟波飘渺，更有说不出的诗情画意。早餐毕，他即令家人童仆四人，备好雨具，登舟启程。穿长江，过瓜州，桃柳夹岸，舟楫如梭，青峰千嶂，河渠万条，处处如画，一路红明。金陵城郊，龙盘虎踞，大江东去，气势磅礴，蔚为壮观。玄武湖荡漾于东，秦淮河抱城西流，真不愧为古都名城。他连游十天方归。武士彟本来读书不多，但不禁为此美景所迷，拈起笔来，诌了一首《七古》：

满城山色浮王气，
两湖春水绿万家。
六朝遗迹依稀在，
馆娃宫里愈繁华。
绣户楼台红烂漫，
杨柳院落幽无涯。
人生合当此地老，
胜却桃源种桑麻。

一日，行至杨子县，忽遇一农夫，手持状纸，拦轿喊冤："青天大老爷，民女刚十五岁，被县令之子抢去……"

武士彟接过状纸，看罢道："你回家等候，我即刻查办!"

"多谢青天大老爷!"农夫叩头不迭，直至轿过很远方起。

媚娘第一次看见这等情况，因问道："爹爹，他叩头干啥?"

武士彟笑道："他求我给他申冤哩。"

媚娘道："怪好玩的，那你也给我叩头申个冤。"

武士彟道："你也没当官，哪有给你叩头之理。"

媚娘道："我长大了，要当大大的官哩。"

武士彟道："等你当了大官，再给你叩头不迟。"

媚娘道："不行，不行，你现在就得给我叩头!"

武士彟道："不不不，我是你爹哩！你当了官，我也不能给你叩头，除非你当了皇帝，我才能给你叩头。"

媚娘道："我现在就当皇帝，你现在就得给我叩头!"

武士彟道："你现在这么小，咋能当皇帝呀?"

媚娘道："你前天跟我说，西汉孺子婴，两岁就当皇帝了。我现在就当，我现在就当……"说着说着，竟躺在轿里打滚哭闹起来。

武士彟回到衙门，立即查办了原都督李孝恭的女婿王铁柱强抢民女一案，又发现他兼并农民土地三千户，于是来了个先斩后奏。

武士彟随即下了一道开辟田畴的法令：

(一) 新开土地，十年免赋。

(二) 开田二十亩以上者，免赋免徭。

此令颁布，人心大快。数月之后，歌谣载路：

扬州鱼米乡，
本是个好地方。

自从来了隋炀帝，

三次遭兵荒。

十室有九空，

家无隔夜粮。

来了个新都督，

精明有主张。

开荒不交租，

污吏一扫光。

夜晚不闭户，

人间变天堂！

武士彟闻此歌谣，非常害怕，深恐“功高震主”。

恰在此时，接到邸报，李世民于玄武门弑兄屠弟，登基改元贞观，号曰太宗。

历来是一朝天子一朝臣，武士彟遂决定携眷回京，一是恭贺新君，二是乞休引退，以保全名节。

欲知是否准奏，且听下回分解。

第二回

武士彟数语激群臣 唐太宗一言退千军

武士彟回到长安，当晚就去觐见太上皇李渊，寒暄毕，即表明乞休引退之意。

李渊道：“吾儿世民英武仁孝，堪为良嗣明君。虽不悌弑兄屠弟，实为逼不得已。太子建成和元吉曾三次谋害世民，路人皆知。且他任人唯贤，不计旧恶，太子洗马魏征，曾划策谋害世民，而今仍授谏议大夫要职。贤卿当年曾助他劝我起兵，封汝为十四名开国元勋之一。新勋旧功具备，何患之有?”

一席话说得武士彟心悦诚服。适逢次日唐太宗召集庆功宴，他便欣然出席。

宴会开始，太宗御定三品官六人：右丞相封德彝、左丞相房玄龄、兵部尚书杜如晦、刑部尚书李靖、元帅尉迟敬德、谏议大夫魏征。其余官爵由内侍宣唱名次入座。

宣唱完毕，太宗道：“卿等勋赏，若有不当，皆可自言。”

于是众人窃窃私语，纷纭不已。淮安王李神通首先站起来高声嚷道：“陛下和太上皇太原起兵之初，臣首先响应于关西，实为开国元勋，而房玄龄和杜如晦皆秦府的刀笔小吏，今为丞相，功居臣上，臣甚是不服。”

太宗郑重地答道：“叔父虽然首先举兵，响应义旗，但窦建德占据山东时，叔父全军覆没。而房玄龄和杜如晦等运筹帷幄，坐安社稷，呕心沥血，夜以继日。论功行赏，故宜在叔父之上。”

只说得淮安王无语答对，羞愧地坐了下去。

房玄龄也起立奏道："秦府的旧人，有些反而在原东宫太子旧人魏征、王珪之下，似为不当!"

太宗道："王者至公无私，才能服天下民心。故设立官职，宜用人唯贤，不能私亲。若新而贤，旧而不肖，岂能舍新而求旧乎?"

群臣见太宗既不偏厚叔父，亦不从优秦府旧人，堪称大公无私，都心悦诚服。于是开宴畅饮。

宰相房玄龄首先举杯道："为皇帝陛下功盖天地、光泽九域干杯!"

群臣一饮而尽。

谏议大夫魏征举杯道："为皇帝至公无私、恩照日月干杯!"

群臣又一饮而尽。

兵部尚书杜如晦举杯道："愿吾皇万岁！万岁！万万岁!"群臣又一饮而尽。

之后，便猜拳行令，畅饮狂欢起来。约过了一个时辰，有些酒量小的，便衣帽不整，胡言醉语起来。

元帅尉迟敬德下座位给杜如晦敬酒之际，皇叔李道宗暂坐了他的座位。他归座时，腾挪晚了会儿，尉迟敬德怒道："你莫非想僭居臣上?"李道宗因他态度不好，亦怒道："我就僭居你这个黑头之上，你能如何?"尉迟敬德是动武惯了的，大叫一声："我叫你下十八层地狱!"说着照李道宗脸上就是一拳，霎时李道宗满嘴流血。

李道宗高呼道："元帅无理，宴上伤人，请皇帝陛下做主啊!"

太宗怒道："大胆尉迟敬德，庆功宴上竟敢打伤皇叔，傲慢若此，罪在不赦!"

尉迟敬德道："只为他违犯座次，蔑视臣下!"

太宗道："他违犯座次，你就该和他讲理，岂能动手就打，你莫非想造反不成?"

尉迟敬德有些酒醉，便恼羞成怒，恶声恶气地道："陛下重文轻武，封赏不公，臣就是要造反!"

太宗怒道："大胆，绑起来!"

房玄龄急忙上前劝解道："尉迟敬德元帅恶言犯上，盖为酒醉恼羞所致；打伤皇叔，亦系失手误伤。请陛下息怒！”

“我就要造反，我的反状很多呀！”尉迟敬德说着就把衣服解开，手指着满身的伤道：“这都是我的反状！”不禁痛哭起来，“想当年我随万岁南征北战，在河东，单雄信追赶万岁，正当万分危险之际，臣上前大喝一声‘看鞭’，我打他一鞭，他扎我一槊，方落荒而逃，使万岁脱了险……”

太宗也不胜内疚道：“卿勿再说了，朕方才言语不当，已悔之不及。”并转向群臣道：“为时不早了，可以散宴了。如有人认为封赏不当，仍可以进谏。”

这时肖瑀已因离间朝臣被罢相，降为监察御史。但他恶性难改，时时窥测机会，妄图复职。遇此良机，岂肯放过，竟不顾太宗谕旨，又冲着武士彟抢言道：“按隋朝制度，商人出身者，不但不可任五品官，也不可和宰相同席。且闻武士彟在扬州任上取悦百姓，散布民谣，树立私恩，居心叵测，罪莫大焉！”

武士彟乍闻恶言，未免一惊，但他心中无愧，霎时神情自若，侃侃回奏道：“民谣属实，但不知‘散布’之论何据？在下左迁扬州，系出身寒微所致，责不由己。且肖丞相曾居一人之下、万人之上，尊荣已极，因离间朝臣，降为监察御史，乃咎由自取。前事不忘，后事之师，老兄竟健忘若是，实为可怜可悯！”

肖瑀受此奚落，恼羞成怒，咆哮起来：“百姓皆不才无学，岂会诌出如此文雅的歌谣？若非都督散布，亦系暗中指使，否则为何不制止，任其流传？”

谏议大夫魏征气愤不过，横眉怒目插言道：“难道不使地方官吏受百姓颂扬、众口皆碑，而遭万人唾骂、怨声载道才好吗？”

肖瑀气急败坏，反唇相讥：“我道是谁发此阔论，原来是‘一臣不保二主’的魏大夫！”

魏征坦然自若，据理力驳：“肖丞相在后梁时封新安王，入隋朝以国舅拜为侍郎，归唐后累迁要职，实为三朝元老，以‘百步笑五十步’尔！”众人哄堂大笑。太宗本欲制止争辩，但又想借此机会让群臣畅所欲言，便听之任之。

肖瑀搬起石头砸了自己的脚，理屈词穷，反驳道："魏大夫乃是以'五十步笑百步'尔!"

武士彟道："实应为'三十步笑百步'，比'百步笑三十步'已强之三倍，而且吾等皆欲乞休，功成身退。而不似丞相，每每欺下媚上，投机钻营，厚颜无耻，登峰造极。"

肖瑀又挣扎道："请问武都督是回京乞休哩，抑或探风摸底、献媚求荣呢?"

武士彟道："吾已携眷而归，听由陛下取舍。"

魏征道："武都督若是树立私恩、取悦百姓，何不趁此新君即位之机，揭竿而起，而携眷入京耶?"肖瑀还欲狡辩，寻找台阶，太宗制止道："已至申时，卿等勿再多言，可速退下。"

肖瑀道："陛下莫非有所偏向? 焉何待我启奏时而令休止呢……"

正说之间，忽有侍卫入奏道："突厥扬言率百万大军，已兵临城下，至渭水河边，现遣使者执失思力在承天门外求见。"

众人闻此奏报，不禁愕然。太宗凝思片刻道："敌人突至，情势紧急。请众卿权衡利弊，速进良策。"肖瑀正尴尬莫名，忽闻太宗求计御敌，争先奏道："常言道：'知己知彼，百战不殆。'敌军百万，兵临城下，而我军多在边境，长安只有十万人马，众寡悬殊，战则必败，只有议和一条出路。"

魏征驳道："敌人突至城下，气汹势猛，倘若议和，必然条款苛刻，与投降无异。"

右丞相封德彝道："突厥屡次侵犯中原，皆为贪图玉帛、女子，不如焚长安，迁都樊邓二州。长安既空，敌兵自退。"

太上皇高祖认为言之有理，御史肖瑀和左卫将军侯君集也竭力赞助。

左丞相房玄龄不以为然："突厥为患已久，陛下曾数次同他较量，知其所短——多系有勇无谋的乌合之众。我们现有精兵百万，足以御敌。只是敌军突如其来，我们有些措手不及，可暂用缓兵之计，徐徐图之。若迁都避敌，岂不贻笑四海、蒙百世之羞吗?"

兵部尚书杜如晦道："敌人先前号称百万大军，但已众叛亲离不少，如今至多不过十万。且他们深入我方城郊，归路逾两千余里，必有恐惧和后退之忧，可用疑兵之计。”

太宗见武士彟缄口不语，问道：“武卿素多智谋，焉何不言？莫非还为方才同肖卿的论辩心中不悦吗？如今大敌当前，请卿以大局为重，为朕划策，替国分忧才是。”

武士彟激动地站起来回奏道：“历观兵临城下议和者，无不以苟安开始，惨败告终。但善于媚附的奸臣，则往往能全妻保子，另获新宠。而陛下为臣俘，大唐江山必将倾覆，数年征战之功毁于一旦，大众百姓永受铁蹄蹂躏之苦矣！是战是和，请陛下细思，圣裁是了。”

太宗听后，觉得武士彟数语既含讥讽肖瑀之意，又是至理之言，遂断然宣谕道：“历代帝王皆以华夏为贵，而蔑视四异，故边境常有外患。朕以为我是人也，突厥也是人也，岂无人心？故朕欲轻骑独出，喻以礼义，平等相待，缔结友好。”

御史肖瑀认为不可，跪在太宗跟前，固谏：“突厥悍野，数次违约，岂可御驾亲出？”

魏征道：“可伏兵于后，预防不测，先礼而后兵。”

太宗道：“吾意已决。可将使臣暂且囚禁，敕令李靖带兵五万布于北郊渭水之滨，尉迟敬德护卫，房玄龄、魏征、杜如晦、武士彟随朕前去。京城防务悉请太上皇处置。”说毕即跃马出城。

突厥颉利可汗不见使臣归来，心中已是惊疑不定。忽见渭水岸边逐渐布置兵马，阵容威严，更加恐惧。又报唐太宗率房玄龄等将相轻骑而出，颉利可汗愈是不知所措。

太宗率众至渭河，隔水与颉利可汗对语道：“朕早与可汗烧香结盟，应允和亲。只因太子建成作梗，造谣中伤，使太上皇受骗，撕毁婚约。而今太子已诛，前嫌尽释，奈何举国倾兵，深入我地，毫无香火之情耶？”

颉利可汗既觉太宗言之有理，亦恐有重兵埋伏，无计可施，随机应变道：“我只为索取反叛契丹酋长而来，别无他意。”

魏征立即向太宗献计道：“可用隋朝叛臣梁师都作为交换条件。”

太宗道：“朕以契丹酋长交换梁师都何如？”

颉利可汗道：“梁师都已多年，岂可和契丹新叛相提并论？”

太宗道："契丹和突厥并非同族，依你归我皆无可厚非；而梁师都乃中原之人，盗窃土地，暴虐百姓，似鱼游釜中，终归我有。突厥庇而护之，是何道理?"

颉利可汗无言答对，遂退兵四十五里，进城议和。

太宗迎接颉利可汗进宫，盛情款待，歃血为盟，重议和亲。

十日后，颉利可汗率兵高兴而返。太宗率文武百官送行，至渭水河边，互为施礼，依依而别。

突厥退后，太宗深感武士彟智深卓越，胆略过人。此次退兵，首应归功于他那席激动人心的话，所以太宗赐他锦缎十匹，黄金百两。武士彟感激涕零，拜亲访友之后，立即回扬州。他临行那日，太宗驾临送行，不料，由此引出一件乱伦事体。

欲知端底，且听下回分解。

第三回

皇帝惜玉纳弟媳 媚娘观景知民风

武士彟返扬州之日，送行的亲友很多，如今且说杨牡丹的新寡侄女（李元吉妃）十分悲哀，一早赶来，恋恋难舍。太宗见状，既怜她孤儿寡母无依，又被她的花容月貌所迷，顿起惜玉之念。

太宗便趋前问道："弟妹恨我吗？"

杨氏不禁一惊，心口怦怦乱跳，急忙跪下道："妾夫罪大恶极，理应诛身破家，蒙陛下宽仁，仅罪及一身，奴婢实感恩不尽，岂敢别生怨言？"

杨氏年方二十三岁，艳丽非凡，颇有杨牡丹的神韵，人常说"侄女随姑"，一点不假。加之杨氏心中七上八下，不知是吉是凶，喜惧参半，双颊泛红，似同初绽的桃花，倍显妩媚。太宗不禁动情，遐想非非："她如今已是残花，尚如此艳丽……若纳她为妃，舆论何如？"

少顷，武媚娘忽然跑了出来，走到杨氏跟前叫道："好姐姐快来抱我……"

太宗这才猛醒过来，但又一端详武媚娘的花容月貌，更为艳丽，简直无法形容，冰雪不足以喻其洁，牡丹不足以比其艳，于是惊叹不已："自己如今已经有了八个公主，却没有一个能比上武媚娘的……"他真想把她收为义女，凝思片刻，方唤媚娘道："小媚娘，过来让朕抱一抱！"

媚娘轻快活泼地走到太宗跟前，跪下叩头道："愿五王（吾皇）万岁万万岁！"这是方才她在帘后看见父母接驾的时候刚刚学会的。

太宗把她拉起，抱在膝上问道："你几岁了？"

媚娘用手指比画着，娇声稚气地道："到明天就两岁零八个月了。"

太宗道："可你一共是几个月了呢？"

媚娘道："到今天为止，一共是三十二个月零二十九天了。"

太宗摇头道："不对，你多算了一个月。"

媚娘把眼一瞪，歪着头，伸出一个手指头道："去年闰一个月呀！"

太宗高兴得哈哈大笑，摸着她的头道："你真聪明！你知道你的名字是谁起的吗？"媚娘又神气又骄傲地道："是太宗皇帝。"

太宗道："你认识他吗？"

媚娘道："不认识。"

太宗道："你想见他吗？"

媚娘道："想见。"

太宗道："为什么呀？"

媚娘道："因为他是个好皇帝。"

太宗道："他怎么个好法？"

媚娘道："因为他喜欢好人，杀坏蛋——把他的亲哥哥和弟弟都给杀了，一点也不讲私情！"

太宗听后，笑得前仰后合，把媚娘抱起来亲了一口道："你真聪明！快点长大，我封你做官！"

媚娘不禁一怔，瞪着眼睛道："你又不是皇帝，咋能封我做官呀？"武士彟忙给她解释道："你刚才不是欢呼'吾皇万岁'嘛，'吾皇'就是太宗呀！"

媚娘这才幡然醒悟过来，连忙道："我还只当'吾皇'是第五王子呢！不知不为罪，请太宗开恩！"于是她又跪下磕了三个响头。

太宗道："恕你无罪。"接着把她抱起问道："你长大了，想当什么官呀？"

武媚娘道："我想当皇帝。"

武士彟一听，吓得不知所措，上前打她一个耳光："胡说！"

杨牡丹亦吓得面无血色，急忙拉她往内室去。武媚娘仍边挣扎边喊："我想当皇帝，我要当皇帝，我愿当皇帝……"

武士彟立即跪下请罪道："为臣教女无方，请陛下恕罪……"

太宗道："无知顽童，何罪之有！贤卿起来是了！"太宗口是这样说的，心中也确实是这样想的：不到三岁的女孩绝不会有什么野心，只是知道皇帝好罢了。像她这样的懂事，也真是少有少见的了。她那艳丽的姿容、机灵的动作、活泼的表情，实在可爱！

开始时，太宗的确并无邪念，只是看着媚娘美丽、活泼、可爱，真想收为义女。但到后来又联想到元吉妃杨氏，想到她二八年华时该是何等地动人啊！但是花落花开年年有，青春一去不再来。杨氏妙龄虽然难复现，而武媚娘十三年后，岂不就是一个二八吗？她们杨家真是多美人啊！想着想着，他便有了将来选媚娘入宫的邪念……

良久，太宗方转向杨氏道："你们孤儿寡母十分凄楚，我接你们进宫可好？"

杨氏一听，喜出望外，连叩三个头道："蒙陛下恩典，奴婢当结草衔环相报。罪夫在九泉之下，也不知该如何感激陛下呢！"

因兄纳弟媳有悖伦理，太宗本欲寻机徐徐图之，怎奈一连三夜失眠。第四天晚上，便以抚慰她母子的名义，传旨接进宫来，立即封为淑妃。是晚，欢愉之情不可言状。一个是绝代佳人，一个是风流天子；一个是犯人之妇新寡得宠，一个是置乱伦于不顾纳娶弟媳。你贪我爱，如漆如胶，太宗一连数日不朝。

长孙皇后闻知，驱车而来，太宗赔笑相迎，尴尬万状道："贤后疾病可好了？"

皇后道："为妾低贱之躯，何值一问！只怕皇帝陛下声色过度，损伤龙体，国家有危。"

太宗道："蒙贤后关怀，朕不胜感激，明日早朝是了！"

杨淑妃道："奴婢初到，正置办礼品准备前去拜见皇后。今日皇后光临，不胜荣幸之至，恭候娘娘福安！"说着便急忙跪下，三揖九叩。

长孙皇后道："妹妹请起，听我细说。"她伸手把杨淑妃拉了起来，接续道："田舍翁多收三斛麦尚且易妇，更何况皇帝富有天下。就是古贤大舜皇帝，也曾纳娥皇、女英姐妹两个为妃，更何况如今！而且人常说：'旧爱不敌新宠，破镜难重圆。'姐姐不希妹妹今日下拜，只望妹妹日后不在皇帝面前进谗，把姐姐冷落了就是了。”

杨淑妃又急忙发誓道：“奴婢福浅命薄，得蒙天恩，攀龙附凤，实为三生有幸！故情愿永远低首下心，侍候皇后，岂敢有丝毫他念？请娘娘放心是了！”

太宗也立即发誓道：“贤后只要容得杨妃，李世民绝不喜新厌旧！若有失言，天打雷轰，碎尸如泥！”

皇后道：“但愿如此！”

读者若问，太宗已有八十一御妻，宫娥成千，如花似玉者定也不少，为何偏偏迷恋上这个小寡妇？一是一般宫娥皆选自穷人家，纵有花容月貌，而知浅学疏，谈情说爱不是粗俗不堪，就是味如嚼蜡，大煞风景；二是偷情滋味偏多，好事多磨，只可意会，不可言传。况且他俩一见钟情，似有天缘，莫非是情人眼中出西施，也未可知。

次日下午，太宗携杨妃和她四岁的儿子去拜见皇后，馈赠金银五车，珠宝碧玉不计其数。

皇后自然一番热情招待，把杨妃让了上座，将杨妃嫡子李明搂在怀中，吻了又吻，抱了又抱，似同亲生。

按理，皇帝和皇后应是上座，杨妃只能作陪。可今日，皇后执意要破例，把杨妃让入上座。

杨妃固辞道：“皇后在此，奴婢是万万不能上座的。”

皇后道：“淑妃今日是宾，我为主，是理应如此的。”

太宗见后妃如此和睦，心中十分高兴，含笑道：“挪过一把椅子来，咱三人并坐，我居中，皇后居右，淑妃居左，让我也享一享左拥右抱之欢，岂不有趣！”皇后道：“儿子都这么大了，看见了多不雅观。”

太宗道：“不妨，我今天又发了少年狂。”不待皇后应诺，就连推带拉，把她俩按入座中。

太宗心中高兴，不待宫娥斟酒，便不拘形态仪礼，拿起酒壶道：“人生之夙愿，不羡帝王不羡仙……”把冠冕摘下，递给宫娥，给皇后和淑妃斟上酒，遂道：

“头杯酒祝皇后贤惠不妒！”三人含笑干了。

“二杯酒祝淑妃青春常在。”三人又含笑干了。

“三杯酒愿寡人同后妃天长地久。”三人又含笑干了。

接着三个人各拣所好的佳肴品尝了一阵。杨淑妃端起酒杯道：“愿明君同贤后百年好合!”三人一起干了。

皇后接续道：“愿看新人笑，莫让旧人哭。破镜难重圆，怕听长门赋!”

皇帝听此，急忙跪在地下，把昨日的誓言重复一遍：“我李世民若喜新厌旧，便碎尸如泥!”

杨淑妃亦跪在地下发誓道：“奴婢若专宠进谗，定粉身碎骨，死无葬身之地!”

皇后急忙把他俩搀起道：“为妻方才是酒后失言，请多加包涵是幸!”杨淑妃为了讨好皇后，忽然灵机一动道：“明儿从来是认生的，今日见了皇后比对我还亲，莫非他本应是皇后的骨肉，而投错了胎，就把他寄到皇后膝下可好?”

皇帝亦急忙搭讪道：“是呀，他初见我的时候，还哭了半天呢！而对贤后似是一见如故。不看僧面看佛面，你就把他收下吧!”

皇后为了免于失宠，一心和杨淑妃相好，真是乐心从意，巴不得如此，急忙拿来一匣金锁子、串珠等首饰，给明儿挂到脖颈上。

杨淑妃就抱着明儿，按在地下给皇后磕了三个头，叫了三声“母后”。

太宗又锦上添花道：“朕封明儿为曹王可好?”

杨淑妃更是喜不自禁，又连忙把明儿按在地下谢恩。

人常说“母凭子贵”，这倒是“子凭母贵”了。

于是皇后更亲热地把明儿抱在怀中，三个人欢欢喜喜地饮起酒来。饮罢酒，用罢餐，又聊了一阵。上自天文，下至地理，古今中外，海阔天空，直到酉时，太宗方携杨淑妃离去。

是晚，太宗和杨淑妃愉欢之情可想而知，毋庸细表。

且说武士彟回到扬州不久，太宗虚心纳谏，迁调他到豫州任职。他休整数日，便登舟起程。临行那日，僧侣父老们鸡鸣而起，将麦饭茶食摆满了十里长街，挥泪如雨……

武媚娘曾读过《千字文》和《诗经》等，颇懂一些人情诗意，不禁为此景所动，作了第一首离别诗：

扬州山水美，
父老情意长。
他日登金榜，
锦衣还故乡！

武士彟夫妇见媚娘此诗，既优美自然，又意境高洁，遂夸赞不绝。

武媚娘是最爱游玩的，到豫州后听说有八大名景：天中山、鹅鸭池、小南海、颖悟塔、高桥、大庙、北泉寺和蔡阳坟。前六景在城关，她刚休息两日，便要求父亲带她去游玩，其母和丽娘皆不愿往。

天中山在城西北郊三里许，高不满十尺，长不满百丈，只有寥寥可数的几块石头，实在大煞风景。武媚娘眨了几下眼睛，很纳罕地问道："这还叫山呀？连扬州的一个土丘大也没有！"武士彟答道："远古时大禹治水，把天下分为九州，豫州居中，全国测日景、季节和时刻，皆以此地为准，故堆此土石以为标记。当时曾称为天中台。因为豫州城郊地处平原，百里之内无山，后来改称天中山，实为缺者为贵罢了。"

鹅鸭池在天中山南麓，也只是不到十亩的一个池塘。附近的村民在里面放养了些鹅鸭，也没什么看头。

小南海在城南关，系人工开挖的河渠，只有数丈宽，但逶逶迤迤，杨柳夹岸，却颇有幽雅深邃之感。在绝胜处建有一进三节的寺院，背靠湖堤，面向城郭，每节之间皆有河水穿过，上架木桥，雕栏玉砌，甚是美观。正殿名观音阁，供奉的是南海观音，盘坐在莲花盆中，栩栩如生，笑容可掬。小巧玲珑，颇引人入胜。尤其是一般寺院皆坐北朝南，而此阁是坐南朝北，甚为别致少见。但就其规模来看，和江南三十六名寺是根本无法相比的。看过之后，武媚娘道："这么一条小河，称之为海，此地百姓太能吹了！"

武士彟道："看完高桥和大庙之后再评论吧。"

因高桥和大庙在城西二十里外，他们十天之后才去，结果是高桥高不过十尺，大庙大不过五间，实在是叫人生气。武媚娘道："此地人尽说谎话，真可气。爹爹好好治理治理才是。”武士彟道：“人常说‘发愤而作’，你给我作首诗看！”武媚娘用右手抚着头，凝思片刻道：

大庙不大高桥低，
天中山似一屋脊。
南海原是人工渠，
民风何来太吹嘘！

武士彟为了调查民情，次日即化装私访。行至教场，但见人山人海，十分热闹，卖药算卦的，耍刀卖艺的，摆摊的，叫卖的，八仙过海，各显其能。

武士彟逐一观看，唯恐漏掉一个。当他走到西北角处，忽见围了一堆人，里面正在吵架。原是一个农夫带着女儿来卖鸡，被城里一个叫王疯子的大富翁所纠缠，要买他女儿为妾。

王疯子道：“你嫌五百两银子少了，我再给你添五百两。”

农夫的女儿拉着衣襟直哭：“爹，我不去。”

农夫道：“五千两俺也不卖。”

王疯子道：“我现在有三个妻子、四个妾，都已徐娘半老，我把她们都抛弃，将你闺女立为正房，当家做主何如?”

农夫道：“掏钱难买不卖物，俺不卖!”

那富翁带的家丁威胁道：“糟老头，你别不识好歹，敬酒不吃吃罚酒!”

周围有个游民道：“老乡，算了吧，这个女婿才貌双全，打着灯笼也难找。”

有个彪形大汉早就按捺不住了，气愤地手指着那个游民道：“你谄事啥? 咋不把你家的闺女嫁给他呀?”

那游民向后趔趄了两步道：“我连个老婆也没有，哪来的闺女?”

彪形大汉道：“他叫才貌双全? 满脸大麻子，小低个，大腹便便，像只猪，你谄事啥!”

那游民吓得急中生智道：“我说的是双关话，我是说他丑得难找呀!”

家丁急忙上前怒指彪形大汉道：“干你哪门子事?”

彪形大汉道：“干你哪门子事?”

家丁道：“你为啥骂我们的老爷?”

彪形大汉道：“他为啥不讲理，抢人家的闺女?”

王疯子道：“我就抢，你敢怎么着!”说着上前去强拉农夫的闺女。

彪形大汉举拳去打，被家丁挡住。大汉气愤不过，照着家丁的脑袋猛击三拳，那家丁霎时口吐鲜血而亡。

王疯子吓得屁滚尿流，抱头鼠窜。那彪形大汉心想他一定是回去搬人，自己寡不敌众，也随即遁去。

武士彟对农夫道：“快去县衙告状。”

农夫道：“我不敢。”说着急拉闺女欲回家。

武士彟道：“我陪你前去。”

那个游民道：“你知道他是谁?”

武士彟道：“不知道。”

游民道：“他是满城闻名的大财主王疯子，县太爷还怕他三分哩，你敢惹他?”

武士彟道：“我敢！走。”

农夫道：“我怕……”边说边直向后退。

武士彟悄悄告诉他道：“我是新来的本州督都。今天私访，专门为民除害，快跟我来。”

他们正要走，王疯子带领十名家丁赶到，霎时将农夫父女绑上。王疯子又看见了方才帮他说过话的游民，对他道：“走，你去给我当人证，回来有赏。”

武士彟道：“我也去给你当人证。”

王疯子道：“好，都有重赏。”

武士彟道：“往哪去?”

王疯子道：“去县衙门。”

到得县衙，王疯子同知县平起平坐，又编了一套假状词，说：“我带家丁去买鸡，一看是病鸡，请他给退换一只，他不但不换，还请一个暴徒将我家丁打死。尸体尚在现场，现还有两名证人在此。”

知县问人证道：“是这样吗?”

游民道：“是这样，大老爷。”

知县未待武士彟开口，就信以为真，向王疯子道：“他们卖鸡为生，命不如鸡，穷困不堪，可该如何处理呀?”

王疯子道：“敝府尚缺一名丫鬟，把他女儿断给我，也就算了。”

知县向农夫道：“老乡，人命关天，杀人偿命的道理你知道吗?”

农夫哆嗦着道：“知……知……知道。”

知县道：“你们打死了王大人家的家丁，本来是应该偿命的，而王大人宽大为怀，只要你女儿去当个丫鬟也就算了，你可乐意吗?”

农夫望着武士彟道：“我……”

武士彟道：“知县大人断案可真是利索呀。”

知县道：“本县向来是利索果断，从没积压过疑案。”

武士彟道：“可我这个证人还没说话，要我来还有何用呀?”

知县不禁一怔道：“你现在说话也不晚呀!”

武士彟于是走向前去，把事情经过从头诉说了一遍。知县脸上红一阵白一阵，坐立不安。王疯子气得咬牙切齿地道：“他是个无赖刁民，快把他轰出去!”

武士彟道：“你是个假疯子，真强盗。”说着转向知县，“快把他抓起来!”

知县有些晕头转向，一时不知所措，左右观望不已。

武士彟这才把身份亮明，拿出督都府印为凭。知县吓得急忙跪下叩头。王疯子见状不妙，抽身欲溜。武士彟急令知县派衙役将他拘住，罚金千两，赈济穷民。

武士彟私访除暴的故事霎时传遍州县，黎民百姓无不拍手称快，土豪劣绅都噤若寒蝉。仅过一年，此地便被治理得夜不闭户。百姓们自行捐款，在天中山下为他立德政碑一块。

这树碑立传，比歌谣影响更大。武士彟虽曾进行劝阻，但未采取果断措施，使此事终成事实。消息传至长安，正寻机立功图赏的肖瑀如获至宝，又立即入宫进谗：“武士彟谋反的罪状日益显著了，竟敢在豫州树起功德碑来。臣上次闻奏他编唱私恩的歌谣，陛下格外原情，迁调了事。可他贼心不死，恩将仇报，若再不严惩，恐祸在眉睫，噬脐莫及了!”

太宗道：“武士彟辅朕创国立业，忠心素有。彼系商人出身，对树碑立传缺乏知识，也未可知，须容朕细思。贤卿及时奏闻，精神可嘉，赐绢十匹、黄金百两，以兹奖励。”

太宗英明善断，对其谏言仍是半信半疑，只是由于他苦口劝谏良久，为了表示自己的诚心，故作滥赏，以鼓励群臣。但为了防其万一，他亦拟再迁武士彟。

欲知迁往何地，且听下回分解。

第四回

名师喜收螟蛉女
媚娘美名武则天

话说太宗正拟调迁武士彟之际，适逢蜀中利州都督李孝希谋反。且因此地形势险要，西依龙门山，东畔嘉陵江，中耸剑门关，“剑阁”天下雄，前任都督李寿亦在此谋反，故太宗觉得本族诸王皆不若异姓可靠，便立即拟一道圣旨，敕武士彟赴任。

武士彟早闻蜀中山清水秀，恨不能早游。且从此而去，可沿长江而上，路过武昌、三峡，更是惬意。他将此圣旨同妻女一说，她们都很高兴。尤其是武媚娘，竟欢欣雀跃起来。武士彟立即办理交接，三日后便举家启程。

临行那日，送行的父老挤满汝河十里长堤，桥头上香烟缭绕，为武士彟祝福一路平安。当艄公解缆扬篙之际，送行的百姓无不挥泪如雨，痛哭失声。

武士彟站在船头频频挥手致意。此情此景，深深印在武媚娘的心里，有诗为证：

清官百姓留，
挥泪可行舟。
污吏无人送，
骂声充斗牛。

过淮河，入长江，一帆风顺，沿途的锦绣河山尽收眼底。过武昌时，合家上岸，观赏黄鹤楼。但见琼楼玉宇，高耸入云。拾级而上，极目千里。三峡屏障于西，江汉奔流脚底，洞庭坦荡于南，兼收并蓄。仰观宇宙无穷，俯瞰万类之繁。墨客骚人至此，无不感慨万千。

武媚娘幼小，不省世事，只觉得天高气爽，地广心宽，帆船竞发，春燕比翼，万紫千红，江山如画，十分好玩。后来忽然问道："爹爹，黄鹤在哪里?"

武士彟道："黄鹤早已升天去了。原来有个仙人名叫王子安者，以卖画为生，他在此楼墙上画了一只黄鹤，他一吹箫，黄鹤就下来飞舞。后来有个财主欲强行购买，刚把它从墙上挖下来，它就载着仙人王子安升天去了。"

媚娘撅起小嘴道："那个财主真坏!"

丽娘道："是画在哪边墙上？留有窟窿吗?"

武妻杨氏道："过去好几千年了，窟窿早该平了。"

媚娘道："你说得不对，越年久，窟窿越大才是。爹爹，是吗?"仰头望着武士彟等待回答。

武士彟道："对，对。还是媚娘聪明，比你娘还强哩。"

丽娘道："那窟窿哪里去了?"

武士彟道："这是几千年前的事了，楼阁也不知翻拆多少次了，哪还能找到窟窿!"

媚娘撒娇道："还是爹爹好!"说罢偎依在武士彟怀里。丽娘忙跑到母亲怀里道："还是娘好!"

合家游览了一天，次日起程西上。因三峡水险，只好夜宿昼行。尤其是那巫峡，神女峰前最为险要，悬崖夹岸，山重水复，五步一山，十步一谷，峰回路转，东西莫辨。狂涛直下，似同瀑布，纤帆并举，举步维艰。更哪堪哀猿长啼，天成一线，如入混沌世界，叫人惊心动魄。丽娘吓得闭住眼睛，屏息于母亲怀中。而媚娘不但屹立船头翘望，还写了一首诗：

巫山蜡枪头，
江水遮不住。
神女枉云雨，
红日日日出。

巫山神女虽然神通广大，但她仍然遮不住长江和太阳，显示出武媚娘心有壮志。她父母看罢，自然是少不了一番夸奖。

丽娘为了掩饰自己的怯懦，苦思冥想良久，方写出和诗来：

巫山独巍峨，
天公岂奈何？
大江绕道去，
阳婆日日躲。

二诗显然十分矛盾，武士彟为了调和，便道："都好，都好。每人赏个元宝。"说罢立即开箱兑现。

他们一路上舟车交替，行行停停，停停行行，历经一月，武士彟方到任所。这利州地方也是崇山峻岭，大江湍急，十分壮观。比起扬州的幽雅，却是另有一番景色。但武士彟勤政爱民，一如既往。对于抗击豪富，开辟田畴，更是老马驾旧辕，轻车熟路，事半功倍，成绩卓著，毋庸细表。

如今单说他的家庭生活。妻子杨氏又生了一位千金，聪俊似超出她那孪生姐姐，故取名娇娘。但因染上天花，不到周岁就一命归阴。夫妻二人自然悲痛莫名。幸好媚娘两个千金十分争气，到利州后入了私塾，学习也都突飞猛进。尤其是那媚娘，不到三年就读完了四书五经，本本背诵如流，字字融会贯通。她写文章，似同行云流水；作诗词，下笔有如神助，因此深得其师贾博古先生之心。

武媚娘本来就开朗大方，不拘小节，今逢先生如此垂青，待如亲生，于是就无话不说，无事不问。一天她和同学到河坝上钓鱼，发生纠纷。那个学生骂她是贱小婆生的，她迷惑不解，回去问先生道："为何没有贱丈夫？为何一个男的可以娶几个女的，而一个女的不能娶几个男的？"

先生道："这是圣贤和孔夫子兴下的。名贤帝王大舜就娶娥皇和女英姊妹二人为后妃。孔夫子也说过'唯女子与小人为难养也'。"

媚娘道："什么圣贤夫子！他们都是男的，才说出这等混账话来。"

先生道："可从来没有女皇帝呀！"

媚娘道："过去没有，可谁也难保今后不会有。吕后的才华并不低，只是她没有学识罢了。”

先生认为媚娘之论颇有道理，并觉得媚娘的才华确实超过男子。自己教了二十多年私塾，桃李满天下，秀才举子辈出，却都远不及她，于是产生了一个侥幸的想法，也许她将来能成大器，自己也能沾光，不妨激她一下："你的才智不低，学识不浅，我看你岂能当上皇帝?"

媚娘眨眨眼睛，毫不谦虚地道："那可也难定。"

先生道："好！但愿你扶摇直上，当神州的第一个女皇帝。我想认你为契女可好?"

媚娘道："蒙契父垂青，女儿情愿叩拜!"于是跪下磕了三个响头。

先生贾博古非常高兴，又给媚娘起了个名字叫则天，期待她日后功成名就。此后，贾博古对媚娘的教导就更加尽心了。

次年清明时节，贾博古先生放春假三日，携女儿秀芳和武则天姊妹游览灵岩寺。沿嘉陵江逆流而上，一路上江涛汹涌，左右漫回，奇峰千姿，前后环阻。到得目的地，正逢"灵岩夕照"：日薄西山，半天晚霞，金粉普降，满寺生辉，灵穴栩栩，仙意盎然。

一进山门，即望见灵岩仙洞洞开。三棵棕榈，直挺云际，似同天香华表，令人望而肃穆。迎门一尊释迦牟尼法身像，高三丈，阔十围，端坐于莲花台上，笑容可掬。武则天遂问："他为何发笑?"

贾博古道："他本是北天竺国的一个王子，感到人生多灾多难，婚后十年出家，静坐于深山菩提树下，修行成佛。他宣扬因果报应，忍辱无争，仁柔为尚，慈悲平等，即'知足者常乐，能忍者自安'之意。"

武则天急于欣赏灵岩洞的风光，一时不及细问，便深入洞穴。但见乳石林立，千姿百媚，仙泉溶溶，佛龛络绎，油灯闪烁，神秘幽邃，使人顿起仙幻玄妙之感。贾博古便讲起灵岩洞的神话故事来："很久很久以前，有个樵夫误入此洞，行至数里，豁然开朗，风和日丽，桃红柳绿，竹篱茅舍，良田无垠，桑麻竞茂，五谷丰登；男耕女织，安然自乐，百鸟和鸣，鸡犬相闻，好一派升平的景象，既无税赋之苦，又无徭役烦扰，堪称世外桃源。那个樵夫遇一仙姑，情投意合，结为良缘，为避凡间官吏，遂将洞门封锁。如今门楣楹槛，犹历历在目，清晰可辨。"

丽娘道：“多派些人来，能挖开吗？”

贾博古道：“仙凡相隔，历来无路可通。”

秀芳道：“那么樵夫如何进去的？”

贾博古道：“因他大慈大悲，砍柴所得悉数散舍，救苦济贫，并孤身独守，感动了上天，召他成仙。”武则天则半信半疑，遐想入神，发起呆来。

贾博古忽道：“已到‘灵岩月色’良宵时辰。”武则天急忙跟随而出，朝望月楼攀登。此时游人争先恐后而至，大有人满之患。但都屏息翘首东望，寂静无比。霎时，一轮明月冉冉而起。

正是：

月傍东山出，
天窄星斗稀。
白云度无声，
虫喧松涛里。
群峰色朦胧，
灵岩灯熠熠。
人在画中看，
江下水流急。

直至月升中天，游人始陆续散去，沿途冷清，颇有沉寂之感。但三三两两的乞丐似乎有增无减，原来此地素有崇俭尚义、急公济贫之风，远近的难民往往络绎而至。

贾博古父女四人归至客船，已近三更，体困意懒，霎时就寝。但武则天却浮想联翩：

游人何其多？
贫富何其悬？
达官何其贵？
乞丐何其怜？

桃源何其好？

凡人如何通？

安得法像显神灵，

超度众生都成仙……

时至贞观五年，由于太宗虚心劝谏，采纳谏议大夫魏征“偃武修文”的策略，北结突厥，南连百越，君臣一心，国泰民安，初步形成了“贞观盛世”。且在龙门山麓发现纯白的狐娃一对、双穗小麦百株。武士彟为了借此祥瑞颂德邀宠，立即奏于太宗。太宗本来是不太讲迷信的，可如今富有四海，历代皇帝至此无不好大喜功，希冀万世永昌，太宗自然也难以例外。他接到武士彟的上疏，甚为高兴，立即降旨嘉奖：“公比冬洁水，方思春日，奸吏豪右畏威怀惠，善政所暨，祥祉屡臻，白狐见于郊，嘉禾生于垅苗，其志应如是。擢卿荆州都督，兼领峡、沣、朗、岳、松六州诸军事。”

武士彟接旨不胜高兴，立即赴任。临行时，武则天的契父贾博古先生似同牵肠挂肚，百般难舍，万般嘱咐，将所存的善本秘籍全交付武则天带去，希冀她能成大器。武则天自然也十分感激契父的爱护，请求父亲赐他黄金百两、白银十锭，以表孝敬。临别时，先生徒步送到五里坝上。武则天感慨万千，拟成小诗一首留念：

相别土坝秋，

再见京华春。

多少螟蛉女，

孝名浴后人。

师生挥泪别后，为作长期留念，称此坝为“则天坝”，其乡为“则天乡”。

武士彟到荆州之后，为了尽忠报恩，奏一封禅书，亲自送回长安，请太宗登泰山祭拜天地，以报功祈福。文武百官得此消息，赞助者居多，反对者亦有人在。

欲知太宗如何抉择，且听下回分解。

第五回

都督上疏封禅降职
奸佞献媚邀宠碰壁

唐太宗对武士彟上疏封禅之事，经过反复思考，既认为是风雅盛事，又怕功不高、国未富，劳民伤财，所以迟迟不决。

而那些奸佞之辈，却误认为太宗既已嘉奖武士彟上表庆贺“嘉禾”和“白狐”之瑞，故封禅定无问题，于是纷纷报瑞取宠，赞助封禅。一天后晌，侍御史权万纪入宫，小心翼翼地落了座，随即启奏道：“臣早晨下朝时，看见寝殿前老槐树上有一窝喜鹊，正合欢如鼓，实为祥瑞之兆。我回到家中，恰由我原籍饶州来一亲属报告说银矿每年可开采五百万缗。这岂不正好应验吗?”

太宗正颜厉色道：“朕常讥笑隋炀帝好信祥瑞，结果大祸临头，死到他自己的叛臣手下尚不知道。朕以为祥瑞莫过于得贤才，贤才一言，可以安社稷，富天下，抵数百亿缗！尧舜时曾投璧玉于山野，抛珍珠于荒谷，传为千古佳话；而汉桓帝聚钱为私藏，贻笑后人。你是让我效法汉桓帝吗?”

权万纪吓得满头大汗，恨不得长出一百张嘴来进行辩解：“开发银矿，臣以为也可以富天下呀，我也是为了百姓呀！”

太宗道：“如今蝗灾侵入京畿，这和你的祥瑞有什么联系呢？你那银矿是远水难解近渴。而对百姓当前的燃眉之急，你可有什么打算呀?”

只问得权万纪瞠目结舌，语无伦次起来：“我……我……我……”

太宗气道：“你全是为你自己打算，对百姓的灾害无动于衷！”说罢走到院中，从花草上捉了一只蝗虫，咒骂道：“人以谷物为命，而被你们食之，似同咬我的肚肠！”说罢就欲往嘴里吞嚼。

权万纪被吓呆了，情不自禁地大呼道：“那是毒虫恶物，嚼不得！”

太宗道："朕疾恶如仇，为民除害，任何恶毒也在所不辞！"立即放进嘴里，狠嚼猛咬，咽下肚去。相形之下，权万纪羞愧莫名：一朝天子竟爱民如是，不顾自己的安危，把脏毒的蝗虫吞下；而自己则一心为自己打算，处处钻营，投机取巧。眼下太宗把蝗虫吃了，当臣的更应效法，可自己实在没那个忠心，必定难以吞咽，愧无立身之地，恨不得找个鼠洞钻进去，便急忙退去，恰好同前来讨好进谗的新任兵部尚书侯君集撞了个满怀。他道了声"对不起"，狼狈而下。

侯君集趋前对太宗道："臣有一喜事要奏。"

太宗道："快快说来。"

侯君集道："昨晚自西域康国来一使臣，请求归依我们，愿逐年纳贡朝贺。"

太宗道："历代帝王常爱招徕四域，以求服远之名。但归依之国，一旦发生危难，出于道义不得不救，则行师万里，劳民伤财，图虚名，而实受害。故康国归依，吾不为也，可婉言谢绝为宜。"侯君集碰壁后，也只好垂头而下。

真是无独有偶，侯君集刚走，又来了个善于溜须拍马的国史馆给事中许敬宗。他一落座，就启奏道："臣闻陛下欲观国史，本是禁忌，无有先例。但陛下功盖天地，圣比尧舜，史书所述无须隐恶虚美，即已尽善。故看之无妨，今缮写数卷呈上，请先御览。"

太宗接过，刚看了两页，便道："朕玄武门弑弟屠兄事，何其隐讳？可直书无妨。昔时周公诛杀兄弟管、蔡二人以安周，朕之所为，可以类比，而对其浮辞隐语，应全部删去。你们做史官的应该不隐恶、不虚美。否则欺世盗名，罪莫大焉！"

许敬宗连连点头称"是"不迭。

太宗又道："我所以想查看国史，就怕你们隐恶扬善，不能如实撰述，延习成风，贻害子孙。今后再有类似此事发生，定加严惩！"

许敬宗道："是是是，皇恩浩荡！"

太宗道："你可以回去了。"

许敬宗道："陛下圣明，空前绝后，贞观佳话，众口皆碑。臣请搜集陛下诗文，以教化后人!"

太宗道："梁武帝、陈后主和隋炀帝皆有诗文流传，然而都没能挽救他们的灭亡。故朕以为，做人君者，最重要的是德政。而文章辞令，凡有益的，可深入人心，他们永远也不会忘记；而那些无益的，若流行于世，将贻害后人，集之何用?"

许敬宗连碰了两鼻子灰，尴尬万状，难以下台。但此人十分机警，很善于阿谀，便又想了一个绝招道："臣博览史书，不爱歌功，闻过则喜，贤明如陛下者，实为罕见。陛下真是功盖天地，圣比尧舜!"

太宗道："你不知道，对你刚才这些奉承之辞，朕也是不喜欢的吗?"

许敬宗道："对对对。我也听人说过，陛下最不喜欢那种阿谀溜须之人，陛下一看见便生厌，是吗?"

太宗不知不觉上了圈套："是的，对那种人，我是最讨厌不过的了。"

许敬宗得到一个小小的胜利，这才躬身媚笑而下。

且问那最爱献媚进谗的肖瑀为何未出来表演呢？只因他勾结魏王诬陷魏征、王珪和房玄龄之阴谋败露后，颜面难容，常借病不朝，日日烧香拜佛，暂为寄托。偶尔入朝，也是探听动静，坐于角落里一言不出。

太宗对此奸佞之辈十分气愤，趁肖瑀上朝之日，当众宣旨道："御史肖瑀，嫉贤害能，拉拢魏王，挟嫌诬告，罪恶昭著，实应严惩。念其昔日功劳和他崇教信佛，故从宽处理，敕令出家，以养其终。魏王泰念其年幼初犯，罢知政事三年，以观后效。"

肖瑀出于无奈，只好应道："臣愿出家。"

太宗又宣旨道："侍御史权万纪不学无术，专趋时机陷下媚上，以求一逞。朕贵为天子，富有四海，所缺乏者不是钱财，而是人才，可你从没推荐一个贤士、裁减一个不肖，又报祥瑞，又报银矿，实属奸佞小人，敕令告老还乡。"

权万纪羞愧，无地自容，道了声"谢恩"，便退下堂去。

太宗又宣旨道："史官许敬宗，隐恶扬善，欺世盗名，降职三级，以儆效尤!"

许敬宗亦无言答对，随即退下。

肖瑀旋即反悔道："臣方思之，不愿出家。陛下常言'君子用人如器，各取所长。人非圣贤，谁无小过，不可备求’。言犹在耳，岂能忘怀？臣虽不才，和陛下同甘共苦十余年矣！虽无奇功，亦有苦劳，偶尔失足，岂可不念前情？臣仍愿留一席之地，老骥伏枥，以尽残年。”

太宗怒道：“近来你称疾不朝，既来之，亦守口如瓶，一言不发。朕本不尊信佛教，你却日日求神，违迕朕意。念你昔日功劳，降你三级，贬为商州刺史可也？”

肖瑀道：“皇恩浩荡。臣定痛改前非，忠心报国，不辜圣望。”说罢狼狈而下。

从此以后，朝中奸佞销声隐迹，君臣一体，四海归心，天下太平，出现了夜不闭户、路不拾遗的景象——此即史称的“贞观之治”。

所以太宗顿起封禅之念，遂将武士彟和魏征诏来商议，而魏征以为不可。

太宗道：“卿不欲朕封禅，是朕德不厚吗？”

魏征道：“厚矣！”

太宗道：“是朕功不高吗？”

魏征道：“高矣！”

太宗道：“是天下未安吗？”

魏征道：“安矣！”

太宗道：“是四夷未服吗？”

魏征道：“服矣！”

太宗道：“是五谷未丰吗？”

魏征道：“丰矣！”

太宗道：“是福瑞未至吗？”

魏征道：“至矣！”

太宗道：“那么，卿以为不可封禅何耶？”

魏征道：“虽有此六者，但承隋末大乱之后，户口未复，仓廪尚虚。而圣驾东巡，千乘相随，劳费糜穷。且万国咸集，四夷酋长扈从。今伊洛以东，涝蝗为灾，灌莽极目。岂不示弱于外？且赏赉不赀，难厌远人之望；给复连年，不赏百姓之劳。图虚名而受实害，陛下焉何而为？”

武士彟道："而今天下升平，百姓富庶，伊洛涝蝗之灾，同全国相比，乃灯火之与日月也，不足为虑。"

太宗认为二人所谈皆有道理。但伊洛灾情究竟如何，需视察之后方知。于是宣谕道："朕拟先去洛阳巡访，然后定夺。"

魏征和武士彟皆呼圣明，愿意随驾而往。

太宗由于游幸心切，筹措不及十天，便携带杨淑妃、明儿，以及太子承乾等皇亲和魏征、武士彟等群臣，浩浩荡荡地起驾了。

来到洛阳，但见残垣断壁，七倒八斜，砖头瓦块支离破碎，杂草丛生，虫蛇乱栖，满目凄凉，太宗感慨万千。但洛州都督姚健却讨好道："而今国富民丰，斗米四文钱，饥寒交迫之人已经没有了。"

魏征道："未必吧？"转向太宗道："最好请陛下换上便服，到乡村私访一番，了解了解虚实！"

太宗道："好吧。午餐后再去不迟。"

餐桌摆在一水榭廊檐下。太宗和杨妃、王子、大臣等五桌在南廊。一边进餐，一边也可饱览全景。侍卫、太监、宫娥等都在东西两廊，各三桌，只能欣赏半边风光。食品全是山果野味：栗子、核桃、红枣、白果、野鸡、野鸭、鸽子、鹌鹑等，应有尽有，鲜美可口。大家都喜笑颜开，唯独太子承乾闷闷不乐。太宗问他何故。他噘嘴道："常言道：'癞蛤蟆想吃天鹅肉。'天鹅肉是最好吃不过的了。今天的野味虽然不少，但是没有天鹅肉。"太宗哄他道："让下面明日准备些就是了。"太子承乾这才高兴起来。

野餐毕，太宗又带领众臣登船游湖。游至湖心琼岛前，一起登上飞来亭，饱览了一下全城风光。直到日夕，方将全湖游遍，依依下船归宿。

魏征为了迅速了解民间的真实情况，次日一早就同太宗二人化装成商仆模样，雇了一只小船，顺洛河东下。一直到中午，看见河畔有一群剜野菜的妇女时，方停船上岸。村姑们都急忙溜走，只剩下一个老妇人。魏征走到她跟前问道："这些野菜好吃吗？"

老妇道："野菜哪有好吃的，只能填饱肚子，饿不死就是了。"

太宗道："如今斗米只四文钱，你们为啥不去买呀？"

老妇道："常言道：'一文钱难倒英雄汉。'我们一不会抢，二不会偷，连一文钱也没有呀!”

太宗道：“如今和隋炀帝时相比何如?”

老妇道：“和隋炀帝时相比，是从地下走到席子上——强了一篾儿。”

太宗道：“强了哪一篾儿?”

老妇道：“隋炀帝时，有一年遭了干旱，每月救济我们十斤红高粱。去年我们受水灾，每月只给我们十五斤秕谷子。我们村的房子泡坍了一多半，压根没人管。我男人给隋炀帝挖运河累死了，我儿子现今又被抓去修宫殿，儿媳在家抱孙孙，明天就揭不开锅了，我这才出来挖野菜……”说到这里，泪珠像断了线一样滴了下来。她用衣襟擦了擦，接着诉说：“唉，改朝换代，啥时也得吃野菜……”说着说着，老妇已泣不成声了。

这时，忽听一阵锣鼓喧天之声，抬眼望时，只见一艘官船顺流而下。有一参军手持铜锣，边敲边喊：“老乡们听着，皇帝驾临东都，要吃天鹅肉，每只赏银百两，速去打猎!”又紧接着一阵“哐咚哐，哐咚哐”的锣鼓声。

太宗见状非常气愤，急忙上前喝止道：“是谁让你们如此惊扰百姓的?”

“是我们大都督姚健的命令。你是何许人也，胆敢干预公事，岂非狗拿耗子——多管闲事?”

魏征道：“你当他是何人?”

参军道：“最多不过是个乡巴佬、田舍翁罢了。”

魏征道：“他就是当今的太宗皇帝，到民间私访来了。”

那参军一看，此人相貌的确不凡，急忙跪在船上叩头求饶：“小的有眼无珠，冒犯威严，请陛下开恩恕罪。”

太宗道：“朕恕你无罪，快返回洛州，让你们都督姚健收回成命!”

“是、是、是……”参军又连叩了几个头，便划船狼狈而去。

太宗气愤道：“我昨晚说准备天鹅肉只不过哄小儿之话，姚健便假传圣旨，扰乱百姓。当降他三级才是!”

魏征道：“陛下为天下至尊，万民拥戴，竞相逢迎，投你所好，以求垂青。姚健献媚求荣，固应苛责，但陛下今后亦应谨言慎行，不给小人可乘之机。常言道：‘君无戏言。’这是很有道理的，请陛下三思。”

太宗连连点头称是，遂上船而返。

太宗回到行宫，思绪万千，彻夜失眠。

次日晨起，太宗宣旨："午时在显仁宫设天鹅宴，与群臣同欢。"大家听罢都欢欣鼓舞。

但开宴良久，牛羊肉上了不少，却始终不见天鹅肉上来。尤其是太子承乾，最是急不可耐，接二连三地催问："啥时候上天鹅肉呀?"

太宗道："今天猎到的是一只老天鹅，还没有烹炒熟呢!"

一直到酒过三巡，太宗才命人端上天鹅肉，每人一碗。急性子的太子用筷子打捞了好大一阵，全是野菜，连一块肉也没有，喝了一口汤，又涩又苦，"哇"的一声吐了出来。

太宗这才严肃地宣谕道："朕深居宫中，听到的尽是阿谀奉承、歌功颂德之辞。可是昨日朕沿洛河巡视，未出百里，却见灾民遍野，房倒屋坍，百姓衣食无着，十分可怜。常言道：'夫君者舟也，人者水也。水可载舟，亦可覆舟。'所以我们必须体恤百姓疾苦，多给百姓办些好事，减少不必之需。修复洛阳宫之事立即停止，并将所有木料砖瓦，全部发给灾民，按照户口人数，分为三个等级领取。赈济口粮，大小人口平均每日不少于一斤。前天太子承乾要吃天鹅肉，只不过是朕哄他的一句玩笑话，洛州都督即兴师动众，四处猎打，纷扰百姓，由此可见献媚取宠之风盛矣！即降他三级，以儆效尤！为众贤卿不忘民间疾苦，朕特买来野菜一筐，熬此'天鹅肉汤'，每人一碗，请一起干杯!"太宗说毕，首先一饮而尽。各王孙公子都相继喝尽，谁也不敢抛洒。

这样，东巡泰山封禅之事太宗亦宣谕作罢。而魏征得理不饶人，又紧接着奏道："洛阳近在长安眼下，下情尚不能上达，而利州远隔千山万水，武士彟所陈，岂无溢美阿谀之辞，尽可相信吗？窃以为即使不给他降职，亦不可使其兼领峡、沣诸州军事。否则，开此献媚求荣之风，必危及社稷，后果不堪设想!"

太宗认为魏征言之有理，即降旨免去武士彟兼领其他五州军事，只任荆州都督。

武士彟乘兴而来，败兴而返，因而患抑郁之症，日甚一日。

欲知他性命如何，且听下回分解。

第六回

淑妃会亲潜伏大错 则天猜谜荣获小赏

且说武士彟由于长年操劳过度，本来早有气虚的症状，如今刚升职不久又立即降了下来，所以很难为情，增添抑郁之症，精神萎靡不振。但皆系慢性疾病，一时也无甚危险，暂搁下不提。

且说武则天随同父母来到荆州，立即又入私塾。先生名叫马玉本，既无真才实学，只会照本宣科，又迂腐固执，架势十足。一日，武则天对孟子“以五十步笑百步”的论点提出疑义：“如此说来，岂非过无大小，一律同罪了吗?”

马先生毫不考虑，就断然还击道：“孟子世称‘亚圣’，仅次于孔圣人。圣人是生而知之，岂有谬误之理?”

武则天道：“孔子曾言‘吾十有五而志于学，三十而立，四十而不惑’。由此可见他也是‘学而知之’的，所谓‘生而知之’，盖为后人对他的溢美。”只说得马先生哑口结舌，喃喃许久，方恼羞成怒地道：“自开天辟地，出了尧、舜、禹、汤、周文王、周武王、周公和孔子八大圣人，从来没有一个女的。女的从来是头发长见识短。你欲将孟子压倒，真乃白日做梦，除非来生。”

武则天道：“上古时候，天塌下来，有个女帝，名叫娲氏，炼五色石把天补好，其功岂不大于这八大圣人吗?”

马先生“嘿嘿”冷笑两声道：“那是神话故事，不足为凭。女孩儿读完就已足矣，诸子百家对你毫无用处。”说罢拂袖而去。

马先生去后，心中很不平静：“虽然今天把她搪塞过去了，但以后她势必还会提出难题，使自己难堪……”于是他决定先发制人。次日一上学，他就提问武则天道：“‘女子无才便是德’怎讲?”

武则天不假思索，当即还击道：“‘男子有德便是才’何意?”

马先生又碰了一鼻子灰，十分尴尬。

一日，武则天在《晏子春秋》中看到“橘生淮南则为橘，生于淮北则为枳”，心生怀疑，向马先生请教。马玉本生气地道：“我要是什么都懂，早进朝中当官去了。如你瞧不起我，可另请高明。”说罢愤然而下。

武则天屡遭腐儒讥讽奚落，学习情绪虽未低沉，但满腹疑团不能及时解决，难以再有长进，甚觉晦气，不禁怀念起前师贾博古先生，写诗一首，以抒情怀：

恩师启蒙恩千载，
腐儒误人罪万重。
他日鹏程击水起，
宜褒宜贬自分明。

且说武士彟疾病日增，骨瘦如柴。一天忽接邸报，闻知唐高祖驾崩，不禁号啕大哭，昏厥于地，经武则天母女三人多方护理，三日方醒。这几天里，武士彟似入梦境，数十年的往事齐涌心头：“我当商人受压榨，巧计入仕，平步青云。唐高祖重贤良，封国公、尚书，对我恩重如山，我终生难忘。我在朝屡受谗言，左迁扬、豫、利、荆诸州都督。虽然忘己为民，开辟田畴，抗击豪富，功德显著，怎奈出身寒微，屡遭人妒。而如今乍升猛降，受尽冷嘲热讽，真不如殉高祖图个清静……”

武士彟苏醒之后，病情急剧恶化。一天有个绰号“包三剂”的郎中从此路过。此人巧舌如簧，甚能骗人，偶尔碰运气也能治愈几个，于是名声大振。武士彟闻知，遂将他请来。他诊脉毕，便果断地道：“寸脉细，关脉弱，病症由外来，瘴疠坐肺窝。大人必为北方人氏，不习惯南方水土。可对呀不对?”

武士彟道：“可我已来长江沿岸将近十年，从无患得此症。”

包三剂哈哈大笑道："你们当官之人，只知开辟田畴，抗击豪强，勤政爱民，抑富济贫。我说句不客气的话，你对于医道，可是一窍不通呀！"

武士擭道："请讲明白。"

包三剂道："常言道：'冰冻三尺，非一日之寒。'且大人往昔年轻力壮，鬼怕恶人。可如今大人年近花甲，气血日衰，志气日微，邪气乘虚而入，势在必行。这可对呀不对？"

武士擭认为其言之有理，急忙点头称是。

包三剂于是理直气壮地道："请将先前服用的药方交我一看。"

武士擭把药方找来，包三剂一目丨行，霎时大笑道："庸医害人，罪恶不浅。都将邪气内侵误为肺气虚弱，实为南辕北辙、火上加油。本宜解表，皆用清热。如此轻则病情恶化，重则立刻致命。"武士擭不禁吃惊道："请问尊师高见！"

包三剂道："邪气内侵，必须发汗解表，散风祛寒。发汗则通阳，解表则内安；风散则气平，寒去则肺宣。三服'三拗汤'，管保安而康。"

武士擭急问道："'三拗汤'都是何种药物？"

包三剂遂编了一个顺口溜：

麻黄杏仁甘，
加上生姜煎。
君嫌效力小，
可将细辛掺。

武士擭见此类药物皆属常见，不妨一试。但第一剂吃完，毫无效果。包三剂道："用药如打仗，兵少不如降。欲待取速胜，必须大增兵。"于是将药量增添了一倍。

武士擭恐有不妥，包三剂解释道："药量虽加，而品种不过五样，如有不测，情愿坐牢。"

武士擭见他说得斩钉截铁，毫不含糊，当晚便依方而服。但药下肚不到一刻，他便喘气如吼，双目失明。武士擭自知命危，勉强说了几句遗言：

“若我不幸，希葬我原籍文水……汝母女可投靠长安亲友……”话犹未了，便一命归天。原来是药方中的细辛性烈，用量超出所致。包三剂见势不妙，借故取解救药，便逃之夭夭了。

唐太宗闻知武士彟病故，念其功德卓著，赐其家眷黄金百两、白银百锭，以资抚恤。

杨氏母女三人似同断线风筝，扶棺北归。临行那日，当地乡老，凌晨而起，用麦饭、茶食、土仪摆满十里长街，祭奠超度武士彟的亡魂，以表示对他仁政爱民的感激。乡老个个涕泪交零，哭得天昏地暗，兽见不走，鸟见不飞……直至灵车远消天际，方陆续散去。

杨牡丹母女三人将武士彟归葬文水之后，立即奔赴长安投亲。

这时杨氏父亲杨达已牺牲于辽东战场，其母亦下世三年，孤独无依。到京后就奏请进宫拜望娘家侄女杨淑妃。

杨淑妃如今十分得宠，位列皇后之下。且其父母亦都谢世，亲族甚少，闻知堂姑母回京，亦不胜欣喜，立即奏请太宗恩准，进宫相见。

杨氏母女三人闻知可以进宫的消息，次日一早就起床梳洗，雇轿而往。这时皇城外的朱雀门大街已扩建一新，宽四十五丈，楼台栉比，槐榆夹道，车水马龙，远非十年前杨氏去扬州时可比。进入皇城，更是龙楼凤阁凌云，雕栏玉砌夺目，杨氏母女在轿里看得眼花缭乱。行至宫城承天门，到了文官下轿、武将下马的处所，只好步行，绕行三里路程至西宫通明门，方由四名宫娥迎入。

宫里有太极、两仪、甘露、延嘉、承香五座大殿，真是“五步一楼，十步一阁，廊腰缦回，檐牙高啄”，令人冥迷，不知西东。

杨氏同淑妃相见，热泪盈眶，许久说不出话来。杨淑妃本想先问姑夫病故的情节，见此情况，恐怕会使姑母伤心，于是连忙转了话题，将武则天姊妹俩拉到跟前道：“她俩离京时，刚刚会走，如今都快长大成人了。两人又都是如此标致，花容月貌，不愁找个乘龙快婿，姑母静等着享福吧。”只说得武则天两个人羞涩地低下头去。杨氏也不禁破涕为笑：“请淑妃早点给物色一个吧!”

正说之间，曹王李明下学回来，杨淑妃道：“快给你姑姥姥叩头!”

曹王明叩头道："姑姥姥好！"正要起来，杨淑妃又道："给你那两位姨姨也叩个头吧。"曹王明用眼扫了一下道："她俩多大了？"淑妃道："比你小两岁。"曹王明道："比我还小，她们该给我叩头才是！"杨淑妃道："傻孩子，叩头是按辈数的，岂能看年龄！"杨氏连忙把曹王拉起来道："年龄还小，都免了吧！"

杨淑妃为了和杨氏好好谈话，因向曹王明道："快领你两个姨姨到后花园里玩去吧！"武则天正巴不得在宫里逛逛，待杨淑妃话音一落，抬腿就走。曹王明于是就当上了向导，径奔后花园而去。过溪桥，绕回廊，攀假山，穿花径，十分有趣。武则天似同进入了蓬莱仙境，处处看得入迷，霎时和曹王明成了好朋友，无拘无束地问个不休：这是什么山？那是什么泉？这叫什么阁？那叫什么榭？这是什么花？那是什么鸟……最使她留恋的是谐趣亭，四面环水，三架拱桥，荷花满池，杨柳匝地，奇峰林立，怪石堆秀。更哪堪水天一色，和风习习，疑是身驾祥云，遨游天际。她遐想入神，良久不语。曹王明因问道："姨姨，你怎么啦？"

则天半迷半醒地道："我好像啥时来到过这里似的。"

丽娘道："你别说浑话了，咱离开长安时只有三岁，前天刚回来，你啥时来过？"

则天搔头想了一阵道："我在利州贾老师家里，见过一幅《天堂图》，好像和这里一模一样，真是巧夺天工。"

曹王明道："我从来没有出过长安。利州是什么样子？请姨姨给我说说。"

则天道："利州紧靠嘉陵江，有山有田，还有个灵岩洞，洞里面先前还有神仙。"

曹王明道："姨姨还到过哪里？"

则天道："我们还到过扬州、武昌黄鹤楼和荆州。"

丽娘补充道："我们还走过长江三峡……"他们三个愈谈愈融洽，愈谈愈入神，无须细表。

且说杨淑妃把他们三人支出去之后，便谈新话旧，安慰姑母："咱们杨家先朝时，权倾天下，无上的荣光。而今皇上亦宏恩浩荡，用人唯贤，我们祖、父辈荣膺要职厚禄者仍为不少，也算是不幸中之万幸了。”

杨氏道：“只可惜你姑夫为政廉洁，两袖清风，家徒四壁……”说着说着眼圈一红，流下泪来。

杨淑妃道：“皇上拟再给姑母增赏呢……”正说之间，太宗下朝回宫。杨氏急忙跪下叩头，连呼万岁不迭。太宗令杨氏站起落座，随即问道：“何时归葬回京？将住何处？”

杨氏道：“昨日归来，仍住于旧宅。”

太宗道：“恐恤金不足，朕拟再赐你黄金五百两何如？”

杨氏急忙跪下谢恩道：“蒙陛下恩典，贱妇永世难报。”

太宗道：“令爱都入学否？”

杨氏道：“蒙陛下关怀，皆读完五经，正习诸子。”

太宗道：“何不带来一见？”

杨淑妃道：“同明儿到后花园赏花去了。”

太宗道：“已到午时，该用膳了，快唤他们回来吧！”

宫娥立即去叫，刚摆好宴席，三个少年翩跹而归，已无拘无束，似同兄妹。

太宗一见，此二人皆如花似玉，喜上眉梢。则天连忙按照母亲进宫前的嘱咐，跪到太宗面前口呼“万岁”。丽娘因为玩耍，忘记了此事，心中不禁一愣，待则天欢呼之后，才跪了下来。

太宗将她俩扶起，仔细端详了一番，觉得则天不但妩媚，而且机灵，遂将她拉至跟前问道：“你今年多大了？”

则天爽朗地回答：“一十二岁。”

太宗道：“过去有个十二岁当宰相的人，你可知道是谁吗？”

则天道：“是甘罗。他十二岁时，毛遂自荐，向秦国宰相吕不韦请求出使赵国游说，赵王答应奉献五座城池于秦。秦王封他为上卿副相，并赐田宅数顷。”

太宗高兴得心花怒放：“好好好，答得对。待有机会，朕也派你出使好吗？”

则天道：“奴愿效劳！”

杨氏道："人家甘罗是男的，你是个女孩子，岂能行呀？"

则天将眼睛一翻道："男女还不是一样？"

太宗笑道："好好好，男女应是一样。"遂在则天脸上吻了一下，转脸问丽娘道："你能出使吗？"

丽娘摇摇头道："不能。"

太宗道："你是个胆小鬼，朕不喜欢你。"

因则天尚未成年，杨氏毫不在意。但杨淑妃深知太宗近年来，色欲愈增，时刻注意提防，忙道："酒肴已凉，请陛下快用膳吧！"随手将则天拉了过来。太宗愠形于色。

杨氏举杯敬酒道："愿陛下万寿无疆，淑妃青春常在，国泰民安！"大家一起干杯。

三杯落肚，太宗又兴奋起来："朕说个谜语，看明儿和两个千金谁先猜出来，胜者奖玉如意一柄。"

曹王明急道："请父皇快讲！"

太宗道："盾在地下，土在天上，两个国宝在中央——打一字。"

则天听罢，立刻答道："是个'幸'字。"

曹王明道："土在天上，两个国宝在中央倒像，但'盾'在地下怎么讲？"

则天道："幸字下面是'干戈'的'干'字。干即是盾，戈即是矛。"

太宗笑道："一点不错。"立即取出一柄玉如意赏赐给则天。

曹王明道："请父皇再出一个！"

太宗道："大家来猜谜，且坐在一旁。不要走和说，对着仔细看。打一字。"

这个谜语一直到用膳毕，都未被猜出来。在曹王明的一再追问下，太宗才说出是个"粗"字。

则天不禁一惊道："这谜语很精密，句句切题，就是我们太粗心了。"

太宗道："常言道：'犹豫比鲁莽更坏。'粗心也有好处，细心过度了也不好。"

曹王明道："孩儿不知何意，请父皇明讲！"

太宗道：“杞人忧天、庸人自扰之意也。”

杨淑妃唯恐太宗心怀邪念，用膳毕，即将赠赐姑母的五百两黄金着太监备车辇连同他们母女三人一起送回。

待人去后，杨淑妃急不可耐地问道：“陛下莫非对武则天有了邪念不成?”

太宗道：“则天可真算得上国色天香，只是她晚生了两年，不知淑妃可有什么妙法否?”

淑妃道：“妾若有此妙法，我再晚生十五年，岂不合陛下之意了吗?”

太宗笑道：“贤妃原来是个巧嘴八哥……”于是喜不自禁，搂着她温存了一番，又道：“莫非你们杨家专出美人不成?”

杨淑妃道：“普天之下我们杨家千千万万，难道所有的美女都让陛下淫遍吗?”

太宗笑道：“但愿如此。”

杨淑妃佯嗔道：“陛下真不知天下有羞耻之事了。”

太宗笑道：“孔子曰：‘食色，性也。’咱们老夫老妻间还有啥话不能说呀?”

杨淑妃道：“你甘当老夫，是陛下自愿，妾如今年方二十八岁，还不愿当老妻呢!”

太宗被说得无言答对，憨笑了一阵，方喃喃道：“巧八哥又变成刁八哥了……”又送一个长吻，欲顺阶而下。

但是杨淑妃深知太宗近年来贪恋暮景，情欲倍增，只怕今日的会亲将要铸成大错，因而一直放心不下。而且她所预料的大错，只不过是则天可能被召选进宫，使她失宠，可实际上却要比此大过千倍。

欲知后果如何，且听以后分解。

第七回

武则天初试云雨情
唐太宗重赏贤良裔

且说杨牡丹母女会亲后，获得的封赏可谓不少，足够数年生活使用。杨牡丹为前程考虑，又将武则天姊妹二人送到私塾赓续读书。

这时武则天正涉猎诸子百家和野史杂著。一年之间，诗文都有显著提高，深得同窗爱慕。他们竞相讨好献媚，有的给她写信写诗，有的竟害起相思病来。

武则天这时已经十三，经同窗百般挑逗，情窦渐开，便和一个最为聪俊的冯小宝相恋起来。这冯小宝一十五岁，身材魁梧，美姿雅态，因家庭贫寒，勤奋好学，为全班之亚。才子佳人，极易钟情。冯小宝给武则天写了一首《凤求凰》诗道：

倾城绝色今始见，
暗吃黄连苦自知。
但愿有情成眷属，
不羡金榜题名时。

武则天看罢，即时按原韵和诗一首：

落花有情水有意，
心许目成应自知。
好事多磨甜愈增，

须待地利和天时。

冯小宝见诗欢喜不尽，怎耐众目睽睽，良机难寻，只好眉来眼去，静候佳期。

直到次年八月武士彟去世两周年之际，武则天母亲回原籍上坟烧纸，她借故看家，方约小宝来会，以偿夙愿。

小宝才从床上下来，忽听一声门响，闯进来两个无赖，原来冯小宝来时，心急如火，忘记闩门。这两个无赖早对武则天垂涎三尺，所以跟踪冯小宝来此后，先在窗外听了一个不亦乐乎，欲火难支，便色胆包天，冲到室里，搂住武则天道："让咱趁火抽个头。否则，俺就写成榜文，贴满京师，看你俩还有何面目见人!"

武则天灵机一动，提出三个条件：

(一) 跪下给我三叩九拜；

(二) 把门闩上，免得被人撞见；

(三) 赠我黄金百两。

这两个无赖都是纨绔子弟，有的是钱，第三条毫无问题；而第一和第二条，更是马上可办。武则天趁他俩磕头闩门之际，在被中穿上衣服，命他俩解衣上床。他俩皆信以为真，兴高采烈，乐以忘形。但刚入被窝，武媚娘跳下床去，拿起一把菜刀，喝道："癞蛤蟆想吃天鹅肉，痴心妄想！你俩是要钱，还是要命?"他俩跪在床上，捣蒜似的连连回答："要命……"

"要命，明天送黄金百两来，今天把你俩的内衣和左耳朵割下作质，否则我到官府告你们强奸未遂!"说罢，她一个箭步上前，只听"咔咔"两声，每人割下一只耳朵，顿时鲜血直流。那二人披上外衣，仓皇而逃。到了次日因怕她告官，都如数将金子送来，把内衣和耳朵要回。

这两个无赖痛定思痛，心中怨气冲天，便大造起谣言来："武则天和冯小宝通奸，被俺捉住，他们当面磕头求饶，我把他们放了。谁知他们怀恨在心，背后唆使暴徒割俺耳朵，进行报复……"常言道："好事不出门，坏事传千里。”数天之间，谣言便传遍了京师，几乎是家喻户晓，而且以讹传讹，愈传愈神，连同武则天的姿容丽质，都说成了天仙一般。不知哪个好事的，竟将此事编成了歌谣：

十年寒窗前，
读书破万卷，
不羡状元郎，
愿娶媚娘仙。
仙容销人魂，
秀色更可餐，
一夜百日思，
暴死也心甘。

这支歌谣传开后，对她后来的入宫也起了不少推波助澜的作用。

且说武士彟前妻之子元庆、元爽兄弟是两个纨绔子弟，好逸恶劳，坐吃山空，经常向杨牡丹乞舍，欲壑难平。日子久了，难免有所拒绝。于是，武元爽勾结了一批狐群狗党，扬言欲出卖武则天母女，进行恫吓。

一天傍晚，他伪造了一张父亲遗嘱，破门而入，琅琅读道：“长安旧宅尽归元庆和元爽兄弟所有，武则天姊妹皆系庶出，应按月交租银十两。”

杨牡丹听罢，连忙哀求道：“你父为政廉洁，两袖清风，现靠借贷度日，哪有这么多银两？待你两个妹妹出嫁后，房产全交你们兄弟。不看僧面看佛面，为了你们死去的爹爹，宽容我们母女三人吧。”说罢，跪在地下给他们磕了三个响头。

丽娘吓得站在母亲背后，扯着衣襟直哭。则天连眨几下眼睛，灵机一动道：“拿来遗嘱我看！”

元爽将眼一翻，故作愤怒的样子：“看去！”随手把“遗嘱”甩给武则天。

则天拿起“遗嘱”看也不看，连抓带揉，撕个粉碎：“像这样的假遗嘱，我一天可以给你写一百张出来。你家的住房全归我们，每月租金千两。

你在我家站立一刻，应交个元宝。黑夜入门，非奸则盗！”说罢，操起菜刀唾了一口，照着元爽的头颅就砍，只吓得他惊慌失措，狼狈逃去。

但是，狗改不了吃屎，他岂能甘心?！又过了月余，趁武则天姐妹上学未归、杨牡丹到药铺买药之机，他带了那两个恶棍，到杨家撬门砸锁，开箱打柜，将其金银细软盗之一空。

则天母女回来，见状大吃一惊，其母竟昏厥过去。则天姐妹二人急忙呼救。待母苏醒之后，则天道：“必定是元爽和元庆所为。”

杨牡丹道：“常言道：‘捉贼捉赃，拿奸拿双。’咱又没捉着真凭实据，他岂肯承认?”

丽娘道：“到他家去搜。”

则天道：“他岂肯放在家里让你去搜！恐怕早已倒到别处去了。”

丽娘道：“去衙门告他。”

杨牡丹道：“清官难断家务事，既无凭据，又是家贼，官府也不好办。”

则天道：“定是他俩所盗无疑，咱到他家硬要，要是不给，咱就拿他家的东西。”

杨母道：“他俩身强力壮，咱三个人也敌不过他们一个，如何能拿到他家的东西?”

则天道：“咱还是进宫求淑妃去吧，一则请皇上给捉拿强盗，一则再请些赏赐。”

杨母道：“只好如此了。”

但是一连去了三次，淑妃皆说“圣体欠安”，拒不相见。

杨氏母女十分奇怪，第一次拜谒是何等的热情，而今竟连见也不见。

武则天道：“莫非是侍门太监没给传报吗?”

杨母道：“但愿如此，咱明天给他们带点礼品，再试一趟。”

次日，母女三人一早又雇轿前往，到得通明门前，杨母给侍门郎行礼毕，掏出白银五两，就将丈夫去世、寡母幼女受欺被盗的惨状，以及同杨淑妃的亲戚关系哭诉了一遍。

武则天道：“好爷爷，待俺发迹之时，定有厚报！”

侍门太监见武则天艳丽非凡，又口齿伶俐，暗自赞赏道：“若被皇上看上，必为祸水。”因怜她母女孤寡，随即又通报杨淑妃，并说了许多同情可怜的话。不料杨淑妃却冷若冰霜，果断地答道：“皇上日理万机，我亦身体欠安，此等区区小事，可以让她们到长安县衙去告。”遂取出黄金十两，“可给她们暂时维持生活。”

太监心中狐疑，接续问道：“莫非她们同淑妃是远房吗？”

杨淑妃道：“也不算太远，我父亲同她母亲是一个祖父。”

太监道：“你们还在三服之内，看在老祖宗的份上，请娘娘还是见见她们吧！”

杨淑妃把脸一沉，不高兴地道：“你莫非接受了他们的贿赂不成？让你教训我来了！”

太监吓得急忙跪下赔情道：“请娘娘息怒，是我酒醉失言，今后再不敢了。”

杨淑妃仍余怒未息：“下次定不轻饶！”

太监叩头谢恩：“是是是……”遂狼狈而下。杨氏母女闻知太监所说情况，只好自叹命苦，败兴而返。

要知杨淑妃权倾后宫，富贵无比，为何这般吝啬无情？只因武则天上次进宫时，太宗对其已有怜爱之意，唯恐交往日久，发生不测，故此坚决不让她们进宫，并决意同她们断绝来往。

杨氏母女三人得此黄金十两，维持生活数月，又窘困起来，武则天道：“咱上次进宫，太宗十分热情，但不知如何得罪了淑妃表姐。我们不妨去拜谒一次太宗皇帝，看看如何。”

杨母觉得有理，次日一早就把丽娘留下看家，带着则天去谒见太宗。至承天门前下轿后，急忙给侍门郎行礼，说明来意。侍门郎既念武士彟以往的功德，又看她们母女十分可怜，便伺机奏给太宗。这时太宗正在上朝，散朝后，立即召则天母女去见。

武则天在侍门郎的带领下，穿过太极门，直登太极殿。殿高百尺，耸入云霄，垂檐画栋，宏伟庞大，使人望而生畏。武则天母女上得殿来，心慌意乱，如揣小兔，跪将下去，双颊泛红，原来拟就的事由竟不知从何说起，只不住地口呼“万岁”。

太宗对武则天的印象深刻，今又长了一岁多，越发出落得俊俏动人了。怜香惜玉之心油然而生，立即让她们母女站起来问话。杨牡丹将家中失盗、受元爽兄弟欺压的情况，结结巴巴地述说了一遍。

太宗仔细地把武则天打量了一番，颇感佳人薄命，便慷慨地道：“朕赐你黄金五百两，可购买田宅，和元爽分居。今后生活的费用，尽管进宫来取是了。”

杨牡丹母女感动得涕泪交零，风吹梨花似的跪下谢恩不迭。

太宗令太监总管派人领取黄金送她们母女回家后，心中很不平静：宫里秀女千数，竟无一个能比上武则天者，是选美官有眼无珠呢，还是选美官作弊呢？抑或天公作梗，只钟情于武则天，再不让其他美人出生呢？武则天年方十四，又是忠臣之后，若专点选她一个进宫，群臣意见如何？物议如何？他七上八下拿不定主意。

欲知媚娘如何进宫，且听下回分解。

第八回

太子失算侠客反戈 皇帝选美则天入宫

话说唐太宗正在考虑如何点选武则天进宫，不料宫中突然发生了一场惊心动魄的事件：太子承乾收买一名刺客，要杀害太宗谋篡。

原因是太子承乾有龙阳之癖，结纳了几个娈童，尤其是对一个名叫称心的乐工，爱恋入迷。称心亦深为他的痴情感动，情投意合，同他寻欢作乐，胜似天作之合的夫妻。白日里游山逛水，傍晚间观花赏月。窗下床前，谈不尽的情爱，说不尽的蜜意。

承乾恐怕称心将来万一和自己离散了，便想出一个主意，让他和自己的王妃睡觉，希图能生个貌似称心的孩儿。怎奈王妃贞节持重，承乾虽再三叩头作揖，她也绝不应从。他百般无奈，竟把王妃按在床上，让称心给强奸了。王妃次日奏给太宗，太宗气愤无比，把太子的娈童，除长庆公主之子赵节和已故丞相杜如晦之子杜荷驸马之外，一律命内侍用绳索勒死。

太子承乾失掉称心，似油煎火燎般难受，痛不欲生，跳楼殉情。结果只跌断一条腿，未被摔死。痛定思痛，他一边在东宫里给称心修祠立碑，日夕悼念；一边同赵节、杜荷密谋篡位。

原兵部尚书侯君集，曾因隐瞒俘获高昌的财帛美女被降为兵部侍郎，心中怨恨太宗。闻知太子因宠爱娈童得罪父皇之后，便心生一计，把聪俊的女婿贺兰楚石，以擅歌舞的名义送进东宫，窥窃时机，里应外合，以求一逞。

这贺兰楚石的确聪俊过人。他的歌舞技艺虽然不如称心，但模样却似乎有过之而无不及。所以一进东宫，就得到太子承乾的欢心，竟把他当成复活了的称心，让他用称心的遗物，把他打扮得和称心一模一样。两人朝夕共处，寸步不离，花前月下，谈情说爱，以弥补他心灵中的创伤和空虚。

有天夜里，太子承乾正搂着贺兰楚石饮酒，王妃进来唤他，竟把贺兰楚石误认为称心的鬼魂，嚎了一声，昏厥倒地，不省人事。太子承乾正恨她入骨，心想吓死了才好，所以也不去救她。约过了一个时辰，她方才苏醒过来，太子叫两个宫娥扶她回房安寝。

王妃气愤不过，次日又将太子承乾给称心修祠立碑等事奏给太宗。太宗立即命人将其碑祠遗物捣毁殆尽。从此算把承乾逼到了绝处，当晚就纠集他的狐朋狗友贺兰楚石、赵节、杜荷等，计议谋反，杀害太宗和魏王。待事成后，承乾许他们三人为宰相。于是共同割臂取血，用绸帛拭之，烧成灰烬，泡于酒中，发誓道："昏王无道，臭名昭著，弑兄屠弟，残杀忠良。行至晚节，荒淫独断，猜忌多端，顿起弃长立幼之心，人神共嫉，天地难容！吾辈虽为异姓，但志同道合，风华正茂，情投意惬，似有天缘，义比桃园，胜于骨肉。誓谋大业，戮力相助，宁为玉碎，不为瓦全。师出有名，一举必成，日后爵赏，位比宰相。"誓毕，一起举杯而饮，随即分头活动。

贺兰楚石当晚便告诉了岳父侯君集，次日又去东宫为太子承乾出谋划策。

赵节探知汉王李元昌迷恋给太宗弹琵琶的美人，便以此为诱饵，把他拉下水。

贺兰楚石拉拢宿卫中郎将李安俨，从狱中找一犯死罪的刺客纥干承基，让他行刺，事成之后，不但赦罪，还许他为兵部侍郎。

纥干承基哭泣道："爵赏和赦罪皆非所愿，但愿同表妹一见，死而无憾!"

李安俨道："你表妹叫什么名字，现在何处?"

纥干承基道："我表妹名叫郑安奴，被原太子建成选美入宫，今年已三十三岁。"

李安俨道："原太子建成和齐王元吉的妃妾，皆被太宗霸占，都在后宫。如此说来，是太宗拆散了你们的姻缘，你恨他吗?"

纥干承基道："小的不敢启齿!"

贺兰楚石道："说也无妨。我乃兵部侍郎侯君集之婿。李将军为宿卫中郎将，与太子承乾是结拜兄弟。只因太宗晚年昏庸，多疑信谗，残害忠良，并拟废除太子，封立奸诈的魏王李泰。我等义激于心，筹划刺杀你我共同的敌人太宗和魏王。咱们同仇敌忾，生死与共，事成之后，一定能把你的表妹找到。”

纥干承基道：“只要能把我表妹找到，赴汤蹈火，在所不辞。但必须先找到我的表妹，然后再议。”

贺兰楚石道：“立刻给你寻找。”遂将纥干承基安排在一个密室，优厚相待。因宫娥进宫后都更换了姓名，贺兰楚石一连十日未曾查到。

纥干承基问道：“是否遣往行宫去了？”

贺兰楚石道：“这也难定。”

纥干承基道：“请给我十天假期，我到各行宫去找，如在外边，我定能找到，待我找回表妹，此仇不报，死不瞑目！”

贺兰楚石将此情况向太子承乾回报之后，立即决定让纥干承基去找。

次日晨起，纥干承基似鸟出笼，轻快无比，首先奔往终南山楼观台而去。百里路程，日夕方到。因怕人犯疑，首先去砍柴，然后以口渴找水的名义进祠。但因心慌意乱，一跟头栽到山沟里，昏迷了过去。幸遇一个心善的道士，把他唤醒，扶到祠里。休息片刻，说了杜撰的来意，请求参观一下楼观台的古迹。

道士见他谈吐文雅，不像歹徒，就任他浏览。但见楼台参差，花木繁盛，上依翠峰，下绕清水，似同一颗明珠嵌在半山间。更哪堪时至三秋重阳佳节，枫叶欲染，新霞满天，风荷松涛，柳垂金线，雕栏玉砌，飞阁流丹，奇峰堆秀，缭绕几缕炊烟。似仙非仙，似幻非幻……

纥干承基对此美景无意欣赏，一心想找到个宫娥，探听出表妹的下落。但他从南天门过回廊，穿花庭，左曲右折，直到台顶的老子祠和玄武庙，却未找见一个宫娥。因这里虽名为祠堂，实为道观，哪能容得女的。

纥干承基垂头丧气，似同断线风筝，信步乱走。后来忽然看见亭柱上刻写有很多游人的名字，心想他表妹也许陪驾游过此地，便逐个笔迹仔细寻觅。直到天色暗淡目不能视时，也未见一点迹象。入夜方到祠中借宿。

纥干承基听说骊山北麓的汤泉宫，是历代帝王游幸之所，心想那里也许会有些宫娥。翌日一早，就起身而去。赶到时将近中午，怎奈宫禁森严，不准百姓接近。他便寻个客店住下，日日上山砍柴，逐渐向行宫靠拢。一天早晨，忽然看见有两个白头宫娥走了出来，他急忙上前叩拜道："请问大姐，这里可有个宫娥叫郑安奴的吗?"

宫娥甲道："宫娥入宫都是改了名字的，你快死了心吧!"

纥干承基道："她是我的表妹，早已山盟海誓，除非身死，心是死不了的。"

宫娥乙道："她是哪年进宫的?"

纥干承基道："是武德九年。"

宫娥乙道："是选进来的，还是抢进来的?"

纥干承基道："我家住忻州，那年齐王元吉平突厥，她是被乱军抢进宫的。"

宫娥甲道："齐王元吉早已成鬼，你可到哪里去问他讨要?"

宫娥乙道："元吉那次抢来民女近百名，多半分给了太子建成。那时我正在东宫，太子死时，年轻宫娥多数未动，也许还在那里。"

纥干承基道："您是何时离开东宫的?"

宫娥乙道："前年秋后。"

纥干承基道："我表妹花容月貌，眉清目秀，玉肤雪肌，十分俊俏。你岂不认识她?"

宫娥乙为了给他宽心，便道："身材苗条，不胖不瘦，不高不低，双眼皮，深酒窝，对吗?"

纥干承基喜出望外道："一点不错。"

宫娥乙又随口道："她还在东宫，每天担水、浇花、扫地，现改名王喜儿。"

纥干承基道："多谢大姐。您现在到何处去?"

宫娥乙道："因俺年老，放俺归家。"

纥干承基道："你们家居何处?"

宫娥乙道："俺家居河南淮阳南关。"

纥干承基道："待俺找见表妹，定到府上拜谢!"说罢又趴在地下叩了三个头，方告别而去。纥干承基别了宫娥，乐以忘形，喜而忘忧，急忙回到客店，卖掉柴草，交了店钱，赶回长安。

纥干承基回到东宫时，已交二更，将汤泉宫老宫娥所说情况，向贺兰楚石回报之后，立即在东宫细查。那老宫娥本是顺口胡诌，却果然巧合，在膳房里找到了，现改名为胡安比奴。即刻让他们兄妹相见。

他们相见之后，抱头痛哭，约一个时辰，方各言遭遇，痛诉衷肠。

郑安奴道："表哥如何来到此地？"

纥干承基道："自从你被乱军抢劫入宫，我痛不欲生。痛定思痛，徒死无益，遂到五虎山学习武艺，伺机刺杀昏王。后来庐江王谋反，我投奔到他的幕下，共图大业。不料庐江王失败被诛，判我死罪，押于大理狱中。前日兵部侍郎侯君集之婿将我提出，声言太宗残害忠良，失信于民，又欲废除太子承乾，改立魏王李泰。他闻得我武艺高强，让我刺杀太宗和魏王，事成之后，赦我无罪，还许我兵部侍郎。我便提出条件，必须同你相见。故此用尽千方百计，方把你找到。"

不料郑安奴却皱眉道："表兄受骗了。你当宫中最坏者是谁？"

纥干承基吃惊道："是谁？"

郑安奴道："先是太子建成，后是新太子承乾。他俩都是奸淫成性、无恶不作者，时常矫传圣旨，抢拉民女，恨不能把天下的美女淫遍，蹂躏妇女致死者不计其数！"

纥干基承道："啊？原来如此！"

郑安奴道："太宗近来得知详情，准备把他废掉，故他狗急跳墙，疯狂反扑！"

纥干承基道："这该如何是好？"

郑安奴道："何不悬崖勒马，反戈一击，弃暗投明？"

纥干承基道："是也！"说罢，霎时来到太宗寝宫，破门而入，跪在太宗面前禀道："我乃刺客纥干承基……"

太宗惶恐万状，暗自思忖，既欲刺我，又跪我面前，莫非是黄鼠狼给鸡拜年不成？不禁吃惊道："朕赦你无罪，快离宫去吧！"

纥干承基道："我今夜前来不是行刺陛下，而是要刺你的敌人——太子承乾。”

太宗忙屏退左右，细问原由。

纥干承基道：“太子承乾闻知陛下欲废他，另立魏王，因此他勾结杜荷、赵节、贺兰楚石、侯君集、李元昌、李安俨等，将于明天晚上起事，让太子承乾伪装暴病，请陛下前去探视，院中埋伏甲兵百名，叫小的伏于案下，以太子咳嗽三声为号，突然跳出刺死陛下！”

太宗疑惧道：“你为何要来告密？”

纥干承基道：“只为表妹先在东宫为奴，熟知太子劣迹，劝我弃暗投明，前来启奏陛下裁处！”

太宗心生一计道：“你附耳过来。”遂如此这般地嘀咕了一阵。“待事成之后，定有重赏，并封你表妹为公主，配给嫁妆，与你隆重成婚。”

次日晚上，太子承乾便按计装病，呻吟不绝于床。太宗闻信，只带两个内侍、四个宫娥从容而来。杜荷、侯君集等喜形于色，待太宗刚一开口问病，太子承乾言未出口泪先涌出，连续咳嗽三声。

说时迟，那时快，纥干承基突然从案下钻了出来，手持宝剑照着李安俨的头颅砍去，一颗血淋淋的头颅滚到了地下。

太子承乾忙喊道：“错啦！”

太宗道：“不错！”

纥干承基手疾眼快，霎时又将李元昌的脑袋砍掉。侯君集、赵节吓得魂不附体，立刻跪地求饶。

贺兰楚石较为机警，急窜到门口，呼唤院中埋伏的百名勇士。岂知太宗来时，早布置千骑伏于院墙之外，一听里面的动静，都越墙而入，似同天兵下降，把太子承乾的党羽一网打尽。

太宗立即宣谕：“太子承乾弑父篡权，着即废为庶民，囚居后宫。奸党侯君集、贺兰楚石、杜荷、赵节，助纣为虐，皆斩首示众。”

一场惊心动魄的事件，全亏刺客纥干承基反戈一击，化险为夷。

太宗废罢太子承乾之后，回想起来，心中犹有后怕，所以对纥干承基和郑安奴夫妻十分感激。次日就封纥干承基为祐川府都尉，封郑安奴为忠义公主，赏赐嫁衣十车，金银首饰五大箱，骏马两匹，锦缎百匹，日用家具等不计其数，择吉日成婚。

婚礼仪式和王子纳妃、公主出嫁无二，皇亲国戚皆来庆贺，热闹非凡。

这时郑安奴已经三十三岁，经过妆饰仍似妙龄少女一般，虽然她在抗拒太子蹂躏毁容时眉尖上落了个伤疤，描了又描，涂了又涂，仍然隐约可见，但毕竟瑕不掩瑜，粉面桃腮，娇憨可爱，举止动人。纥干承基比郑安奴年长两岁，经过打扮，依然风流倜傥。

因双方父母皆亡，房玄龄甘当岳父，李勣（即徐茂公）充任了公公。媒人自然是太宗了。

拜了天地，举行欢宴。酒过三巡，国舅长孙无忌写了副对联呈上：

> 处女旷男二十载
> 先斩后奏几度春
> 横批：御赐姻缘

许敬宗听罢，立即站起来道："此对联前后矛盾，横批也不恰当。"

长孙无忌道："请问高见！"

许敬宗道："既已'先斩后奏'，那还叫什么'处女旷男'？再说皇帝陛下只是做的月老大媒，并不是'御赐'成婚。"

长孙无忌道："言之有理。愚兄不才，请贤弟赐教！"

许敬宗道："小弟亦是眼高手低，今天就献个丑吧。"于是吟道：

> 塞翁失马祸福莫测
> 完璧归赵荣华已定
> 横批：啼笑姻缘

大家听罢，齐声称妙，拍手相贺。

少顷，李勣亦立起道："我这当公爹的，不知能否发话？"

太宗道："人常说'新婚三天，不分老少'，谁也可以逗乐取笑。况且你也只是临时拉来应景，并不是真公爹，说也无妨。"

李勣道：“儿媳囚居东宫多年，虽然没有失身，但眉头上却落下了一块伤疤，我看称之为‘完璧归赵’似乎不妥。”

许敬宗很赞同，遂道：“言之有理，但应该称为什么呢?”

李勣道：“我看称为‘瑕不掩瑜’较为合适。”

大家又拍手称妙!

许敬宗道：“现在就请新郎和新娘用‘瑕不掩瑜’作个对联，否则，今晚不准他俩入洞房!”

众人异口同声，表示赞成。

纥干承基和郑安奴是上过几年学的，凝思片刻，郑安奴便道出上联：

瑕不掩瑜感青天

纥干承基立刻接道：

死可衔环谢皇恩

横批：天作之合

众人齐声叹服：“好个‘天作之合’!”

但坐在堂上的岳父和公爹不高兴了，他俩嘀咕了一阵，房玄龄道：“一个感谢青天，一个感谢皇帝，难道我们这当爹爹的都没一点功劳了？这真是人常说的‘小喜鹊，尾巴长，娶了媳妇忘了娘’啊!”

许敬宗道：“言之有理，请你们二老再给出个题目吧!”

李勣和房玄龄又嘀咕了一阵，便站起来按他们的意思编了副对联：

不孝有三，无后为大

尽忠无二，杀身成仁

横批：佳儿佳妇

众人皆称赞不已。

许敬宗道：“新郎新娘快点作答，否则仍然不得进入洞房。”

纥干承基忽然想起一句现成的俗语：

山高难挡太阳

郑安奴接道：

儿大不忘爹娘

横批：捧奉晨昏

众人皆说用词恰当，但太宗不高兴了，因道：“你们都日夕捧奉爹娘，我这国土边疆由谁保卫呀?”

纥干承基急忙站起来说：“把横批改为‘忠孝双全’。”

对对联算告了一个段落，随后又进行了些喝“双杯酒”等要笑取乐的活动。

今天虽是按公主出嫁的宴会形式，但又不是真公主，所以气氛最为活跃，君臣们都无拘无束，杯盘狼藉，衣冠不整，从中午直至入夜方散。

三更过后，一对新人方进入洞房。常言道：“久别胜新婚。”今晚既是新婚，又是久别，二十年的悲欢离合，不知从何说起，千言万语尽在吻抱中，那欢愉渐入佳境，妙处难与君说。

度完蜜月，纥干承基夫妇走马上任。临行那日，文武百官皆送至十里长亭，挥泪饯行，临别赠言：

夫妇上任去，
锦衣不还乡。
争得万民福，
为报恩泽长。

且说太宗正在给纥干承基夫妇送行，忽有内侍奏道：“长孙皇后病危，人已昏迷。”太宗急忙回宫探视。

长孙皇后本来已患肺痨多年，时轻时重，不足惊怪。但这次突然加剧，实因听说太子承乾欲谋杀太宗，伤心过度，连续数日失眠，心力衰竭所致。待太宗和晋王治、魏王泰来到病榻之后，她便强打精神留些遗言：“我从未作恶，竟会出了承乾如此不肖之子。我不再相信有什么神灵，有什么报应……我快归天了，人死如灯灭，请不要给我什么陪葬，可在山坡上挖个坑，搭一土石棺木就行了……”她咳嗽了一阵，口吐鲜血，又继续道：“陪葬金银财宝、珍珠玉器，不但无用，还是招引盗贼之诱饵，有害无益。”又吐一口鲜血，喘了一阵，继续道：“妾之族家，皆无功德，勿授要职，以免重演内戚吕产之祸。今承乾太子已废，泰儿和治儿当竞为忠孝，宜拣贤者立之……”未毕，便泣不成声，呻吟愈来愈低，逐渐昏迷死去。

太宗按皇后遗嘱，披九嵕山为穴，又土石葬之，称曰昭陵。

太宗本想早日选武则天进宫，只是不得借口。如今须要册补皇后，便趁机使些计谋，佯称欲立杨淑妃为后。因杨淑妃原系胞弟李元吉之妻，伦理有关，群臣必定反对，然后再以宫中无适合者为辞，下令诏选美女。试探结果，正如所料，随即发出选美百名的圣旨，并指名点选武则天进宫。

武则天这时同冯小宝热恋正浓，拒不接旨，并扬言自缢，对选美官进行威吓。选美官有圣旨在手，岂能害怕。一边用乱棍将冯小宝打死，绝其痴情，一边把武则天按进轿中，抢抬入宫。太宗一见，叹为国色，立即封她为才人。但武则天寻死觅活，拒不承恩。

欲知结果如何，且听下回分解。

第九回

太子乱伦逢险蒙救　则天出嫁留言树恩

且说武则天进得宫来，太宗便封为才人，职务是侍候太宗的起居。

武则天一见太宗苍颜白发、憔悴衰老的样子，和英俊秀丽的冯小宝相比，真是天壤之别。看之恶心欲呕，想之伤心欲绝。所以太宗再三调情逗她，她都拒不承恩。

太宗百般无奈，便令黄门侍郎把隋炀帝先时用过的"任意车"找来，哄武则天坐了。霎时金钩玉镯把她手脚缚住，太宗便将她强行临幸。武则天受此蹂躏，痛不欲生，哭泣三天，方才止住。她心中暗想："男的为何任意蹂躏女性？女的为何皆是玩物？君子报仇，十年不晚。既来之则安之，小不忍则乱大谋。"此后她便处处留心，以寻可乘之机。

一天，突厥送来一匹高大肥壮的烈马，名曰狮子骢，文武大臣赞不绝口。太宗问道："谁能驾驭它呢？"大家都面面相觑，无人敢对。武则天急忙趋前答道："请陛下赐我三件武器，我能制服它。"

太宗问道："哪三件武器？"

武则天道："一是铁鞭，二是铁锤，三是匕首。我先用铁鞭抽它；若不服，再用铁锤打它的头；再不服，我就用匕首割断它的咽喉！"

太宗听罢不禁赞赏道："一个年轻的女子，竟有这样惊人的胆略，真是少见啊！"

群臣听罢一阵哗然，善于逢迎的给事中许敬宗道："武才人堪称巾帼英雄！"

长孙皇后所生次子魏王泰和三子晋王治本来早就爱慕她的姿容，如今见她有如此胆略，更是垂涎三尺。

一天傍晚，武则天正端碗汤药，往太宗房中送时，恰遇魏王泰前来请安。他见她身旁无人，便乘机凑上前来，把手指在药碗里蘸蘸，往嘴里一舔，顺口成诗道：

哑吃黄连诉与谁？
衣宽魂消终不悔。

武则天岂肯轻易相许，故意卖了个关子，对曰：

有缘千里能相会，
无分对面似萍水。

魏王本来生性轻浮，得此答复，如堕五里雾中，反复推敲，难得其解，因此不敢轻动手脚。

武则天觉得魏王泰过于狡狯，不得民心，难成大器。倒是晋王李治，生性温和，聪俊文雅，前途无量，所以她便将魏王泰调戏她的情景启奏太宗，并说了晋王许多好处，于是太宗将李治立为太子。

李治位居东宫，深感武则天大恩，经常馈赠珠宝珍翠首饰之类，两人眉来眼去，你恩我惠。但子通父妃，非同小可，好事难成。李治冥思遐想，便害起相思病来：茶不思，饭不想，坐难稳，睡难安，意乱如焚，心似刀剜，神魂颠倒，有口难诉；面憔悴，体如柴，百药无效，名医难治，天荒地老人待死。这可把王妃急得如热锅上的蚂蚁，猜想：他是害相思病，怎奈他难启口，不肯承认。王妃眼看他将归西天，便跪了两个时辰，死死哀求："千岁！千岁！千千岁！罪名莫过一死，你既然不顾生死，还有何罪不敢冒犯？你究竟迷上哪个？我情愿屈辱下跪，即使把我废了，我也愿成全于你……强似你白白死去，落得我寡妇飘零！"

太子治见王妃如此真挚哀怨，终于壮胆启齿道："一见才人武则天，死而无憾！"于是泪流满面，泣不成声……

王妃得此真言，明知事关重大，但救太子性命当紧，也顾不得许多，便于黄昏人静时分，带个宫娥溜进西宫，告诉武则天。这武则天也早有成全之意，怎奈宫禁森严，皇妃从来不准进入东宫。她思索片刻，忽生一计："把你衣冠借我，我伪装出宫，待我回来，你再回去!"王妃道："妙计!"武则天道："不知你今后如何谢我?"王妃道："任凭尊意!"武则天道："许我三件：一是太子登基后，封我为贵妃；二是我与王后身份相等；三是帝后不许私会，事事同我商议。"

王妃只顾眼前救命，哪管日后，遂满口答应："全都照办!"

武则天装扮毕，简直和王妃无二，随宫娥来到东宫。

太子治一见则天，猛地坐了起来，精神一振，真不知说什么好了："救命的菩萨，我的心肝宝贝，屈尊相见，死而无憾……"他说一句叹一声，泪如雨降。

武则天安慰他道："千岁快将身子养好，后会有期！但望千岁登基后，勿忘前情，封我为贵妃。"

太子治道："莫说贵妃，就是皇后也不为过!"死拉住武则天不放。

武则天道："眼下已是三更，宫门快要关了，若回不去，祸在眉睫。"

太子治无奈，缱绻再三，始松手把武则天放归。

此后王妃送给武则天一身衣服，每隔三五日来偷看太子一次，不到一个月的光景，太子便已恢复元气。

是日正值三月十五，牡丹盛开，花好月圆，夜朗风清，太子治命王妃筹备美酒佳肴，答谢武则天救命之恩。

宴上，太子居中，王妃和武则天分坐左右，酒过三巡，太子诗兴顿起：

冉冉明月照人来，
牡丹两株失颜色。
久闻人间有谪仙，
今日方始无疑猜。
萧后量宽实堪赞，
女子不妒是美德。

左拥右抱无限趣，

不惧倾城与倾国。

武则天心灵手快，提起笔来，一和而就：

红花须得绿叶衬，

枯藤焉能附柳新？

老树昏鸦应自怜，

出水芙蓉未染尘。

一朝天子一朝臣，

两个皇后侍圣君。

娥皇女英起双舞，

美名千古留后人。

王妃虽也读过几年书，但远不及则天聪慧，凝思良久，勉强告成：

一日夫妻百日恩，

旧爱自难敌新人。

司马相如欲娶妾，

文君一吟乍回心。

堪羡情深陈皇后，

万金买赋又承恩。

可怜为妾才疏浅，

吟诗买赋皆无门。

太子治听此，忙跪下发誓：“我得有今日，全亏贤妃成就，李治若恩将仇报，死无葬身之地！”

王妃道：“我不过是提醒你罢了。”遂把太子治扶起。

武则天道：“今晚实为难逢之机，太宗出巡未归，宫禁人稀，咱应畅饮作乐，莫谈古人是非！”

太子治道：“极是！”遂提起壶来，亲自给王妃和武则天连斟三杯。

三杯落肚，太子治情不自禁，遂上床欢寝。这才是：

半年夙愿今日偿，
其间妙趣岂可言！
有心说句偏心话，
只怕背后有冷拳！

太子治虽然和宫娥私通幽会过不少，但从无今晚之畅快！一是武则天容貌非凡；二是武则天很有文才，艳词妙语不绝；三是武则天为自己前途着想，讨其欢心，施展手段，千方百计承迎。

寒来暑往，如此五年，幽会无数。因武则天善于笼络人，广给宫娥小恩小惠，因而此事一直瞒得风雨不透。

且说太宗立定太子治后，似乎是完成了使命，随即让太子监国，自己退居后宫，饱享晚年之乐，日日物色些妙龄美貌的宫娥调情取乐，消遣时光。虽然他贵为天子，但许多宫娥看到他苍颜鹤发、老态龙钟的样子，无不恶心欲呕，以冷漠相待。太宗看在眼里，想在心里，只有叹息年岁无情，却也无可奈何。而且他愈来愈老，身体每况愈下，所以贪恋声色之心更切，只有和时光抢速度，夜以继日，征歌逐舞……

太子治监国以后，权限日重，再纳几个妃子，不费吹灰之力。虽说宫娥皆是民间百里挑一逐步遴选的，但在他眼中，却个个颜色如土。他偏偏迷恋上父妃武则天，每下得朝来，便千方百计和她幽会。太宗由于年老体衰，加之声色过度，不久就病了起来。虽然在已纳的妃嫔当中他最宠爱的是武则天，但她对他的情意远不如杨淑妃，所以便住到杨淑妃宫中养病。这便给太子治以良机，每晚便同武则天双栖双寝。

有一天西域进贡来两缸葡萄美酒，太子治尝了几杯，觉得甚是可口，便倒了一瓶揣在袍袖里，兴高采烈地打算去同武则天欢饮。他一进门像鹰抓小鸡似的搂住武则天就吻。

武则天拼命推阻，却不言语。太子治不知内室有人，误以为她故意撒娇弄痴，紧搂蜜吻不放。武则天急中生智，大嚷道："圣体欠安，一律免见！"

太子治一听，惊惶万状，不知所措。

太宗在内室觉得外面脚步杂乱，心中感到有些蹊跷，又听武则天如此一声，遂道："宣进来！"以便看个究竟。

太子治便手持葡萄酒，急中生智道："今天由西域进贡来葡萄美酒两缸，儿臣先取一瓶来，孝敬父皇。"

太宗疑问道："我在杨淑妃宫里养病半年有余，你怎知道我来这里了？"

太子治亦随机应变道："儿本是去那里的，在大门外听一个宫娥说父皇来这里了。"

太宗心想，宫娥这么多，是很难调查的，而且家丑不可外扬，还是哑巴吃黄连苦忍了吧。于是便不再往下追问，转了话题："近月来有什么军机大事吗？"

太子治道："承父皇恩德，四海无事，天下太平。请父皇安心养病！"欲借故退下。

太宗道："我听说你近来贪恋声色过度，常不早朝，可属实吗？"

太子治道："皇儿由于眼疾，偶尔不早朝是有的。"

太宗见他回答得滴水不漏，也无可奈何，只好说："吾要休息，你回去吧！"

太子治这才似脱缰的马、撞破笼子的鸟，急步带喘慌张而下。是夜浮想联翩：欲得同武则天日夕共处，除非父皇早逝，岂知还有多少年月？若效隋炀帝杀父，自己又下不了手……

太宗歇息之后，方对武则天道："朕这次病后，像是又衰老了许多。"

武则天道："陛下早已把妾弃如旧履，日日同那妙龄美貌的宫娥谈情戏耍，声色无度。陛下老与不老，与妾何干？"

太宗本欲旁敲侧击，批评她的行为欠检，不想刚一开口，自己反而碰了一鼻子灰，便改口道："你今年才二十五岁，如朕万一过世去了，撇下你年轻寡居，这该如何是好呀？"

武则天道："妾出身贫贱，享受十余年的荣华富贵，早已心满意足，感恩不尽。陛下万岁后，妾愿看坟去，一方面感恩，一方面仍可同陛下日夕相处，缅怀旧情。岂不两全其美？”

太宗道：“世上有多少寡妇，初时都志坚如钢，而守节至终者却是很少。只怕你也难耐那种凄凉，为朕也于心不忍。”

武则天道：“愿听陛下吩咐！”

太宗道：“朕欲让你出家为尼，日夕诵经拜佛，精神有所寄托，不知妃子意下何如？”

武则天道：“陛下想得周全，妾感恩不尽。但如今陛下精神尚好，何必谈那些后事？”

太宗道：“朕的身体虚弱已极，我今晚到你这里，并不是已经疾病痊愈，而是由于你有些文才，让你给写遗嘱来了。”

武则天道：“陛下年方五十，太多虑了，还是好好养病要紧。”

太宗道：“朕近来睡觉，常常梦魇难醒，欲死者有数。万一偶尔不幸，噬脐莫及，还是未雨绸缪为是。”

武则天听此，心中十分高兴，一是代写遗嘱，可多写些有利于自己的言语，二是太宗过世后，即可同太子治结合，谋取已许诺于她的皇后宝座。于是她便连夜启问太宗的口谕，次日起草挥笔，十天而就。共代作《帝范》十二篇：君体、建亲、求贤、审官、纳谏、去谗、戒盈、崇俭、赏罚、务农、阅武、崇文。

太宗看罢十分满意，便将太子治宣来嘱咐道：“此《帝范》十二篇，修身治国之道都在其中，朕一旦不幸，则无他言矣！你当以古代贤王尧舜为师，吾尚不足效法也。凡事求于上，往往得其中；求其中，则只能得其下也。”

“吾居位以来，虽竭力勤政爱民，功大过小，怨言不多，然而失误也不少：兴修宫室，衣食锦绣，贪安逸，图享受，幸游四方，劳乏百姓，吾深悔之矣！”

“而你是承我之富贵，既无开国之勋，又无利民之功，更应勤政戒躁，去奢从俭。‘创业难，守业更难’，‘水可载舟，亦可覆舟’，‘成事迟，败事快’，皆是千古名言，当置之为座右铭，时时为戒也！”

太宗说毕，泪如雨下。思前想后，忐忑不安：“自古至今，从无不败的江山，周传八百，几经战乱，终难免亡。大唐江山岂能万古长青？究竟是几代几年，不堪设想……”

太子治跪在床前安慰道：“儿承父皇偏爱，荣膺重任，铭心可表。定以《帝范》为准绳，勤于政，爱于民，严谨行事，约束自己。请父皇放心，皇儿绝不辜负您的教导！”

太宗道：“但愿如此，你回去吧！”太子治高兴而下。

太宗的身体每况愈下。但他愈觉不好，享乐之心愈切，以便在有生之际，尽量多享受些声色之乐。所以成了恶性循环，三个月过后，他便预感到自己末日将至。因房玄龄、杜如晦、魏征皆已先后下世，他便把国舅长孙无忌、谏议大夫褚遂良、英国公李勣、给事中许敬宗招来，把太子治和太子的王妃进行托孤道：“此佳儿佳妇，今以付卿……所有妃嫔皆令出家为尼……”只说此两句，他便泣不成声，精力难支，被一口痰憋住，喘不过气来，呜呼驾崩，离开了人世。

李治登基号高宗，本欲把武则天留下，怎奈子纳父妃，名声至重，只好给她拣个离皇宫最近的感业寺，以便幽会。在临别前的夜晚，高宗便甩开王后，单独和武则天欢会。这一夜似笼鸟得飞，云浓雨骤，无拘无束，谈不完的情，道不尽的爱，直到天明。

高宗道：“你的姿容空前绝后，面似芙蓉，酒窝双生，鼻如琼瑶，齿白唇红。我恨不能把你吞咽，恨不能将你永搂怀中……”

武则天道：“你也堪称风流天子。但愿咱们结百年之好！如今你已当上皇帝，马上就是三宫六院。喜新厌旧，人之常情，只怕你很快就会将妾忘记……”

“你的俊俏，早把我的灵魂勾去。倾城倾国，我亦在所不惜；天塌地陷，我也不会把你抛弃！”

“但愿如此，我明日削发为尼而去，不知何日接我回宫？”

“多则半年，少则三月，而且我定常去会你！”

“这就好了。但还有一事使我挂心：陛下为嗣立，无甚功德，顾命老臣长孙无忌、褚遂良辈，定要摆架子，瞧你不起，你必须谦恭下士，收买民心！”

“极是，不知还有何高见?”

“我杜撰出‘十二事’，不知是否可行。”

“请速讲来!”

“一、劝农桑，薄赋徭；二、给复三辅地；三、息兵，以道德化天下；四、南、北、中，尚禁浮巧；五、省功费、力役；六、广言路；七、杜谗口；八、王公以降毕习《老子》；九、父在，为母服孝三年；十、勋官已给告身者，无追核；十一、京官八品以上，益禀入；十二、百官任事久，才高位下者，得进阶申滞。”

这高宗一味贪享声色，对国家大事尚少考虑，乍听武则天这番议论，不禁大吃一惊：“真乃高见，你如能辅朕，则可高枕无忧矣!”

欲知武则天怎样回宫，且看下回分解。

第十回

苦中作乐三生有幸 死里逃生四美欢聚

且说武则天进入感业寺后，虽然仍受着道规约束，但比宫里自由许多，不论白天黑夜，一有空就去后院树林里散步。野花惹人，鸟语调情，辛酸之往事，幕幕映现眼前：二兄欺诈，寡母飘零，冯小宝初恋，太宗诱奸，高宗杂情，寺院冷寂……不知到何时才是出头之日。

高宗原说多则半年、少则三月便会接她回宫，而今已将近一年，却毫无消息。且高宗之容貌虽比太宗英俊得多，但比起冯小宝来，仍大有逊色，故日里梦里，时常相会……

有天黄昏，她正在后院散步，忽有个小流氓爬在墙头喊叫：

小尼姑，夜夜哭，
半夜起床打糊糊。
喝半碗，留半碗，
留给和尚浆布衫。

武则天听此，又羞又气，捡块石头把他砸了下去。但他十分顽皮，停了一会，又换了地方爬上来，喊叫一遍。武则天也不愿和他生此闲气，只好不理他躲开。

又有天傍晚，武则天在后院里闷坐，忽有一个人爬在墙头喊叫：“武则天在哪里？武则天在哪里……”

武则天以为还是那个小流氓，捡块石头飞了过去，恰好打在那人头上，他便倒栽葱似的倒了下去。过路人有的说他调戏尼姑，罪有应得，不去理他；有的认得他是个卖药的，看着可怜，慌忙去救。两个月之后，他方才伤愈。伤愈之后，他又时常去那墙头张望，果然又遇到那个尼姑。他仔细辨认，是武则天无疑，遂走进大门，佯称是武则天的表弟，名叫冯小宝，前来探望。武则天心想，冯小宝早被打死，他必定是她那天打伤的流氓，前来讹诈，拒不相见，告诉师傅老尼道："我表弟冯小宝早已亡故，此系无赖取闹，快把他轰出寺门!"老尼便叫了一群小尼，手持棍棒把他赶了出去，将门锁上。

原来这人确是冯小宝，他当时被打没有死透，后又苏醒过来，但怕选美官发觉，遂逃往洛阳以卖药为生。现听说太宗驾崩，所有妃嫔皆削发为尼，特回长安巡访，好容易找到武则天，却又受此折磨。这天晚间，他就宿在感业寺檐下，想方设法，一定要会见武则天。因他逃往洛阳时，十分仓促，武则天送他的玉如意也未携带，苦思一夜，只把当年他写的《凤求凰》诗抄了下来。翌晨，一个小尼来开门时，他苦苦哀求，说明真情，请她把诗交给武则天。

武则天见诗，方信无疑，遂去门口迎他进内房。两人生死相逢，喜出望外，喉头哽噎，一时搂抱在怀，说不出话来。

许久之后，方慢慢畅诉离情。小宝道："我为你立志终身不娶，受尽煎熬，白日卖药谋生，夜间渴望梦中相会，但往往失眠，不能如愿……"

武则天道："我亦身在曹营心在汉，日日相思，夜夜失眠，恨不能插翅飞逃，恨不能打碎唐朝江山……"

小宝道："我一听得太宗驾崩，遗诏嫔妃为尼，顿觉喜从天降，星夜赶回长安。但寺庵星罗棋布，谁知哪边？我处处寻，到处喊，累得筋疲力尽，喉焦舌干，受尽唾骂，受尽白眼；更想不到挨你石头，把我打得天旋地转，昏迷不醒……"

武则天道："这都是旧礼教使然。一个皇帝，三宫六院七十二妃，害得多少人家破人亡、妻离子散。此恨不报，死不心甘……"

两个人哭一阵，诉一阵，直至深更夜阑，方上床共眠。

武则天为了隐瞒师傅老尼，便用意拉拢师姐妙珠和师妹妙玉。次日晚上，焚香念经之后，她先到隔壁妙珠房中，妙珠正在铺床。

则天道："师姐这么早就睡呀?"

妙珠道："俺又没有表弟陪着谈心，不睡觉，干什么呀?"

则天一听这话里有话，既有讽刺挖苦之意，也似有嫉妒和羡慕之情，便觉得事儿好办多了，便搭讪地坐下道："我入寺之后，师姐待我似同亲妹妹一般，有福同享，有祸共担，我当以生死相报。我们既已情同骨肉，我的表弟亦是姐姐的表弟，我备了几样干鲜果品和一壶薄酒，请姐姐过去共饮两杯，希勿见拒是幸!"

妙珠对冯小宝的英姿秀色早已动情销魂，巴不得立刻如愿。但是为了掩饰隐私，却做作道："固然咱们情同骨肉，怎奈同你表弟素不相识，怎好同他饮酒，且这是违犯道规之事，若被老师傅得知，非同小可。"

则天听她话音已是默允无疑，遂道："待会儿我把妙玉也请进去，只要咱们三人一条心，谁能知道呢? 再说咱那老师傅也是肉长的，姐姐不是说她年轻时节也偷过汉子吗? 她要是与咱过不去，我就给她揭出来!"说毕，拉着妙珠就走，妙珠便也半推半就而去。冯小宝立起躬身相迎："师姑万福!"妙珠还礼罢，悄悄地望了一眼，急忙低下头去落座。

则天又立即去拉妙玉。妙玉听说师姐妙珠已去，便毫不犹豫地跟了来。

武则天坐在下首，同冯小宝对面，妙珠和妙玉东西打横。酒过三巡，冯小宝便兴奋起来，似同粉蝶落入花丛，岂有不采之理。他胆子也渐渐大了起来，向妙珠和妙玉瞟了一眼，遂道："七情六欲，人之天性。男女出家，必各有特殊缘由，敢问两位师姑，可为何故呀?"

妙珠和妙玉都已觉察冯小宝是有意撩拨自己，心中怦怦乱跳，喜惧参半，难以启齿，羞涩地低下头去。

武则天急忙为其解围："表弟莫非醉了吗? 大凡出家，必有难言之隐，岂可轻易告人?"

冯小宝道："师姑要长得丑陋也就罢了，可都长得艳丽非凡，妩媚动人，如此冷清一生着实可惜，若能还俗，不怕找不到英俊可意的郎君哩!"

武则天道："英俊的郎君易找，而可意的郎君却是难寻。像表弟这样善良的男儿，真是百不得一呀!"妙珠和妙玉皆是极为机灵之人，对他俩一唱一和的用意早已心领神会，却毫无厌意，似同含苞初放的牡丹，欲待蜂儿来采。

冯小宝胆子愈来愈大："小生年已弱冠，尚未娶妻，今晚得遇师姑，实为三生有幸，但愿能成就则个！"说罢便朝着妙珠和妙玉行了作揖礼。妙珠和妙玉早被他的仙姿玉质、香肌雅体所迷，只是不好轻启朱唇，皆以目示意。武则天见已水到渠成，立即铺床展被，熄灯就寝。

且说高宗也是极好声色之辈，只为谋立太子，尽力克制。如今太宗去世，再无约束，他虽极爱武则天，但她已削发入寺，且子纳父妃名声攸关，须待时日，伺机图之。于是他把武则天建言之十二事，皆委托善于逢迎的许敬宗审理，便溜进掖庭物色美女去了。

这时有个秀女，入宫数岁，不得见君，苦中作乐，荡秋千消遣。看见高宗驾到，心慌意乱，不知所措，一时又刹不住，便一骨碌滚了下来。但她顾不得呻吟，就连忙迎驾，娇呼："万岁、万万岁！"本来她长得十分秀丽，粉面桃腮，肌肤莹洁，加之荡秋千和心中慌乱，更是满面红润，含羞娇喘，酒窝双生，越发妩媚动人！高宗情不自禁，连忙把她抱在怀里，坐到石凳上，问道："你叫什么名字，多大年龄？"

"我叫萧良娣，年方一十六岁。"

"你进宫几年了？"

"三年有余。"

"良娣呀，良娣，真是好名字，一个优良的美女。年方十六，正是二八娇娘，朕今封你为淑妃何如？"萧良娣听此，急忙跪下："谢恩！"

"你荡得一手好秋千，同朕一起荡荡如何？"

"为妾受宠若惊，只怕心慌意乱，荡得不好。"

"无妨！"

于是帝妃二人，对面立在板上，荡了起来。愈荡愈高，甚是有趣。这高宗早被萧妃的秀色神姿所迷，急忙叫萧妃停下来，带进宫去，饮酒作乐。

这萧妃极为聪慧，多才多艺，琴棋书画，无所不能。她最拿手的是琴，先弹一首《凤求凰》，缠绵婉转，文雅清新，似同空山鸟语，赏心悦耳，令人神往销魂。

夜阑酒酣，解衣就寝。这晚甜情蜜意，不啻武则天承恩时，缱绻留恋，日上三竿方起。从此每天下朝，高宗就急忙来和萧妃欢娱。而这萧妃年轻世薄，不知趋奉王后，把王后撇得冷冷清清，使王后对她嫉恨万分。不久，萧妃怀孕。十月之后，便生下一男孩，取名立本，后来改名素节。

高宗一时无法和萧妃同欢，才想起了武则天，便趁着黄昏去感业寺与她幽会。

他来得不巧，恰遇冯小宝正和武则天、妙珠、妙玉饮酒作乐。

武则天急忙接驾，娇呼："万岁！万岁！万万岁！"见礼毕，各自落座。

高宗道："此少年是何人？"

武则天道："为妾表弟，去年丧妻，立志不娶，以跑江湖卖药为生。今日路过长安，妾设酒给他洗尘。"

高宗信以为真，遂道："他既然立志不娶，封他为白马寺道主何如？"

冯小宝急忙跪下谢恩："愿吾皇万岁！万万岁！"

"你叫什么名字？"

"我叫薛怀义。"冯小宝随机应变改名道。

"很好，薛怀义，你定要仁义为怀，普度众生！"

"是，陛下，小道绝不辜负圣意！"

高宗为防万一，遂道："你今晚即刻起程是了！"

武则天道："他傍晚刚到，行装留在店中，就让他在店中一宿，明日起程可好？"

高宗道："就依你是了。"

小宝趁机遁去："愿吾皇万岁，小道去店中歇息。"

妙珠、妙玉亦皆回避。

"我只当陛下把妾忘了，不料还有今日……"武则天似喜似怨地道。

"朕何曾一时一刻忘记你，只为朝政繁忙，不得脱身。"说罢凑到武则天跟前："明日接你进宫可好？"

"任凭陛下，再修行几年也无不可。"

"你分明是怨朕来迟了，我今晚住此寺中，给你赔情何如？"

"女子尽是玩物，早玩早腻，迟玩迟弃，无所谓迟与不迟。"

“我差点为你死了，救命之恩，终生难忘!”

“到得我年老色衰之时，即便你心中不忘，恐也势不由己。汉武帝之陈皇后，当年是何等宠幸，后来色衰失宠，又是何等悲凄!”于是泪似断线，滚滚而下。高宗忙替她擦泪，又怜又爱。

武则天双手甩开，坐到一旁：“寺院里岂能动得手脚，只怕污了神灵。”

高宗道：“我明日派辇接你。”

武则天道：“你接与不接，妾不敢强求。”

高宗再无计可施，只好尴尬辞去。

高宗去后，冯小宝急速进来。因明日将各分东西，后会无期，这一晚真是良宵无价，有许多知心话儿，说不完，道不尽，十分可怜。

“你若封为皇后，必定将我抛弃。我又弄假成真，出家为僧，终生旷居，好不凄凉煞人……”

“封皇后，我梦寐以求。但我对高宗之恩爱，却远不及你。我只不过借他的权势而已！为了权势我可以牺牲一切，即使瞎掉一只眼、丢掉脑袋，我也在所不惜!”

“我为你受尽棒伤，死而复生，街头卖药，寻遍尼庵，历尽人间悲苦炎凉，正恨团圆之晚，又恨离别之速。且宫禁森严，后会无期。棒打鸳鸯，似箭穿心，那滋味，委实痛苦难言，还不如死去……”

武则天道：“什么滋味我都尝过，我要替天下的女子报仇，我要替老百姓申冤！我不愿死，我不轻生，我要永远奋发下去……”

二人说一阵，玩一会，难割难舍，直到天亮。

欲知武则天回宫后的情况，且听下回分解。

第十一回

谋取后位扼女归天
谏诤庸君叩头出血

且说薛怀义奉旨去白马山寺担任道主，按时而行，岂敢误期。但是高宗许诺次日接武则天进宫，却因故误期。

这日晚上，武则天怎能平静？薛怀义出家，将以青磬木鱼为伍，何等之凄凉？高宗失信，必有风波，定是凶多吉少。她辗转反侧，直至五更不能入眠……

且说高宗从感业寺回来，和善于媚上欺下的许敬宗商量，接纳武则天之事。许敬宗道："子纳父妃声名攸关，宜善思良策，应将她和先帝之私隐去，请太医验身，证明她为处女，并诬陷其知情人和则天有仇，造谣泄愤，将他们杀掉灭口，方能泯然无迹。"高宗听罢，连连点头称赞："真乃妙计！"许敬宗为了讨好高宗，即时着手办理。

王皇后听说高宗欲接武则天回宫，心中十分欢喜，一是可以间疏萧妃，以解她专宠之恨；二是武则天一向尊重自己，口甜如蜜，讨人喜欢。她为了抢功，讨好高宗，未等高宗动手，便矫驾君车，把武则天接了回来。但是她却没有想到，武则天这次进宫，虽然使高宗对萧妃有些冷淡，可武则天却采用了联萧反王的手段。

因为武则天志向远大，不但想当皇后，还一心想当皇帝，所以必须首先踢掉王后这块绊脚石；而萧妃位卑，不在话下，可以联合协作。萧妃见识浅薄，只看到武则天进宫后高宗冷淡了自己，便怀恨武则天，一心去和王皇后靠拢，同病相怜。王后无子，萧妃便把自己的儿子李素节寄到王后的名下，以讨其欢心。于是她俩联合起来，造谣诽谤武则天。

常言道："旧爱难敌新宠。"萧妃和王后比起来，王后是旧爱，萧妃是新宠，所以王后比不过萧妃，而武则天既是旧爱，又是新宠，二者兼得，所以王后和萧妃联合起来也敌不过武则天。

武则天每晚和高宗欢爱之后，时常谈些国家安危和朝政大事："汉朝时候，屡次发生外戚之祸，陛下应引以为戒，对太上国舅长孙无忌和王后的哥哥，不可不防。尤其近来，陛下对王后稍有冷淡，她更易产生怨尤。由怨生恨，人之常情，更应提高警戒。至于萧妃，出身微贱，无能为力，靠拢王后，实为见识浅薄，可怜可悯!"

高宗听了这席话，又想起先前的建言十二事，深感武则天眼光犀利，见识高卓，堪为良辅，便封她为宸妃，比贵妃还高一等，仅次于皇后，并让她帮助批阅奏折，自己抽出时间到后宫寻欢作乐。

如此年余，武宸妃对所有疑难案件都处理得恰到好处，高宗十分满意。武宸妃便趁机提出想陪他临朝听政，高宗心中自然欢喜。但此事史无前例，又觉得让群臣观赏宸妃，有失体统，便和许敬宗商议。这许敬宗出身庶族，一心想往上爬，时刻揣摩圣意，设法迎合："可在朝堂挂一珠帘，让宸妃坐在帘后，外明里暗，宸妃可以观见朝臣，而朝臣看不见宸妃。"

高宗听此连声称赞"妙计"！次日便叫武宸妃"垂帘听政"。武宸妃深感许敬宗之恩德，便建议把他提拔为礼部尚书。

从此朝中一些守旧之臣，皆有"山雨欲来风满楼"之感。王皇后更是深感前途不妙，便四处活动，散布不满。武则天将计就计，编造一首民谣，给王皇后栽罪："母鸡司晨，违天不祥，高宗低头，媚娘称王……"当此民谣传开后，武则天便加枝加叶，添油添醋，向高宗奏道："臣妾垂帘听政以来，生产繁荣，户口骤增，贼盗渐稀，颇有贞观遗风。究竟是顺天则昌，还是'违天不祥'，世人皆知。我是女子，只不过怜惜陛下的身体，岂有称王之理？她造此谣言，蛊惑人心，形似诽谤妃子，实是咒恨陛下。且她每晚和太上国舅长孙无忌、顾命老臣褚遂良私议至更深方回。他们皆掌大权，只怕谋起乱来，要比我寒门武家容易百倍！她岂非贼喊捉贼吗？应当赶快把王后废掉!"

高宗迟疑了一下道："'后发制人'，方能得民心。他们既然要谋反，必有暴露之日，到得那时，师出有名，可将他们一网打尽。”

武宸妃觉得高宗之言很有道理，不好强行驳回，便采用欲擒故纵的策略，佯为称赞道：“圣意甚当，今后宜时刻注意，以免突然暴发，措手不及。”

那首民谣是武宸妃编造的，王皇后并无谋反的打算，所以时隔半年，丝毫也得不到证据。武宸妃急不可耐，便用小恩小惠收买王皇后和萧淑妃宫中的宫娥太监，刺探她们的动静。失宠生怨，人之常情，她很快得到她们不少蛛丝马迹似的怨言恶语。武宸妃如获至宝，于枕边绘形绘色地对高宗进谗。高宗经过调查了解，都确有其事，所以对王皇后和萧淑妃愈来愈恨。

但废立皇后乃是朝中一件大事，没有特大的理由很难实现。因为皇后在一人之下、万人之上，大多出身于贵族名家，和朝中诸位宰相有着千丝万缕的联系。所以皇后的废立将会波及诸大臣宰相的升降，必须经过群臣商定。

直到次年秋天，武宸妃生了一个公主，取名如意，比前两个儿子漂亮十倍，简直同武宸妃的艳丽无二。高宗爱如意如掌上明珠，每次下得朝来，先去逗玩一阵，方才进膳。王皇后失宠之后，用尽千方百计，软硬兼施，终难破镜重圆。当她听说武宸妃生此公主，甚得高宗欢心，便屈尊前来送洗礼钱，借机献媚武宸妃，希冀武宸妃能帮她在高宗跟前说些好话。

武宸妃一见王后，就气从数处来，心想：她名义是送洗礼钱，实为黄鼠狼给鸡拜年，不怀好意。恨不能立刻置她于死地而后快。待王后刚走，忽听公主哭了两声，武宸妃灵机一动，计上心来。为了自己的事业，为了替女人们争口气，她必须搬掉王后这块绊脚石。于是她大步走上前去，掀起被子，用双手猛掐如意公主的脖子。只见如意公主两眼一翻，浑身乱抖，不禁有些手软了，但又冷静地一想，错过一次机会，悔之莫及，掐死了一个女儿，今后还可以再生，遂又紧咬牙根，用尽全身之力猛掐，霎时公主气绝而亡。但公主手脚仍在抽搐，两只小眼仍然瞪着，她怜悯之心又油然而生，一阵昏迷蹲在了地下。

乳娘、宫娥等听见室内响声，急忙进去查看，见状不禁愕然，丈二和尚摸不着头脑。还是乳娘反应较快：“愣啥？还不快救！”于是七手八脚，将武宸妃扶上龙床，灌送参汤、姜茶、麝香等抢救。恰在这时，高宗下朝回来，询问缘故，皆面面相觑，不知所以。高宗气急败坏地扇了乳娘一个耳光：“蠢材！”

武宸妃被此一惊，稍微清醒过来，用手指了指摇篮里的女儿。高宗向前一看，更为吃惊，立即抱了起来，小宝贝、小心肝地乱唤。但公主早已气绝殡天，手脚冰凉了。高宗怜惜了一阵，无可奈何，便追查起原因来。这时武宸妃已清醒过来，边哭边道：“王后适才来抱了一阵，臣妾刚送她出门，就发觉女儿气绝，吓得昏厥倒地……”

高宗查问乳娘等，皆言如一，遂相信这是王后所为无疑。

武宸妃又边哭边诉道：“人常说‘儿女连心’，她明知陛下最疼爱如意公主，故下此毒手，刺伤陛下的心……她既能对如意公主下此毒手，又嫉恨你我入骨，早晚必受其害。且顾命大臣皆在王后一边，谋起反来，易如反掌。现已露此苗头，请陛下未雨绸缪是幸……”

高宗早已对王皇后生恨，经此事一激，顿有废后之念，立即将她传来呵斥道：“大胆奴婢，竟敢掐死朕的爱女！你不生育也就罢了，焉何嫉恨别人，你莫非要学恶后赵飞燕，尽杀王孙吗？你……你……你……罪该万死！”

王皇后听此，祸从天降，吃惊不小，扑通一声跪倒在地，恨不得长出一百张嘴来，语无伦次地申辩道：“请陛下明察，奴婢实在冤枉。奴婢失宠生嫉是有，但岂敢在光天化日之下动此毒手？奴婢方才来送洗礼钱，实为讨好陛下和武宸妃，希冀陛下能不忘旧情，分点余爱给奴婢……奴婢实在冤枉，百口莫辩，请陛下明察，给奴婢洗刷这不白之冤……”说着说着，痛哭击首，捶胸跺足，昏厥于地。

高宗被搅得心乱如麻，悲愤莫名，是非难断：“是王皇后吗？她岂敢明火执仗地作恶，没有后怕。是武宸妃吗？岂有母亲忍心杀害亲生女儿的。是宫娥吗？无缘无故，何为自讨苦吃。但是负责护理的宫娥是有失职的罪责的。”于是，高宗一股怒气向那两个小宫娥倾泻道：“贱婢为何不守在公主身边？你们到何处贪玩去了？”

两个宫婢吓得双膝跪下，哆哆嗦嗦地道：“奴婢就在门口来着……”

高宗怒道：“实怨你俩贪玩使然，罪当斩首，格外原谅，赐死便了。”乳娘当即执刑，给她俩一人一条白绫，悬梁自缢。

高宗这才怨气稍息，踢了王皇后两脚道：“先滚回去，听候发落！”王皇后哭哭啼啼含冤而去，痛苦难以言状。

且说人有七情，而情最深者莫过于母爱，武宸妃已生二男，皆似高宗，只此一女最为艳丽如己，故特别疼爱，到得晚间，愈觉不安，彻夜失眠，悄悄地拟了一篇祭文的腹稿，次日晨起抄录收藏起来：“人非草木，孰能无情，老虎虽毒，不食其子。呜呼如意，以玉为骨，以花为容，人间绝色，似同谪仙，莫非天意助我，使汝下凡？为母下此毒手，实出无奈。不害汝，不能感动圣心；不感动圣心，便不能废除王后，斩草除根，则汝母汝兄皆不能久存！害汝一人，救吾全家，汝功莫大焉！

“呜呼如意，皇亲窥窃神器于内，豪强兼并于野，朱门衣锦食馐，百姓短褐不完，尤其妇女命不如鸡，任人宰割蹂躏。天生吾才，得侍君侧，当协天子治国安民，文治光华，昭被九域。故舍爱女，以成大业，希汝在天之灵，谅吾苦衷。待母事成，当为汝立祠树碑，流芳千古。言有尽，而哀思无穷，呜呼哀哉，尚飨！”

且说高宗失去爱女，的确似同剜肉一般难受，又见武宸妃彻夜失眠，悲痛莫名，深信肯定不是她自己所害，必是王皇后所为。而且他早已对王皇后生恨，所以决心把她废掉。次日一上朝，高宗就宣谕道：“王皇后没有亲生儿子，还嫉恨别人，将朕的爱女扼杀。而武宸妃既有儿子，又广通经史，才智出众。朕还多病，武宸妃能辅我听政。故朕拟易立武宸妃为皇后，不知诸贤卿意下如何？”

那最肯献媚顺旨求荣的礼部尚书许敬宗立即称颂道：“武宸妃才略非凡，贤德著称，立为皇后，既是陛下的英明决策，又是天下百姓的福音。臣衷心从命！”

吏部尚书李义府亦立即附和道：“武宸妃立为后，可称为二圣临朝，乃天下之大福，臣亦甘愿从命！”

但是，有个谏议大夫，名叫褚遂良，同太上国舅长孙无忌，是太宗驾崩时的顾命大臣。此人疾恶如仇，忠直不阿，当他听说高宗的爱女被害、王皇后被诬之后，就预料到可能要废掉王后，曾去对长孙无忌道：“老兄既是开国元勋，又是太上国舅，不可冒犯圣意，使皇帝落得杀功臣和舅父之名。我褚某出身穷寒，既无汗马功劳，又身居高位，届时首当冒死直谏!”

长孙无忌道：“若老弟果有不测，吾当叩阍力争，与子同死，流芳百代!”

所以，今天褚遂良听到高宗的谕旨和许敬宗、李义府的谀辞之后，义愤填膺，便声色俱厉地道：“王皇后出身名家，先帝驾崩时，曾将太上国舅长孙无忌和臣宣去嘱咐道：‘此佳儿佳妇，托付与卿，可共辅之。’言犹在耳，王后又无大过，岂能轻废？故臣不能奉旨，而违抗先帝之遗命!”说罢将纱帽和牙笏一起抛在地下，磕头出血苦谏：“臣愿交还陛下此笏，乞归田里务农而去。”

高宗看着褚遂良的狼狈样儿，好似图死卖活的泼妇，实在不雅，有失体统，因而大怒道：“快拉将出去！王皇后将朕的爱女扼杀，心毒手狠，令人发指，这还能不算大过吗？难道非篡夺了朕的江山，才能算大过吗?”

武宸妃在帘子后边听了，更加气愤，大声斥道：“何不将此老朽杀掉?!”

长孙无忌急忙为其辩护道：“历来制度，‘顾命大臣，罪不加刑’，更何况他本来无罪，只是举止欠雅不恭罢了!”

当时长孙无忌在朝中的职位和威望最高，既是三公之一，又是太上国舅，高宗一听他偏向褚遂良，感到当天实难如愿。而且秩序也被褚遂良给搅乱了，便立即宣布退朝。

高宗回到后宫，已无主意了，因向武宸妃道：“这该如何是好呀?”

武宸妃为了收买人心，表示自己仁柔，因道：“应做到仁至义尽为宜，可先给太上国舅送些厚礼，讨其欢心，徐徐图之才好。”

高宗既已十分愤恨王后，又急于让武宸妃替他听政，便于自己后宫享乐，次日即装载金银千两、锦缎千匹，以及人参貂皮、古玩字画、珠玉玛瑙等共十二大车，偕武宸妃前去长孙无忌府中馈赠。

这长孙无忌心想：高宗从来没有送过自己这么丰盛的礼品，必定是为谋皇后而来。但王皇后系出于贵族世家，曾有三代之交，太宗临终时，亦曾托孤，岂能轻废？而武宸妃又通经史，多权谋，如今谦恭下士，将来得势以后定难让人。所以他决意不从，便佯为热情接待，筹备十分丰盛的美酒佳肴。

边喝边叙，海阔天空，乱谈一气。而高宗则由远而近，每次欲拉入正题，皆被长孙无忌岔开。将近醉时，武宸妃认为不能再拖了，便给高宗递了个眼色，高宗便乘酒兴，壮壮胆道："而今虽说将相和睦，国泰民安，但是王皇后跟我多年，不但自己不生育子女，还嫉恨别人，掐死我的爱女，颇似赵飞燕皇后，欲殄灭我王孙。"

长孙无忌道："臣恐怕其间有诈。王皇后素称仁柔，即使她因嫉生恨，首应谋杀太子才是，害陛下爱女，有啥用处呀?"

高宗道："舅父难道怀疑公主是武宸妃谋害的吗?"

长孙无忌道："岂敢。陛下已将那两个宫娥赐死，想必是她们所为。陛下若未明察，岂能草菅人命?"

高宗被长孙无忌说得无言答对，把原先拟定的词儿也给忘了，用眼瞟了一下武宸妃。武宸妃用手暗指了一下自己，高宗才想起来，接续道："我身体多病，武宸妃还能给我代劳，而王后才疏学浅……"

长孙无忌又抢白道："常言道：'女子无才便是德。'汉吕后当权，吕产之祸几乎亡国，前车之鉴不远，岂能忘怀?"

高宗又道："女子应以'德容恭顺'为本，可王皇后迩来时常迕旨。"

长孙无忌道："陛下迩来时常喜新厌旧。失宠生嫉，人之常情。嫉之愈深，爱之愈笃。希望陛下，即使不予平分秋色，只要不忘旧情，薄施雨露，也定能恩爱如初。先帝临终时曾嘱咐为臣：'此佳儿佳妇……'言犹在耳，岂敢忘怀?"只说得高宗又无言答对，武宸妃亦无计可施，只好急忙进膳，悻悻起驾回宫了。

欲知武宸妃是否会就此罢休，或者又生何计，且听下回分解。

第十二回

奸佞献计武后行权
忠臣失算王后入监

话说武宸妃给长孙无忌行贿碰壁，悻悻而归。回到宫里武宸妃又想出一计，让其母去求表姐杨太妃去长孙无忌家求情。这杨太妃先时同长孙皇后相处和睦，她也很希望表妹当上皇后，将来能沾光获福，所以十分乐意进行斡旋。在一个风和日丽的早晨，趁长孙无忌上朝时，杨太妃同武则天母亲一起去到长孙府第，私会长孙无忌的宠妾。言新话旧之后，杨太妃道："我表妹武宸妃前日来府上看见夫人的三个儿子聪俊超群，十分喜欢，已奏请高宗皆封为散朝大夫。"边说边将圣旨取了出来。

长孙妾听此，喜从天降，急忙跪在地下磕了三三见九个响头，忙道："武宸妃真好！"

杨太妃道："武宸妃还建言'父在，为母服孝三年'，尤其对咱们女子，格外同情覃恩。若武宸妃当了皇后，还不知有多少福音呢！"

武宸妃母亲道："可不知为何，太上国舅执意不从，请妹妹给劝说劝说可好？"

长孙妾道："那老朽脾气倔强。我试试看，若能说转过来，是咱大家的造化。"

杨太妃诙谐地道："听说如今朝中将相无不惧妾，只要妹妹说句话，不怕太上国舅不从。"

长孙妾笑道："听说高宗皇帝也对武宸妃有点畏惧呢，这大概是上行下效吧！"三个人都笑得前仰后合。又闲聊了一会，杨太妃怕长孙无忌下朝回来遇上不便，就同姑母一起辞行。长孙妾再三挽留不住，心中很过意不去，便将前日高宗和武宸妃送来的高丽参每人馈赠十斤，略表谢意。

长孙无忌下朝回来，闻知此事，深感不安和后怕，即劝说其妾将封赏三个儿子的圣旨退回。但母子情深，已到口的肥肉岂能吐出，因此她执意不从。

长孙无忌道："接这三道圣旨，似同饮鸩止渴，只怕不久就要大祸临头了。王后无大过，焉能废之？若我助纣为虐，朝野将如何看我？"

其妾道："圣旨是皇帝下的，又不是偷的，是太妃送上门的，又不是咱去讨的，谁敢说个不字？为了你的臭脸面，竟然违抗圣旨，只怕胳膊扭不过大腿。若是人家废立皇后得逞了，把你甩到一边，那才要大祸临头呢！"

长孙无忌道："大丈夫为义而死，死得其所。若明知不对，苟安顺旨，祸未必能免，还将遗臭万年！"

其妾道："你要是敬酒不吃吃罚酒，只怕后悔莫及呢！"

长孙无忌道："如今顾命大臣褚遂良同我已经发誓决不奉旨，谅高宗皇帝也绝不敢强行。他若有此胆量，为何给咱赠送那十二车厚礼呢？又为何走此小道送圣旨呢？可见他名不正，言不顺，心里发虚。"

其妾道："奴婢读书不多，但也听说过商纣王宠妲己、周幽王宠褒姒的故事。当皇帝被美女所迷，只怕什么样的荒唐事都会做得出来。你看那武宸妃俊俏的样儿，真和仙女下凡无二。高宗皇帝竟然不顾父妃的名义，把她纳为宠妃，还有什么条款不能答应哩？你当初新宠奴婢时，不也曾说过为了我可以不顾一切吗？"

只说得长孙无忌又羞又气，无言答对，便气急败坏地道："你们妇道人家见识短，只看到眼皮底下一点点，最容易上当受骗，你就是把我休了，我也是不能应承的！"

其妾道："休就休！"说罢双手把门闩上。

长孙无忌无奈，只好暂住在客厅里。时过月余，仍不妥协。

武宸妃见此计难成，又生一计，遣礼部尚书许敬宗到长孙无忌府中去游说。

长孙无忌正憋着一肚子气，听说媚附武则天的许敬宗来府，立即传令拒绝接见。但又一想，把他传进来痛骂一顿，岂不正好出出气吗？于是紧接着又传令请他进来。这许敬宗在来之前就预感到凶多吉少，但自己是礼部尚书，责无旁贷，又不敢违迕武宸妃，只好硬着头皮前来。一进门先吃了个闭门羹，心中老大不快，但刚起身欲走，又闻唤他进去，所以心中更是七上八下，忐忑不安。他刚进客厅，长孙无忌兜头就问："有何贵干？"

许敬宗搭讪地道："无事不登三宝殿。"

长孙无忌道："可是我这座三宝殿的锁早已生锈了，皇上都打不开，你岂能打得开？老弟未免有点夜郎自大，太不自量了。"

许敬宗道："常言道：'识时务者为俊杰。'只怕胳膊扭不过大腿。小弟今日若不奉旨，岂敢来叨扰你赵国公？"

长孙无忌道："常言道：'知法犯法，罪加一等。'请问你这礼部尚书，知礼者失礼，可该当何罪呀？"

许敬宗道："小弟今天前来拜访国公，一是奉旨，二是为国公的前途着想。咱们昔日既无仇又无恨，何必要伤掉和气呢？两国交兵尚不斩来使，赵国公如此恶言相讥，岂不有失你的尊严吗？"

长孙无忌早已按捺不住内心的怒火，冲上前去，打他两个耳光，怒道："无耻小人，谁跟你称兄道弟？历观前代，亡国之君，皆被尔等阿谀顺旨、助纣为虐的小人所误，或者被指鹿为马的奸佞所蔽。吾等若有不测，亦将流芳百代；尔等小人，虽然可得一时之荣，必将遗臭万年！"

许敬宗鼠窜而归，跑到武宸妃和高宗跟前，添油加醋，无中生有，边哭边诉道："我是奉旨去的，他打我两个耳光，实是给二圣脸上抹黑。尤其不该用亡国之君比陛下，用妲己比宸妃，用赵高比为臣。还说什么'国之将亡，必出妖孽'。他又悔恨地说：'先前太宗曾认为陛下懦弱，想将陛下废去，另立吴王李恪为太子，全亏他劝说阻拦，才使陛下得以保全。早知如今，何必当初？'他既已悔恨，岂不是想要谋反？"

武宸妃对许敬宗之言全信以为真，急忙向高宗道："人常说'功高震主'，一点不假。太上国舅，既有助太宗开国之勋，又有立陛下为太子之功。既封国公，又为吏部尚书三十多年，德高望重。如今已目无陛下，傲慢若是，其谋反之心已露，若不早除，后患莫测！且如今陛下已对他做到仁至义尽，是该当机立断的时候了，请陛下从速降旨吧！"

这高宗生性怯懦，一听“谋反”二字就胆战心惊。他早已发觉武宸妃的才智远远超过自己，很想立她为后，做个靠山，他方可坦然度日。此时虽欲降旨，但事关重大，还有点犹豫。

许敬宗灵机一动，又想出些词儿，急忙补充道：“田舍翁多收五斛麦，还要易妻哩，更何况一代天子。当机不断，必受其乱。”

高宗仍有点犹豫，迟迟不肯动笔。

许敬宗又想出一个招，道：“英国公李勣商议废王皇后那日，他请假不朝，似是怕得罪长孙无忌之辈，故意托病。不妨把他传来，探探他的口风。”

高宗似乎有了主心骨，遂道：“可速把李勣传来。”

李勣听说高宗传他进宫去，就猜是为废立皇后之事，早已胸有成竹：“事已至此，实难扭转，便只好顺水推舟了。”当高宗一问，他便立即奏道：“此乃陛下家事，何必再问外人？”因李勣的战功和谋略，都同长孙无忌不差上下，而且也是当时的“三公”之一，在将相中的威望和影响也很大。高宗听后，十分高兴，立即草诏废王皇后和萧淑妃为庶人，打入冷宫，立武则天为皇后，立其子李弘为太子。

武后为了感激许敬宗和李勣立后之功，赐给每人金银财宝各五车，并封每人的一个儿子为散朝大夫。

武后除掉眼中钉，便提出免帘听政。高宗最爱后宫寻乐，很乐意武后替他代理朝政，巴不得如此，随即应允。

高宗从此日日在后宫与宫娥为伍，谈情说爱，荒淫无度，丑态百出，且愈来愈凶。不久竟把武后寡居的姐姐兜揽上手，封为韩国夫人。有一天武后提前下朝，恰好遇上二人取乐。高宗下跪求饶。因家丑不可外扬，武后也未声张，却在暗中下毒，将其姊韩国夫人害死，佯称病故。但是，不久高宗又把韩国夫人十四岁的女儿贺兰敏玉诱奸。武后得知，怒不可遏。因贺兰氏系娇花嫩蕊，聪俊超群，她一得宠，自己肯定失宠。这才是前门赶狼，后门进虎——老虎比狼更危险万分。她遂大闹起来：“堂堂天子，似同禽兽，奸其母女，今后如何见人？”说罢抢步上前，把高宗的皇冠摔在地下，气得咬牙切齿，怒道：“不把贺兰敏玉轰出宫去，我就与你不共戴天！”又上前去撕高宗的龙袍。

高宗和贺兰敏玉正欢爱在火上，如胶似漆，怎能舍得割爱，拼着皇帝不坐，也下不了那种决心，千般许愿，万般求饶："我封你为天后，朝中大事，一切由你，只要容得贺兰敏玉咫尺之地，在后宫我可对你称臣！"说着说着，当真捡起皇冠给则天戴上，跪下奏道："臣李治见驾，请陛下息怒！陛下让臣赴汤蹈火，臣不敢不赴；陛下让臣死，臣不敢不死！"弄得天后啼笑皆非，遂道："朕命卿把贺兰敏玉赐死！"高宗道："贺兰敏玉系陛下甥女，故臣不敢奉旨，请格外谅情！"

天后思索片刻："你既对我称臣，我就是皇帝。皇帝应有三宫六院，我可纳结男宠。"

高宗见事已至此，无可奈何，且想此系一时气话，她也未必真能够如此，只好答应："任凭陛下。"

天后觉得硬逼的手段难以成功，便暗思良策，佯为允之："家丑不可外扬，你今后和贺兰敏玉幽会，必须秘密，掩人耳目。"

高宗如释重负，连称："皇恩浩荡，臣定牢记。"方叩头而起。

欲知贺兰敏玉下场如何，且听下回分解。

第十三回

高宗失信专宠甥女
武后据理力挽狂澜

且说高宗贪恋上贺兰敏玉，如痴如醉，一连三月不朝，朝朝暮暮与她寻欢作乐，观花赏月。先时还受诺言约束，偷偷摸摸，后来胆子愈来愈大，干脆把她封为魏国夫人，光明正大起来，已把天后抛到了九霄云外。

高宗三个多月不回正宫，且失诺言，竟把贺兰敏玉封为魏国夫人，天后预感到失宠之危险，悲愤交加，感慨万千："他既负我，我岂可不负他？且他也曾允诺我结纳男宠，我就做给他看！"于是便命侄儿武三思去白马寺把薛怀义传来，谈新话旧，言情说爱，寻欢作乐起来。饮至半酣，天后道："不可有酒无诗，且民歌便于抒情，咱今天就用民歌的形式。"遂出一个"春光明媚"的诗题，大家分头去作，优者佳肴，劣者罚酒。

天后交卷最快：

山清水秀草亦新，
莺歌燕舞喜迎春。
天下少年知多少，
但愿都是有情人！

接着武三思交卷，其诗为：

春回大地生百媚，
百花争艳鸟成对。

良宵一刻千金价，
离人万里胡不归？

薛怀义心慌意乱，潦草成篇：

爱看东风春意催，
先发杨柳翠欲滴。
条条都是迎郎意，
谁要负心肉成泥！

接着评论起来，大家一致认为天后心胸宽阔，气魄高大，立意新颖，名列第一。薛怀义之“柳枝”和“迎郎”是拟人手法，且写得含蓄，是个痴心之子，实为少有，名列第二。武三思由鸟语花香联想到远别的离人，意境也不错，只是无突出特色，算为末流，罚酒三杯。然后由武三思出题。适逢飞进一对燕子，便以“燕子”为题。

又是天后交卷最早：

鸿雁贞操哀声惨，
春燕风流惹人羡。
谁个聪慧谁个痴，
这桩奇案怎评断？

薛怀义这次交了二卷：

生就聪俊性儿狂，
檩上私语并成双。
院中低飞卖风流，
知否给人几多想？

武三思落了个末卷：

鸿雁携冬方北去，
紫燕南边送春忙。
花开多时人未回，
劳驾捎信有重赏。

评议结果，还是天后第一，因其诗风格绮丽，耐人寻味。薛怀义写尽燕子的举止神情，且联想奇妙生动，仍为第二。武三思只根据燕子送信的传说，略加琢磨加工而成，缺乏新意，仍为最末，又罚酒三杯。

接着薛怀义看见窗外桃花盛开，遂以“桃花”二字为题。

还是天后敏捷，首先交卷：

三月桃花红彤彤，
多情丽人懒盈盈。
不是昨夜欢愉多，
只为夜短日日增。

武三思连罚两次，心中有些窝火，这次抢交二卷：

春风惹人上翠楼，
红雨成阵肆意流。
细看不是桃花落，
尽是离人泪与愁！

薛怀义又落个末卷：

红花枝头春意浓，
佳人千里梦中逢，

人人争说桃色好，

我看不如荷花容！

评议结果，仍是天后第一，诗意清新，曲折起伏，引人入胜。薛怀义把现实和梦境结合起来，又突然以荷花作结，出人意料，深得三昧之妙，当为第二。武三思写得诗意悲沉，有不祥之兆，实为最次，又罚酒三杯。

于是薛怀义得意忘形，挖苦武三思道："贤侄这三首诗，不是'胡不归'、'人未回'，就是'泪与愁'，你今后不如把名字改为'武三悲'好了！"

武三思被连罚三次，心中本来就不是滋味，又受薛怀义这番奚落，弄得面红耳赤，不由得暗中生些怒气：自己诗才和薛怀义并不相上下，而是天后偏袒所致。即使确实不如薛怀义，亦应照顾一次情面。今后遇有机会，定要报仇雪恨！

"人逢喜事精神爽。"薛怀义酒后，面泛红润，粉面桃腮，容貌不减当年。且两人久别胜新婚，这一夜欢愉倍增，直到天明方去。

好事不出门，坏事传千里。天后和薛和尚幽会之事，很快传遍宫内外。

高宗得知，遂回宫询问天后。天后毫不掩饰："我之所以如此，是因你失信所逼！且你玩弄宫女无数，我只不过私通一个和尚，真是'只许州官放火，不许百姓点灯'！"只说得高宗哑口无言，含怒离去。

天后看高宗气色不好，便决定先下手为强，买通魏国夫人手下的宫女，于膳中下药，将她毒死。

这时高宗正爱魏国夫人如痴如醉。其实这魏国夫人的容貌，虽也可称艳丽，但比起武后，还远远失色，只是她正当妙龄，色嫩腰瘦罢了。若将武后比作花中之王的牡丹，魏国夫人也可算为含苞初放的月季。高宗乍闻噩耗，犹如轰雷炸顶，呆若木鸡，不知所措。直至次日，方痛定思痛。高宗决心要废掉武后，给魏国夫人报仇。他首先去到冷宫看望王皇后，表示心回意转，要废掉天后，救她出狱。并即时将此冷宫改名"回心院"。当晚即派太监王伏胜将西台侍郎上官仪传到御苑畅华阁中，命他草就废武后的诏书。

上官仪道："如今武后奸党已经形成，恐为时已晚！"

高宗道："此恨不报，我死不瞑目！如朕有不测，卿可扶立太子忠，继承遗志!”

上官仪见高宗矢志不渝，遂提笔一挥而就：“武后窃权误国，秽乱春宫，民怨四起，失却帝望，着即废为庶人，打入冷宫。”高宗看罢，点头赞可。不料此事早有天后心腹报给天后。天后急如燃眉，命御林军将御苑团团包围，登辇飞至，一个箭步把诏书夺了过来，气愤填膺，据理驳斥：“是陛下贪恋声色，恣情淫乐，命臣妾瞟本批奏。臣妾忘己济物，废寝忘食，‘窃权误国’由何说起？陛下迷恋后宫三千佳丽，还把臣姊及其亲生女儿奸污，是谁‘秽乱春宫’？如今户口骤增，国泰民安，生产繁荣，贼盗渐息，‘民怨’又从何说起?”

高宗听了天后的一连串质问，瞠目结舌，无言答对，又看到外面御林军走动，心中害怕，便推卸责任：“朕初无此意，因上官仪教唆，才生此念。”

上官仪听此，忙跪下叩头求饶，“臣一时糊涂，乞归田里!”

天后遂喝道：“圣上有旨，上官仪草诏!”上官仪明知凶多吉少，亦不得不拿起纸笔。只听天后念道：“上官仪离间宫廷，欺君图赏，居心叵测，十恶不赦，着即绑赴刑场，碎身焚尸!”上官仪吓得魂不附体，丢掉纸笔，昏厥倒地。便有武士上前捆绑结实，架赴刑场。

天后历此风波，尚有后怕，便趁机大刀阔斧，铲草除根，紧急实行如下措施：

一、太子忠与上官仪同谋，立即赐死；

二、王后和萧妃知情不报，着即砍掉四肢，泡醋缸中淹死；

三、王后亲属十五岁以上者皆流放岭南；

四、擢许敬宗为中书令；

五、擢李义府为兵部尚书；

六、为培植党羽，颁求贤诏。

但是天后对待老臣，却采用拉打兼施之策。尤其是长孙无忌和褚遂良曾反对过她为后，她遂将他俩传进殿来，宣谕道：“尔等忠直敢言，深情为国，只是不知事物之演变进化。朕宽大为怀，不咎既往。且万事俱兴，唯贤是择，希安心事朕……”

长孙无忌和褚遂良心有余悸，皆不自安，叩头道：“臣已年近古稀，愿乞归田里!”

天后道：“尔等莫非不满朕乎?”

长孙无忌和褚遂良连忙叩头：“岂敢，岂敢。臣遵依陛下是了!”

但外号“笑中有刀”的兵部尚书李义府、阿谀求荣的宰相许敬宗，很善于揣测天后旨意，事隔两年即诬陷长孙无忌、褚遂良、刘奭、韩瑗谋反，奏请高宗杀之。

高宗泣曰：“彼皆功臣，且长孙无忌为国舅，若杀之，天下将谓朕何?”

许敬宗曰：“汉文帝之舅薄昭，亦为功臣，只因杀人，文帝遣百官素服哭而杀之。至今天下以为文帝大公无私，誉为明主。今长孙无忌忘两朝厚恩，欲谋社稷，其罪重于薄昭百倍，乃王莽、司马昭之流。古人云：‘当断不断，反受其乱。’安危之机，间不容发，若再迁延，恐祸生肘腋，悔之莫及!”

高宗遂下诏：“贬长孙无忌黔州，追削褚遂良官爵。免刘奭、韩瑗官职。”后来逼迫长孙无忌自杀，将褚遂良流放岭南。

武后恐怕长安的遗老遗少们不服，为了割断他们同高宗的联系，决定迁都洛阳。免得高宗起疑，对外扬言说是游幸。

欲知迁都情况，且听下回分解。

第十四回

武后选贤竭诚依旧 高宗贪色花样翻新

话说高宗失权之后，一心寻找安乐窝，再无复辟之意。当他听武后说要去洛阳游幸，便乐不可支，数日间准备就绪，立即起跸。

是日，天气晴朗，春光明媚。朱雀门外，车水马龙，銮舆如云，旌旗招展。高宗和武后在宫娥、太监、金吾将军的前呼后拥下，辰时登辇而行。直至中午，方到坝桥，送行的官员照例摘柳枝呈给帝后，作为留念，整整装满了一车。

他们一路上边走边看，时经一个月，方到洛阳。这时隋炀帝的旧宫全已修复，焕然一新。且这里自然环境、名胜古迹、风物人情，似乎皆比长安有过之而无不及。唐高宗真有点像刘后主，乐不思蜀了。且由于贞观盛世刚过，国库充盈，天下太平，正好大肆挥霍，屡修行宫，征歌逐舞，犬马鹰隼，行游四方，挥金如土，用珠似砂。

武后来到东都之后，虽也饱享贞观余泽，尽情贪图声色，寻欢作乐，但她却把巩固扩大权势置于第一位，立即颁发了《求贤诏》，令文武官五品以上者，各举所知。

> 抱栋梁之材，可以丹青神化。蕴韬铃之略，可以振耀天威。资道德之方，可以讲训风俗。践孝友之行，可以劝率生灵。抱儒素之业，可以师范国胄。蓄文藻之思，可以方驾词人。守贞亮之节，可以直言无隐。履清白之操，可以守职不渝。凡此八科，实该三道，取人以器，求才务适。所司仍具为限程，副朕意焉，主者施行。

此诏颁发之后，许多文武之秀，无比欢迎，或求师告友，或投文自荐，全国上下，一片沸腾。

武后为了深表谦恭下士，仍穿着原先的旧罗裙，于则天殿中面试（以后称为“殿试”），擢用了狄仁杰、魏元忠、徐有功等名臣三人，以及庶族百姓出身的贤才一百多名。

这三个名臣，除狄仁杰是由河源（今青海一带）都督娄师德所推荐之外，魏元忠和徐有功皆是上书自举。

庶族出身的贤才中，有个名叫陈子昂的，生在蜀中一个庶族地主家里，爱好读书写诗，书呆子气十足。幼时上学的路上，他看见一头母驴咂嘴不停，感到十分稀奇，急忙禀告老师道：“我只见过黄牛倒沫（反刍），今天竟有一头母驴倒起沫来，岂非咄咄怪事？‘国家将亡，必出妖孽’，莫非要天下大乱？”

老师听后觉得可笑，只好以实相告：“母驴咂嘴是发情求配的正常现象，并非反刍，亦非妖孽之兆！”

不料陈子昂又提出异议道：“《诗经》首篇曾言‘窈窕淑女，君子好逑’。弟子亦见公鸡追赶母鸡，岂有母驴主动之理？莫非先生欺我耶？”

老师气得无法道：“不信我言，可回去问你父兄！”遂拂袖走了出去，不再理他。

类似的笑话，层出不穷，不可枚举。

但陈子昂很同情黎民百姓，疾恶如仇，反对战争。当他听说武后准备开凿蜀道、进攻生羌时，再也按捺不住内心的激动，遂写谏诗一首：

丁亥岁云暮，
西山事甲兵。
赢粮匝邛道，
荷戟争羌城。
严冬阴风劲，
穷岫泄云生。
昏曀无昼夜，

羽檄复相惊。

拳跼兢万仞，

崩危走九冥。

籍籍峰壑里，

哀哀冰雪行。

圣人御宇宙，

闻道泰阶平。

肉食谋何失，

藜藿缅纵横。

天后看罢此诗，不禁联想到自己建言十二事中提倡的“息兵，以道德化天下”，便急忙中止此举，以免失信于百姓，并表示对陈子昂的酬劳，任他为麟台正字（从八品）。

且说高宗整日和宫女们观花赏月，饮酒对诗，谈情说爱，日子久了，也未免有些烦腻，遂又想出了许多花样。一天，高宗带了四个宫娥和几名侍卫到野外去玩耍。他扮做牧童，让宫女小红扮作村女，到河边山坳里幽会。宫女小兰扮作村女的老爹，抓住高宗痛骂道：“你强奸幼女，该当何罪?”

高宗装腔作势道：“只为你女儿太俊，把我灵魂勾去，常言道：‘色胆包天。’我一时支架不住，把国法忘诸脑后，实为情有可原。请宽恕小生，结草衔环，感恩不尽!”

那个宫女小兰愈演愈真，愈真愈气：“你说得轻巧！谁强奸了你家姐妹，坏一生名誉，你可愿意?”说罢上前猛打了高宗一个耳光。

高宗被打急了，恢复皇帝的口吻道：“我是高宗皇帝，咱们是扮演故事，怎么当真打起来了?”

“皇帝犯法，与民同罪!”说着又是一个耳光。高宗气得无法，急忙把牧童装束去掉，露出皇帝服装。小兰急忙跪下请赏：“陛下事先说过，谁扮演得逼真，赏金百两。我刚才扮得可算最真不过，我忘记了你是皇帝，也忘记了我是宫娥。”

高宗本来疼痛难忍，欲治她一罪，但被她这一席话说得哑口无言，啼笑皆非，遂道："扮演逼真，是指动作表情，打可不能真打，现将功折罪，不打不赏你是了。"

这个宫娥被一百两黄金所迷，所以忘记了这一切，做出如此荒唐事来，不料一枕黄粱，意冷心灰，尴尬莫名，跪不是，站不是，恨不能找个鼠洞钻进去。

高宗方才正在兴头上，虽挨了两个耳光，但还未尽兴，于是又扮演起农村结婚拜天地和闹新房的事来。

仍由小红扮演新娘，小兰和小花当伴娘。高宗自然扮新郎。

开始，小红先唱《哭嫁曲》：

耳旁边忽听得三声炮响，一霎时就要离开爹和娘。上轿来不由人左思右想，小郎君也不知是啥模样。是高是低，是瘦是胖，是黑是白，是丑还是漂亮？性情儿更教人一时难端详，是急是慢，是精是莽，是勤是懒，是温存还是冰凉……

高宗听到此处，情不自禁，夫随妇唱起来：

小娘子请放心，再莫要胡思乱想。我长得是不高不低，不瘦也不胖。瓜子脸，黑白透红很漂亮。性情儿和顺精细，不鲁莽，知痛知痒，知热又知凉。左左右右侍奉您，似逢迎观音菩萨娘娘……

他唱着唱着，便当真跪下连磕三个头，逗得小红、小兰、小花等人哈哈大笑。

接着拜天地，然后揭开小红的头纱闹洞房。

高宗和小红并坐，小兰用红线扎个鲜桃，叫新娘新郎对啃，谁啃不住，罚唱小曲。

高宗连啃两口，小红啃不住，只得认罚唱道：

小红桃，颜色好，太圆滑，我啃不住。你莫高兴，莫骄傲，我的郎君技术高，把你一口一口往下咬。咽下肚，营养好，长成粉面桃腮无比俏。这个爱，那个捞，唉呀呀，不好了，朝三暮四乱跳槽。气得我，把牙咬，根源都怨小红桃，千刀万剐不解恨，请来木匠连根刨！

高宗听得心花怒放，乐以忘形，直至日西方回。

这才是:

一个贪色，
一个弄权。
嫉妒非为色，
得权情自淡。
权中自有色，
色中已无权。
帝王和鸳鸯，
爱好各自述。

欲知武后弄权情况，且听下回分解。

第十五回

文水祭祖劳民建五祠
泰山封禅伤财陷四镇

武则天到得东都，大权在握，当时“贞观”余泽充盈，帑藏山积，且天下太平。为了树立私恩，炫耀威严，于麟德二年清明，携高宗和母荣国夫人，还并州文水故乡扫墓祭祖，随从的有近臣许敬宗、李义府、武三思、武承嗣等皇亲贵戚和护卫八千多人。车马络绎十里，旌旗蔽日，浩浩荡荡，威风无比。尤其是装备有十辆撒钱车，满载铜钱和零碎银两珠宝，凡遇夹道围观的人群，就向外抛撒，以取悦百姓，被传为佳话。

来到文水故居，嫌房舍破旧，无法居住，择一宽敞的高地，搭起帐殿。其内设备豪华，装饰典雅，宛似皇宫无二。诏五服六亲轮流入殿参拜请安，并按照长幼赏银百至千两不等，连续三日方毕。

随后她开始给父武士彟扩修坟墓，比照太宗昭陵的形式，挖山三百尺，深埋厚葬，内附金银财宝无数，外立石人石马如林。

起初高宗曾提出异议：“按照旧制，皇亲贵戚、开国元勋、王孙公主葬仪，皆不可超出天子半数。若使国丈破例，群臣将谓朕何?”

黄门侍郎裴炎献媚高宗道：“天后乃天下母仪，当示大公，不可私亲，岂不见吕后之败乎?”

天后早已蓄意篡位，故意破例扩大影响，故对高宗之言有所预防，立即反驳道：“陛下懦弱多病，若非臣妾辅佐，恐怕早已成了上官仪家的天下了。臣妾所为岂算是破例呢？陛下封臣妾为天后岂不是破例吗?”

许敬宗未待天后奏毕，便引经据典献媚道：“吕后以权委托侄孙，皆系生者，故至于失败。天后追尊亡父，何患之有?”

高宗无可奈何，自寻台阶道："事宜防微杜渐，未雨绸缪！"

天后于是畅所欲为，肆无忌惮起来，责成并州都督李勣（徐茂公赐姓李氏，易名）发五万民夫大兴土木，修建五世祠。并追尊五世祖武克己为鲁靖公；高祖武居长为太尉、北平恭肃王；曾祖武俭为太尉、金城义康王；祖父武华为太尉、太原安成王；考（父）武士彟为太师、魏定王。祠前皆树碑立传，尤其是武士彟的碑文特别详尽。当武则天登基之后，又命大文学士李峤重新撰写，题为"攀龙台碑"。除极尽歌功颂德之能事外，还伪造出神话般的传奇故事，硬说武则天是真龙天子降世。

高宗见天后大张旗鼓，蛮干到这般程序，已无法收拾，预感到她的欲望愈来愈大：由昭仪到宸妃，垂帘听政；由宸妃至天后，二圣临朝；下一步岂非要谋篡吗……经过三天三夜的苦思冥想，高宗终得一计：与其让她一人挥霍，何如自己也顺水推舟，为民施些恩德？遂于晚间趁天后高兴的时节，壮壮胆子道："太原为我李唐祖业兴起之地，朕六岁就封授并州都督，十九岁随父皇幸过并州。飞鸟过故乡尚徘徊三匝，故朕拟大赦管内郡县，广封官属，县尉、长吏和司马以上各加勋一级，赐帛百匹、钱千缗。五品以上亡殁在并者，令司修坟致祭，其子孙在者量才封爵，赐帛二十匹、钱二百缗。年八十以上父老，男的授刺史、县令，女的授郡君，各赐帛三十匹、钱三百缗。不知天后意下何如？"

天后机灵剔透，一听即知高宗用心，是为他树立私恩。但并州只是他的祖先侨居之所，怎比得上自己的祖籍，还是与己利多，与他益少，所以欣然应从，即日着手办理。而且趁机厚赐亲族乡里，年及六十以上的妇人，皆给授赐。于是所带钱帛短缺甚多，急忙遣骏马百匹，往东都载运。直至四月望日，又挥霍殆尽，方才回来。沿途所过村店，仍撒银钱，只是没有去时那么多了。

天后是乘兴而往，乘兴而归，感到无比荣耀，一路上说说笑笑，春风满面。高宗则郁郁寡欢。天后问他何故，他只答是受了风寒，敷衍搪塞过去。

高宗回来之后，日日寻思为自己张威，同天后分权，妄图再换回点大势已去的权力，准备回自己的祖籍陇西狄道修坟祭祀。不料当他提出之后，天后佯为赞助，却让宰相许敬宗使了一个偷梁换柱之计："陛下祖籍陇西，年代已久，乡亲父老皆不相识，还有何兴致？岂如赴泰山封禅——自秦汉以来，此皆为旷代大典，只此一举，即可扬名中外，垂芳千古矣！”

高宗听毕十分高兴，心想：历来封禅制度皆由皇帝初献，宰相亚献，此举则可使天后无隙可乘矣！于是询问道：“历来封禅，万国咸集，扈从万乘，赏赉靡费。太宗‘贞观’盛世尚屡议未遂，而今帑藏如何，可速查清奏闻，然后定夺。”

许敬宗早已胸有成竹，遂信口开河道：“蒙陛下洪福，‘贞观’遗泽丰厚无比，帑帛充盈，万仓皆实。太宗未曾东封，实为早世尔！”

高宗遂欣然道：“朕意已决，可速召礼部博士撰封禅仪，今冬十月起跸是了。”

恰好那年又遇丰稔，斗米五文钱，麦豆不列市。故发泰山封禅事，按日而行，极尽穷奢极欲之能事。诏令皇亲贵戚、公卿、刺史三千，仪仗侍卫五万，车马络绎达一百五十里，营帐亘野。

天后为了炫耀阔气，树立私恩，携带撒钱车五十辆。凡遇行人百姓，就令职司抛撒银钱珠宝如雨。男女老少，你争我抢，十分有趣。

前来扈从的还有倭国、高丽、新罗、突厥，吐蕃、天竺、康国、波斯、高昌、于阗、百济等二十余国酋长和使臣。且皆有贡献：骏马、朱雀、狮子、大象、夜明珠等，应有尽有。尤其倭国所进的琥珀、玛瑙，粒大如斗，无不称奇。

天后为了扬名，沿途凡遇古迹盛地，皆唆使高宗拜谒，十一月至原武汉朝名将纪信墓时，驻跸三日，宰牲致祭，并下诏追封其为“骠骑大将军”，刻石树碑于墓前。

行经濮阳时，此地旧名帝丘，天后不知何故，因问一封禅使。那一使臣答以“不知”，十分尴尬。许敬宗急忙策马迎上前献媚道：“此乃五帝颛顼故里，故称帝丘。”天后闻之甚悦，许敬宗立刻趾高凌人，贬低那一使臣道：“扈从中岂容得‘不知’封禅使耶?”那一使臣亦善于辞令，旋即回答道：“人各有所能和不能，吾不强对所不知，此吾之所能也。”

李义府遂调和道：“许丞相多学，信美矣。所答奇巧亦善矣！”

路经寿张县时，遇一九世同居的世家张公艺，天后亦以为奇，即奏高宗诣舍宣慰。问他：“何以能累世同居?”张公艺答道：“仅‘百忍’二字而已!”天后甚悦，遂赐帛百匹。一则旌表乡里，一则暗示高宗应以“百忍”为贵。

浩浩荡荡，走走停停，至十二月中，络绎百里的仪仗扈从，方陆续集到泰山脚下的灵岩寺和岱岳观周围，因择定第二年元日登封，故先休整，让许敬宗审定“封仪”。

这许敬宗是由献媚天后超升的，故先将“封仪”奉交天后御览。天后看罢，认为其中“登封”、“降禅”皆由皇帝初献和终献，都符合旧制。唯“登封”时以唐高祖、太宗配享，“降禅”时以太穆皇后、文德皇后配享，系新增补，觉得有隙可乘，因道：“王者父天而母地，父皇配天，母后享地，实为有益，但祭祀‘先后’岂可以外臣宰为亚、终献耶?”

许敬宗心领神会，立即奏道：“天后圣聪过人，臣望尘莫及，聆听教诲，顿开茅塞，卑意‘降禅’时亚、终献请天后膺任何如?”

天后又谦逊道：“朕岂能身兼二任?但愿膺任亚献，而终献让与越国太妃燕氏可也。”

许敬宗连连称妙，但事关重大，需请天皇圣裁。天后连夜御撰亲书《抗表》略云：

> 伏寻“登封”之礼，远迈千古，而“降禅”之仪，窃为未善。祭地祇之日，既以太后配享，复让外臣内参，恐未周备……妾早乖定省，缺侍晨昏。今逢崇祭，岂敢安于罗帷?伏愿展礼之日，率六宫命妇，亲奉奠祭，冀圣朝垂则，永播芳规；虽萤烛末光，抑或增辉于日月耶?

高宗见奏，知天后又欲借机张威树恩，虽心中甚为不悦，但她言之有理，难以驳回。

有个礼臣认为这不合旧典。天后又据理力争道：“礼节之源，虽兴于昔典，但往代封岳，意在寻仙，或以情沽名，事深为己。而今化乎四表，推神宗，道冠二仪，归功先德，岂可仍遵旧规戒律耶?”

高宗无奈，只得依随天后。遂在泰岳南四里山腰间修一“封祀祭天坛”，三梯十二阶，如圆丘状。又金绳连编玉简，制作玉策三卷，皆长一尺二寸，上书以祈天祷文，刻玉填金。然后做一玉柜、二金柜，分藏三个玉策，皆用金绳之，封以金泥，印以玉玺，藏于石碱（音“感”）。泰山上的“登封坛”和泰山下社首岭“降禅坛”的形式祭物——玉策、金柜、石碱等皆仿此。只是“登封坛”较为高大些，上径五丈，高九尺，四出陛，特别壮观。

正月初一，春回地暖，天朗气清。高宗十分高兴，率公卿以上于辰时诣“封祀坛”祭天。高宗初献毕，再由封禅使许敬宗亚献，其他宰臣终献，然后将玉策、金柜、石碱放于燎台，燃柴焚之，最后净灰烬瘗埋，方算礼毕。

初二，“登封”泰山礼仪与“封祀”祭天相同，毋庸赘述。

初三，下山“降禅”于社首，由高宗初献毕，扈从皆下，令宫女百名执锦绣帷幔，将“禅坛”围簇，肃穆静雅异常。良久，天后方携越国太妃（太宗妃、越王贞母）蹒跚而入。按照“封祀”祭天仪式，天后亚献，越国太妃终献。天后故作威风，大摆架势，行动缓慢。约折腾一个时辰，方瘗埋燎坛灰烬，拆除帷幔。此乃天后破“封禅”旧典的创举，使她饱享一次高尚无比的荣誉。高宗本想借此封禅抬高自己，抵损天后还乡祭祖的影响。岂料适得其反，又使天后占先，既觉晦气，又自认才疏学浅，永远难及天后，从此算是彻底绝望，甘拜下风了。

初四，高宗和天后同御“朝谨坛”受贺，随即改元“乾封”，大赦天下，封赏文武百官：三品以上赐爵二等，四品至七品晋阶，八品以下加勋一级。赐物上自宰相下至士卒，缎一至十匹，钱百至千缗。结果短缺甚多，写成欠条，回东都领取。齐州免租赋二年，改称泰山原属的奉高县为“乾封”，免赋租三年。父老八十以上，男者授刺史，妇人封郡君。扈从所过郡县，免当年租赋，并赐酺七日。

天后心犹未足，又启奏高宗树一“封祀碑”于岱岳观内。为了标新立异，其碑形式特别古怪稀奇：磨制两块高六尺、宽二尺、厚五寸，大小相同的石碑，拼并而成，以示“二圣临朝”之意。两块石碑除中间接缝之外，皆三面刻字，无非是标榜自己和高宗皆受命于天、功德无量等语，用来愚弄黎民百姓。现在此碑迁于岱庙内，俗称“鸳鸯碑”或“双束碑”，字迹尚依稀可辨，无不称奇。

初五，宴群臣于朝谨帐殿，奏九部乐，日西而罢。又休整数日，驾往兖州曲阜城，幸孔子庙，追赠孔子为“太师”，增修祠宇，免其子孙赋租。并于兖州管内添置三寺三观，减租赋二年。

二月至亳州，幸老子庙，追号“太上玄元皇帝”。庙内置令、丞各一。县内宗姓免租一年。

四月回銮东都，帑藏一空，内外拮据。天后苦思冥想：采取了饮鸩止渴的措施，废除旧钱，改铸“乾封”泉宝新币，以一当十。结果导致贾商不行，谷帛暴涨，经济崩溃。无奈于次年二月又下诏罢之，恢复旧钱。

呜呼！太宗宵衣旰食，劳形损神，二十余载，始赢得“贞观”盛世，积蓄日盛，帑藏充盈，佳话千古，是何等的不易！虽屡议封禅，犹恐功德不厚，帑藏不足，皆中辍而罢。岂料他仅过世十载，即被不孝子媳挥霍殆尽，岂不哀哉？

常言道：“上行下效。”有至理存在。天后自从祭祖和封禅之后，日益奢逸。而皇亲贵戚，更是竞为效尤，贪赃枉法，鱼肉百姓，奸盗频仍，怨声载道。

吐蕃贵族见唐朝封禅后，帑藏空虚，改铸新钱，奸佞当国，赃污狼藉，便趁火打劫，突然犯边，将天山至碎叶里海间的四镇十八州全部侵占。高宗畏惧，以养病为名退居后宫，全推给天后处理。

天后诏许敬宗和李勣商议，确定任三箭定天山、连拔高丽三城的勇将薛仁贵为行军大总管，任鄯城留守郭待封为将军，领兵三十万西讨。

因军情危急，日夜兼程，行至大非川后接近敌军营地乌海城。薛仁贵对郭待封道：“乌海险远荒凉，车行艰巨，不便携带辎重粮草。且凯旋之后，又需返运，转向西北进发，不如将军留二万人马暂屯大非岭上。待吾等轻骑猛击，出其不意，凯旋后，再合师西进。”

因薛仁贵是行军总管，郭待封只好应从。但他想：“在战场上留守辎重，凯旋之后有何功劳？”所以当薛仁贵出发三日后，便追赶前去。恰好这时薛仁贵已将河口至乌海城的守敌十万全部歼灭，获牛羊驼马不计其数。正欲退军向西北征讨，忽遇吐蕃调来的二十万援兵，将郭待封所携辎重全部缴获。郭待封败走趋山。

薛仁贵见失去辎重，似同泄气的皮球，只好退兵屯聚在大非川中，传报东都乞援。不料数日后，吐蕃又调来大军三十万围攻猛击。薛仁贵孤军荒外，鏖战月余，弹尽粮绝，死伤殆尽，只好议和而归。

郭待封和薛仁贵本应斩首抄家，念其旧功，格外原情，皆免死罢官归田。

天后为了整顿朝纲，召集群臣商讨对策。许敬宗为了欢度晚年，避免战争，争先奏道："安西四镇，多为沙碛不毛之地，获其土不足以耕织自给，何如弃之，严阵以待。敌再深入，必有后顾之忧；浅进，则无所获。时而久之，锐气自减，或可招抚矣！"

天后虽然觉得许敬宗所陈不尽合理——凡是中国的土地，再荒凉瘠薄，也不应舍弃。只是如今帑藏空虚，朝纲不振，需俟机图之罢了（二十年后方才收复）。天后原想，封禅既可报功祈福，又可耀武扬威于外，不料却落个丧权失地辱国的罪名——这真是对帝王封禅的一个辛辣的讽刺。也有些对天后不满的遗老，趁机造谣："从来无皇后封禅者，女人主贱，逢吉化凶……"天后也无可奈何，只好暂且忍耐，因道："攘外宜先治内。'贞观'遗泽山积，天下太平，国富民殷。封禅耗用有几？忽而凋敝若此，不得不改铸新钱。其间必有贪官，巧伪济私。朕拟制一铜匦，悬挂皇城门头，采访民意，每隔十天由礼部侍郎徐有功收取回奏。不知贤卿意下如何？"

这时大臣已是清白者少、贪污者多，大家皆面面相觑，不敢轻奏。只有徐有功书呆子气十足，疾恶如仇，研读礼法二十余年，膺此重任，颇为高兴，因道："齐王悬赏买谏，唐太宗劝谏重赏，皆传为佳话。天后设铜匦采访，实为英明高见，臣愿竭诚效劳！"

大臣们听此，见大势所趋，皆不敢违拗，齐呼："陛下圣明！"

欲知铜匦收效如何，且听下回分解。

第十六回

武后私访大义灭亲
皇亲远谪小人丧胆

话说武后来到东都，积极图治，发了第二次求贤诏后，群贤纷至沓来。她为了采纳谏言，了解民情，做了四个铜匦，分别设在宫城四周，以收天下的表疏。因礼部侍郎徐有功是科举明经出身，曾研究礼法二十多年，又为人忠厚，有些书呆子气，十分可靠，武后便让他十天搜检一次，进宫面奏。

在一个初夏的夜晚，武后正在院中牡丹花圃石桌前同薛怀义谈经纳凉，婉儿和团儿左右持扇拍撵飞虫，徐有功提着铜匦，取出第一件，约略一看，便奏道："这简直是开玩笑!"

武后道："是什么事?"

徐有功道："是豫州地方，一个老百姓家丢了一头牛，让陛下给他找牛的。这简直是戏弄陛下，应当处以死罪!"

武后道："朕并不如此看。老百姓用牛耕地，和牛是相依为命的，他们丢了牛，就和丢了命差不多。朕命你立即草诏，让豫州刺史从速赔他一头牛，并放赈三日，奖励生产。这豫州近在东都尚且如此，更何况远处呢!"

徐有功愣了一阵，反驳道："陛下日理万机，若连此等小事都管起来，只怕要误了军国大事，得不偿失。"

武后严肃地道："丢一头牛的确是小事，但一叶落而知秋，可见地方上并不平静。如果家家都温饱无虑，谁还肯去丧失廉耻而偷盗呢?"

徐有功认为武后言之有理，立即写了一封诏书，交给武后过目后，即交由丞相颁发。

徐有功看了第二封表章，气愤地道："应该严惩!"

武后道："是有人想谋反吗？"

徐有功道："不，是京师感业寺的尼姑们行为不检，勾引轻薄青少年犯奸，有失体统，应该察明正法！"

武后道："你这个判决公正吗？尼姑们深居简出，怎能去勾引青少年呢？"

徐有功有所感悟道："对，对，青少年也有不是。"

但当他看完第三件之后，却左右观望良久而不敢吱声。

武后感到蹊跷，催问道："第三件是什么呢？"

徐有功又连眨了几下眼皮道："是指控薛大师的，故臣不敢言。"

武后猛接过来看毕，向薛怀义道："跪下！朕早已告诫过你，'王子犯法，与民同罪'，不可恃宠、胡作非为，念你初犯，重打一百个嘴巴！团儿执刑。"

薛怀义自知理亏，木橛子似的跪在地下，连挨了一百个嘴巴，丝毫未敢动弹。

其余几十件，多是告发武承嗣、武三思等皇亲贵戚及其家奴欺凌庶民百姓的，有的强抢民田；有的迫迁民宅，修建花园；有的强拉民女为妾；有的在街上抢吃白拿……

武后听罢，十分气愤，因道："明日贤卿随朕私访可好？"

徐有功道："臣愿从命，但不知如何化装？"

武后道："咱俩扮成农民夫妻……"

徐有功吃惊道："啊？……这与礼不合。"

武后道："同哪条礼法不合？"

徐有功道："孔子曰：'男女授受不亲。''男女之别，国之大节。'更何况君为天、臣为地，岂能乱比耶？"

武后道："孔子的话岂能全对吗？孔子曰：'仁者爱人。''泛爱众，而亲仁。'可是他的学生给奴隶熬了一锅粥，他认为不合周礼，气急败坏地大发雷霆，把粥泼在地上，将锅碗都给砸碎了。"

徐有功无言可对，呆若木鸡，"这……"

武后道："礼法从来是约束老百姓的。孔子还说'刑不上大夫'，所以凡是不利于我的礼法，我都要把它改掉。”

徐有功似乎是默认了，连连点头。

武后道：“现在正是香瓜上市的季节。明日咱扮作农民夫妇模样，买一担瓜到武承嗣宅第街口去卖。看看究竟如何?”

徐有功无可奈何地道：“臣遵命是了。”

武后次日一早宣布免朝，同徐有功换了农民服装。他们买了两筐香瓜，徐有功担着，武后跟在后面，蹲在预定地点去卖。为了免得被人瞧破，还找来两顶破草帽，将帽檐拉低，盖着半截脸。

徐有功刚把瓜筐放下，武承嗣的家奴便围上来了三人。

家奴甲道：“老汉，多少钱一斤?”

徐有功道：“一文钱二斤。”

家奴乙道：“瓜苦了咋办?”

徐有功道：“瓜苦管换。”

家奴丙道：“好，先尝后买。”拿起一个瓜就啃，吃掉一半道：“是个苦瓜。”

武后道：“苦瓜？你为何不早说话，却吃掉了一半?”

家奴丙道：“我的味觉不灵，方才品出来。”

家奴甲道：“我来尝一尝。”咬了一口，立即吐了道：“苦得要命!”

徐有功咬了一口道：“又香又甜，一点也不苦呀!”

他们这边辩论，家奴乙却将另一个瓜吃了一半，见甲、丙处境尴尬，上前解围道：“这个瓜更苦得厉害!”

徐有功又尝了尝，仍然不苦，气道：“一点也不苦。你们是成心欺负我们乡下佬!”

家奴甲道：“你的舌头有问题，人老了，舌头不灵了。”

家奴乙道：“我们就欺负你了，你想怎么样?”遂双手叉腰，横眉冷对。

家奴丙摩拳擦掌，龇牙咧嘴，恶狠狠地道：“糟老汉，敢到俺老虎头上搔痒，我看你是活够啦!”

武后道：“我们是乡下人，头一次进城卖瓜，有眼不识泰山。请问你们可是哪个府里少爷呀?”

家奴丙道：“不瞒你说，我们是武后皇侄武承嗣尚书的管家。很多人想高攀还攀不上呢。老爷吃了你的瓜，是瞧得起你。要知道有很多人送给我们财宝美女，我们还得挑选挑选才要呢！”

武后道：“俺是乡下佬，有眼无珠，不知武尚书管家老爷驾到，请你们挑着随便吃吧！”他们三人这才喜形于色，边挑边吃起来。

武后道：“你们武尚书可挑选了多少财宝美女呀？”

家奴丙道：“财宝如山，美女成群，不计其数。”

武后道：“可都是人家送上门的吗？”

家奴丙道：“有送的，也有抢的。郎中乔知之有个爱妾名叫碧玉，长得艳丽非凡，被武尚书抢来之后，乔知之写了一首《绿珠怨》的诗，悄悄地送给碧玉。碧玉见诗，即效法绿珠投井而死。武尚书从碧玉裙带里发现此诗，十分恼怒，诬告乔知之谋反，乔知之被诛身破家。此事城中无人不知。”

徐有功失言道：“我咋不知道呢？”

家奴丙道：“因为你是乡下佬嘛！”

武后听罢，义愤填膺，但当时也不好发作，强忍了下去。默思片刻，方道：“这一担香瓜都送给管家老爷们吃吧！”

家奴丙道：“好啊，随我来。”

武后给徐有功使了个眼色，徐有功道：“请老爷带路！”担起香瓜跟随而去。刚进大门口，正遇武承嗣骑马外出。

家奴甲道：“尚书老爷，快吃香瓜。此瓜又香又甜。”

武承嗣嗔道：“卖瓜的跑到院子里，成何体统？快轰出去！”

护从们一听，蜂拥而上，推的推，拉的拉，把瓜担也踢翻了，香瓜满地乱滚，把武后和徐有功的草帽拽掉了，衣服也撕破了。武承嗣也未曾细看，便骑马徜徉而过。

武后怒道：“武承嗣下马！”

武承嗣回头一看是武后，大吃一惊，急忙下马跪地叩头：“不知武后驾到，有失远迎，臣罪该万死！”

家奴丙一听是武后驾临，吓得丢魂丧胆，“啊呀”一声，昏厥倒地。

家奴甲、乙二人也吓得屁滚尿流，磕头捣蒜似的连道：“奴才该死，奴才该死……”

武承嗣道：“武后驾临，不知有何贵干？”

武后道：“据闻你有《绿珠怨》诗一首，十分优美，特来拜读。”

武承嗣一听《绿珠怨》，吓得不禁一怔，目瞪口呆，说不出话来。

武后暂不理他，即同徐有功回宫。刚到朱雀门大街，遇见一个农夫拦在御史轿前告状。那御史则摇头摆手不理，扬长而去。她即上前询问：“你告何人？”

农夫答：“武后侄孙武唯良和武怀运，修建花园，拆我草房，占我良田，分文不给。我老母抗拒不搬，被拳打脚踢，口吐鲜血，当场死亡。我跑衙门，无人敢问；拦轿呼冤，无人敢理。都道武后爱民，我看是徒有虚名，并无实际。”

武后道：“只怕武后忙于朝政，不了解民情也未可知。你随我来，我自有主意。”

农夫道：“你个妇道人家，有何主意？定是骗我。”拒不相随。

武后无奈，悄悄说道：“我就是武后，今天出来私访，切莫声张，快随我来！”

那农夫惊喜万状，拜也不是，跪也不是，只好紧紧跟随。

武后领那农夫到御史衙门，即刻把武唯良和武怀运捕来对证，结果完全属实，遂将武唯良和武怀运二人绑赴刑场斩首示众，并将此御史削职为民，赔偿农夫白银千两。

次日，武后即命徐有功严加勘问武承嗣和武三思父兄、子侄们的恶迹。奸赃如山，罪恶昭著。新仇旧恨，齐涌心头，武后将元庆贬到龙州，元爽贬到濠州，将元爽之子武承嗣和元庆之子武三思流配岭南。那狡猾的武三思为了立功赎罪，急忙揭露奸相许敬宗和兵部尚书李义府的重大罪行。

欲知武后如何处理，且听下回分解。

第十七回

许敬宗造连楼玩妓
李义府纳犯妇破家

话说许敬宗因立武后、废王皇后及其余党有功，擢为宰相（中书令），赏赐无数，自以为功成名就，一心贪图声色，以娱暮景。三年之后，他便上疏引退，营造安乐窝，征歌逐舞。

他营造的花园亭台，假山水榭，皆模仿宫中，唯有那“连楼”堪称别致。

原来有一座五层的北楼，宽十楹，高百尺；三座东、西、南楼各三层，宽八楹，高五丈。四楼之间皆有二十丈的距离。为了通行方便，修造了三层的回廊，将此四楼连了起来。雕栏玉砌，画栋飞檐。栏杆上摆满四季名花，五彩缤纷。因廊宽两丈，高一丈五，故可以骑马观花。

许敬宗纳妾百名，最受宠的名叫鹦儿，原是个歌妓，面似桃花，白里透红，身形苗条，蛾眉动人，口齿伶俐，又善于献媚进谗。年方二十，把个老朽摆弄得服服帖帖，要啥给啥，赏赐财宝金银成车。许敬宗天天同她吃喝玩乐，赤身为舞，“皮杯”侑酒，无所不用其极。但一年三百六十日，也总难免有玩腻的时候，所以时常绞尽脑汁，变换花样。便在一楼的回廊上修建一个引道，他同鹦儿并马而上，缓辔而行，环绕观花。数月之后又玩腻了，他又令百名妻妾穿上华丽的衣服，花枝招展，一齐骑上各色的骏马，登楼观花。他自已却在院中央设一桌一椅，备些美酒佳肴，仰首观赏。

妻妾们如同鸟儿出笼，欢跃异常，有的扬鞭耀武，有的搔首弄姿，有的娇羞献媚，有的故作腼腆，有的愁眉苦脸……千姿百态，走马灯似的循环而行，把个许敬宗看得眼花缭乱，疑似天宫仙女出现，忘尽了一切，直至把妻妾们都累得筋疲力尽，没精打采。突然有个小妾由马上跌下，他方从沉醉中醒来，急忙走过去扶持。他走到跟前一看，不禁大惊，原来是她怀了身孕，约有六个月的光景，腹大如盆。但他近一年多来未曾到她房中住过，此胎来历不明。他急忙令其他妻妾散去，扶她回房盘问道："你同谁私通了？快如实招来，否则马上教你身首两段！"

此小妾自知无法隐瞒，便如实地道："系你继室之子许昂逼妾使然。"

许敬宗闻知大怒，诬其子许昂谋反，流放到岭南。其子许昂为了找个陪绑的，于是揭露许敬宗的嫡生女儿也同仆人私通怀孕，借以出气解羞。许敬宗立即查问，果然不虚，气得卧床三日，辗转反侧失眠。后来忽然想出一计："岭南僚族文化落后，不讲贞操，便把女儿嫁给僚族酋长。既可隐瞒家丑，又可使异族感恩戴德，岂不两全其美？"于是按计而行。

但继室许昂之子名叫彦伯者，却很正派，文才出众。此后，典册文书许敬宗皆让他代笔，曾赞赏他道："吾儿（昂）不及彼（昂）儿（彦伯）。"

彦伯也幽然地答道："吾父（昂）不及彼（昂）父（许敬宗）。"祖孙唱和巧妙，传为佳话。

许敬宗善于保养，活八十一岁方卒。博士袁思古认为他弃子岭南，嫁女蛮僚，有毁华夏声誉，谥曰"缪丑"。其孙彦伯上奏武后："袁思古同其祖父有嫌隙。"袁思古道："汝祖忠孝两弃，吾乃为汝父报仇尔！"彦伯羞惭而退。后虽有武三思揭露，但是武后却认为许敬宗功大于过，遂更谥曰"恭"。此系后话，略述于此。

话说笑中有刀的李义府，因立武后有功，擢为中书侍郎，赏赐无数。以后，亦心满意足，营造宅第，金屋藏娇，贪图声色，以娱晚年。说也奇怪，他纳娶赎买良家女和歌妓已有百数，后来偏又爱上一个通奸夫害本夫的女犯。强迫狱丞毕正义释放而纳之。此事被武三思告发后，李义府为杀人灭口，逼狱丞毕正义自缢。武后念其旧功，此事亦未彻底追查，不了了之。

有其父必有其子，在他二十几个儿子和女婿当中，纵横犯法者几乎半数，最坏者有三子一婿，贪赃枉法，逼娶民女，兼并土地，图财害命，民愤极大，号曰"四凶"。高宗闻之，召他训斥道："闻卿三子一婿纵横犯法，号曰'四凶'，朕为卿不胜掩覆，但既往可以不咎，今后定当严惩。"

李义府依仗武后，傲视高宗，愠形于色，质问道：“是何人启奏陛下，罔上欺卿耶!”

高宗怒道：“卿恃功傲横，不可一世，谁敢欺你？朕如何知此，岂可泄露，受你报复耶!”

李义府理屈词穷，但仍拒不为礼，横眉竖目，昂首阔步而下。

不久，有个术士因熟知李义府恶迹昭著，便慌慌张张跑到他府中，乍然道：“贵府狱气冲天，祸到跟前，欲得破法，可发放积善钱两千万。”

李义府做贼心虚，便化装成贫民的模样，随同术士到野外高岗之上窥探。恰好是日天气有雾，术士便指着他府第上空那团迷雾胡诌道：“雾成团，妖气缠。”停了一会，那团雾中间渐渐稀薄，似乎变成方形，很像四堵围墙。术士又胡诌道：“雾成方，似圄房。”

李义府遂相信无疑，同术士回到府中，盛情招待。次日即让儿子李津四处张罗卖官鬻爵、敲诈勒索，筹资施舍。替人谋一个司津监，就索钱五百万。由于他肆无忌惮，很快被御史告发，除卖官鬻爵、贪赃枉法之外，还将他那日化装到野外窥探疑为观察地形谋反，以及将他纳犯妇逼死狱丞和其三子一婿的旧案一齐告发。

李义府闻知有些害怕，连夜进宫求武后说情。

天后一见，预知必有大事，急忙问道：“贤卿黄夜入宫，有何要事？”

李义府扑通跪在地下，老泪纵横，泣不成声地道：“为臣一心孝忠陛下，有失家教，使得三子一婿不肖，犯得赃污罪行，臣愿悉数赔偿，请念臣旧功，予以免罪是幸!”

因李义府将自己纳犯妇、逼死狱丞毕正义等重大情节隐去，武后认为他不但罪情不重，而且主动赔偿，遂立即安慰他道：“贤卿速速站起。王子犯法，与民同罪，朕的侄子外甥皆受严惩，任人皆知。姑且念你功勋显著，子婿初犯，又主动认罪，格外原情。希今后严加管教，下不为例!”

李义府听此又连磕三个响头，口呼：“皇恩浩荡！万岁！万岁！万万岁!”方起身回府。因他获得天后原谅，次日便又飞扬跋扈起来，扬言威胁众人道：“老夫为武后立过汗马功劳，谁敢动俺一根毫毛？蚍蜉撼树，痴心妄想!”

不料他这番话却惹怒了年老不任的司空（三公之一）李勣。他心想："武后对其侄子、外甥尚能大义灭亲，岂会宽赦一个十恶不赦的笑中刀李义府？武后必为他的花言巧语欺骗了。"遂于翌日上朝时，详奏李义府的恶迹。武后闻之，立即敕令流放他父子五人于岭南。后遇大赦，但对岭南流犯除外。李义府感到绝望，忧郁而卒，年仅五十三岁。他的家眷，据其表现分别发落，惩处有差。其幼子李湛，聪敏仁厚著称，三岁而学，六岁授为周王（李显）府学士，后来迁升右御林将军，为唐朝中兴的功臣。此系后话，搁下不提。

劝立武后有功的三大功臣，只有司空李勣得以保持晚节，德高望重，寿终正寝，享年九十三岁。筑三座十丈高的大墓，陪葬昭陵。但谢世二十年后，却因他子孙不肖受到武后严惩，掘坟焚尸。如今三座空坟尚在，只有一通两丈高的石碑巍然而立，字迹依稀可辨，还有一顶银丝纱帽陈列于昭陵展览室中。

武三思虽然告发了许敬宗和李义府的罪行，而武后丝毫未给他减刑，依然流放岭南，只是稍微近了三百里地。

武后对武家兄长侄孙和李义府的惩处，轰动东都，很快传遍全国，各级官吏皆噤若寒蝉，谁也不敢再轻易犯法，武后威望骤增。于是她也日趋骄奢起来。把男宠薛怀义宠到天上，赏赐无数，秽名狼藉。当时正处于封建社会的中期，男尊女卑的观念十分严重，武后仅此一个男宠，不但臭名远扬，还惹起一场轩然大波。

欲知端底，且听下回分解。

第十八回

武后泄密御史挨打
丞相出气男宠受辱

且说薛怀义依仗武后的宠爱，纵横无法，白马寺四围的百姓倍受其苦，妇女皆绕道而行，纷纷到御史衙门告状。一般的御史皆怕惹火烧身，皆置若罔闻。后来有个木头疙瘩似的御史冯思勖，见状纸已堆有一尺多高，实在气愤不过，便给武后奏了一本："太宗时有个罗黑黑善弹琵琶，为了让他教习宫女，先把他阉割了，才接进宫来。如今薛怀义门徒抢劫妇女，纵横无法，状纸盈尺，陛下若以他佛法灵圣，欲常使宫中，臣请亦将他阉之，既能免秽乱宫闱，亦可为民除害。"

武后见奏，嗤之一笑："真是个十足的书呆子!"但武后对于揭露薛怀义抢劫妇女之事，却是初闻，不禁产生些醋意，当晚就令太监把他宣进宫来诘责。

薛怀义听罢，佯为十分委屈，扑通跪倒地下，痛哭流涕地道："陛下为天下至尊，富有四海，才貌双全，高宗皇帝曾被陛下迷恋若狂，拜倒裙下，更何况我一个贫穷和尚呀？选进宫中的秀女，我都视之如粪土一般，未曾犯奸，怎会看上民间的粗俗妇女呀？这分明是小人嫉妒小僧，造谣中伤，请陛下明察，替贫僧平反申冤是幸……"于是捶头击胸，似同小孩子淘气的样儿，躺在地上打滚。

武后头一次见他如此撒娇弄痴，泪容满面，似同出水芙蓉，感到十分可爱好玩，连忙去拉他哄劝道："已往之事我不再追究，但今后我定要严防。如经查出，定不轻饶!"

薛怀义拒不起来，仍哭泣不止道："请问上疏人是谁？若不给他个诬告反坐的处罚，臣再无颜面见人，定要碰死在陛下脚前……”

武后无奈，只得把冯御史的上疏交给他看。他看完之后，气愤地道：“他何止是诬陷为臣，还说什么‘秽乱宫闱’，这不明明是连陛下也辱骂了吗?”

武后道：“这些迂腐守旧的老臣，也难与他计较这些小是小非，只要听朕指使，不谋反就可原情了。”说罢就将此上疏付之一炬了事。薛怀义这才转悲为喜，同武后亲昵地坐到一块儿谈起情来。但他却一夜不能平静，老想着报复冯御史的办法：让酷吏诬告他谋反吧，他却像个木头疙瘩，使明眼人一看就穿，必为受人陷害，且远水难解近渴。暗杀他吧，人命关天，被人查出破绽，必有后患，且也不能让他痛痛快快而死，难解心头之恨！哑巴吃黄连苦忍了吗？没那么便宜，必须给他点颜色看看，以儆效尤……千思万虑之后，他终于想出一条妙计。

他次日四更即起，挑选了三十名身强力壮的弟子，头勒黑头巾，手持棍棒匕首，埋伏在冯御史早朝必经的林荫道旁。五更鼓声刚过，那木头疙瘩似的冯御史便第一个乘轿上朝而来。只听一声“冲呀”，三十个暴徒蜂拥而上，轿夫们吓得晕头转向，不知所措，且寡不敌众，便四散而逃。有个暴徒飞身上前，从轿内把冯御史抓小鸡似的拉了出来，猛摔在地，七手八脚，棍棒交加。因事先薛怀义交代过，是不准把他打死的，尽量让他受些活罪。所以那匕首只是向他屁股上乱戳，并不伤害他五脏等要害之处。结果是打得冯御史鼻青脸肿，皮开肉绽，昏迷不醒，奄奄一息，暴徒方才离去。

暴徒走后良久，轿夫们方慢慢聚拢来，将冯御史抬回府中，请名医治疗。

因每天早朝时总是冯御史第一个到，今天他既未前来早朝，又未请假，大家皆感到蹊跷。散朝之后，左丞相魏元忠便约同尚书狄仁杰，御史徐有功、宋璟等到他府上看望。这时冯御史已经抢救苏醒过来，用手拉着魏元忠和狄仁杰，有气无力地将挨打经过略述了一遍。

魏元忠问道：“你认得这些暴徒吗?”

冯御史道：“一个也不认得，天既不亮，又都带黑头巾，体魄健壮，个头高大，似同一个模型铸就。”

魏元忠道：“你可猜出是谁指使的吗?”

冯御史道：“尚未猜定。”

狄仁杰道：“你最近都参过谁的本?”

冯御史道：“我就参了薛怀义一本。但武后应该不会告诉他吧。”

魏元忠道：“肯定是薛怀义干的。人常说：‘若被情丝所迷，什么糊涂事都办得出来。’”

宋璟道：“和尚都是光头，若不包头巾，当时就露出馅来。白马寺里有和尚千名，一般的强盗中也难挑出那么多高低一般的人来，由此也可证实是他们干的。”

正说话间，医生前来上药，但见冯御史屁股上血肉模糊，刀伤斑斑，不忍目睹。冯御史紧咬牙关忍住疼痛，头上的汗珠子直往下掉。大家都不禁为他打抱不平。

魏元忠气道：“这秃驴实在可恶，待我杀杀他的威风，给老弟报仇!”

御史宋璟道：“武后刚刚掌权，就淫乱若此，以后怎堪设想呀?”

御史徐有功道：“食色，性也，男女皆然。历来的皇帝都是三宫六院，宫娥成千。武后如今已是大半个皇帝，才只有几个男宠，比其丈夫高宗已强之百倍。只是他纵容男宠犯法，将上疏之人泄露，实不应该!”

魏元忠道：“不应该的事可多着哩，你能怎么办呀?”

徐有功道：“只要我们大家同心协力，都刚直不阿，执法如山，定能保证国泰民安。”

魏元忠道：“书呆子老弟呀，你只知其一，不知其二。欲使天下太平，必须圣君明臣具备。若只有明臣，而君昏暗，则必将使小人得志，忠良遭殃，徒死无益。殷纣王时的比干，周幽王时的龙逄，都是赤胆忠心的良臣，然而遭到剖肠破肚的惨死……”

狄仁杰道：“殷纣王和周幽王毕竟是少数，而大部分皇帝还是能不同程度地接受劝谏、抑恶扬善的。武后既然能大义灭亲，求贤若渴，破格用人，不拘士庶门第，看来不像昏君。只要咱们共同努力进谏，奸佞小人也许不会得逞，是能保住天下太平的。”

魏元忠道：“历来的皇帝愈老愈骄奢，已屡见不鲜，只怕到她晚年，也难保定。”

大家未谈一个时辰，为了让冯御史养伤，便都散去。

魏元忠疾恶如仇，自从冯思勖被打之后，气愤难平，时时寻机报复。时隔三日，薛怀义骑着高头大马，带了两个跟从，徜徉进宫。行至则天门，亦不下马，目若无人。适被魏元忠遇上，即命左右将他拉下马来，照脸劈打三个牙笏：“此乃武官下马、文官落轿之处，你只不过是一个秃驴和尚，竟敢目无皇法，成何体统！今天先警告于你，下次再犯，斩首示众！”

薛怀义自知理亏，敢怒而不敢言，只好急忙跑进后宫，跪在武后面前诉苦。武后听罢无限感慨地道：“此老朽们都有些才干，朕治理天下还少不了他们。你今后进出宫禁，可绕道北门。南衙系宰相处所，勿侵犯他们是了。”

薛怀义早已骄横惯了，一时气愤难平，又反驳道：“你如此把他们捧上天去，不怕他们不造反呢！他们越有才干，造起反来，越是厉害呀！”

武后道：“过去有个‘螳螂捕蝉，黄雀在后’的典故，你是知道的吧！他们要是能造反，我还要那么一大批刑部的执法官们干吗？要知道索元礼和周兴之辈也不是好惹的！”

薛怀义一听谈到政权问题上，兴趣盎然，便将挨牙笏事暂撂一边，站了起来，同武后笑谈起来：“要是索元礼和周兴造反呢？”

武后道：“我不让他们掌握兵权，他们能造反呀？”

薛怀义道：“现在娄师德手握重兵三十万，他要是造反了，你该如何？”

武后冷笑一声道：“我的侄孙造反，我不是把他们杀的杀、贬的贬了吗？我既然能大义灭亲，还有什么可怕的呀？”

薛怀义又思索了片刻问道：“你说‘螳螂捕蝉，黄雀在后’，我看周兴和索元礼就好比螳螂的那两把刀子。”

武后道：“你说得不对。无赖出身的周兴和索元礼只能算是一把刀，另一把刀应该算是刚直不阿、秉公无私的徐有功和宋璟等御史们。”

薛怀义又追问道：“陛下自然是那黄雀了？”

武后笑道：“我要是当了黄雀，那饲养黄雀的该是谁呢？”

薛怀义忽然灵机一动道：“请陛下让我给你当那个黄雀吧！”

武后道：“你要知道，黄雀要是不听我的话，我只用两个手指头，就能把它捏死。”

薛怀义挤眉弄眼，撒娇弄痴地道：“我看武后是啥时候也不忍心把我捏死的。”

武后似假似真地道：“那也不见得，我的女儿我都能掐死，更何况一个小和尚呀。”

薛怀义道：“我看你对我比对你儿女要亲一百倍。我一天不来，你就如隔三秋，要把我掐死了，你可怎么过呀？”

武后道：“普天下漂亮的小和尚难道就你一个吗？我只要想找，百儿八十也不难。”

薛怀义被堵到了绝处，再无言答对，于是又撒娇弄痴，哭了起来：“与其等你以后把我掐死，何如咱早点分道扬镳的好……”说着便站起来夺门而出。武后急忙上前拉住他劝道：“我刚才是跟你开个玩笑，况且我是说黄雀不听我话的时候方会如此。只要你一直听我的话，我是永远爱你的。”于是在他的桃腮上亲了一下，薛怀义这才破涕为笑，挽手入帐寻欢去了。

但从此以后，薛怀义只好绕道北门进宫。武后亦觉不便，于是又结纳了一个新宠。

欲知是何许人也，且听下回分解。

第十九回

高宗试针得侥幸 术士就医伴金銮

话说薛怀义挨牙笏之后，武后委曲求全让他绕道北门，他心中十分晦气，所以时常借故欠安，拒绝进宫。使得武后孤房独守，无限悲凉。

有个千金公主，系高祖的第十七女，极善趋炎附势，阿谀献媚。她看透了武后的心事，时刻留意，物色英俊男子，准备进奉武后，以求封赏。一天，她穿上市民的服装到大街上游逛，行至天津桥东南侧，忽见围了一大圈人，她急忙挤了进去看个仔细，原来是跑江湖卖药兼通相术的。此人名叫明崇俨，年方弱冠，英俊无比，面似芙蓉，白里透红，五官秀丽，聪资非凡，身材苗条，举止可人，宛似仙童。尤其是一双妩媚的眼睛，两个藏娇的酒窝，又加上出众的口才，使人见了无不销魂动情。

此人最为机灵。当听说武后宠幸薛和尚之后，专程赶来东都。他心想：薛和尚如今已年逾三十，色衰润减，历来的皇帝皆宠幸无数，武后定也不会例外，便起了毛遂自荐之意。因此他来到东都，借给人相面之机，时常流露武后必当皇帝之预言："武后龙睛凤颈，当坐东京。唐祚将尽，大周复兴!"

武后熟通经史，深知舆论之至重，经常留意民谣、祥瑞，借以愚弄百姓。所以她的羽翼四处搜集，争报祥瑞，邀功请赏。明崇俨的预言，像扎了翅膀，三日之内就传进武后耳中，武后正寻找此人，今天被千金公主发现，立即回奏武后。即刻把他传进寝宫，问道："你如何说我有帝王之相?"

明崇俨满面春风，落落大方，和颜悦色，从容而答："您方额广颐，似是英雄。双目含威，颈长带秀，真乃'龙睛凤颈'，文王重生，传代八百，当坐东京。且当今太子二目无光，明堂不明，面无神采，未老先衰，寿命不长，不堪继承。当未雨绸缪，事不宜迟！”遂以目致意，暗送秋波。

本来武后对他就一见钟情，似有天缘，早为明崇俨的仙容雅姿所迷，不料他竟然主动心许目成，送上门来，她喜出望外，遂道：“据闻阿师医术超众，尤擅按摩，朕近来腰背不适，请为一试何如？”

明崇俨道：“此乃雕虫小技，蒙陛下过奖，愿作一生拼，报答周文王！”

心有灵犀一点通，烈火干柴，何得踌躇？遂携手入帐，共赴巫山。

这明崇俨系跑江湖出身，得钱容易，又长就夺目的秀色，因而曾博得无数美女的欢心。且他是卖药的，自有春药助兴。又来自江南，民间小调、情词艳语顺口如流，婉转动听。

俏冤家，美容颜，谁个不羡？考风流，考俊雅，你是个状元。待与他献殷勤，羞答答，人面前怎开言？只好是，你眉来，我眼去，梦中先相见。

五更鸡叫得我心慌意乱，枕儿边说几句离别言。一声声只怨钦天监。闰年并闰月，何不闰个五更天？日儿太长也，夜里这么短。如此的昏官也，削职还该贬！

只唱得武后如痴如醉，神魂颠倒，爱不释手，似同活宝，托故病重，一连十天不朝。

上得朝后，亦时刻离明崇俨不得。便以医护为名，伴随金銮。名正言顺，谁敢猜疑？且武后把薛怀义抛却到九霄云外，也解除了许多人心头之恨，一举两得。这才是：

莫道杂情难长久，
恩义却也重如山。
女爱玉郎天仙貌，
郎贪天后帝王权。
十日不朝托病重，
咫尺陪护杜流言。

解除众人几多恨，

抛却恶僧九云天！

明崇俨日益固宠，便时常进太子贤的谗言，免得他望众之后，难以篡权。除了说太子不堪继承之外，又荐举周王李显“貌似高宗，长命富贵”。

武后只当他是为武家的江山着想，毫无料到他的野心，便信以为真，逐渐削减太子贤的职权。

且说高宗因声色过度，双目失明，听谣传明崇俨医术高明，也不问究底，便请武后让他来医。其实，这明崇俨并无多少医术，全靠他两张嘴片和迷人的美貌兜揽顾客。听说高宗皇帝请他疗治眼疾，他心中十分犯愁，忐忑不安：“这么多御医皆治疗无效，自己怎能胜任？如若治疗无效，以往吹嘘皆砸锅漏底，还将引起怀疑，暴露和武后的私情；如若病情加剧，庸医害君，亦吃罪不起；再有人误为武后通奸夫害本夫，其罪过更加严重，不堪设想……但船行至此，也无可奈何，只好将计就计，听天由命了。”于是他硬着头皮来至龙鳞宫中，把脉诊视毕，便顺口乱诌道：“脉细而缓，声色使然。贪色则肾虚，肾虚则血亏，血亏而火旺，火旺则高升。目位高，首先受其害，故陛下顶秃目昏。久昏必失明，失明则万物莫辨，行走坐卧皆需扶持宫人，痛苦莫名，乃人生第一不幸！”

高宗道：“明师所言极是，但不知有何妙术回春，药到病除？”

明崇俨道：“病根肾虚，首当禁色寡欲。”

高宗道：“朕已禁色数月，毫不见效。”

明崇俨道：“冰冻三尺，非一日之寒。欲待见效，至少三年。”

高宗道：“欲要根除何如？”

明崇俨道：“至少十年。”

高宗道：“有否捷法？”

明崇俨道：“捷法是有，臣不敢言。”

高宗道：“说之无妨，恕你无罪。”

明崇俨胡诌道：“效法太监，可立刻见效。”

高宗苦于头痛目眩，有病乱投医，本欲发怒，亦只有忍着，又问：“再无良法?”

明崇俨道：“可在头上刺血，或可见效。”

武后慌张阻道：“天子头上，岂可刺血?”

武后所以如此慌张，原因有二：一是表示对天皇的关心；二是她深知明崇俨医术不高，怕万一失手发生不幸，而自己政权尚不巩固，仍得打着李唐的旗号，少不了高宗这个傀儡。

高宗则苦于病痛，便答道：“试之无妨。”

明崇俨则拿过针来，连刺数针，鲜血直冒。但不料想，果然有效。

高宗道：“吾目似明矣！”遂赏赐黄金百两，封为御医。

正是：

时来黑铁能生辉，
运去黄金也无光。
瞎猫抓得死耗子，
螳螂捕蝉应自防。

一时高宗、武后各得其乐。

欲知帝后家族怎生相处，且听下回详解。

第二十回

亲兄弟斗鸡失和 表姐妹听赋生情

话说武后自高宗接回宫之后，连生三个儿子、一个公主。她为了争立皇后，将那个公主亲自掐死了，很想再生个公主。不料第五胎坠地之后，仍然是个男儿。但他长得十分妩媚，荷颜嫩色，凤眼蛾眉，既似武后，又如仙女。

高宗欢喜不尽，便给他起了个女孩名字李旦，并时常称之为假公主。当他满月之日，大摆宴席三天，满朝文武大臣争相庆贺，还开例发给东西两都百姓每户白银十两，作为张灯结彩之资。大街小巷，灯红纸绿，人似流水，车马如龙，琴瑟盈耳，彻夜如昼。

武后生得李旦后，直到三十八岁，才生了一个女孩，长得比李旦更加艳丽：瓜子脸庞，白嫩透红，柳眉晕彩，凤眼含情，樱口皓齿，玉颈雪肌，似祥云宝月，明霞仙露，光辉夺目，香气沁人，真有天仙化人之妙。因高宗最怕战乱，希冀太平，遂起名太平公主。

且说武后和高宗对李旦尤为溺爱，自小舍不得让李旦远离身边，遂把国姥荣国夫人接进宫来，协助乳娘护理。他们每次下朝回来，总先逗玩一阵，才肯用膳。因他天资聪敏，半岁能言，五岁读书，七岁作诗，人人夸奖。

为了避免声色迷误，从他十二岁起，命太傅专教他攻读老子《道德经》。因他性格仁柔，对道教经文很感兴趣，将其中精彩字句背得滚瓜烂熟。

一天李旦去花园散步，看见一只公鸡率一群母鸡啄食，甚是自由。后来忽然又跑进一只公鸡，追逐母鸡，气势汹汹，不可一世。原先那个公鸡马上和它格斗起来，忽上忽下，一来一往，霎时都头破血流。李旦看罢颇有感触，便作赋以纪之。但写了改，改了写，终难满意，于是便起了寻访名人代笔之念。

李旦本来极爱玩耍，不贪功名，且聪俊无比，深受天皇和天后喜爱，侍候他的黄门太监皆千方讨好，万般巴结。听说他欲访有文才之士，作《斗鸡赋》，皆四处打听，日夜寻找。三天之后，便寻得一个十八岁的才子。此人名叫王勃，聪明爱学，知识渊博，英俊无比，后来和杨炯、卢照邻、骆宾王齐称为初唐四杰。

李旦一见则惊叹不已，爱慕备至，恨不能变为女儿，许嫁于他，遂道："皆云你知识渊博，才智过人，誉为博士。我拟奏请父皇和母后，拜你太傅何如?"

王勃道："喜登龙门，身价十倍，殿下深情，终生难报。"

李旦道："你父官任交趾县丞，不知何故将你留在东都?"

王勃道："我如今已十八岁，虽有学识，尚无功名。为待明年科考，暂居姥姥家。"

李旦道："搬进宫来可好?"

王勃巴不得如此，遂道："任凭殿下!"

李旦当日便奏请父皇、母后，以向王勃学诗为名，将他接进东宫。是晚便于院中设宴款待，并请来武家表姐武小红、武小玉、武小翠、武小兰和太平公主作陪。大家皆慕王勃聪俊，欢乐无限。

他们喝一阵酒后，李旦便建议王勃带头联句吟诗，以手把脉，跳一百次为限，诗不成者，罚酒三杯。

这王勃敏捷过人，不及一半时间，便成诗一首：

> 喜逢龙门宴，
> 花香月儿圆。
> 蝉鸣树影动，
> 玉杯频频传。

下面轮到李旦，勉强按时凑成四句：

传杯不须慢，
欢愉趁少年。
美景逢知己，
自古恨难全。

下面轮到武小红，到时只写得三句：

全心并全意，
还靠缘法牵。
杯上绘鸳鸯，
……

那太平公主心直嘴快，立即续上一句：

筷子不成单。

李旦道："你虽给她续成，且不论好坏，但时间已过，仍该罚酒。"

武小红无奈，连饮两杯，剩下一杯，则灵机一动，递到太平公主面前道："贤妹代续一句，兹奉敬一杯，以表致谢!"

那武小玉、武小翠皆爱和太平公主取闹，不容分说，便左右扭她胳膊，将酒灌进她口里。那太平公主则骂武小红是恩将仇报、武小玉是助纣为虐，大家笑得不亦乐乎。

下面轮到武小玉，因取闹过一阵，故提前完成：

单枕照孤灯，
征人在疆边。
古来离恨多，
合当醉中眠。

下面轮到武小翠，她不拘小节，只图交卷免罚，粗制滥造一首：

眠卧鸳鸯帐，
兴浓夜自短。
美人知多少，
何时得尝遍？

念毕，议论纷纷，皆骂她疯狂。她则巧舌如簧，据理驳斥：“诗虽太俗，但雅俗共赏，合乎天后‘爱百姓’的主张，谁不赞成，我就告他谋反！”大家无可奈何，只好向下进行。轮到武小兰，到时只完成两句：

遍山玫瑰花，
初绽红艳艳。

无奈，只好连饮三杯，并道：“谁代我续成，待她挨罚时，我也替她。”下面轮到太平公主，为了便于自己联句，便立即续道：

花香袭行人，
快马又加鞭。

皆认为续诗一般。于是太平公主便自接道：

鞭长策快马，
为把情人探。
佯醉早安寝，
犹恨今夜短。

众人又提出异议，诗既太俗，又兼自续自接。李旦道：“我给兰姐另续两句，然后再由妹妹联句可好？”

众人同意，李旦遂续道：

悬崖深水隔，
叶绿刺儿尖。

众人一致认为比太平公主续得好。但太平公主很敏捷，也难她不住，按时而就：

尖眼性儿馋，
何须月老拴？
五更梦里见，
难等到明天！

众人仍认为此诗太俗，罚她一杯。

联句毕，又欢饮一个时辰，直待杯盘狼藉，屣履交错，皎月西沉，万籁俱寂时，方罢宴散归。

是晚李旦和王勃对榻而眠，询今问古，欢乐无限。

为让王勃作《斗鸡赋》，以显其才，次日晨起便约周王显斗鸡。在御苑里搭个台子，放几副桌椅。因前来观看的宫娥、黄门很多，四周用红绳拦住。

王勃为了让李旦取胜，晨起建议以烈酒饲鸡。故它临场特别雄健、兴奋、昂扬、有力，振翅而起，一跃三尺，猛似下山恶虎，怒如不共戴天，一口向敌鸡啄去！但见两只鸡一来一往，一高一低，忽上忽下，忽斗忽离，连斗十余回合，直至头破血流方分胜败。周王显还有些不服，又连抱来两只大红公鸡参战，结果都遭惨败。因而恼羞成怒，将鸡摔在地下，连跺三脚，五脏涂地，脑浆迸裂，拂袖而去，不欢而散。

李旦虽然取胜，心中也不痛快。但见王勃笔不停思，《檄英王鸡》霎时而成，遂又转忧为喜，和诸姐妹们回宫阅读。

全文如下：

盖闻昴日，著名于列宿，允为阳德之所钟。登天垂象于中孚，实惟翰音之是取。历晦明而喔喔，大能醒我梦魂；遇风雨而佼佼，最足增人情思。处宗窗下，乐兴纵谈；祖逖床前，时为起舞。肖其形以为帻，王朝有报晓之人；节其状以作冠，圣门称好勇之士。秦关早唱，庆公子之安全；齐境长鸣，知群黎之生聚。决疑则荐诸卜，颁赦则设于竿。附刘安之宅以上升，遂成仙种；从宋卿之窠而下视，常伴小儿。惟尔德禽，固非凡鸟。文顶武足，五德见推于田饶；杂霸雄王，二宝呈祥于嬴氏。迈种首云祝祝，化身更号朱朱。苍蝇恶得混其声，蟋蟀安能窃其号。即连飞之有势，何断尾之足虞？体介距金，邀荣已极；翼舒爪奋，赴斗奚辞？虽季郈犹吾大夫，而树桀隐若敌国。两雄不堪并立，一啄何敢自妄？养威于栖息之时，发愤在呼号之际。望之若木，时亦趾举而志扬；应之如神，不觉尻高而首下。于村于店，见异己者即攻；为鹳为鹅，与同类者争胜。爰资枭勇，率遏鸱张。纵众寡各分，誓无毛之不拔；即强弱互异，信有啄之独长。昂首而来，绝胜鹤立；鼓翅以往，亦类鹏抟。搏击所施，可即用充公膳；翦降略尽，宁犹容彼盗啼。岂必命付庖厨，不啻魂飞汤火。羽书捷至，惊闻鹅鸭之声；血战功成，快睹鹰鹯之逐。于焉锡之鸡幛，甘为其口而不羞；行且树乃鸡碑，将味其肋而无弃。倘违鸡塞之令，立正鸡坊之刑。牝晨而索家者有诛，不复同于彘畜。雌伏而败类者必杀，定当割以牛刀。此檄。

大家看毕，无不叹服。皆谓辞藻华丽，典雅无比。但为显示自己，竞相揣测。尤其太平公主性急嘴快，争先抢功：“‘秦关早唱，庆公子之安全’，定是鸡鸣狗盗的典故。”武小红亦迫不及待道：“‘齐境长鸣，知群黎之生聚’，必为齐国发生匪盗之前曾有雄鸡长鸣预报的故事……”未得说毕，武小玉亦抢言：“‘祖逖床前，时为起舞’，是说某朝、某州、某官同某一朋友同床同被而眠，于半夜时分，听见鸡鸣，一块起舞故事。”

太平公主听此，遂奚落道：“如此说来，此赋我全会讲，总之一句话，都是某朝、某地、某人同某人的故事。”逗得大家哄堂大笑。武小玉霎时满脸通红。

李旦为了解围，连忙补充道：“‘文顶武足，五德见推于田饶’。‘文顶武足’是形容鸡冠和鸡距无疑。‘五德’我在《韩诗外传》上见过：鸡头戴冠，文也；鸡足生距，武也；敌在前敢斗，勇也；得食相告，仁也；守夜报晓不误时，信也。而其‘田饶’，却不知何许人也。”

太平公主又抢道：“‘化身更号朱朱’，是说公鸡为红色……”

未待说毕，武小玉亦回敬道：“但还有黑公鸡、白公鸡、芦花公鸡呢!”

太平公主又强辩道：“可今日参加者，皆为红公鸡呀!”

武小玉亦吹毛求疵道：“如此说来，咱们都参加了，岂不都成红公鸡了?”又逗得哄堂大笑。

李旦怕争论下去失掉姐妹和气，遂停止辩论，请王勃细讲一遍。大家听后个个心服，赞叹备至。此后众姐妹皆为王勃才智俊雅所迷，日日前来观花赏月，游湖划船，天长日久，未免动些手脚。“好事不出门，坏事传千里。”那周王显斗鸡惨败之后，怀恨在心，时时寻机报复，得此风声，便添油加醋启奏父皇。高宗听此，气愤填膺，诬为鸡鸣狗盗之徒，遂发一道圣旨，立斩王勃。

李旦则对王勃爱慕备至，誓同生死，便立即启奏武后说情。

这武后一是最为疼爱李旦，一是较为爱才，见王勃的《檄英王鸡》确为典雅无比，才智渊博，遂生怜香惜玉之念，不但赦罪，还欲收为弄臣。

这王勃知识渊博，精通古今，心有灵犀一点通，且他志怀高洁，坚意不从，以请往交趾省父为名，婉言谢绝。武后无奈，亦不忍加诛，遂格外原情，任其出宫。

“塞翁失马，焉知非福。”王勃出宫后，却一鸣惊人。

欲知何事，且听下回分解。

第二十一回

李旦爱才送行衔哀
王勃作赋得妻遇难

且说王勃被逐，李旦疚心如焚，深情厚谊，牵肠挂肚。人去室空，被冷灯残。望窗外，月明星稀，虫声哀鸣，满目凄凉，度夜如年。次日晨起，即去王府控望，言别话旧，感慨万千。

李旦正和王勃谈心，武小翠忽然来到，说是送行告别。李旦为催她快速离去，便佯为欣赏王勃书籍，去翻箱倒柜，不料却把太平公主从大站柜里翻了出来——原来太平公主十分钟情于王勃，亦一夜未眠，前来幽会，听到李旦前来，急忙躲进柜中。

这武小翠是向来得理不饶人的，常和太平公主拌嘴，遂打趣道："傻姐姐，为何放着牙床不睡，站在柜中受罪？"

太平公主亦恼羞成怒道："请问贤妹妹，本是千金贵体，来此寒舍何故？以五十步笑百步，似可不必。"

这武小翠和太平公主皆尴尬而去。

李旦又继续和王勃谈心，忽然贺兰敏之来到。此厮系武后姊姊韩国夫人所生，因父母早丧，缺乏教养，吃喝嫖赌，坑蒙拐骗，无所不为，是东都著名的恶棍。听说王勃奇才英俊，早起龙阳之念。只因王勃系李旦挚友，他不敢轻举妄动。今听说王勃被逐，自认为有可乘之机，前来调情绰趣。不料恰遇李旦在此，不好直言，便含沙射影、旁敲侧击道："王博士被逐，莫非佳人多薄命乎？"

王勃道："屈尊光临，有何贵干？"

贺兰敏之道："请问何日启程，拟来送行。"

王勃道："莫非黄鼠狼给鸡拜年，癞蛤蟆想吃天鹅肉吗？"

贺兰敏之道："我甘为癞蛤蟆，那王博士和我表弟皆为天鹅喽！"

李旦早已怒火难耐，他偏到老虎头上搔痒，趁他不妨，上去给他两个耳光："狗彘之徒，谁是你表弟！"

贺兰敏之深知李旦为武后最爱之子，如何敢惹，只好狼狈而去。

且说武小翠早想讨好高宗，攀龙附凤。回得宫去将太平公主藏在王勃柜中之事，添枝加叶，启奏高宗。

高宗立即将王勃传来喝道："你知罪吗？"

王勃足智多谋，从容而答："小生奉命出京，整装待发，何罪之有？"

高宗道："你勿巧嘴滑舌，太平公主藏于你柜中，是为何故？"

王勃道："是她藏我柜中，而非我藏她柜中，陛下不去问她，而苛责于我，岂非舍本逐末、本末倒置了吗？"

高宗道："公主乃朕家事，刁猾小子，何须多嘴？"

王勃道："修身、齐家、治国、平天下。家不齐，何以治国？"

只说得高宗理屈词穷，恼羞成怒："身首两段，焚尸灭迹！"

早有李旦心腹通风报信，请奏武后前来求情，免刑轰出东都便了。

次早，李旦送行至洛河桥头，执手相送，痛哭流涕，千依百恋，难割难舍。

临别赠言，人之常情，更何况号称初唐四杰的王勃，于是眉头一皱，提起笔来，一挥而就：

别路余千里，
深恩重百年。
正悲西侯日，
更动北梁篇。
夜色笼寒雾，
山光敛暮烟。
终知难再逢，
怀德自潸然。

李旦见诗，百看不厌，沉思冥想，如醉如痴……乍猛的，狠心艄公，一桨百尺，轻帆如飞。风大水急，船颠人去也，再会难期！回得宫去，悲苦莫名。

王勃离开洛阳，沿隋炀帝所开运河向东南而下。抚今追昔如雾，展望未来似烟，前途茫茫，不知如何归宿？且正值晚秋时节，西风紧，黄叶飞，更哪堪雁阵惊寒，催泪千滴！一路上悲愁莫名，哀词连篇。

夜宿晓行，抱恨含怨，直待九月七日，抵至扬州。忽闻南昌都督阎公重修滕王阁，为夸爱婿宋子章之才华，令其宿构其序，定于九月九日重阳节宴请宾客，佯称乞才撰文，刻碑留记。这时王勃正怀才不遇，逢此良机，岂能放过，遂决心一试。怎奈遥途将近千里，只怕误期。恰逢东风乍起，一帆轻舟，如期而至。

开宴之后，分尊卑而坐，阎公居上，新州刺史宇文钧、进士张禹锡以及其他名儒才子共百余人作陪。王勃最幼，坐于末位。但见山珍海味，佳肴满席。酒过三巡，阎公起身道："昔日高祖子元婴，东征西讨，立下许多功劳，后为此州刺史，爱民下士，四方太平，风调雨顺，封为滕王。百姓深念其德，修建此阁，以为千秋师表。只因年深日久，栋檐失色，千疮百孔，深有墟废之忧，特此重修。今日功成，又逢重阳，是以恭请群贤，欲求大才，作一《滕王阁记》，刻石为碑，使不失其胜迹。愿诸名士，勿辞为幸！"遂令左右捧笔墨纸砚，遍至各席。因大家皆知阎公本意，固辞不受。最后轮到王勃，慨然接笔应从。满座之宾，无不惊讶失声，面面相觑，窃窃私语："此小子不知何人之后？竟敢如此无礼！若非初生牛犊，则必为井中之蛙……"

阎公见王勃受纸笔，心中老大不快，心里想："看他有甚才华，竟敢与吾婿争雄？不过是班门弄斧、孔门卖诗罢了！"遂退至小轩，吩咐书童："看其所作，逐句来报！"

那王勃福至心灵，笔飞墨舞，行云流水，似有神助：

豫章故郡，洪都新府。星分翼轸，地接衡庐。襟三江而带五湖，控蛮荆而引瓯越。物华天宝，龙光射斗牛之墟；人杰地灵，徐孺下陈蕃之榻。雄州雾列，俊采星驰。台隍枕夷夏之交，宾主尽东南之美。都督阎公之雅望，棨戟遥临；宇文新州之懿范，襜帷暂驻。十旬休暇，胜友如云；千里逢迎，高朋满座。腾蛟起凤，孟学士之词宗；紫电青霜，王将军之武库。

书童报至此处，阎公心中已暗自叹服。只见王勃仍笔不遐思，连续写道：

家君作宰，路出名区；童子何知，躬逢胜饯。

时维九月，序属三秋。潦水尽而寒潭清，烟光凝而暮山紫。俨骖騑于上路，访风景于崇阿。临帝子之长洲，得仙人之旧馆。层峦耸翠，上出重霄；飞阁流丹，下临无地。鹤汀凫渚，穷岛屿之萦回；桂殿兰宫，列冈峦之体势。披绣闼，俯雕甍，山原旷其盈视，川泽盱其骇瞩。闾阎扑地，钟鸣鼎食之家；舸舰迷津，青雀黄龙之轴。虹销雨霁，彩彻区明。落霞与孤鹜齐飞，秋水共长天一色。

阎公听此，拍案叫绝，急忙整冠走出，邀请王勃入上座。王勃亦不谦辞，坦然大方而入，遂似行云流水，一气呵成：

渔舟唱晚，响穷彭蠡之滨；雁阵惊寒，声断衡阳之浦。遥襟俯畅，逸兴遄飞。爽籁发而清风生，纤歌凝而白云遏。睢园绿竹，气凌彭泽之樽；邺水朱华，光照临川之笔。四美具，二难并。穷睇眄于中天，极娱游于暇日。

天高地迥，觉宇宙之无穷；兴尽悲来，识盈虚之有数。望长安于日下，指吴会于云间。地势极而南溟深，天柱高而北辰远。关山难越，谁悲失路之人？萍水相逢，尽是他乡之客。怀帝阍而不见，奉宣室以何年？嗟呼！时运不济，命途多舛。冯唐易老，李广难封。屈贾谊于长沙，非无圣主；窜梁鸿于海曲，岂乏明时？所赖君子安贫，达人知命。老当益壮，宁移白首之心？穷且益坚，不坠青云之志。酌贪泉而觉爽，处涸辙以犹欢。北海虽赊，扶摇可接；东隅已逝，桑榆非晚。孟尝高洁，空怀报国之情；阮籍猖狂，岂效穷途之哭！

勃，三尺微命，一介书生。无路请缨，等终军之弱冠；有怀投军，慕宗悫之长风。舍簪笏于百龄，奉晨昏于万里。非谢家之宝树，接孟氏之芳邻。他日趋庭，叨陪鲤对；今兹捧袂，喜托龙门。杨意不逢，抚凌云而自惜；钟期既遇，奏流水以何惭？

呜呼！胜地不长，盛筵难再。兰亭已矣，梓泽丘墟。临别赠言，幸承恩于伟饯；登高作赋，是所望于群公。敢竭鄙怀，恭疏短引；一言均赋，四韵俱成。请洒潘江，各倾陆海云尔。

至此，阎公婿宋子章误为王勃写完，急忙站起道："此文决非出自顽童手笔，乃剽窃也。吾早有所闻，且背诵如流。如若不信，我即背之，可保一字不差。"说罢，即从头至尾，背诵一遍，果真一字不误。众人愕然，阎公亦疑。但王勃从容问道："君言此为旧文，而此文后尚有诗八句，请给背来!"

宋子章无言答对，低头不语。王勃遂拿起笔来，一挥而就：

滕王高阁临江渚，
佩玉鸣鸾罢歌舞。
画栋朝飞南浦云，
珠帘暮卷西山雨。
闲云潭影日悠悠，
物换星移几度秋。
阁中帝子今何在？
槛外长江空自流。

宋子章听毕，羞愧难以自容。有一献媚者遂道："王勃堪称才子，令婿亦有强记之才。"阎公虽得阶下台，但对宋子章生憎矣："才低识浅，就应甘拜下风，何无自知之明丢人现眼耶？”

众宾客散归后，阎公即将王勃带至府第，待若上宾。并将其婿宋子章于宴会上撒谎丢丑情事诉于女儿。其女知书达理，慧心性烈，闻之不胜气愤，暗自思量：“宋子章既能于大庭广众之下造谣中伤，其山盟海誓岂可信乎？待自己年老色衰，他岂不喜新厌旧乎？与其白头被弃，何如及早分道扬镳？”于是彻夜失眠，次日晨起遂写诗一首：

痴心女儿，
无义郎君。
谎言乍露，
岂是初熏？
扬镳宜早，
免却泪纷。
白头毁盟见弃，
谁怜败柳残云？

写毕即拿来剪刀，决心削发为尼，被婢女拦住。

宋子章本是水性杨花之人，无甚情义，见她性烈如此，便顺水推舟，分道扬镳而去。

王勃听说阎小姐既心慧性烈，又有诗才，请求一见，叹为谪仙！遂起怜香惜玉之念，立即按她原韵和诗一首：

智琼神女，
来访文君。
蛾眉始约，
罗袖初熏。
歌齐曲韵，
舞乱行纷。
若向阳台荐枕，

何啻得胜朝云？

阎小姐见王勃和诗求婚，颇有受宠若惊之感：一代奇才，年方弱冠，英俊无比，何为垂青于“残柳败絮”耶？莫非梦耶？然而“文君”分明是指自己，“若向阳台荐枕”和“何啻得胜朝云”分明是痴心求婚，盖为天命耶？于是言明父母，撮合成亲，喜出望外。度过蜜月，王勃携阎小姐往交趾省亲。阎公广赠金银珠宝，价值千金，雇船起行。

且说那宋子章，本拟借构滕王阁序显名，却落了个鸡飞蛋打，心中愤恨交加。遂买通海盗，尾随王勃船后，到得入海港湾处，紧追上去，将王勃和阎小姐推入海中，把金银财宝抢劫一空，回来与宋子章平分。可怜一世奇才，惨遭奸计，消息传至两京，无不惊叹惋惜！

李旦闻讯，立时昏厥于地。高宗和武后齐来看视，忙用参汤、朱砂、琥珀抢救。待他苏醒后，武后劝道：“王勃奇才，朕也爱他。只因妄自尊大，猖狂不羁，落此下场，是他命该如此。但他留得《滕王阁序》和《檄英王鸡》两赋，足可名传千古，永垂不朽！且南昌故郡，滕王胜迹，从此留得万世佳名，亦可谓不幸之万幸也。”

李旦平静之后，首先启奏母皇捉拿凶手，为王勃复仇，武后着即传旨照办。旬日间即将宋子章缉拿处斩。

高宗读完《滕王阁序》之后，亦深为叹服，后悔当初对王勃处罚过重，心中歉然。

从此李旦心情抑郁，时常郊游散心，登山怀望，悲苦莫名！

刎颈之交，屡见不鲜。武后在四个儿子当中又最爱李旦，曾有易立他为太子之意。所以，虽然她日理万机，但每日都抽空前来探视，唯恐发生万一。

武后其他诸子本来皆对她的主张不满，她又如此偏爱李旦，所以母子之间的悲剧接连发生。

欲知详情，且听下回分解。

第二十二回

太子贤怒闻母秽行　假美人暴露父奸计

且说武后将亲生长子弘立为太子。因他生性极为懦弱仁柔，对武后的作为很为不满，虽不敢违抗，但往往阳奉阴违。

一日，太子弘去后庭闲逛，看到幽囚的萧妃之女义阳、宣城两个公主披头散发，面黄肌瘦，遂起恻隐之心。未请准武后，径奏父皇，宽释出嫁。武后得知，十分气愤：如此慈悲愚昧小儿，难继大业，成事不足，败事有余，如不早除，后患无穷。遂密遣小黄门投毒，薨于合璧宫中，草草埋葬，武后竟连一滴眼泪都未掉。

于是又立次子贤为太子。这太子贤较为聪慧机灵，觉得武后比父皇英明，事事请示武后，甚得武后欢心。

武后早宿大志，能否称帝，虽无十成把握，但觉得自己的才干远在一般男子之上，将来必定能做一番事业。所以积极改革弊政，抑制豪强，并提高妇女地位，洗雪太宗之侮。而今高宗已被降服，太子为未来嗣君，易为人心所望，必须早加防范，遂令北门学士撰得《孝子传》数卷，令其背诵。

武后自从听了明崇俨的谗言，日益削减太子贤的职权。

太子贤不知事出何因，心中很是疑惧，但又无可奈何，便抱着“今日有酒今日醉，管他明天是与非”的消沉思想，眷恋声色，纵欲恣情起来。

有个宫女名叫上官婉儿，年方十四，俊俏非凡，聪资超群，七岁能诗。太子贤早有爱慕之意，只是因她年幼，而且她父亲和祖父皆因坐罪处死，所以未曾动得手脚。如今苦中作乐，颇有“花开堪折直须折，莫待无花空折枝”之感，遂写诗一首挑逗她：

牡丹苞未放，
蝶飞千次余。
因怕冰雹降，
闲等一年虚。
今年春何迟，
未见紫燕书，
莫非江南人，
留得春长居？

上官婉儿见诗，心明如镜，提起笔来，似同行云流水，原韵和之：

叶下洞庭初，
思君万里余。
露浓香被冷，
月落锦屏虚。
欲奏江南调，
贪封蓟北书。
书中无别意，
但怅久离居。

太子贤见她不但接受了自己的爱情，而且还怕以后失宠，可见感情之深，心中十分高兴，恨不能一棍将太阳赶下山去，霎时迎来千金一刻的良宵。

此后，太子贤和婉儿夜夜幽会，似同夫妻。一个青春正浓，一个风华正茂，缱绻缠绵，如漆似胶。

太子贤的身体原来就很虚弱，如何能经得起这般恣情？于是逐渐消瘦难支。武后听说之后，猜定他必为声色所致，遂将东宫所有宫娥全部遣去，换为黄门太监。因见婉儿颇有诗才，便带在身边使用。

婉儿走后，太子贤竟如剜心割肉般难受，坐卧不安，夜夜失眠，神魂颠倒，百无聊赖，提起笔来，胡思乱写，非诗非文，倾泻愁怀：

忆初见，便投缘，聪资伶俐罕见，羞花容艳堪怜！目含秋水眉自秀，面似芙蓉艳而鲜。增一分则长，减一分则短。白如玉，软似绵，若非嫦娥再世，定是仙女下凡！吟诗撰文似神助，琴棋书画样样拔尖。性温存，口儿甜，雅致多态，风流无限。

传诗情，谐夙愿，云情雨意，美妙难言……恨不能当作樱桃，将你一口吞咽！愿与你朝夕共处，寸步跟前，白头偕老，恩爱百年！

孰料，情正洽而意方酣，棒打鸳鸯，风云突变，咫尺千里，何时能会面？都道光阴似箭，我却是度日如年！似火焚，如油煎，茶不思，饭也难咽。不痛不痒，不热不寒，站立不定，坐卧似针毡，欲待梦里相见，怎奈彻夜失眠！瘦比黄花，四肢瘫软，纵有神医百万，也难愈痊。

母后呀，再莫说“纵欲恣情身易枯”，这相思的病儿，比它还厉害万千！虽曰爱之，其实害之，加速送我进黄泉……

太子贤如此数日不茶不饭，命在旦夕，一息奄奄。孰料山重水复疑无路，柳暗花明又一村，忽然来了一个救星：此人名叫赵道生，是新派进来的小黄门，年方十六，尚未净身，粉面桃腮，伶俐非凡。因他是孤儿出身，未进宫前，长期流落街头，饱经人间沧桑，人情事理，风月情场，无不练达。他见太子贤如此模样，定为思念婉儿所致，心中暗想：“我之容貌，和婉儿相比，不差上下，只是不会吟诗，否则也定能给太子一些慰藉……”于是他就寻机向太子贤学习诗文。

太子贤正处于百无聊赖之中，可以借此填补些空虚，也就乐以应从。这赵道生聪颖非凡，过目成诵，不几日就练习写起诗来。且他很会察言观色，讨人喜欢，太子启唇他先笑，太子含泪他先哭，时时体贴太子的心意。一天晚上，他见太子贤唉声叹气，立刻习作七言古诗一首：

婉儿悲随武后去，

空余太子常恻恻。

悲莫悲于生别离，

棒打鸳鸯情更哀！

自恨不是春闺女，

难慰太子愁一怀。

老天若能与人愿，

教我霎时变女钗！

太子看罢，惊喜万千：容颜出众，诗才罕见，他莫非真的是谪仙下凡？急忙提笔和道：

道生仙容何处来？

倾城倾国无恻恻。

脉脉不语甜意浓，

一刻不见情自哀。

过目成诵今始见，

能教愁人变喜怀。

纵然不是千金女，

逢场作戏有何碍？

赵道生看罢，心领神会，眯着双眼，微启唇齿，双生酒窝，脉脉含情，如同含苞欲放的芙蓉，静待粉蝶来采。但太子贤很重情谊，从未发生亵渎事体。

自此太子贤日日和赵道生欢聚，观花赏月，吟诗下棋，甚是愉快。一天听赵道生说，市里旧书摊贩藏有春图之类的画册，甚为稀奇。太子贤好奇心切，即刻取些金银，让他去买："不论价格多少，一定买来，如银不足，可速回来再取。"怎奈这类画册极易染坏青年，属于禁物，必须和商贩有密切关系，且保证不被告发，才能买到。他起早而出，直至二更多时分尚未归来。

太子贤这一天孤苦伶仃，十分寂寞。晨起之后，便去御苑赏花散心。不觉来到知春亭前，他先前曾和婉儿在此幽会多次，于是旧情蜜意涌上心头。正当他沉浸如梦之际，忽听喜鹊连叫三声，便想到一首民谚：“早报喜，晚报忧，正当午时报冤仇。”现正当早晨，可能是有喜事了！不禁欢愉起来：许是能和婉儿相会？若赵道生再买回春图来，则是双喜临门了。于是他兴高采烈，加快步伐，走马观花胡乱逛了一会，便回到书斋，静候佳音。

怎奈，由晨至午，由午至夕，一直到二更多时分还无消息。喜尽悲来，泪湿锦衣。不料方关门欲睡，准备饱尝长夜煎熬之苦，忽然月移花影动，敲门声低，果然婉儿来到，喉哽咽塞，千言万语无从谈，热泪盈盈一抱中。

哽咽良久，太子贤方问道：“今日为何有暇来此?”

婉儿道：“武后和明崇俨饮酒赏月，让我暂避。三更过后还须赶回。”

太子贤听此，便急忙携婉儿上床。不料忘记关门，正要解衣，赵道生闯了进来，吓得二人急忙下床。

赵道生见状，十分尴尬，急忙退了出去。太子贤和婉儿方又携手上床。

婉儿问道：“方才那个小杀才是谁?”

太子贤道：“是新来的小黄门，名叫赵道生。”

婉儿道：“他为何出入如此随便?”

太子贤道：“自你走后，撇得我孤苦伶仃，失魂落魄，坐卧不安，茶饭难咽。是他前来陪我谈笑言欢，吟诗品酒，观花赏月，慰我愁怀，方唤起精神，得有今日。他可谓是我的救命恩人。”

婉儿道：“今后我就放心些了。”

太子贤道：“你可探知母后为何削我职权吗?”

婉儿道：“只因那个行医的术士，名叫明崇俨者，说你‘二目无神，明堂不明，面无神色，未老先衰，命不长寿，不堪继承’。”

太子贤吃惊道：“啊? 原来有这等事! 此仇不报，我死不瞑目!”

婉儿道：“武后以看病陪护的名义，时刻将他带在身边，且他英俊风流，似受武后宠幸。事关重大，应思良策，千万不可鲁莽，免遭不幸。”

太子贤更为吃惊：“什么? 他、他、他……竟和母后私通?”

婉儿道：“他们常常窃窃私语，眉目传情。前日早晨，我见他从寝宫溜出，但不知他是何时进宫的。”

太子贤道：“此言当真?”

婉儿道：“一言不假!”

太子贤道：“我立刻启禀父皇!”

婉儿道：“且慢！如今是武后权大，天皇权小。启禀天皇，亦无之奈何。且天皇今御体欠佳，徒自受气，有害无益。”

太子贤道：“依你之见何如?”

婉儿道：“欲速则不达，应伺良机秘密图之，以掩人耳目。”

太子贤道：“是。你回去之后，要时刻注意他们的行径，暗传消息!”

婉儿道：“现已为时不早，我须即刻回去。”

太子贤因心中气愤填膺、七上八下，也顾不上送别，只说了声“再会”，就与她分手而别。

婉儿去后，赵道生就拿着春图急忙进来，见太子满面怒容，心中甚是狐疑，搭讪地问道：“殿下为何生气?”

太子贤便将事由述说了一遍。

赵道生道：“这有何难，待我明日找支毒箭，悄悄地把他射死，岂不泯灭无迹?”太子贤道：“好，是个主意!”遂喜形于色：“快拿来春图给我看!”

赵道生把春图放到桌上展开，逐一细看，甚觉有趣。

次日，赵道生遵照太子贤的吩咐，找来三支毒箭。但因寻访不到明崇俨进宫的时辰，数日未能得逞，只好等待婉儿的信息。

话说裴炎要算当朝最为聪明能干之人，八面玲珑，巧舌如簧，从一个黄门侍郎，以谄媚武后一跃而为中书令。怎奈他得寸进尺，日日馋涎起帝位来，于是便在太子贤身上打主意。如今天皇把东宫的宫娥全部轰出，他觉得太子贤必定十分寂寞，便拟将幼女裴英许配于他，作个美人计。

一天夜晚他潜进东宫，首先对婉儿生母郑十三娘说明来意。

郑十三娘道：“你可真是雪里送炭。如今太子贤失魂落魄，寂寞至极，整天同小黄门赵道生在一起厮混，也不知干些什么事体？可速画张你家小姐的美人图来!”

裴炎道：“我已请人画就，随身带来。”于是掏出递给十三娘。

郑十三娘展开一看，故意吃惊道：“啊呀，真和仙女下凡无二，敢保能把太子贤迷住。到得那时，岂不可以牵着他的鼻子走路？哈哈哈!”

裴炎道：“这还得靠郑十三娘的帮衬呢!”

郑十三娘道：“咱情投意合，何必客气。事成之后，我那屈死的丈夫和公公，九泉之下亦应感恩不尽!”

裴炎道：“你还时常梦见你丈夫吧？”

郑十三娘道：“常言道：‘一日夫妻百日恩。’我们十年与共，甜情蜜意，终生难忘。不瞒你说，每逢更深夜静，我还常常泪流满面，心如刀剜呢……”说着说着，掉下泪来。

裴炎早有垂涎郑十三娘之意，今见她尚如此多情，泪容可掬，淫心乍起，不禁大胆上前吻抱着哼唧道：“我给你做个伴吧……”

郑十三娘对他的龙钟丑态有些作呕，本心不愿，但为了共谋大业，也只好半推半就，且相随了……

此后，裴炎常以督导太子贤读《孝子传》的名义和郑十三娘私会。

是晚，郑十三娘趁太子贤的空儿，便把裴炎女儿美人图交给他，并说明裴炎的来意。

太子贤看罢美人图，心中十分赞赏，一看再看，爱不释手。心中自语道：“真和婉儿不差上下!”遂即刻答应“明日去会”。

郑十三娘次日一早就告诉给裴炎。裴炎急忙布置了一个静室，和洞房无二。于夜深人静时，将太子贤接来和女儿幽会。

太子贤进得门来，一眼就看出裴英的姿容远远不如美人儿图，只不过装束一样罢了，遂开口问道：“你的美人图像是何时画的？”

“半月之前。”裴英答道。

“半月之间，怎会相差这么远？那时是何等的丰满艳丽，而今又是如此的瘦弱暗淡。”

“只为思念殿下，茶饭懒咽，坐卧不安，焉有不瘦之理？”

太子贤心想：这明明是故意将图像美化欺哄自己，而她回答得又如此爽利，肯定是事先早有防备，便不再继续追问，遂转移话题道：“你都读过哪些书籍?”

“五经，诸子百家，都曾浏览。”

“那么就请你给我讲一讲《诗经》的第一篇可好?”

“讲得不好，请殿下勿要耻笑。”

“无妨，请你讲来我听。”

“雌雄的雎鸠鸟儿，在河洲上关关地欢叫；俊俏贤惠的少女，贤良英俊的君子最爱追求。”

“那么瘦弱憔悴的女子，应当如何呀?”

问得裴英哑口结舌：“应当……”

太子贤气得拂袖而去。

裴英将此情况告知父亲，裴炎一时亦无主张。但他是十分倔强自信、老奸巨猾之人，是决不会甘心的。

欲知他又想出什么计谋，且听下回分解。

第二十三回

骆宾王传谣取宠 裴丞相用画合污

且说裴炎急于谋篡，用美人计拉拢太子贤碰壁后，正在走投无路之际，忽然听到一首童谣闹得满城风雨：“一片火，两片火，绯衣小儿当殿坐。”

他是极为机灵之人，一听就明白是有人阿谀自己，唆使他谋反，给他制造舆论，便立即派人查访编此童谣的人。

一个垂钓，一个愿上；落花有意，流水有情。所以未出三天，他就发现编此歌谣者乃为怀才不遇的骆宾王。

此人七岁能诗，颇有些才华，曾任武功县主簿，不久被洮州行军裴行俭发现，推荐为长安主簿，他仍嫌位卑不能发挥才能。因宰相裴炎嫉贤害能，他屡次给武后的上疏都被扣压，未获重用，所以怏怏不快，消沉堕落，吃喝嫖赌无所不为。后因贪赃被贬为临海县丞，他嫌艰苦，舍弃不了京城的繁华，便弃官来到东都，暂以算卦问卜为生，伺机东山再起。约一个月的光景，他听说裴炎对武后不满，想必会有野心，便编此童谣试探之。

当此童谣传开以后，他时常到儿童周围张望。一天傍晚，他正蹲在天津桥南听儿童们唱此歌时，忽有两个家仆模样的人来问儿童道：“这个歌儿是谁教你们的?”

儿童们七嘴八舌，有的说“不知道”，有的说“是个老头”，有的说“是个算卦先生”……

骆宾王急忙走上前去：“请问你们在哪个府里当差?”

家丁甲道：“裴丞相府中。”

骆宾王高兴地道：“你要找编童谣的人吗？请远看。”

家丁道："远看无人。"

骆宾王道："请近看。"

家丁乙道："莫非是你？"

骆宾王道："然也。"

家丁甲道："请。"

由家丁甲带路，家丁乙随后，三个人一路上无言，拐弯抹角，来到裴炎的密室中。

裴炎把他奉如上宾，恭恭敬敬地道："请问先生尊姓大名？"

骆宾王落落大方地道："我乃原长安主簿骆宾王是也。"

裴炎不禁一怔道："久闻大名，正恨相见之晚哩！"

骆宾王道："我乃一个小小的主簿，丞相怎么会知道我呀？"

裴炎随机应变道："先生曾上疏数封，文辞优美，立论精辟，学识渊博，无可伦比。只是……唉！"他似有难言之隐，欲说又止。

骆宾王看出他欲卖关子，因道："人常说：'宰相肚里撑舟船。'你的苦衷是可想而知的。"

裴炎道："武后号称爱才，求贤若渴，实际上爱的是阿谀奉承之徒。你的上疏虽好，但不善于逢迎，故皆石沉大海，使你流落不遇。吾亦是泥菩萨过海，自身难保，爱莫能助。"

骆宾王对其言半信半疑，因而也卖了一个关子，挖苦他道："丞相德高望重，堪比周公再世、伊尹重生，古今罕见。"

裴炎听他话里有话，心中琢磨起来："他编的童谣明明是帮助自己谋篡，可他又以贤相周伊相比，前后矛盾，这是为何呀？"苦思良久，不敢造次，遂心生一计，取出一幅《忠臣烈士图》，请骆宾王评定。骆宾王是不见兔子不撒鹰，只是含笑不语。

裴炎急不可耐，干脆亮牌道："请问'绯衣小儿当殿坐'中的'小儿'二字是何意呀？"骆宾王仍然笑而不答。

裴炎心想一定是要条件了，这才开口许愿道："先生初来东都，盖无住处，我送你华宅一座、美女十名、黄金千两、骏马两匹，可好吗？"

骆宾王这才笑逐颜开，手指《忠臣烈士图》中的司马懿道："他才是英雄大丈夫!”停了一停，大发感慨，指手画脚，高谈阔论起来：“古来多少明臣豪杰，辅佐昏庸孩提，受太后羁绊，不得显示才华、建立功业，只落得国破家亡，如诸葛亮然。而司马懿和曹操，挟天子，令诸侯，救危亡，拯社稷，武功文治，光照九域，功盖天下，才真正应该是大英雄、大丈夫呢!”说完之后，器宇轩昂，俨然而立如柱。

裴炎听此高论，佩服得几乎五体投地，急忙传告家人备酒设宴。接着又追问道：“那‘绯衣小儿’究竟是何意?我如今已将近花甲之年，怎能称为‘小儿’呀?”

骆宾王归座笑道：“‘小儿’乃丞相字‘子隆’之意也。”

裴炎不禁拍案叫绝：“童谣十三字，字字贴切，无一虚设，先生堪称博士，应冠四杰之首!”

霎时美酒佳肴齐上，歌妓十人打扮得花枝招展，在雅乐声中，轻歌曼舞，前来侑酒。这是骆宾王生来头一次享此艳福，既没饮过如此美酒，也没吃过如此丰盛的佳馐；既没见过如此的美人，更没享受过如此温柔的侑酒。三杯落肚，神魂飘荡，似同升入仙境，乐不可支，忘乎所以，直至酩酊大醉，颓入椅中。裴炎遂让两个歌妓陪他入寝，次日很晚才起。

早餐较为简单，只有裴炎奉陪，二人已亲如手足，无话不谈。

裴炎先开口道：“我虽任宰相数年，但无兵权，该如何下手?”

骆宾王早已胸有成竹：“曹操和司马懿皆为先鉴，必须先辅佐幼主，护驾盗名，掌揽兵权。”

裴炎道：“武后聪智过人，又博览经史，非一般人可比。她又能知人善任，大义灭亲，高宗皇帝尚不是她的对手。”摇头叹息不止。

骆宾王道：“可是物极必反，她已贬杀了不少功臣，结怨于天下，大有一触即发之势。你做内应，找人外合，则可事半功倍。”

裴炎急问道：“有谁可作外合呀?”

骆宾王道：“受贬生怨，人之常情，如今贬官满天下，俯拾可得。徐敬业兄弟乃开国元勋徐茂公之后，既受贬生怨，又有威望。且李唐诸藩王对太后杀王后、弑子扼女，皆有戒心，只要徐敬业一声号令，不怕不普天响应呢!”他说得得意扬扬，唾沫四溅。

裴炎亦认为其言之有理，连连夸耀，赞不绝口，遂道：“太子贤对武后是有不满，但较懦弱，勇气不足。”

骆宾王笑道：“懦弱才好呢，若他精明能干，前门赶狼，后门进虎，岂不更糟了。你明日可带他到赌场门口，凭我这三寸不烂之舌，定能拉他跳入圈套。”

欲知此计如何，且听下回分解。

第二十四回

施钓饵歌楼寻欢
订密计赌场猜字

话说裴炎虽然赞成骆宾王的计谋，但他觉得仍然用美人计为好。所以，当晚又潜进东宫，哄骗太子贤道：“我女儿图像系画师捣鬼，并非本意，请殿下海涵！我现寻得一个绝色歌妓，年方十三，人称嫩牡丹，真有沉鱼落雁之容、闭月羞花之貌，嫣然一笑百媚生，歌喉婉转令人迷。今日开始挂牌，要价黄金百两，皆在望洋兴叹。只怕除却殿下，无人能够问津。常言道：‘世财红粉歌楼酒，谁为三般事不述?’殿下如今对‘世财红粉’皆饱尝过了，却不知那‘歌楼酒’比这两桩还欢乐十倍呢!”

听了裴炎这番绘形绘色的描述，太子贤早已动情，跃跃欲试道：“只怕母后得知，如何是好?”

“这须太子一人承当，我可吃罪不起呀!”

“今日有酒今日醉，管他明日是与非……”太子贤无奈道。

“请即刻动身，免得被别人包去。”

“好!”太子贤边应边换衣服。

裴炎带路，掩声闭息，穿街过巷，拐弯抹角，约经半个时辰，方到那家歌楼跟前。但见：黑漆大门，红色匾额，上书“三春院”三个金字，闪闪发光。门前立一小厮，迎客引路，风流俊俏，像是仙童，使人向往。门两旁奇花异草，芳香扑鼻。假山喷泉，曲径通幽。葡萄架下，清净无比，石桌玉椅，精致茶具。雕漆玲珑，灯红纸绿。只听小厮一声：“接客。”楼上一群歌妓，烘云托月般，拥着一个美人儿，风吹梨花似的拜迎下来，不用细说，那美人儿就是裴炎所说的嫩牡丹了。的确话未虚传，只见她面若牡丹，白里透红，娇羞妩媚，举止轻盈，含苞欲放，令人神往。

霎时，美酒佳肴，摆满一桌；丝竹齐奏，悦耳宜人。那美人儿敬了太子三杯酒，便翩翩起舞，歌喉轻吐：

春风暖，百花开，心怀清爽，精神轻快。不料想，刚十三，春兴乍起，情窦初开。粉蝶花间舞，紫燕度柳来，双双对对，相亲相爱，调情惹趣，心潮澎湃……坐不稳，睡不安，只把相思害；憔悴损，身如柴，才不顾羞和丑，悬挂花牌；幸遇着美郎君，喜出望外，良宵一刻，千金难买。来来来，快与我共赴巫山楚阳台！

她唱到此处，音乐戛然而止，闲人齐退，太子贤神魂飘荡，听其摆布，戏耍了两个时辰。

这次欢娱，太子贤从未体验过，真是乐不可支，终生难忘，把婉儿也抛诸脑后了，此后一有空暇，便溜到这三春院来。并从此把裴炎视为心腹，言听计从，以表感恩。

如此月余，兴致稍衰。裴炎进行下步计谋，又领他去逛赌场，借机猜字问卜，图谋篡位。

这赌场里，设有舞厅、餐馆、茶社、商贩、杂技、卦摊等等，且处处有歌妓舞女招待，只要有钱，啥事都能办到。押宝、掷骰子、打牌、赛棋、三六九等，无所不有。因而鱼龙混杂，雅俗不一。呼五喝六，指手画脚，打情骂俏，丑态百出。赢家欢天喜地，搂歌妓舞女吃酒；输家则垂头丧气，狼狈不堪。

且说有个摆卦摊的老头，潇洒文雅，人物非凡。他是个半生潦倒、沦落失意的文人，知识渊博，才智超群，只是时运不济，命途多舛，暂以算卦为生，糊口度日。因他饱经人间沧桑，口才出众，善于察言观色，猜字问卜，无有不准。手持羽扇，身穿卦衣，号称二诸葛，真实姓名从不暴露。

当裴炎引太子贤来时，恰有个纨绔子弟在门口探头探脑。二诸葛见他衣冠楚楚，急忙上前一揖道："老弟，我给你道喜呀!"

那公子道："我有什么喜呀?"

二诸葛道："你春风满面，清光直冒，财色二喜，马上就到！"

那公子半信半疑道："你莫非骗我？"

二诸葛道："我要骗你，卦钱分文不要，你可砸我的摊子，扇我的耳光，撒我一脸鸡屎。如你不信，请抽卦签！"

说得那公子心动，喜上眉梢，抽签一看，上写一个"天"字。

二诸葛则笑容满面，绘形绘色，从容不迫地解说："贤弟，你可真有大喜呢！这个'天'字包罗万象，第一，它告诉你喜在今天；第二，它可拆为'一'和'大'两个字，即说明有一大喜。大喜是什么呢？'财色'二喜，'财'为首，必然是赢钱……"他把这个"天"字说得天花乱坠，听者无不哑口结舌，羡慕不已。那公子更是心花怒放，确信无疑，遂掏银三两道："先付薄仪三两，以资茶水。待我赢了钱来，再给重赏，还要给你传名！"说罢兴高采烈而进。

太子贤身居深宫，从未见过这等事体，一进门就被二诸葛的算卦给引诱住了，跃跃欲试。二诸葛则佯装惊惶样儿，站起让座："贵人乍到，有失远迎，恭请恕罪。"

太子贤忙道："给我相一面，如若对了，重重赏你。"

二诸葛佯作端详一番，从容道："二目乏神，心怀乾坤——系操劳过度所致；面嫩色细，可当皇帝。如若不信，请抽个卦签来看！"

太子贤心急手快，抽签一看，上写一个"地"字。

二诸葛忙道："一点不错，丝毫不假。事关重大，需要保密，请进帐内细讲。"裴炎和太子贤急忙进入帐内。

二诸葛道："地者，土地也。'普天之下，莫非王土'，你将来必为全国之主，但是很不顺利，须经过一番大曲折。"

太子贤道："怎么见得？"

二诸葛道："你没看'地'字的右边，是个'也'字，十分曲折，必须付出很多心力，才能达到目的。"

"你有什么良策吗？"太子贤问。

"欲破曹兵，需要火攻；万事俱全，只欠东风；里应外合，才能成功。"

"此话怎讲？"太子贤问。

“若要举事，就少不了杀人放火，尤其需要一个带火字的将军助你，这个将军亦为内应之人。”

太子贤听罢，心领神会：“此人必是裴炎无疑了。”遂给裴炎使了个眼色，又接着问道：“那东风是谁呢?”

二诸葛道：“这还得从‘地’字上看。常言道：‘星满西北，地缺东南。’星星都在夜晚出来，代表阴暗的邪气；大地则东南低洼，河流争归，且为太阳升起之处，代表光明正气，故外合之人必在东南。”

裴炎佯作猜不出的样子：“此人究竟是谁呀!”

太子贤想了想道：“此人莫非徐敬业乎?”

二诸葛道：“是了，是了，此人现流落扬州，扬州正在东南。且他那个‘徐’字的右上角，正是‘合’字的上半截，再加上‘敬’字里的‘口’字，正好是个里应外合的‘合’字。所以非他则谁?”

裴炎唯恐太子贤尚不明确他是“里应”者，便故意问道：“‘里应’者，莫非裴炎乎?”

“是了，是了，他的名字不但带‘火’字，而且带两个，看来，他的力量绰绰有余。他那个‘裴’字，可拆为‘非’和‘衣’两个字，即没穿衣服之意，不穿衣服怎能到外面来？只好是‘内应’了。”

二诸葛说得头头是道，太子贤全信以为真，因问道：“徐敬业远在千里，由谁联系呀?”

二诸葛道：“远在天边，近在眼前。马不停蹄，一路如飞，喧宾夺主，贤王登基。”说罢便收摊欲走。

裴炎追问道：“请给解释解释。”

二诸葛道：“天机不可全泄。身居深山，来往云际，心坚志诚，后会有期。”说罢拂袖而去。

二诸葛走后，裴炎佯为琢磨一阵，方道：“‘马不停蹄，一路如飞’，看来像个‘骆’字——‘骆’字的左旁是个‘马’，而右侧‘各’字，又是‘路’字把‘足’字去掉，既符合‘停蹄’之意，又合‘如飞’的描写。‘喧宾夺主’像是‘宾王’两个字——‘宾’是直接借用，‘夺主’似是把‘主’字头上戴的帽子夺去，正好剩个‘王’字。连贯起来，正好是骆宾王。

但此人原先任临海丞，因不得志，早已失踪，传说是出家去了。但从二诸葛刚才吞吞吐吐、不肯全泄天机的样子，似乎此人就是……”

太子贤很赞成裴炎的分析，点头道：“言之有理。”

裴炎又继续道：“第四句‘贤王登基’，自然是太子贤殿下即位皇帝了。”

太子贤道：“但不知‘身居深山，来往云际，心坚志诚，后会有期’，是为何意?”

裴炎道：“这极易明白：他号称二诸葛，必定是让你效法刘备三顾茅庐的故事喽!”

太子贤道：“周文王访贤拉辇，刘备三请诸葛亮，皆传为佳话，我愿效法。但不知他居住在哪个山里?”

裴炎道：“我估计不会太远，且他说‘心坚志诚，后会有期’，只要能感动了他，即使寻访不到，他也会主动来找你的。”

太子贤连连点头称是。

欲知太子访贤如何，且听下回分解。

第二十五回

上贼船甘当傀儡 下毒手废为庶人

话说太子贤掌权心切，次日以游春为名，一早就同裴炎骑马访贤去了。只带赵道生同行，其余侍卫一个不要。

出门四条路，东西南北难料，只好胡走乱行，逢寺下马，遇庙就问，一连跑了两天，人困马乏，毫无消息。太子贤有些气馁："千山万岭，寺院难数，且无名无姓，似同海里捞针，莫非无赖刁民捉弄我耶?"

裴炎鼓励道："姜子牙钓鱼渭水，诸葛亮卧龙茅庐，若文王和刘备缺乏耐心，他们是不会出世的。孟子曰：'天将降大任于斯人也，必先苦其心志，劳其筋骨，饿其体肤……'俗话说：'铁杵磨成针，功到自然成。''心诚能动天。'只要太子心诚，是一定能够访到的。"

第三日，太子贤又振作精神，继续寻访。直到中午，来到一个破庙门前，但见：残垣败壁，梁歪檩斜。朱颜暗淡，杂草丛生。野花寂寞，冷落无声。门户罗雀，鼠兔横行。

太子贤一行三人正欲下马进门，二诸葛便满面春风迎接上来："我算知贵客已到，急忙来迎。"

裴炎急忙拉太子贤一同跪了："承蒙仙师垂青，恭请下山相助。"

二诸葛道："已备山肴村醪，饮毕再议。"

于是他们边饮边叙，裴炎道："请问仙师尊姓大名?"

二诸葛道："吾乃骆宾王是也。只因怀才不遇，隐居于此。"

裴炎道："久仰，久仰！尊师乃当今文坛四杰之一，大名鼎鼎，早希一见。"

骆宾王道：“岂敢，岂敢！承蒙诚心相访。愿效微躯，死而后已。”

裴炎道：“时至如今，本为一家，勿再客气。我乃裴炎是也，此为东宫太子贤殿下。”

骆宾王道：“仪表堂堂，器宇轩昂，名副其实，必为贤王。”

太子贤道：“蒙尊师过奖，但愿人神共助。”

骆宾王道：“可速准备！”

裴炎道：“皆已准备就绪，不知尊师何时起程？”

骆宾王道：“本月十五为黄道吉日，一帆风顺，马到成功。”

裴炎道：“我已修书一封，太子殿下奉赠黄金百两。事成之后，论功行赏，共指山河。”遂将书信、黄金奉交骆宾王。

骆宾王看完书信，笑道：“‘直待青鹅’是约定十二月举事吧？”

裴炎点头赞道：“真不愧是文坛四杰！”

骆宾王道：“太迟了，太迟了！事关重大，必须使其迅雷不及掩耳，我看最晚不宜过秋。究竟何时为宜，待我去后和徐公商定。”

裴炎道：“甚善，诚为高见。尊师为文坛四杰之一，请撰一檄文何如？”

骆宾王道：“义不容辞。但请裴公和殿下，千万倍加小心，谨慎行事。武后聪资绝伦，精通经史，善于两面用手段，欺世盗名，阴险毒辣，残酷无情，弑胞姊，鸩子女，古今罕见。尤其是她建言十二事，讨好天下农夫工匠、妇人女子和寒微官吏，深得民心。她为了扶植党羽，扬言‘用人唯贤，不拘出身门第’，任何人都有权推荐，也可以毛遂自荐。故必须时刻小心，谨防互为通风报信。”

裴炎道：“所虑甚是，定铭刻牢记，请尊师放心！”

说到此处，又聊些闲话，太子贤一行便上马而返。

骆宾王亦着手准备行装，按期起程东下。

话说婉儿这两个月来，忙于协助武后选贤，千方百计抽不出空来回东宫看望太子。是日抽暇，婉儿便急忙写一短信，托宫娥团儿转交母亲。

郑十三娘接信打开一看：“女儿今晚得暇，约当二更，回府问安。”郑十三娘知是让她告诉太子的，即时给他转去。

太子贤见信，旧情蜜意，涌上心头。虽然这些天他常到嫩牡丹处寻欢作乐，但她毕竟是水性杨花，学浅才疏，远不如婉儿，一往情深又富有诗情画意。所以，这一天他万事皆空，坐卧不安，心急如焚，从午盼到未，从申盼到酉，过一时如三秋，度一刻如半夏，一直等到三更，却落了个被冷灯残人儿孤。

次晚，婉儿按时归来，太子贤简单问了一下明崇俨进宫的时间路线。婉儿去后，太子贤无限怅然，只好把赵道生找来做伴，并将婉儿所说明崇俨每晚进宫经永福门的时间详述一遍。

赵道生次日一早就把路线进行了勘查。恰巧永福门外有棵大柏树，酉时他就爬上去，俯在树杈上。到得酉时三刻，明崇俨果真按时而来，他照准其胸口猛射三箭，明崇俨狂吠乱叫，许久才绝气归天。故围上来多名侍卫，把赵道生捉住，送交武后审处。

武后道：“你叫什么名字？在哪个宫值承？”

赵道生心想自己被当场捉住，无法隐瞒。而且太子贤是武后的亲生儿子，总能原情，便如实相告：“我叫赵道生。在东宫侍候太子。”

武后道：“你为何要射死明崇俨？”

赵道生道：“因他说过太子殿下不堪继承，陛下又很信任他。”

武后道：“你所用毒箭从何而来？”

赵道生道：“在黑市上购买的。”

武后道：“共买了多少？”

赵道生道：“就买了三支。”

武后道：“你莫说谎，我是要进行搜查的。”

赵道生道：“全是实话，任凭陛下搜查。”

武后于是派人搜查东宫，在马房里搜到一些盔甲刀箭，气愤填膺，即刻将太子贤传来，请高宗共同审问。

高宗道：“你在东宫贮藏兵器何用？”

太于贤道：“为了自卫。”

高宗道：“你自卫什么？”

太子贤道：“母后掐死过我妹妹。”

高宗道：“势不得已。”

太子贤道：“母后毒死过我哥哥。”

高宗道：“你哥死因不明，说你母后鸩毒，毫无凭据。”

武后插言道：“你哥虽不是我害，但他懦弱无能，成事不足，坏事有余，死之亦不足惜。”

太子贤道：“如此看来，我亦不足惜了。”

武后道：“我且不愿你死，废你为庶人，送你至巴州，以观后效。”

高宗道：“决裁正确，限你明日启程。”

太子贤道：“皇儿不孝，死不足惜，只怕年幼的弟妹亦有不测。兹赋诗一首，请父皇珍重——

种瓜黄台下，
瓜熟子离离。
一摘使瓜好，
再摘令瓜稀。
三摘尚自可，
四摘抱蔓归。

高宗道：“快带他下去！”

侍卫们即时把李贤带下。

武后道：“赵道生天真直爽，受人指使，从宽处理，剃度为僧，不知圣意何如？”

高宗道：“任凭武后决裁。”

武后道：“赵道生，念你年幼，给以改过自新之机，遣你奉天寺为僧，明日起程。”

赵道生道：“我愿随同太子去往巴州，请武后恩准！”

武后怒道：“勿再多嘴，速退下去！”侍卫们遂将赵道生带下。

武后将此事处理完毕，已到半夜时分，派侍卫把高宗送回龙鳞宫后，方痛定思痛，想起明崇俨来，焦心如焚，睡不稳，坐不安，檐前月下，踱来踱去，直到天亮，毫无倦意，遂写俚曲一篇，抒情以记之：

望窗外：月明云稀，清风澹澹。花形纵横，鸟雀盘旋；东西飞，南北看，绕来绕去，拣枝眠。虫声凄，蛙声乱，促织呼叫，泪珠成线……看屋内：陈设依旧，纸笔杂乱，鸳衾留余香，凤枕汗未干。心如麻，神魂缭乱，紧皱眉尖。

千般无计，无计千般，拿出画像看：脸儿俊，眼儿媚，温情无限；虽不会动，不能言，愈看愈销魂，愈看愈断肠……而看强似不看，愈说放下愈留恋，人间天上，再难见；泣不成声，泪成串，早知今日苦，何如当初不相见？悠悠长夜人孤单，冷冷清清，凄凄惨惨。这滋味，千言万语说也难……

欲知太子贤的下场如何，且听下回分解。

第二十六回

太子贤入蜀妃子吊胆
中宗显登基韦后蠢动

话说武后处理太子贤后，心中也很难受。人非草木，孰能无情？子女连心，谁都难免。此固属儿子不肖，而父母失教，亦不无原因。如能悔悟，日后召回。为了给他一些慰藉，当天晚上，武后准许婉儿和赵道生与他告别。凄凉情景，难以形容。

三人抱头痛哭，泣不成声，由夕到夜，由夜到明。

太子贤哭诉道："我如不死，希望等我；若果不幸，望你俩悼亡魂，我在九泉，心也稍安……"

赵道生道："殿下待我恩似海，义如山，任是离去万里，我也难以忘怀。但愿途中多加保重，早宿晚起，逢桥下马，注意饮食，衣服勤添。我剃度法门，敬待殿下早日归来。"

婉儿道："殿下甜情蜜意，终生难忘，我定坚贞永守，誓不另嫁。"

三个人哭得酒醉模样，夜静灯残，风清月淡。哭一阵，道一阵，直至天明。人常说："欢愉恨夜短，悲愁苦夜长。"他们三人今夜却是异样，悲痛欲绝，仍嫌夜不长……

忽听得五更鼓响，士兵催行，快马加鞭，情景更是凄凉。太子贤骑在马上，频频回头，似同三魂少掉二魂。

太子贤来到巴州，安排在破庙中，以经卷为伍，红鱼为伴，整日泪水洗面，凄凉无限。想起赵道生的多情、婉儿的容颜，肝肠欲断，悔不该贪权夺位，搭上贼船。这度日如年、如坐针毡的滋味，委实不如入黄泉……遂给武后上书一封，赔情认错，保证今后永远听从旨意，请速赦还。

武后见书，觉得太子贤转变突然，半信半疑，但母子情义油然而生，在当天晚上，只带婉儿和团儿到东宫，探望一下太子贤徐妃及其三子。

徐妃素知武后铁面无情，所以自丈夫被废后，日日提心吊胆，以泪洗面，食不知味，夜不能眠，于是渐渐容颜憔悴，卧病起来。忽听武后驾临，心想是凶多吉少，惊惧万状，急忙整衣下床，蓬头垢面，跪到门口迎驾，连呼："武后万岁！万万岁！"

武后见徐妃如此模样，不禁顿起恻隐之心，让她站起来说话。

太子贤第二子李守礼较为机灵，急忙上前搀扶武后在中堂落座。

武后环视室内，杂乱不堪，便不想久停，连忙问道："贤儿到巴州后，捎回书信否？"

徐妃道："自从他宠爱婉儿之后，从无到奴房中来过。临行那日，奴去给他送行，不料他五更便走了，亦未见上。如今月余，连其地址尚不得而知，哪会有书信来？"

武后听罢瞟了婉儿一眼，婉儿低下头去，但此已系公开的秘密，所以她也并不脸红。

武后心想，婉儿尚未接到太子贤的书信，徐妃早已被弃如旧履，所以对她所谈全信为真，便连忙转了话题道："如今月银给你照发，如何室内弄得这样寒碜？"

徐妃道："只因奴病倒十几天了，宫娥们缺少管教，也就懒惰起来。"

武后道："贤儿也是朕惯养大的，只为忙于朝政，对他缺乏管教，以致如此。如今孙子孙女皆已懂事，望及早管教，若费用不济，随时奏来，待贤儿悔悟之后，朕还要召他回来。"

徐妃听罢，急忙跪下谢恩："皇恩浩荡，奴婢终生难忘。"

武后随即起驾回宫。徐妃及其三子皆跪送到门口，待武后一行去后，方回到室内。

长子光顺见其母头上汗珠莹莹发光，急忙拿手绢来擦。三子守义道："太后真狠，不知何时能放父亲回来。"

徐妃道："待你父亲认了罪，就可放回了。太后是你父亲的生母，岂有不心疼儿子的道理？"

次子守礼道："太子弘也是她的亲生儿子，人们都说是她毒害死的哩！"

徐妃伸手打他一掌，嗔道："那是坏人造谣，可不能跟着瞎说，太子弘死后，太后哭了好几天呢！还追谥他为'孝敬皇帝'，给他撰写一通《孝敬皇帝睿德碑》，赞美他至仁至孝、九种美德呢！"

三个儿子皆半信半疑，不敢再问。守义年幼，一直未敢插言。徐妃因道："你们都温习书去吧，待学习好了，不愁太后不器重你们。"言毕，自顾上床休息去了。

且说高宗因身体太虚，已补救不及。那日明崇俨刺血见效，只不过是回光返照而已。如今伤口化脓，病情恶化，自知难免，遂把武后、新立的太子显和中书令裴炎召至床前，遗诏三条：

（一）立太子显为中宗皇帝；（二）中书令裴炎为顾命大臣；（三）军国大事听从皇太后决裁。

高宗遗诏毕，便孤魂一缕，命归西天，享年五十三岁。因陵墓尚未建成，遂将棺木暂运至乾陵停灵亭中，增派工匠两万，昼夜施工。

中宗登上皇位，一心专权，既不愿受裴炎辅佐，也不听从皇太后决裁。且他有个宠妃韦氏，稍有才略，心怀异志，欲效武太后的故事，枕边耳畔，时时调唆中宗："裴炎狡黠，不可依赖；太后淫乱，有失国统。我父玄贞智谋双全，堪为良辅，宜速召进宫来。"

这中宗新登皇位，党羽未成，正感力薄势孤，韦妃软语正中下怀，次日上朝，即和裴炎商议道："韦玄贞任豫州刺史，德高望重，深得民心，堪称德才兼备，迁任吏部尚书，贤卿意下何如?"

这裴炎极为机灵，心想这明明是夺他职权。不欲从命，又怕违旨，招惹不幸，遂生一计，佯为赞许道："韦太师文武兼备，莫说尚书，迁中书令亦无不可。"

中宗信以为真，下得朝来，即诉于韦妃。韦妃又怂恿道："此事还须奏请武太后，只怕难以准奏。天皇驾崩之后，太后纵欲恣情，肆无忌惮，不如先行劝谏，敲以警钟，先发制人，看其反应如何，再作定夺。"

中宗亦系平庸之才，无甚高明主见，连连点头称是。当晚便去凌波宫中，拜见太后。

岂知裴炎更为心急腿快，早已提前赶到，试探而奏："中宗宣谕，擢韦玄贞为吏部尚书，其人德才兼备，堪为良辅，真乃高见。莫非太后旨意？"

武太后道："朕尚不知此事。"

裴炎故作吃惊道："啊，此等大事，竟未奏请太后，如此下去，岂堪设想？"

武太后道："可曾降旨？"

裴炎道："臣已草诏，未敢擅发，特来请示太后决裁。"遂将草诏递与太后。

武太后正看之际，中宗来到。裴炎躲进内室。

中宗请安毕，即奏道："母皇近日常同国师欢会，宫中私议沸腾，甚为不雅，尤恐百年之后，有辱青史。请母皇为家、国着想，珍重晚节，流芳千古。"

武太后道："你父御妻上百，佳丽三千，且荒淫乱伦，令人吃惊。你可奏过吗？"

只问得中宗张口结舌，一言难发。

武太后又道："我且问你，擢你岳父升任尚书，应为军国大事，你登基三月，竟擅自妄为。三年之后，岂知你把朕置于何地？"

中宗不禁一怔，停了片刻方喃喃道："儿仅有此念，并未成章，正欲奏请母皇定夺。"

武太后道："狡辩！诏书已就，先斩后奏。明明是要挟朕，何用花言巧语！"遂将裴炎写就的草诏扔给中宗。

中宗尴尬万状，浑身打战……

武太后怒道："裴炎草诏！"

裴炎急忙从内室走出，拿起纸笔。

武太后宣谕："中宗违忤天皇遗志，欲私天下与韦氏，不堪大任，废为庐陵王。立四子旦为睿宗皇帝，改元文明，大赦天下。"宣毕，命团儿即刻将中宗皇冠取下，推出宫去。

这时睿宗皇帝，年方十七，一切皆顺从武太后安排，只是块傀儡招牌而已。且他天性恬淡，只爱嬉戏，从不关心政事。

欲知其寻欢作乐的情况，且听下回分解。

第二十七回

卖唱优伶进东宫 风流天子逛掖庭

话说李旦被武太后扶立，号称睿宗，改元文明。因其年幼，不得干预政事。幸好他只爱嬉戏，不贪权欲，时常同小黄门悄悄外出玩耍。一日郊游回来，途径教场附近，只见东一摊西一簇，卖药的、算卦的、说书的、卖唱的、变魔术的、耍刀弄杖的，人山人海，煞是热闹！遂挤进去，流连一番。使他最感兴趣者，要算卖唱的——这是一对青年夫妇，均十七岁左右，皆长得十分漂亮，女弹琵琶，男打竹板，演唱蔡伯喈赵五娘事，已至中段。

女的唱："长亭送别心似剜，玉人呀，一路上多保重，时刻要注意寒暖。晚启程，早宿店，逢桥须下马，有车莫乘船！考中快报信，落选早回还！只哭得天昏地暗，太阳已西偏，再分手晚了，恐怕赶不到驿站，请玉人快跃马挥鞭……骏马好似离弦箭，路前又被霜林掩，玉人无影踪，望断了马后的尘和烟……"

男的唱："进京考中状元，富贵无限，扬名声，显父母，天下名传。不料想牛丞相喜欢我才貌双全，把女儿许配我不让回还。金屋藏娇美无限，仍难忘，赵五娘恩重如山，恨不能扎双翅，飞回家园……"

女的唱："蔡郎夫中状元二年半，至如今不归家，教人纳罕。家乡里遭大旱，二公婆饿死堂前，剪青丝买芦席，草草埋掩。手拿琵琶进京看，未上路愁眉已锁泪湿衫，抬头望山高水远。一无亲二无故，好似是，一叶孤舟狂风颠！更怕他，人心早变。凶多吉少，难回还……"

男的唱："见为妻，羞满面，情义恩如山。我也是满腹冤屈，苦难言！"

女的唱："你安享荣华做高官，饿死爹娘皆不管，百姓的疾苦何用谈，一不忠，二不孝，忘恩负义无心肝！这样的官儿早该贬！”

唱毕，满场鼓彩，乱投银钱。

这睿宗李旦是最仁柔、富于情义的，早听得入迷，当成了现实，喜怒哀乐，紧随剧情转换。宫廷里的梨园戏子，从无演唱如此之好的，遂掏出了两个金锭作赏。

这演唱者见赏给两个金锭，似是宫中物，猜想此人一定不凡，连忙请进内室招待。

这李旦从不会摆架子，竟好像在自己宫里一样自由，摸摸这，问问那，也不嫌赃，遂问道：“你叫什么名字？”

男的答：“我叫安金藏。她是我的妻子，名叫杨绿玉。”

李旦接着问：“你今年多大了？”

安金藏道：“我一十七岁，妻子十六。”

李旦又问：“你俩咋唱得这样好？”

安金藏道：“承蒙夸奖，不敢当。”

李旦问：“你俩一天收多少银钱？”

安金藏道：“多者二两银子，少者半两，有时只得几贯钱。”

李旦道：“太少了，怎能顾上吃穿？”

安金藏道：“勉强可以糊口，且比乡下老百姓强多了。”

李旦道：“我每天给你二十两银子，跟我去可好？”

安金藏道：“不知贵官居住何处？”

李旦道：“居住东宫。”

安金藏和妻子忙叩头谢恩：“小人不知睿宗皇帝驾到，请恕罪！”

李旦道：“快都站起，我不喜欢这些礼节，今后可以和我平起平坐。快收拾乐器，随我进宫！”

安金藏夫妻进得宫去，一直演唱了十天十晚，才把他们的戏文过了一遍，把个天真幼稚的皇帝高兴得忘乎所以。因他们演唱了不少爱情故事，使得李旦情窦洞开，便邀请安金藏同他一起到掖庭选美。

刚进门来，就有一百多名秀女口呼“万岁”跪迎。

李旦道：“我已改元文明，你们如此，是不够文明。以后见我，仍叫我李旦是了。”

秀女们皆很惊讶，窃窃私语起来。

李旦巡视一遍，觉得个个二八年华，花枝招展，色香俱佳，俊雅可人，便叫个最妩媚而大方者问道：“你叫什么名字。”

“刘俊仙。”那秀女答道。

“你进宫几年了?”

“三年多了。”刘俊仙待答不理。

“你不爱说话吗?”李旦问。

刘俊仙道：“我满腹是话，不知该对谁说。”

“对我说吧，我很愿意听。”

刘俊仙道：“百姓常把皇帝称为‘皇帝老子’，皇帝也常称自己爱民如子，但不知陛下把成百上千的秀女囚在宫里，是为何用?难道有当老子的，将女儿、孙女囚起来的吗?民间一夫一妻尚不可得，而一个皇帝，三宫六院七十二御妻，这难道合理吗?鸳鸯鸟儿尚从一而终，这样的皇帝，岂不是还不如禽兽吗?人皆为父母所生养，谁无天伦之情?俗话说：‘生离甚于死别。’一下子死掉倒还好，如此活着，真如零刀剜割一般。且男女皆系肉长而成，为何高低贵贱如此不平?”

各秀女都表示赞同。

李旦道：“太后为了优惠妇女，早已发过恩诏了。”

刘俊仙道：“恩诏是发了，但执行如何呢?”

李旦道：“这是数千年旧制，一时很难彻底改过。”

刘俊仙道：“陛下身为一朝天子。下一道御旨，什么不能办到!”

李旦道：“我虽立为皇帝，但一切军国大事皆由太后做主。”

刘俊仙道：“这算什么军国大事！请问陛下，今日来此可曾奏请过太后?”问得李旦哑口结舌。

刘俊仙又道：“我看陛下是胆小鬼，窝囊废！您就下道御旨，木已成舟，米已成饭，太后岂之奈何?”

李旦受此一激，道：“我何曾胆小，只不过不爱荣华富贵，但愿轻松愉快过活罢了。”

刘俊仙道："陛下只想贪享愉快，可知道我们的痛苦吗?"

李旦道："你们对我还不明白，其实我早想奏请太后，实行婚姻自主。"

刘俊仙道："您是只喊空调，不敢行动。"

李旦无奈道："好，我行动给你们看!"遂取来纸笔，写了一道御令："男女皆父母所生，心神如一，理应平等。而婚姻大事，关系终生幸福，尤应自主。严禁强嫁硬娶，违者严惩！睿宗文明元年七月一日。"

秀女听此，无比高兴，连呼"万岁！万万岁"!

李旦又道："你们都已离家数年，愿意回乡者，即刻可走，每人送银十两，以资路费。无家可归，愿暂留者亦可。还乡后愿再来者，亦所不限。"

大家听此又一阵欢呼，随后都窃窃私语起来。这个说："如此英明的皇帝，古今罕见。"那个道："这么聪俊的天子，天下难找，不妨暂且留下看个究竟。"故愿意即刻走者不少，而愿暂留者也有很多。

李旦正在考虑如何向太后回奏，不料早有快嘴者报给了太后。太后不但不怪，反而嘉奖一番："此事甚合朕意，皇儿此举可嘉。但如今时机未熟，需暂缓实行。"

李旦听此，心中愉快，便同秀女们做起游戏来。向刘俊仙道："大家心中高兴，做游戏欢庆一番如何?"

众秀女一齐应道："好!"

李旦向刘俊仙道："你们都来自民间，应把幼时玩过的贡献出来，才是有趣!"

刘俊仙道："我最爱玩拔河和捉迷藏了。"

李旦道："好，就玩拔河。"遂让安金藏找了根绳子，分成四组，每组二十人，开始了。因只有李旦和安金藏两个男的，故分在两边。安金藏悄悄告诉这边："我喊松手时，大家一齐松手，开个玩笑。"大家都很赞成。当对方用力最大时，安金藏喊了声"松手"。只听"扑通"一声，那边人仰马翻，这个喊，那个叫，有笑的，有骂的，乱成一片，煞是热闹。李旦恰好躺在刘俊仙身上，帽子也掉在了地下，连忙爬起去扶刘俊仙，然后去追打安金藏，给大家出气。

闹了好一阵，才安定下来，不敢再玩拔河，改为捉迷藏。李旦带头，首先把眼蒙上，谁也不好意思给他蒙紧，于是留有空隙可以外看，他很快就把刘俊仙捉住。罚她唱支民歌：“俏郎君，好似仙童谪下，隔着山水天一涯，教人时刻心中挂，锁不住心猿，系不住意马，尤恐怕日后归天去，情断义绝，苦无涯!”

李旦听得入神，看得入迷，唱完很久还握着刘俊仙的手道：“快唱呀，快唱呀!”

刘俊仙道：“早唱完啦。”

李旦道：“再唱一个!”

刘俊仙道：“我就会这一个。”

李旦道：“我看你还会很多。”

刘俊仙道：“这怎么能看出来?”

李旦道：“我看你双目欢笑，记忆力好；我看你嘴角抖擞，像是害羞；我看你余音缭绕似长江……”

刘俊仙道：“声音岂能看得的?”

李旦道：“我确实看见的，我要骗你是小王八。”

刘俊仙不愿和他纠缠，怕人看笑话，猛然挣脱而逃。

安金藏看着李旦的情景，便收场道：“现已为时不早，都快散去，各自休息，明日再续!”

安金藏看出李旦爱上了刘俊仙，是晚便撮合他俩幽会。从此李旦把安金藏当作恩人看待，情同骨肉，义重如山。

不久李旦又去掖庭选了一个秀女，名叫窦玉如，恩爱亦笃。

五年之后，刘妃生了一个男儿，取名李宪，封为宁王；三个女儿封为寿昌、安兴和代国公主。窦妃生一男儿，取名隆基，封为楚王，后为临淄王(即唐明皇)；两个女儿封为金仙和玉真公主。

巧合的是，隆基和安兴公主同一天出生，皆长得艳丽非凡，类似其母，李旦爱如掌上明珠，舍不得找乳母看管，全交给安金藏的妻子护理，令其住在东厢房里。安妻受此重任，又喜又怕。喜的是荣获太子信赖，受宠若惊；怕的是万一照管不周，发生点意外，吃罪不起，因而比看护自己的儿女还精心百倍。

李隆基和安兴公主的名字，皆为李旦所起，即取其兴隆和平安之意。李旦每天早、中、晚都要到东厢房里看视逗玩一阵。由于营养丰富，他们十个月后皆会走路和说话，有些说不清楚的则用手势比画。李旦每次一进屋，两人竞相伸手要抱，先抱者笑，后抱者哭，他只好一手一个同时抱起；李旦走时，皆会摆手欢送；李旦忘记戴帽子时，都用手指头指点告知，煞是聪明活泼可爱，真比心肝还宝贝。李旦曾这样想过：宁可不当皇帝，也定要把此一儿一女抚养成人。待一岁半时，李旦成天同刘窦二妃和安金藏夫妇领他们到后花园里观花，捉蝴蝶，做游戏。

一天，李旦因伤风咳嗽，头痛发烧，卧床难起。本想让安妻将隆基和安兴公主抱来，逗玩一阵，但怕传染他们，可心中实在想得发慌，使让他俩在院里玩耍，隔着窗户瞭望多时，然后让安妻领他们到后花园去。

过去经常是由李旦和刘窦二妃以及安金藏夫妇五人带领他俩去玩。今天刘窦二妃陪护李旦，安金藏去大医院取药，故只有安妻一人照管这两个小宝贝。因他们都十分活泼，摘花，扑蝶，片刻不闲，把安妻忙得满头大汗，管了这个，管不了那个，顾此失彼，累得阵阵眼花缭乱，只听“扑通”一声，安兴公主掉进了井里。安妻吓得张皇失措，六神无主，狂喊两声：“救人呀……”跳下井去。

众宫娥和黄门太监闻声赶来，见状愕然。情知不幸，急忙打捞。但安兴公主早已气绝，安妻尚有微弱呼吸，经过抢救，半夜之后，逐渐苏醒。

且说李旦闻此噩耗，病上加病，悲痛欲狂，把安兴公主的尸体抱在怀中吻个不停……三天之后，才稍微平静。安妻始敢前来请罪，跪下哭道：“奴婢失职，罪该万死，愿陪安兴公主殉葬，请求陛下恩准是幸……”说着痛哭失声。

这李旦生性仁柔，便安慰她道：“人死如灯灭，无法再活，殉葬又有何益？徒使我赢得好杀恶生之罪名，你快回房疗养身体，今后加倍护理临淄王隆基，立新功是了。”

安金藏见李旦言恳意诚，便将妻子搀扶回房，细心照料疗养，月余才复原。事后只抚育临淄王一个小宝贝，轻松多了。三岁便教他唱歌和舞蹈。

这李隆基不但英俊艳丽，而且聪资过人。所有的歌词，虽不能说过目不忘，但教他三遍之后，皆能咏唱如流，音律无误。七岁读完了五经，诗文皆优。习作的第一首咏雪诗，即哄传宫内外：

北风吹同云，
同云飞白雪。
白雪怨北风，
北风何惨烈！

但他十岁后，即心怀大志，认为音律诗文皆属雕虫小技，便弃文习武，日日骑马射箭，安妻已无法照管。李旦便也顺水推舟，找两个武士教练，并让太子少保教他些兵法知识，后来果然成为唐朝中兴之主，誉称明皇，治理出“开元盛世”，可与“贞观之治”媲美。此系后语，暂搁不提。

欲知后事，且听下回分解。

第二十八回

女皇求爱屈尊三跪
昌宗获宠身价十倍

且说武太后听说睿宗在东宫中藏有优伶安金藏夫妇，甚是聪俊，技艺超群拔萃，便诏来演唱一天。对安金藏之美容雅态，深为迷恋，于晚间宣进寝宫，撩拨道：

“你今年青春几许?”

安金藏答道：“刚十七岁。”

太后又问：“何时进宫?”

安金藏答道：“两月有余。”

太后问：“有那么久了?”

安金藏答道：“再有五天，已够三月。”

太后道：“为何我一点消息未闻?”

安金藏道：“太后忙于朝政，未敢奏闻。”

太后道：“朕爱你聪俊非凡，技艺超群，赠你一美貌宫娥何如?”

安金藏道：“小人已有糟糠之妻，不愿负义，深谢陛下美意!”

太后寻思片刻道：“小神童，你聪俊无比，能算出朕有多少财富吗?”

安金藏道：“贵莫贵于天子，富莫富于皇家，普天之下，皆为王土。天子以四海为家，财富无限!”

太后道：“堂堂天子贵，不如莫愁家!”

安金藏遂猜知女皇心事，必为色情所迷，遂道：“温饱思淫欲，饥寒起盗心。酒色财气，人之常情，淫心似海，欲壑无穷。能忍者自安，知足者常乐。”

太后道："大舜皇帝连娶娥皇和女英姊妹二人，然皆称他为圣贤，此为何故?"

安金藏道："君子取人之长，不学人之短。勿以小恶而为之，勿以善小而不为。"

太后道："朕相貌如何?"

安金藏道："龙睛凤颈，享有天命，才智非凡，英俊过人，华衣贵服，姿容不衰。宛似观音，青春常在!"

太后道："你愿侍候朕吗?"

安金藏道："缘分天定，人不能移，有缘千里能相会，无缘对面不相识。"

太后道："朕晚年如何?"

安金藏道："奢侈淫逸，好大喜功，多疑信谗，独断专行，失掉民心，幽居别宫。"

太后不悦，奚落地道："龙阳泣鱼获福，弥子瑕何故坐罪?"

安金藏道："矫驾君车，啖君以余桃。"

太后道："不知神童是龙阳再世，拟弥子瑕重生?"

安金藏道："小人和太子情同手足兄弟，友谊如山，毫无邪念！互敬互爱，是为天缘。故传为佳话美谈：'昔日繁华子，安陵与龙阳。'然父子聚麀，实为可怜可悯，贻笑后人!"

太后不料搬起石头砸了自己的脚，嗔道："你不怕朕发怒吗?"

安金藏道："男子汉大丈夫，视死如归，富贵不能淫，威武不能屈！若再相逼，碰死尊前!"

太后听此，又怜又爱，又气又恨。怜他之才，爱他之貌，气他之骄，恨他之言。考虑再三，无奈道："念你年轻，天真幼稚，暂且不究，赦还东宫。"

安金藏去后，女皇心中久不能平。她不但被他姿容所迷，而且羡他知识渊博，口才敏捷，对答如流。尤其对他所说之安陵，尚不知何许人也；而那句诗，也不知为何人所写，遂询问婉儿。

婉儿可称文豪，不用遐思，即刻回答："安陵君，姓安陵，名缠，是战国时美男子，为楚王宠幸。‘昔日繁华子，安陵与龙阳’这句诗是大诗人阮籍所写。”

此后太后对安金藏仍很赞赏，一有空隙就去东宫，同他谈古论今，戏耍调笑。有天晚上见室中无人，太后曾对他三跪九拜，亦未如愿。

且说安金藏被太后诏去时节，太子李旦竟如三魂少去二魂相似，郁郁不乐。心想母皇最爱美少年，必定将他留下，不会放回。是晚便早早安眠。不料三更时分，安金藏忽然敲门归来。李旦喜出望外，遂披衣下床，开门迎接，对塌而眠，详谈经过。李旦早把安金藏爱上十分，又听他说在母皇跟前那种坚贞不屈、巧舌如簧的情景，更是感动无限，不知如何致谢是好，恨不得把自己的肉割下一块，让他吃下补充营养，恨不能把自己的生命减少几岁，加给安金藏。

太后被安金藏所迷，时常来东宫听戏、调情。李旦遂生一计，对安金藏道：“你们同行中，有无聪俊和你相近者，给母皇荐一个来？”

安金藏道：“倒是有，但不知他是否愿来，也不知太后是否能够看中？”

“不妨试试看。”李旦道。

安金藏次日一早出宫，很快找了个优伶，年方十六，聪俊超群。太后一见，喜不自禁，问道：“你叫什么名字？”

那优伶答道：“我叫张昌宗。”

“你是哪里人氏？”太后又问。

“我原籍京都长安，祖父是先朝宰相张行面，因家道中衰，流为优伶。”

“家中还有何人？”

“有一个嫡母和庶母，还有一异母兄张易之，亦为优伶，今年十八，尤善音律。”

“速把你哥哥宣来！”

“谢陛下！”张昌宗年幼，一人进宫有些胆怯，巴不得如此，急忙把张易之找来。

此兄弟二人如花似玉，真同“和合”二仙下凡一般，深受太后喜爱，遂皆封为春官侍郎。是晚三人同床，左拥右抱，美妙难言。后来太后设一控鹤监，又选些轻薄少年，成天吹拉弹唱，夜夜欢歌妙舞。太后从此为声色所迷，不再早朝。

武三思为了讨好太后，佯称梦入仙境，闻得“张昌宗为‘列仙王子晋后身’，将来也要从缑山骑鹤登仙”，深获女皇赞赏！

武三思心犹未足，又雇人写篇诗歌，题为《仙鹤篇》，咏赞备至：

白鹤乘空何处飞？
青田紫盖本相依。
…………
宛转能倾吴国市，
裴回巧拂汉皇坛。
琴中作曲从来易，
鼓里传声有甚难？
夜夜恒飞银汉曲，
朝朝常饮玉池澜。
别有闻萧出紫烟，
还如化履上青天。
霜毛忽控三神下，
玉羽俄看二客旋。
燕雀终述横海志，
蜉蝣岂识在阴年。
莫言一举经千里，
为与三山送九仙。

当时献媚的文人李峤、崔融、沈佺期、宋之问、闫朝隐、刘允济等，见张昌宗和张易之显赫宠甚，倾心媚附，故亦争相咏赞昌宗。李峤的《鹤》诗，写得较为突出：

黄鹤远联翩，
从鸾下紫烟。

翱翱一万里，
来去几千年。
已憩青田侧，
时游丹禁前。
莫言空警露，
犹冀一闻天。

成为当时绝唱的，要算崔融的《和梁王众传张光禄是王子晋后身》一诗：

闻有冲天客，
披云下帝畿。
三年上宾去，
千载忽来归。
昔偶浮丘伯，
今同丁令威。
中郎才貌是，
柱史姓名非。
祇召趋龙阙，
承恩拜虎闱。
丹成金鼎献，
酒至玉杯挥。
天仗分旌节，
朝容间羽衣。
…………
朝朝缑氏鹤，
长向洛城飞。

其次是沈佺期的：

(一)

王子宾仙去，
飘飖笙鹤飞。
徒闻沧海变，
不见白云归。
天路何其远，
人间此会稀。
空歌日云暮，
霜月渐微微。

(二)

粉壁图仙鹤，
昂藏真气多。
骞飞竟不去，
当是恋恩波。

再次是宋之问的：

(一)

黄鹤佐丹凤，
不能群白鹇。
拂云游四海，
弄影到三山。
遥忆君轩上，
来下天池间。
明珠世不重，
知有报恩环。

（二）

忆惜王子晋，
凤笙游云空。
挥手弄白日，
安能恋青宫。
岂无婵娟子，
结念罗帏中。
怜寿不贵色，
身世两无穷。

张昌宗先后共得诗千余首，不胜欣喜，遂请巧匠，精为装帧，以兹炫耀！

太后日日寻欢作乐，一场通天大祸已迫眉睫，尚不自知。

欲知底细，且听下回分解。

第二十九回

徐敬业谋乱枭首 庶人贤被逼自缢

话说骆宾王马不停蹄来到扬州，将裴炎密札递交柳州司马徐敬业。徐喜不自禁，并把流落在扬州的栝苍县令唐之奇、黟县令杜求仁和胞弟徐敬猷邀来，共谋作乱。他们五人皆因不满武太后，贬谪生怨，流落于此，故同病相怜，志同道合，当席发誓，共举大业。骆宾王则兴奋异常，心血来潮，提笔起草《讨武曌檄》，一挥而就，尤以末两句振聋发聩：

伪临朝武氏者，性非和顺，地实寒微。昔充太宗下陈，曾以更衣入侍。洎乎晚节，秽乱春宫。潜隐先帝之私，阴图后房之嬖。入门见嫉，蛾眉不肯让人；掩袖工谗，狐媚偏能惑主。践元后于翚翟，陷吾君于聚麀。加以虺蜴为心，豺狼成性。近狎邪僻，残害忠良，杀姊屠兄，弑君鸩母。人神之所共嫉，天地之所不容。犹复包藏祸心，窥窃神器。君之爱子，幽之于别宫；贼之宗盟，委之以重任。呜呼！霍子孟之不作，朱虚侯之已亡。燕啄皇孙，知汉祚之将尽，龙漦帝后，识夏庭之遽衰。

敬业皇唐旧臣，公侯冢子。奉先帝之成业，荷本朝之厚恩。宋微子之兴悲，良有以也；袁君山之流涕，岂徒然哉！是用气愤风云，志安社稷。因天下之失望，顺宇内之推心。爰举义旗，以清妖孽。南连百越，北尽山河，铁骑成群，玉轴相接。海陵红粟，仓储之积靡穷；江浦黄旗，匡复之功何远。班声动而北风起，剑气冲而南斗平，喑呜则山岳崩颓，叱咤则风云变色。以此制敌，何敌不摧！以此图功，何功不克！

公等或居汉地，或叶周亲，或膺重寄于话言，或受顾命于宣室。言犹在耳，忠岂忘心！一抔之土未干，六尺之孤何托？倘能转祸为福，送往事居，共立勤王之勋，无废大君之命，凡诸爵赏，同指山河。若其眷恋穷城，徘徊歧途，坐昧先几之兆，必贻后至之诛！

请看今日之域中，竟是谁家之天下！

大家看毕，皆拍案叫绝："有此檄文，则成功一半矣，谁观之无动于衷，不如禽兽尔！"次日即矫称扬州刺史陈敬之谋反，将他杀掉。开府库钱坊，放囚徒，驱工匠，授以干戈盔甲，起一州之兵。徐敬业自称匡复府上将，领扬州大都督，以唐之奇为左右长史，薛仲璋为司马，魏思温为军师，骆宾王为记室，传檄四方。旬日之间，响应之兵达十万之众。

檄文传至东都，武太后看毕，心中无比气恨，却佯作坦然自若。但从此文章可以看出，骆宾王的确知识渊博，却真有点怜惜他的才华，喜笑道："此老儿文章不错，有此才，而使其流落不遇，此宰相之过也。"遂把中书令裴炎招来，商议对策。裴炎道："皇帝已年长，仍不让他问政，故贼人得以为辞，若太后返政，则不讨自平矣！"武太后听此，心中不悦。又闻薛仲璋系裴炎之甥，疑其同谋，即将裴炎下狱。不久大将军程务挺营救裴炎未成，皆被先后斩之。

遂派大将军李孝逸为扬州道大总管，魏元忠为监军殿中侍御史，领兵三十万南下，讨伐徐敬业。因李孝逸亦为李唐宗室，为防其背叛，又派大将军黑齿常之为江南道大总管，领兵二十万，以监督之。

徐敬业等闻李孝逸大军将至，一起聚议。魏思温道："明公匡复为辞，宜帅义师，直指洛阳。则天下人知公志在勤王，必四方响应矣！"

薛仲璋道："金陵有王气，且大江天险，足以固守。不如先取常润二州，为定霸之基，进若不利，退有所归，岂非良策耶？"

魏思温又道："山东多豪杰，对武氏专制极为不满，闻公举事，定蒸麦饭相济。宜乘此势，迅速立功。若退居江南，自营巢穴，远近闻之，谁不解体?”

徐敬业则依薛仲璋之意，命唐之奇守江都将兵渡江攻润州，并找来一个面似太子贤者，作为拥戴借口之辞，以收买民心。

魏思温又道：“兵势合则强，分则弱。公不并力北上，收山东之众，以取洛阳，败在眼下矣!”

李孝逸兵至，徐敬业自润州回军至高邮阿溪以据之。李孝逸数战不利，按兵不敢进。

魏元忠道：“徐敬猷出于博徒，不懂军事，其众单弱，士气易摇。不如先取敬猷，再乘胜而进。今不先取其弱，而遽攻其强，腹背受敌，非良策也。”

李孝逸依其计，果然将徐敬猷击败。但徐敬业勒兵抗拒，屡攻不下，损失惨重，李孝逸又恐惧，欲退。

魏元忠又道：“天下安危，在此一举。若大军不进，远近失望，万一朝廷另派他将，代替将军，其罪难脱。而今风顺荻干，宜用火攻。”

李孝逸又依其计，深夜纵火，全力攻之，敬业大败，斩首七千余，溺水而死者不可胜数。徐敬业、徐敬猷、骆宾王慌忙走江都，携妻子儿女乘船逃奔高丽。行至海陵，其将王那相斩其三人首级来降，并捕其余党唐之奇、魏思温等，一并解送东都洛阳。

武太后遂把满朝文武大臣宣来，庆功颁赏。擢李孝逸为镇军大将军，封吴国公；拜魏元忠为宰相。对徐敬业余党诛身破家。

在欢庆宴中，武太后威胁讥讽群臣道：“朕事先帝二十余年，忧天下至矣！公卿富贵，皆朕与之；天下安乐，朕长养之。及先帝弃群臣，以天下托顾于朕，不爱身而爱百姓。今为戎首，皆出于将相群臣，何负朕之深也？且卿辈有受遗老臣，倔强难制过于裴炎者乎？有将门贵种，能纠合亡命过于徐敬业者乎？有握兵宿将，攻战必胜过于程务挺者乎？有此三人者，当即为止；不然须革心事朕，无为天下笑!”群臣顿首，不敢仰视，齐应：“唯太后所使。”

且说武太后听说徐敬业曾拥戴一个假太子贤为傀儡，心想李贤和徐敬业可能有所勾结，立即派大将军丘神勣前去查抄，如发现证据，可立即宣旨：

“前过未释，又添新罪，实属十恶不赦，死有余辜。王子犯法，当与庶民同罪，立即问斩，悬首端门三日示众。”

但是当丘神勣一来到巴州，李贤做贼心虚，预知难免一死，便忙给婉儿写了张遗嘱，悬梁自缢了。

由于废太子贤的自杀，丘神勣又未查到他同徐敬业勾结的证据，使得其死得不明不白。太后本想捞个“大义灭亲”的功德，反而给人留下制造流言蜚语的口实。所以十分生气，将错就错，佯言是让丘神勣去保卫废太子贤，免被徐敬业的党羽杀害。由于丘神勣方法不当，致使李贤发生误会而自杀。故丘神勣有失职之罪，贬为叠州刺史。并追封李贤为章怀太子和雍王，迁葬乾陵。

武太后对徐敬业谋反的教训深感后怕，遂决定采取些紧急手段。

欲知端底，且听下回分解。

第三十回

巧匠逞能招引祸灾
酷吏猖獗激起兵变

话说武太后处理完徐敬业叛乱之事，心有后怕，遂发一道圣旨，盛开告密之门：

(一) 告密者沿途供给驿马，食宿比五品官；

(二) 农夫樵人，皆可召见；

(三) 密状臣下不得问，皆面圣审处；

(四) 所言属实者，赏五品官。

此诏颁发很久，不见人来告密，太后有些纳闷。有个侍御史之子名叫鱼家保者，善于阿谀献媚，且他家开设一个铜铁作坊，有许多能工巧匠，便特制一个铜匦，极为精巧，可受天下告密书信等。铜匦其中分为四格，四面有口，皆有机窍，可进不可出。如欲取阅，则需一把特制钥匙，此钥匙只有工匠一人知其诀窍，否则，任你诸葛亮再世，也是取不出来的。他派人将此铜匦抬进宫中，奉献给太后道："陛下诏令告密，待遇不谓不优，然而宫禁森严，平民百姓多不敢来，即使来之，亦受宠若惊，语无伦次，万一冒犯威颜，吃罪不起。故臣特制一个铜匦献上，既可便于百姓告密，也能省去太后许多麻烦，还能广受天下表疏。"

太后听罢十分高兴，立即赏他为监察御史，并派人将铜匦矗于端门之外。并规定可将表疏分为四类，分别投之。东曰"延恩"，献赋颂求仕进者投之；南曰"招谏"，言朝政得失者投之；西曰"申冤"，有冤抑者投之；北曰“通玄”，言天象、灾变、军机等告密者投之。

但太后在铜匦中收到的第一个告密信，却是控告鱼家保曾为徐敬业做过毒箭，杀伤过不少官军之事。经调查完全属实，太后立将鱼家保诛身破家。这才是：

自搬石头自砸脚，
家保落得一家破。
虽非因果有报应，
不义自毙常巧合。

但媚上欺下之人，历来不鲜。有个监察御史名叫索元礼者，生性残忍，权欲极浓，为了升官发财，不择手段，曾拜在薛怀义门下，称为义子。当太后下告密令后，揣度圣意，盖为欲除灭异己者，便佯称告密，面见太后奏道：“陛下所发告密令，为穷究徐敬业之余孽，实为必要。但敌人奸诈隐蔽，谁能知其详尽，若挟嫌控告，只怕万一不实，受到反坐。故应增添一条‘告密不实者，不予问罪’，方能收到事半功倍之效。”

太后认为有理，遂依其意，因道：“你就给领个头吧。”

索元礼素知太子太傅郝象贤曾反对过太后谋立皇位，便诬陷道：“郝象贤曾散布流言‘太子已成年，太后仍不归政，其心叵测’云云，他在人前尚如此说话，而背后如何，可想而知，欲知端底，必须下狱审讯方知。”

太后认为有理，立即传旨下狱，命司刑少卿周兴审问。

这周兴虽为明经出身，却十分寡义。同索元礼勾结起来，制作严刑苛法，挟嫌诬告，邀功图赏。其惨刑有：凤凰展翅——用椽木缚手足而转之；驴驹拔橛——用物绊其腰，引枷向前猛拉；仙人献果——使犯人双跪捧枷，累砖其上；玉女登梯——使犯人立高木之上，拉枷尾向后拽。

此外还有定百脉、突地吼、死猪愁、求破家、反是实、醋灌鼻等。其中尤以铁箍加楔最为残忍，可使人立即脑浆崩裂，让人望而生畏，不打自诬。

他们二人狼狈为奸，半年之间陷害尚书魏玄同、太子太傅郝象贤等五千多家，流放岭南上万人。他们每发一案，皆强迫犯人广引乱咬。

如徐敬业的二弟敬真并未参与同谋，亦被贬至绣州。他因有后怕，欲逃往突厥，路过洛阳时，洛阳令张嗣明纵其北去。但至定州被擒，交由周兴审问。周兴欲贪功图赏，陷害忠良，以便于他日超升，唆使徐敬真广为连引，允其不死。徐敬真信以为真，依其意诬宰相魏元忠、尚书张楚金、洛阳令张嗣明、内史张光辅等十余人，都和徐敬业同谋。太后遂敕令连同宿囚共三十多人，一并枭首示众。但临刑时太后察觉罪状不实，立即传旨追赴刑场宽赦。这时已将徐敬真、张嗣明、张光辅等二十余人处死，马上就轮上魏元忠了。这时魏元忠见尸体枕藉，神色丝毫不动，并慨然道："大丈夫行居此所矣！"正欲就刑，忽闻宽赦，初则似信不信，后则喜出望外，遂起舞拜旨。但却未复他原职，贬为费州刺史。擢明经出身、善于阿谀、绰号两脚狐狸的杨再思为宰相了。

由于监察御使索元礼本性凶残，办案严厉，往往一人牵连数百人，猛于豺狼虎豹。但太后认为他能够追根究底，精明能干，遂擢他为游击将军，擢周兴为秋官刑部侍郎。

也有些犯人至死不屈，如郝象贤临刑途中，破口大骂太后"豺狼成性，手段毒辣，生活淫荡，丑不可闻"等等，并抢来行人中的拐杖，朝着刑吏乱打。刑吏急忙用手巾塞进他的喉咙，把他的双手反捆在背后，拉至城外斩首。太后闻知，气得咬牙切齿，又命解其尸体，掘其祖坟，断棺焚尸。接受这次教训，此后行刑前，犯人皆用木丸塞于口中。

且说索元礼奏请太后将《告密令》补充一条"不实者不予问罪"之后，无赖之徒挟嫌诬告，求功图赏者蜂起。冤案迭出，几乎百无一实，只弄得腥风血雨，弥漫全国，人人自危，朝野不安。因而激起了兵变。正是：

天下本无事，
庸人自扰之。
差别一毫厘，
违谬三千里。
小人喜得志，
君子悲无际。

历来不为鲜，

几个能记忆？

单说雍州有个流氓叫来俊臣者，因犯奸盗罪，被东平王李续杖打一百。他怀恨在心，正欲寻机报复，忽闻告密的圣旨下来，遂佯称告密，乘上驿马赶往东都，面圣密告道："小人系雍州良民，因误受暗娼讹诈，被东平王李续杖打一百。小人呼喊'冤枉'，东平王李续则怒道：'为朕圣明，明察秋毫，德配天地，众品皆碑。无赖刁民，罪该万死！'俨然一副帝王口吻，岂非欲谋反乎？"

武太后听此，心中寻思："东平王续素来傲慢不恭，心怀不满。称朕道孤，极有可能。即使调查，堂上皆系他之部属，谁肯承认？不如趁此杀鸡给猴看，以儆效尤！"遂道："你忠心可嘉，赐官侍御史，着即将东平王续捕来，诛身破家，杀一儆百！"

来俊臣连忙叩头谢恩道："陛下建言十二事，劝农桑，薄赋徭，德配天地，乃尧舜再世，文王重生。臣愿鞠躬尽瘁，结草衔环！吾皇万岁！万岁！万万岁！"

全国各藩王，听得东平王续被诛，皆不自安，深有"山雨欲来风满楼"之感。于是绛州刺史韩王李元嘉、青州刺史霍王李元规、邢州刺史鲁王李灵夔、豫州刺史越王李贞、通州刺史黄公李 諜（李元嘉子）、全州刺史江都王李绪（李元规子）、申州刺史东宛公李融、范阳王李蔼（李灵夔子）、博州刺史琅王李冲（李贞子）等，密谋匡复起兵。通州刺史李 諜 遂 拟就一个行动计划暗号："内人病浸重，当速疗之，若至今冬，恐成痼疾。"除传知以上各王外，还告诉常乐公主。一是她女儿原是中宗皇帝的赵皇后，被太后害死，必定怀恨太后；二是让她进宫活动，比较方便。

欲知常乐公主能否胜任，后果如何，且听下回分解。

第三十一回

妹妹糊涂小怨通谋
姐姐明智大义告密

话说中宗被废，赵皇后因偶有不满言语，被宫娥告密赐死。其韦妃较为乖巧，佯为顺从，且怀有身孕，允其和庐陵王同行。

这赵皇后本为唐高祖幼女常乐公主之女。她被害之后，其父赵瑰被贬为括州刺史，不久又迁寿州刺史。因此赵瑰十分憎恨太后，当他收到越王贞相约起兵的密信和伪造的睿宗玺书“朕遭幽禁，诸王宜各发兵救我”之后，一边回音响应，一边让妻常乐公主进京串通内应。

常乐公主到东都后，首先去找千金公主策划。因她俩为高祖十九个公主中最年幼的两个姊妹，素来感情较厚，所以一见面，常乐公主便把来意和盘端出。

怎奈这千金公主因前夫病故，刚刚改嫁。新夫郑敬玄，年轻美貌，聪明非凡，夫妻恩爱如漆。人常说：“情人偕夙愿，帝王神仙都不羡。”她岂肯冒此谋反的大险。因她在兄弟姐妹中比较年幼，同越王贞诸兄长也无深厚感情，而且在十九个姐妹中，一开始都封为公主，唯独她被封为千金郡主，后来方改为公主，故对高祖也有不满情绪。并且，由于她长住东都，同武太后交往较多，对其革新措施也有点好感，因道：“妹夫如今仍是刺史，待越王谋反成功，能拜为丞相吗？且太后早已掌握了兵权，心腹满天下，冒此诛身破家的危险，凶多吉少。请妹妹死了这个心吧！”

常乐公主道：“她杀了我的女儿，此仇不报，于心怎安？”说着，她泪似断线的珠儿，滚落下来。

千金公主道：“常言道：‘冤家宜解不宜结。’报得不好，越报越深。

你想太后连她亲生儿女违背了她的旨意都不放过，何况儿媳呢？能忍者自安，你还是忍了吧。”

常乐公主道：“女儿是我身上的肉，母女连心，此事若搁到姐姐身上，只怕也是难忍的……”

千金公主道：“可是事已至此，难忍也得忍，过些时候自然就会好了。否则引火烧身，只怕是还会遭更大的灾难哩！常言道：‘识时务者为俊杰。’要说武太后的一些革新措施，对老百姓、有才能的人和咱们妇女还是有好处的。”

常乐公主止住哭道：“谁保这不是她的手段呢？她对亲生儿女尚能下毒手，反而爱百姓，这不奇怪吗？”

千金公主道：“历代的帝王都靠老百姓养活，若把老百姓都杀掉或者饿死了，他们吃什么呢？他们为了争权夺势，总是要同室操戈的，英武皇帝唐太宗，不是也把他哥哥弟弟杀了吗？隋炀帝还杀死了他父亲呢！”

常乐公主道：“可是当母亲的杀儿女，还是破天荒的呢。”

千金公主道：“那是因为他们不听话，李旦却是安然无恙呢。”

常乐公生道：“可他为啥写信要求发兵救他呢？”

千金公主道：“只怕此信不可靠，我前天还见他征歌逐舞，乐不可支哩！”

常乐公主将千金公主的劝告反复思考了一夜，认为的确是肺腑之言。参与谋反必定凶多吉少，后患莫测，便以串亲戚为名，到其他公主家看了看，第三天就急忙回去，劝阻丈夫。临别时，她嘱咐千金公主道：“千万莫要泄密。”不料这句话却被千金公主的丈夫郑敬玄听见了，心中急不可耐，晚上急急忙忙吹灯解衣安寝。当千金公主情浓之际，他便追问道：“令妹临去时所说‘千万不要泄密’，所云何事？”

千金公主认为事关重大，不可轻意说出，便连忙扯谎道：“她同妹夫不合，欲待休他改嫁。”

“她要改嫁给谁？”郑敬玄追问道。

千金公主搪塞道：“还没寻好呢。你莫非又眼馋了？”

郑敬玄道：“常言道：‘新水不来，旧水不泼。’哪有未找好新欢，就厌旧之理？”

千金公主一时也诌不出人头来，若胡诌一个也怕丈夫再去查问，于是又回避道："有是有了的，只是她也没告诉我。你少管这些闲事吧。"

郑敬玄是十分聪明的，千金公主愈回避，他愈觉得问题严重。最严重者莫过于谋反，于是就诈唬道："我早听见了，是关于谋反的事，我是故意试探你肯说不肯说了。"

常言道："做贼心虚。"这是一点不假的，经郑敬玄如此一诈唬，千金公主就信以为真，便把详情告诉了他。

郑敬玄听罢，认为事关重大，诸王造反，凶多吉少，事败之后，知情不报的也得连坐，他心中十分害怕，就鼓动千金公主告密，否则就要休她。千金公主认为丈夫言之有理，但只此一举，不知要有多少人诛身破家，所以一直犹豫了十余日，才决定去奏给武太后。

在一个燥热的夜晚，宫城内外都在乘凉，千金公主趁此杂乱之际，进入后宫。虽然也有门卫太监盘问她，但她却以半开玩笑的口吻道："我是进宫告密的。"多半的太监都认识她，且她是女人家，都让她顺利而过。这时武太后也在院中同新宠昌宗兄弟乘凉，千金公主问过安，说是来告密的。太后遂屏退左右，听她奏毕，笑道："你为什么要告密呀？你不怕我杀了他们吗？"

千金公主道："我恨透了这些兄长们，他们谋反必定成功不了。即使成功了，对我们女人也没一点好处。他们都是三妻四妾的，还吃喝嫖赌，无所不为。我死了丈夫，改嫁一次，他们就认为我低贱，不肯理我。只有太后最能体贴我们妇女了，我真想把我的寿命捐献给太后，望陛下长寿万岁！"

太后笑道："你说这些可都是真心话吗？"

千金公主马上跪下发誓道："如有一句不实，愿天打雷轰，碎尸万段！"

太后道："你如能劝说他们革心洗面，我还是可以宽赦他们的，否则我就不留情了。"

千金公主道："他们既已联盟，只怕是难以挽回的了，我是没有这个力量的，请太后未雨绸缪吧。"

太后道："看来你是最理解朕的了，比我的亲儿女还亲。我封你为'延安大长公主'，明天同你丈夫搬进宫来住吧，可作为我的臂膀。"

千金公主急忙跪下谢恩："愿太后万岁！万万岁！"

太后听罢，惊喜参半：惊的是预料诸王肯定不会心服，可能造反，但未想到会如此之快；喜的是千金公主提前告密，未雨绸缪，尚为未晚。她次日便悄悄调兵遣将，做好临战准备。然后诏令诸藩王于除夕前十日来东都，朝拜明堂和祖庙。诸王见诏，皆不自安，疑心阴谋败露，纷纷探风摸底。

常乐公主曾向千金公主透过消息，心有鬼胎，急忙进宫探听。她当然还是首先来到千金公主家中，怎奈正侧面询问，千金公主滴水也不敢漏，于是次日晚间去拜见太后。

寒暄之后常乐公主道："寿州地方无什么特产，今孝敬高丽人参三斤，祝太后万岁长寿!"

太后道："却之不恭，我就收下了。你女儿死后，我听说其间有诈，还准备给她昭雪呢!"

常乐公主道："女儿不肖，我也有罪过。"

太后旁敲侧击道："你有什么罪过呢?"

常乐公主不禁一怔，方解释道："她小时未教育好呗，其实她入宫之后，很少回家，宫中的事，我是一点也不知道的。"

太后又双关地道："因为你不常进宫。你要像最近这样多来几次，宫中的啥事你都能知道的。"

常乐公主忙掩饰道："我上次是来看病，这次是给太后送人参来的。"

太后道："可见公主胸怀坦荡，不计私怨，我晋封你'大义大长公主'是了，并追封你女儿为'至贤至德皇后'。"说罢又让婉儿取出黄金十两作赏。次日又让睿宗李旦陪同她观光明堂。

常乐公主在宫中浏览了三天，丝毫未看出破绽。由于太后对她和女儿封赏，反而弄得她如坠入五里云雾中，吉凶莫辨，便稀里糊涂地回去了。

常乐公主回到家中，把宫中所见原原本本告诉给丈夫赵瑰。她本来就稀里糊涂，赵瑰当然就更糊涂了，便也只好糊里糊涂地转告给诸王。诸王都预料到必定凶多吉少，与其自投罗网，何如起而造反。但由于大家都瞻前顾后，难以齐心合力，又缺乏黎民百姓相助，所以只有琅王李冲及其父越王李贞于八月间首先发难。武太后早已做好准备，立刻启用邱神勣为大总管前去剿灭。

欲知争斗情况，且听下回分解。

第三十二回

藩王造反诛身破家
义士私访除暴救孤

话说诸藩王派常乐公主进京探听消息，结果糊里糊涂，一无所得。申州刺史东宛公李融，又密遣使者到东都问助教高子贾，回信曰“来必死”。李融将信转告豫州刺史越王李贞。李贞认为与其坐以待毙，何如破釜沉舟，遂决心起兵，遍约诸藩王。其子琅王李冲最为性急，未到约期，便提前十天发兵八千攻取济州。路经武水，县令奔魏州求救；而莘县令却带兵两千截击李冲，因众寡悬殊，败入武水闭门拒守。当时正刮南风，李冲用柴草数车于南门，欲乘火攻城。但火起后，忽然风向倒转，于是军心沮丧，以为师出无名，天地不容。一个部将曾私下对人说：“琅玡王是和国家交战，乃谋反也。”李冲闻之，立斩马下。众人感到进退维谷，遂弃甲而逃，散入草泽，禁止不住。最后只剩下家童数十人，只好退还博州，重整旗鼓。不料刚进城门，即被守门者所杀。先后共七日而败。

武太后闻李冲起兵，派大将军邱神勣征讨，行至博州，李冲已死，众官吏出城跪迎。邱神勣为了报功图赏，将降者全部杀死，灭族千余家，并将李冲头颅割下，悬挂东都城头示众。

越王李贞闻儿子起兵，一边分别通知韩王、霍王、鲁王等共同响应，围陷东都，一边领兵五千进攻上蔡。李冲败后，李贞为了鼓舞士气，仍扬言说：“琅玡王已攻破魏、相数州，有兵二十万，朝夕至矣。”并将其女许配汝南县丞裴守德，又使僧侣道士诵经乞求神佑，还提拔九品以上新官五百名。武太后闻之，派大将军张光辅领兵三十万讨伐，越王李贞派少子李规和女婿裴守德在城外四十里拒战。因新任官兵皆系胁迫，毫无斗志，固大败而归，全家自杀。大将军张光辅亦将李贞头颅割下，送往东都，悬挂城头示众。

其余各地诸王，因约期未到，众心不齐，且琅琊王七日而败，故都不敢响应。武太后遂将韩王李元嘉、鲁王李灵夔、黄公李譔、常乐公主夫妇等主谋十余人捕来东都，逼其自杀，临刑时诸王皆面色如土，好像行尸走肉，垂头哈腰，毫无精神。只有常乐公主尚大义凛然，大声嚷叫："大丈夫为义而死，死得其所。隋文帝篡北周时，周静帝之甥，犹能举兵匡救；功虽未成，但威震海内。而诸王皆为先帝之子，不能舍生取义，将有何面目去见先帝耶？"只骂得诸王无地可容，迅速就刑而死。

接着太后将其眷属千余人流放岭南，并派左丞相狄仁杰新任豫州刺史，清查越王李贞余党，株连者达七百家，五千余口。狄仁杰密奏武太后："彼皆受骗，臣欲宽赦，以显陛下仁恤之旨。"武太后准奏，皆流放丰州。犯人路过宁州时，父老蒸麦饭相待道："狄刺史救活你们。"携手哭于德政碑下，设斋三日后而行。

这时大将军张光辅尚留豫州未撤，将士恃功勒索，狄仁杰不应。张光辅怒道："刺史莫非轻视我元帅？"狄仁杰道："元帅领兵三十万，所诛只应一个越王李贞。但逾城出降者，四面成山，本应宽赦，而元帅却以杀降为功，使血流成河，实违圣德。恨不得尚方宝剑，加于元帅之颈，狄某死而无憾！"

张光辅自知理亏，无言答对，便密奏太后，诬陷狄仁杰收买民心，树立私恩，不可不防。太后不知底细，遂将狄仁杰调迁复州，又远离东都千余里。

请问申州刺史东宛公李融为何未曾被害？只因他接到越王李贞的起兵动员密令后，仓促不敢响应，待李贞败后，立即将诸藩王谋乱经过奏给了太后，不但立功赎罪，太后还封他为赞善大夫。但他这也只是暂时的苟安，过了两个月，太后亦将他和其通风报信的助教高子贡一并诛身破家。

不久又追查出李冲余党济州刺史薛顗、其弟驸马薛绍、青州刺史霍王元规、江都王李绪等几十家。除驸马薛绍因太平公主求情，免于诛身，杖一百饿死狱中，其余皆戮于市，将其十五岁以下子女五千多人，全流放到岭南。

有个酷吏名叫万国俊者，原是来俊臣门下的一个判官，曾和来俊臣编制了一部诬陷人的《罗织经》教给门徒使用：欲害一人，数处同发，枝节一致，既可瞒上，又使犯人有口难辩。他为了立功图赏，又灵机一动，计上心来，诬告岭南流犯谋反。太后遂派他前去巡察，道："若有反状，格杀勿论。"他去到广州，不问青红皂白，见着流犯就杀。犯人不服，号哭喊冤，他就命人持剑追赶，边追边砍。一天之间，就杀死五百多人。这些都是未成年的少男幼女，其情甚惨，目不忍睹。他回来后不但捏造了这些被杀者的罪名，并说所有流犯皆怨声载道，若不穷究，为患不远。太后皆信以为真，除擢他为侍御史外，又立即派兵曹刘光业和司刑王德寿等五人，分往剑南、黔中、安南六道巡察犯人。此五人见万国俊杀五百人受赏，皆竞为效仿，刘光业杀九百人，王德寿杀七百人，杀人最少的也有五百多人，共达三千多。回来后皆按功获赏。

此事众人皆有怀疑，但敢怒而不敢言。不料却气怒了一名义士，此人乃原先救过唐太宗的纥干承基。他在西陲的祐川府任都尉，一心报国，勤政爱民。起初他不太关心徐敬业和诸藩王谋反事件，后来酷吏横行，妻子郑安奴病故，也无子女，为了明哲保身，便遁入空门，到终南山修行去了。

但是，当他听说武太后将唐宗室杀戮殆尽，其幼小的子孙尽流放到岭南时，心中就有些按捺不住了，正欲前往看个仔细，忽又听说万国俊谎报岭南流犯造反，杀五百八十多人，回来请赏升职。接着又派刘光业等五人去岭南，效法万国俊杀戮手无寸铁的流犯三千多人。把纥干承基气得火星乱爆，立即化装为算卦先生，星夜奔赴岭南犯人所在地，去探听虚实。这时他虽年近花甲，但体健身轻，奔走如飞，二十多天即到。当天中午就在一个村头树下摆起了卦摊。

这些犯人皆为瓮中之鳖，朝不保夕，又多是太宗的孙子辈，娇生惯养，四体不勤，五谷不分，怎堪劳役之苦，除掉被杀的、伤残的、自杀的，已所剩无几。一听说有算卦先生路过，问卦者纷至沓来。纥干承基见他们十分可怜，都告诉他们劫数已过，大赦将至，以鼓励他们。

单说武承嗣抽了一个卦签，上写"门口一堆灰，刮风往里吹，别人惹的事，往你身上摊"十六个字。武承嗣心情十分激动："算卦先生，我实话告诉你，我是武太后的嫡亲侄子，请您进京去转告太后我冤枉，待我发迹时，定有厚报。”

纥干承基道：“我正是进京路过于此，愿为效劳。但希你将你们生活的实况和万国俊惨杀流犯的情景，写封书信，交我带去，以便拜见太后。”

武承嗣道：“先生稍待片刻，我回屋去写，立可草就。”

纥干承基道：“快去快回。”

武承嗣乐以忘形，拔腿而去。

接着来算卦的是一个女犯，年方十八，体瘦如柴，面虽憔悴，仍白里透红，带几分妩媚。且她十分聪明机警，除诉说生辰“八字”之外，并简述一下自己的身世，因为她母亲看到琅玡王李冲破家时说了几句可怜的话，就把她们全家流放这里。正说之间，监守卒手持皮鞭赶来，不容分说，照她头上猛抽一鞭，她霎时晕倒在地。

纥干承基上前把她扶起来，抗议道：“她犯了何罪?”

监守卒道：“你莫狗拿耗子——多管闲事。”

纥干承基道：“路不平有人垫，事不平有人管。俺生来不爱吃，不好穿，专爱管闲事。”

监守卒怒道：“你莫非要在老虎头上搔痒，想找死吗?”说着举鞭就打。

纥干承基伸手把鞭夺了过来道：“牛皮将军！能打俺的英雄，只怕如今还没有出世呢!”

监守卒吓得直打哆嗦道：“你是干什么的?”

纥干承基道：“俺读过书，出过家，学过艺，也当过都尉，而今只流落为一个算卦先生。”

监守卒听毕，心中更加害怕，觉得他可能是个侠客，有些武艺，自己不是他的对手，便想找个台阶溜之大吉。因道：“咱们井水不犯河水，两便了吧!”

纥干承基道：“你说得轻巧。请问你把她打死了，这可怎么算?”

监守卒道：“他们都是流放的犯人，命不如鸡，莫说打死一个，就是百八十个，也不足惜。早先万国俊前来杀了五百八，刘光业等五人前来杀了三千六，回到朝中都升官晋级，杀得愈多，愈能得到厚赏。”

纥干承基道："传说万国俊等三人所杀犯人，都是欲造反者，罪有应得。"

监守卒道："那是万国俊等谎报军情，贪功图赏。这些犯人都手无寸铁，且原先都是金枝玉叶，手无缚鸡之力，如何能够造反。仅本官所管五百名犯人，就被杀了三百六，连一个想造反的都没有。"

纥干承基道："这可是实情？"

监守卒道："一句不假。"

纥干承基道："请问尊姓大名？"

监守卒道："敝姓王，单讳一个宝字。"

纥干承基道："请你把刚才所说情况，给我书写出来。"

监守卒不禁一怔，狐疑起来："你要它何用？"

纥干承基扬了扬鞭道："请勿多嘴，你可是写呀不写？"

监守卒吓得鸡叨米似的连连点头道："我写，我写。"

恰好这时武承嗣已把给武太后的书信写好，前来交送。纥干承基即让他取纸笔来，让监守卒书写方才的自供状。

纥干承基得了这两件材料，立即赶路去了。

监守卒受了纥干承基此番委屈，心中十分憋气，便向犯人寻衅发泄。首先审阅武承嗣道："你给他写了些什么？"

武承嗣威胁他道："他是我姑皇派来的密使，让我揭发你们的罪行！"

监守卒举鞭示威道："你姑皇早不认你了，你还妄想认你的姑皇呀，白日做梦！"

武承嗣讥笑道："刚才那个密使在时，你的头点得跟小鸡叨米似的，你的威风都到哪里去啦？"

一个男囚犯插嘴道："在我们犯人跟前要威风，算什么英雄？"

这句话说到囚犯们的心坎里，不禁引起一阵冷笑。

监守卒恼羞成怒，照着那个男囚犯兜头两鞭，接着挨个询问："刚才谁去算卦了？"

武承嗣道："我算卦了。"

监守卒故意躲避道："我不问你。"

武承嗣追问道：“为何不问我?”

监守卒气得直哆嗦：“我……不高兴问你!”

武承嗣道：“等你高兴时，可来问我。”

监守卒气得直憋气，扬了扬鞭子，仍未敢打。

武三思亦趁火加油道：“我去算卦了，先生说我即将‘四美’至，请问是哪‘四美’，你知道吗?”

监守卒胡诌道：“头美、脸美、脚美、屁股美!”说得大家一阵哄笑。

监守卒道：“你们真想造反呀，我去找监守官去，让万国俊再来，把你们杀光!”

武三思道：“我们这样活着，还不如死了的好。”

监守卒道：“好啊，你们等着瞧!”说罢气愤地找监守官去了。

纥干承基拿到证状，立即去驿站借马。

欲知后事如何，且听下回分解。

第三十三回

拜洛受图鞭嫡孙
归政试君诛百家

且说纥干承基来到驿站，说是告密，借得驿马，日夜兼程，直奔东都洛阳，受到武太后诏见。武太后看罢武承嗣的书信和监守卒的口供，言辞一致，全信为真，遂问道："你是哪里人氏？何业为生？"

纥干承基道："小民形如萍水，来去无踪。乐舍好善，化险为夷。"

武太后道："原来你是个术士，请给我相相面何如？"

纥干承基端详了一下道："太后龙睛凤颈，生平未定。顺天则昌，应人则成。纵观周秦，其理自明。"

太后道："毕竟何如？"

纥干承基道："天机不可泄露，小民送你一个'口'字，仔细揣摩，自然知道。"立即起身欲走。

武太后忙拉住道："留你在宫中何如？"

纥干承基道："小民命薄如冰，不可大用。"说罢飞也似的挣脱而去。

太后无可奈何，即将此"口"字请薛怀义大师分晓。岂不知薛怀义本是半路出家的假和尚，对此一窍不通，信口胡诌道："口乃吃也，即太后可以吃掉天下。"太后嗤之以鼻道："如此说来，不是我篡夺天下，就是我挥霍天下，这算什么话！"

薛怀义急忙跪下求情道："请太后息怒，小僧实为不知，信口开河。常言道：'不知者无罪。'待我马上去大云寺，请教法明和尚，回奏太后是了。"

这法明和尚的确十分聪明，早已看出武太后有称帝之意，便趁机请求进宫，当面启奏太后。他首先施了一个跪拜礼，随即奏道："这个'口'字，上加'士'字即为'吉'，左加'示'，中加'十'即为'神'。意谓太后欲革命成功，一要礼贤下士，一要敬神。且小僧在《大云经》中看到有'菩萨为化众生，现受女身'之预示，而今南天竺（古印度）有一无明国，即由女主继承，威服天下，所有国王悉来奉承，无敢拒违者。武太后即弥勒佛下凡，可代替李唐天下。"

武太后听此，喜不自禁。一边立即厚赏法明和尚黄金千两，让他筑高台，宣讲《大云经》，并令各州都要建立大云寺，效法法明和尚；一边遣使立即将武承嗣和武三思从岭南召回，筹备武家天下；并将酷吏万国俊、刘光业等六人诛身破家，对岭南流犯全部赦还，以平民怨。

武承嗣、武三思兄弟赦归后，绝处逢生，格外效力，千方百计制造舆论，愚弄人民，积极筹谋武家江山。

武承嗣心生一计，使人凿制白石一方，上镌"圣母临人，永昌帝业"八个大字，命人奉献，佯称挖获于洛水。太后甚喜，命其石为"宝图"。定于重阳节举行"拜洛受图"典礼。

"拜洛受图"仪式非常隆重，先在天津桥头修建了一座受图亭，亭前搭一祭坛，由低而高分为三层，每层又分三阶。于重阳节时，命文武百官、四夷酋长和沙门道士都来参加祭拜。旌旗蔽日，銮舆如云。武太后在前，皇帝睿宗旦和太子成器紧跟，其余护驾在后。正当午时来至桥头，宫娥彩女似烘云托月般簇拥着武太后下舆登坛主祭。但见她小心翼翼，恭恭敬敬，三跪九拜。其余诸人皆在坛下，就地陪拜。拜完之后，命礼部尚书徐有功宣读祭文。最后将"宝图"从香案上捧至受图亭中，视若神圣。

明眼人一看就知其用意，是登基的预演。所以在拜祭中都十分严肃，不敢马虎行事。只有她的亲孙子——故太子贤的三个儿子，借病不去参加典礼，都被痛打五十鞭子。

武承嗣见无人反对，时机成熟了，即令监察御史付游艺胁迫关中士绅百姓九百人，上表请武太后登基，改国号。不料太后不但婉言谢绝了，而且还扬言要归政。可她又将付游艺提升为侍御史，于是使人迷惑，不解究竟是何意。

且说千金公主听说付游艺率关中父老联名上表请太后登基事后，她十分赞成，正准备在宫中联名响应，又听说太后拒绝了，所以急忙去找睿宗李旦商议。

这时李旦正听宫娥演唱，见千金公主前来，预料必有大事，急忙迎至密室，问道："姑奶驾临，必有要事，请吩咐是了。"

千金公主道："监察御史付游艺联名关中父老僧侣九百多人上表劝太后登基之事，你听到否？"

李旦道："我尚未听到，不过我是很赞成的。其实，太后早已是名副其实的女皇帝了。"

千金公主更正道："太后现在名义上还是太后呀，要是名副其实了，就不会有今天的劝进了。应该说如今太后和你都是名不副实的。"

李旦道："对，对，对。我现在玩得很痛快，早已忘掉我的睿宗称号了，我早就不想顶这块招牌了。当了皇帝可真不自由，什么御史呀、谏议大夫呀，上朝呀、批奏呀，动辄得咎，哪有我现在快活呀！"

千金公主道："要是太后决心归政给你，强迫你当，你可咋办呀？"

李旦道："那我也不愿意当，请姑奶奶给求个情吧！"

千金公主道："听说太后已拒绝了付游艺的劝进，准备明天举行归政典礼呢。"

李旦不禁一惊道："这该如何是好呀？"

千金公主道："那你就见机而行吧，如果太后决心归政，你也不能违抗。"

李旦激动地跪在地下，连磕了三个头道："请姑奶奶再给太后好好请求请求，代我辞了吧。"

千金公主道："现已把归政的仪式全都议定了，看来是辞不掉的，你快做些准备吧。"

果不其然，次日早朝改在则天殿，举行归政典礼，文武大臣、侍卫上百人，旌旗招展，十分庄严。原太子贤、中宗显诸子，听说归政也都高兴。李旦仍好似丈二和尚摸不着头脑，只换身新服装，在太子太傅刘祎之的陪领下起早而来。当太后宣读归政书之后，放了三声礼炮，雅乐迭奏，加冕典礼开始。由武承嗣高举冕旒，徐徐向李旦走来。

李旦向四周一看，形象逼真，太子太傅刘祎之亦误认为真，遂以手示意。李旦便慌忙举起双手跪接。但武承嗣走到三尺远处，却止步不前。李旦猛一抬头，但见武承嗣怒容满面，虎视眈眈，吓得放下双手连呼："皇儿不肖，请太后登基……"

武太后这才走上前去，接过冕旒，泰然自若地道："皇儿至仁至贤至孝，但羽翼未丰，仍可暂居东宫，由朕临朝听政。"

于是，武太后第一次的"登基预演"就此结束。

酷吏来俊臣之流对此次预演心领神会，把众朝臣李唐宗室等的表现详加记录。首先受害的就是太子太傅刘祎之，在"归政"时打的手势，成了罗织密探诬告的铁证。刘祎之于当天下午就做好了下狱的准备，向李旦道："臣自恨愚昧，未料太后'归政'的用心，今日所为定有不测，或许连累殿下，甚为惭愧！"

李旦道："师傅若遭不幸，我当以死相救。"

刘祎之道："殿下救我则将使我速死也。请殿下明哲自保，千万莫再引火烧身是了。我已年近古稀，死而无憾，而殿下风华正茂，或许尚有出头之日。"说罢跪在地下向李旦磕了一个响头，走回家去，饱吃一顿，沐浴全身，准备入狱。的确不出所料，他出浴不久，头发尚未干透，狱卒便已闯进家门。

刘祎之迎上前道："勿劳弟兄动手，我已准备投案而去，请前头带路是了。"说罢，迈开大步，昂扬入狱。

来俊臣将刘祎之的仪容行动奏给武太后，格外原情，准其自缢，家属免死，流放岭南了事。

一叶落而知秋。太后觉得刘祎之既非李氏，尚且阳奉阴违，更何况其余的宗室了，其他文武百官也必然还有刘祎之之流，于是又唆使来俊臣深挖穷究。霎时阴云密布，罗织之徒奔忙不息。高宗之子隋州刺史泽王李上金和舒州刺史许王李素节首先被诬。太后降旨李素节流放岭南。行至龙门，刑吏嫌其体弱多病，走路艰难，便用绳子把他勒死在驿站，佯称其自杀，交差了事。

泽王上金一被捕获，就知难免于死，就立即自杀了，以免受刑。

接着又对不肯阿谀太后的太子少保裴居道、尚书张行俭、南安王李颎，尚书魏玄同（三品宰相级大官）、侍郎崔誉、彭州刺史刘易从、鄂州刺史郑王李璥等一百多家，加以屠杀，又流放两千多人。

至此，共杀李唐宗室贵戚数百家，将相大臣数百人，刺史郎将以下不可胜数，流放岭南二万多人。李唐宗室除太后的直系子孙尚留一部分外，高祖二十二子、十九女，太宗十四子、二十一女，其孙子、孙女、外孙数百家，只剩一个舒王李元铭和高祖的第十八女千金公主了。千金公主因赞成太后的主张，又善献媚，所以得全。

那么舒王李元铭为何得存，最终能否保全呢？且听下回分解。

第三十四回

恶仆告主前后丧命
无赖尝粪左右逢源

且说李唐宗室为何只剩下一个恒州舒王李元铭呢？只为他懦弱无能，还有点痴傻，留着既无后患，还可做个招牌，标榜太后的宽仁。但是不久因为他杖罚了一个部下王判司，使王判司怀恨在心，去到烧饼铺里喝酒解闷，发起了牢骚。而这个卖烧饼者，名叫侯思止，既心毒手狠，又善于辞令。当他听说之后，便起了邪念，遂喜不自禁道："当今武太后号召告密，沿途给五品官待遇，还供给驿马，无实者也不问罪，真乃大好良机，你我前去，诬他谋反，既可报仇，还能升官图赏！岂不一举两得？"

王判司喜道："真乃妙计！"于是二人便收拾行装，去到驿站，借得驿马，直奔东都而去。这侯思止极为狡猾，一路上暗自盘算："事成之后，这王判司必分我功劳。"于是当行至一大山谷时，便将王判司连人带马推了下去。

谋反案件全由太后直接审问，侯思止上得殿来，笑容可掬，三叩九拜。

太后问道："你是哪里人氏，叫什么名字？"

侯思止答道："我叫侯思止，醴泉人，在恒州以卖烧饼为生。"

太后道："所告何人？"

侯思止道："恒州刺史裴贞和舒王李元铭谋反。"

太后道："你如何得知？"

侯思止道："我家烧饼已祖传三代，远近闻名，裴贞府上时常赊欠，逾年不还，上月底我去讨要，适逢他和舒王元铭商议谋反，不让我进屋，我在檐下窃听。只听裴贞道：'太后残杀成性，不可久保。'舒王元铭道：'她亲生子女尚不能免，何况你我？’裴贞道：‘李唐宗室，几乎殆尽，幸存者若不卧薪尝胆，何能对得起太宗在天之灵？’舒王元铭道：“可惜我孤掌难鸣！’裴贞道：‘我助你一臂之力，广结才士，暗中招兵买马。且如今太后穷奢极欲，好大喜功，惹起民怨，义旗一举，必定普天响应，马到成功……’”

太后道：“所言可完全属实？”

侯思止心中明知不实者不予问罪，故坚决发誓道：“若有一言不实，请陛下千刀万剐！”

太后道：“你把详情写出来，朕再详审。”

侯思止道：“我是个文盲，一字不识，只能说，不会写。”

太后道：“你是个文盲，能当什么官职？”

侯思止道：“我要当侍御史。獬豸何曾识字，但它能触邪恶。我不识字，而忠心无二！”

太后听他如此会说，比喻生动，心中高兴，笑道：“按例只能赏你五品官，而侍御史是四品。”

侯思止佯为坦白直爽，谄笑道：“四品还没五品高呀！”

太后道：“你很直爽可信，就赏你侍御史是了。”

侯思止叩头谢恩：“愿太后青春常在，万岁通天！”谢恩毕，仍依依不舍，不肯离去。

太后道：“你还有何事？”

侯思止道：“臣刚到东都，尚无住处。”

太后道：“现没收有韩王宅一座，赐你可好？”

侯思止一板脸，佯为正经地道：“我最恨谋反之人，岂能居住贼窝？”

太后更悦：“赐你一所新宅是了。”

侯思止谢恩毕，遂住进新宅。

太后已欲诛灭舒王元铭，一是舒王谨小慎微，无破绽可寻；一是太后也想留个忠实者，作为榜样，显示自己宽宏。今见侯思止告密，也确是瞌睡中送枕，太后立即下旨将舒王和刺史裴贞一并诛身灭家。

侯思止到新宅安置已毕，是晚便赶去太后寝宫答谢。适值太后腹泻，去往内室，外厅只有张昌宗和宫娥婉儿，正调情逗趣。

张昌宗道：“你今年青春几许？”

婉儿道：“刚刚十六。”

昌宗道：“二八娇娘，含苞欲放，最是喜人。且咱俩同庚，莫非天作之合乎？”

婉儿道：“你如此说话，多难为情，若太后得知，怪罪下来，奴婢可吃罪不起。”

昌宗道：“无妨，太后爱我入迷，我正请立太子，到得那时，我登上皇位，封你为后，岂不尊荣无比？”说着伸手在婉儿脸上拧了一把。

忽听一声门响，侯思止进来，朝着昌宗、婉儿叩头下拜道：“太子、公主千岁！千千岁！”

婉儿道：“我不是公主，是宫娥奴婢，快速站起。”

侯思止道：“官大衙役粗，你成天在女皇左右，比那远门公主还高贵多倍哩！”

昌宗道：“我也不是太子。”

侯思止佯为吃惊道：“怎么，你不是太子？可你长就一副帝王之相，马上就是太子了！”

昌宗惊疑道：“你会相面？”

侯思止乐以忘形，指手画脚，绘声绘色道：“相面也是我家祖传，十相十准，我爹外号侯百准，我的外号侯铁嘴。你将来当上太子，请我吃酒；当不上太子，洒我一脸鸡屎，踢我三脚！且我看出你们二人必为天作之合，一个皇帝，一个皇后，如今既已情投意合，卿卿我我——可对呀不对？请快实说！”

昌宗会心一笑道：“你算得准时，我定有重报。”

侯思止得到昌宗赞许，心中无比高兴，遂问：“太后在何处？”

婉儿道：“腹中不适，刚去内室。”

话音刚落，英儿从内室提马桶出来。侯思止连忙去接道：“公主休息，我替你提水。”

英儿道：“这不是水桶，是马桶。”

侯思止佯为吃惊道：“啊，我家水桶也无如此之好。桶攀像是金的，将它拆下卖掉，足够我家吃用十年有余。”他说到这里，忽然灵机一动，掀开桶盖，用手指沾点大便，品了品道：“好，好，好！太后的病马上就好……”

说到此处，恰好太后从内室走出。侯思止连忙上前讨好道：“我刚才尝了陛下的大便，常言道：‘粪甘则忧，粪苦则喜。’陛下的大便是苦的，故无忧也，腹痛马上就好!”

太后听此深受感动：“卿对朕足够忠实！明日可到御史衙门上任。”

侯思止道：“蒙陛下栽培，不胜感恩戴德之至，生当鞠躬尽瘁，死当结草衔环！愿圣皇万岁！万岁！万万岁!”再三叩谢，方离去。

侯思止去后，张昌宗也说了他许多好处，并将刚才相面情况向太后启奏一遍。

太后道：“废立太子，乃为国家大事，非同小可，须看机行事。”太后因是晚身体不适，便携昌宗提前休息。

且说侯思止上任之后，和来俊臣狼狈为奸，甚为投机。一月之后，来俊臣忽然把侯思止捆了起来，痛打一顿道：“有人告你，快速招供!”

侯思止道：“何人告我?”

来俊臣道：“王判司。”

原来那王判司摔下沟去，并未死透，又复苏过来。

侯思止一听王判司未死，罪难隐瞒，只得如实交代，但交代之后，便拨弄三寸不烂之舌，滔滔不绝：“我侯某来京诬告，系受王判司唆使，他是罪魁，我乃胁从，不应问罪。正如太后审处明崇俨被害事件，太子被废，赵道生赦免。且他纵横犯法，奸盗成性，恶仆咬主，缺德寡义，杀此畜生，为民除害，我侯某何罪之有？不但无过，而且有功。且我侯某助理来中丞三月有余，赤诚相见，情同手足。承上启下，志同道合。且你长就一副帝王之相，你比刘备，我乃诸葛，鞠躬尽瘁，死而后已。留他留我，请你定夺。”

说得来俊臣心中动摇：“你会相面吗?”

侯思止道：“相面亦为我家祖传，且十相十准。你左眉粗有大福，右眉深是贵人，双耳垂祥，必为帝王。”

来俊臣迫不及待：“请问，我何时才能登基?”

侯思止道：“孔子曰：‘三十而立，四十而不惑，五十而知天命……’你大富大贵就在五十以后。如到时不贵，请将我一刀两断，碎尸如泥。”

来俊臣道：“你能助我一臂之力吗？”

侯思止道：“我乃专门助你而来。”

来俊臣慌忙跪下磕头：“不知军师驾到，小的有眼无珠，多有得罪。恭请海涵。”

侯思止道：“中丞请起，刚才是场误会，人生难免。常言道：‘不打不相识。’你快站起，不必多礼。”

来俊臣拒而不起：“周文王访姜子牙，拉辇八百零八步；刘备访诸葛亮，三顾茅庐。而侯军师驾到，我不但失迎，还打你三个耳光，我心中是万分惭愧……”说着泣不成声了。

侯思止道：“常言道：‘宰相肚里撑舟船。’请勿多礼了，快速站起。”

来俊臣站起道：“对王判司如何处理？”

侯思止道：“杀人灭口。”

来俊臣道：“是!”于当晚即将王判司活埋。

从此，来俊臣和侯思止紧密勾结，残害忠良，以求一逞。手段毒辣，行刑残忍，令人发指，骇人听闻。且因侯思止善于辞令，深获太后欢心，两年之内就提升为游击将军。此后，他将前妻抛弃，新纳了一个刺史的女儿。

如今李唐宗室除了太后嫡出子孙尚留几个外，其余的就剩一个千金公主了。武承嗣见时机已至，再次唆使付游艺上表劝进。

欲知太后旨意如何，且听下回分解。

第三十五回

佞臣劝进年升四级
女皇登基日发六诏

话说武承嗣唆使御史付游艺，第二次联名劝进者达八千多人。于是他就命麟台正字陈子昂撰一劝进表章。这时的朝中大臣大部分是太后提擢的，都早已看出太后有登基之意，所以纷纷签名拥戴，连那有才干、忠直不阿的狄仁杰、魏元忠、徐有功、宋璟等宰相，除了对太后重用酷吏稍有不满外，也都认为太后的革新措施、破格用人、仁爱百姓等，是英明可敬的，对她感恩戴德，拥护她登基。

来俊臣为了趁机邀宠，同他的门徒到城中挨家挨户，甚至包括寺院、尼姑庵各个角落去联名。还在各个城门设立签名站，让来往商人、农民，男女老幼一起签名。

因天津桥头来往人群最多，设立了两个签名台。有很多人不识字，得请人代笔；也有人心怀顾虑，不知签名的利弊，先打听明白才能确定签否，所以拥挤不堪，排起长蛇队来。

有个傻大个首先问道："签个名，给多少钱?"

侍卫抢白他道："给你一百缗，只怕你拿不了。"

傻大个道："拿不了，我回家赶车来装。"

还有个怕老婆的问道："太后当了皇帝，一定会偏向女的，我老婆这会儿就把我欺负得够呛，那以后还得了呀?"

侍卫讽刺他道："看你那个熊包样，那么大个子还怕老婆。"

那怕老婆者解释道："怕不怕老婆哪在个子大小? 那马蜂不大，谁都怕哩!"只逗得大家一阵哄笑。

又有个二傻子问道：“听说太后爱杀人，她当了皇帝还得了呀？”

侍卫抢白他道：“爱杀人，就没把你杀了？”

恰在这时过来一个穷书生，名叫薛季昶，系龙门人氏，便给大家解说道：“武太后是杀了不少人，但都是贪官污吏和谋反的贵族。对咱们老百姓是很好的，奖励农桑，减轻劳役，倡导俭朴。还以身作则，穿粗布的衣服。还喜爱人才，不分出身贫富。如武太后能当了皇帝，是我们老百姓的大福。”

又有一个人反驳道：“谁说不杀老百姓？我表弟是个最老实不过的老百姓，因他观看杀人时掉了几滴泪，就被当场杀了。”

薛季昶又连忙解释道：“常言道：‘哪个庙里没有屈死鬼呀？’冤枉人的事，圣人也难免，孔子因为少正卯聚众讲学，使孔子之门三盈三虚，还把他冤杀了呢。所以论一个人的好坏，要看大的方面才是。”

只说得众人心服口服，在薛季昶的带动下，大家纷纷签起名来。侍卫遂把薛季昶带进衙门，赏给他白银十两。

可是过了不久，又来了个私塾先生。此人迂腐，固执不化，拒绝签名道：“孔子曰：‘唯女子与小人为难养也。’吕太后临朝曾引起吕产、吕禄之祸，汉朝几乎灭亡。武太后曾把她亲生儿子杀了，等当了皇帝，还得了吗？女人家只能操持家务，‘牝鸡司晨，违天不祥’。我是私塾先生，敬拜孔教，得以身作则，是不能签名的。”

众人都认为私塾先生是有学问的，见他不签名，都跟着不签名了。签了名字的还要涂掉。侍卫们都没有文化，讲道理是讲不过那个私塾先生的，于是气急败坏地举起鞭子道：“不签名的三鞭子，涂改的三鞭子。”大家吓得又乖乖地签起名来。只是那个私塾先生太固执了，拐不过来思想的弯子，打个半死，熬刑不过，才签了名。

且说千金公主听说朝内外都在联名对太后劝进，便又急忙去找睿宗李旦商议。李旦当即表示赞成，并请求更姓武氏，千金公主亦随之更姓为武，太后闻之甚悦。

经过三天的联名，文武百官、僧侣道士、商旅百姓，签名者共达十万八千八百人。太后遂决定登基。但是故太子李贤的三个儿子中，只有老二同意签名，并改名易姓为武守礼。而老大光顺和老三守义皆因先前拒绝参加拜洛受图盛典，鞭伤未愈，气恨交加。而今太后利用劝进的方式登基，自知永无翻身之日，所以誓不欲生。他们不但拒绝劝进，还破口大骂“老妖婆、老淫妇、老狐狸，豺狼成性，弑子屠孙，不得好死”等等。光顺还挣扎上前，将千金公主拿的《劝进表》夺将过来，撕成粉碎。太后闻知，十分气愤，立即降旨，用鞭刑将光顺和守义二人活活打死。

太后经过归政、劝进、拜洛受图的登基预演，杀绝了李唐宗室和大批的不服者，便定于九月十五日午时登基。

是日天高气爽，艳阳似锦。每户发白银五两，张灯结彩，到处笙歌盈耳，一派喜气洋洋的景象。

则天门楼上，八个大纱灯，龙凤旗帜十面。广场前，旌旗如林，全系赤色，文武百官皆着礼服。寅时齐至，凫立恭候。武太后巧为妆梳，内穿丹凤绣衣，外披龙袍。头戴龙凤呈祥的小花帽，脚登绣靴。前面由五十对金吾将军开路，二十对乐工奏着《贺新君》的曲调。抬着香炉和供品的太监各有八人，后随宫娥和善男信女各一百名。有四人紧护太后两侧，手持裙带。有两人跟在后面，高举冕旒。旒带上珠玉琳琅，闪烁夺目。其余人员手持羽扇、宝盖、拂尘和各种旌旗，无一空手。直到巳时，队伍方浩浩荡荡缓缓登上则天门楼。于是三声礼炮，响彻云霄，淑兰四起，管弦迭奏。约半个时辰，方由侍御史付游艺手持《劝进表》捧读：

> 陛下受天之符，为人圣母皇帝。至哉天子！恤我元元，勤劳下都，升闻上帝。天无二日，土无二王，皇帝嗣武，以主匕鬯，岂不宜乎?
>
> 今天命陛下为主，人以陛下为母。陛下不应天，不顺民，独高谦让之道，天所法宪，臣等何所仰则！
>
> 敬冒昧万死固请。神都遐荒耆老、文武百官、四夷酋长、沙门道士十万人等顿首。

太后接过《劝进表》，喜形于色，向群臣宣谕：“朕承天启运，辅政有年，虽忘躯济危，挟刑赏之柄以御天下，然仍有所失。奈群卿屡屡上表劝进，诚恳可嘉，岂可过谦久违。兹顺天应人，易唐为周，改元天授。”

礼部尚书徐有功见太后应许劝进，立即指使奏乐，举行加冕盛典。他双手捧持冕旒，小心翼翼，加戴在太后凤冠之上，并上尊号“则天圣神女皇”。

从此武则天便成了中国开天辟地以来第一位女皇帝。她戴上冕旒之后，便率皇太子李旦、皇太孙李成器跪向香案，三拜九叩，祭天告祖。然后连发《六诏》：

（一）颁发新字。曌（照）、埊（地）、囗（日）、囝（月）、〇（星）、忠（臣）、𤯔（人）、𠀑（年）等共十二个字。因女皇更名“则天”为“曌”，故避讳“诏”字，改其为“制”音（因不通俗，书中仍用“诏”字）。

（二）大赦天下。凡流放岭南一年以上的犯人，一律赦免，回返乡里。

（三）覃恩大赦天下诏

朕闻元皇纂历，则天地以裁规；大圣握图，法阴阳以施化。故能牢笼品类，陶铸生灵。

天下百姓，皆须嫁娶以时，勿使外生旷夫，内有寡女。在京五品以上清官，每日章善、显福等门各设一人待诏。朕当观访政道，详求得失。五品官以上，宜各举所知贤才五名。

又元元（百姓）者，皇室之源，韫道德而无为，冠灵仙面不测，业光众妙，仁覃庶品，岂使宝允见御宸居，先母竟无尊位。可上尊号曰先天太后，宜於老君庙所，敬立尊像，以申诚荐。百姓，年二十一身为户头者，各赐爵一级，女子百岁，赐以牛酒。

战亡人格外赠勋两转，回授期亲，其子孤茕者，州县给粮赡养。

免官失爵，量加收叙，年八十以上，各赐粟二石，绵帛二匹；九十以上，粟三石，绵帛三匹；百岁以上，粟五石，绵帛五匹。并依旧例版授孝子顺孙，义夫节妇，旌表门闾。鳏寡孤独、笃疾等不能存立者，量加赈恤。筑明堂乾陵工匠，酌给赏赐，死者宜厚给赈恤。

初元年正月一日子时以前，大辟罪已下，罪无轻重，已发觉及未发觉，已结正及未结正，在系囚徒，皆赦除之。流放人未至所者亦皆放还。而谋反流放岭南诸犯，以及子弑父母、图财杀人等囚，不在赦内。

（四）封赏功臣。首先追尊周文王曰始祖文皇帝，妣姒氏为文定皇后。追封父武士彟为孝明高皇帝，封母杨氏为孝明高皇后。又追封元庆为梁宪王，元爽为魏德王。立武承嗣为魏王，任太常卿；武三思为梁王，任春官尚书。诸姑姊亦封为长公主。

至此，一朝富贵，全归武氏。

此外，女皇还对其他官各升一级，而上表、劝进有功者从优，给事中付游艺、右卫大将军张虔勖，左金吾大将军邱神勣，侍御史等皆提职升级，赐姓为武氏。尤其是付游艺，一年之间连升四次，衣色由青、绿、朱至紫，人们谓之四时仕官。

欲知其余二诏，且听下回分解。

第三十六回

恩诏妇女献回文 开创武举得良将

且说女皇登基，发了“新字”等四诏之后，欲打破重男轻女的旧俗，提高妇女地位，遂拟了一道《覃恩妇女诏》，共六条，请丞相狄仁杰前来商议。

（一）宫娥裁减半数，凡入宫五年以上者，全予以释放。今后采选，皆以五年为限，不得逾越。

（二）各郡县设立“育女堂”，贫家幼女无力养育者，皆可送入，中间领回，亦听其便。

（三）寡妇年四十以里者，劝其改嫁，不得歧视；四十以外者听便。若衣食无着，可由官养，以终其身。

（四）凡贫家女儿卖为娼、侍、婢，年满二十以上者，可由其父母领回婚配。

（五）食色性也，男女无二，理应看待如一。婚姻自主，既可一夫多妻，亦可一妻多夫。

（六）古来名媛才女屡见不鲜，朕既革命，岂可疏漏坤元！特于明年，开设女试，搜尽良贤。

狄仁杰看罢，连连摇头，思之良久方道：“臣以为只一至三条可行。第四条有关婢女之事，上自丞相下至田舍翁，无不侍婢成群，多则上百，少则几人，岂忍如此舍去？敕令强行，必引起众人反对，上下不安，有危社稷。只应限制名额，就现有中，比照宫娥裁减半数。第五条一妻多夫更难实行。

自三皇五帝，皆行一夫多妻制，名贤大舜皇帝曾娶娥皇女英姊妹二人。且上自飞禽，下至昆虫，除却鸳鸯鸟儿，多为一雄多雌，盖为天之造化使然。第六条坤元中固然不乏英才，但有生男育女、哺乳之责，且有经脉难产诸疾，不宜应试任职。凡有特殊贡献者，可颁旌表立碑树祠。”

女皇认为狄仁杰的议论中肯，遂依其意，将第四条和第六条加以修改，把第五条删去，立即颁发天下。

恩诏一下，全国妇女奔走相告，一派欢腾，老弱孤寡焚香斗表，涕泪交零。

单说有个才女，名叫甄少敏者，年方七岁，系没落世家，藏古籍坟典甚多，早见《苏氏蕙若兰织锦回文璇玑图》一张，因年久失补，破烂不可收拾。尤其不知如何读法，多次查阅，皆中途而废。今见女皇重视才女，遂下决心，废寝忘食，继续钻研。是她时来运转，福至心灵，用得三个月时间，即洞悉奥妙，纵横可读，倒顺成诗，共成二百余首。遂用五彩颜色标出，分为五、七言诗，呈献女皇。（见附图）

女皇得图，不胜欣喜，遂令婉儿查考此图来历，然后亲自御笔撰序如下：

前秦苻坚时，秦州刺史扶民窦滔妻苏氏，陈留令武功苏道质第三女也。名蕙，字若兰。智识精明，仪容秀丽；谦默自守，不求显扬。年十六，归于窦氏，滔甚爱之。然苏氏性近于急，颇伤嫉妒。

滔字连波，右将军于真之孙，朗之第二子也。风神秀伟，该通经史，允文允武，时论尚之。苻坚委以心膂之任，备历显职，皆有政闻。迁秦州刺史，以忤旨谪戍敦煌。会坚克晋襄阳，虑有危逼，借滔才略，诏拜安南将军，留镇襄阳。

初，滔有宠姬赵阳台，歌舞之妙，无出其右。滔置之别所。苏氏知之，求而获焉，营加棰辱，滔深以为憾。阳台又专伺苏氏之短，谗毁交至，滔益愤恨。苏氏时年二十一。及滔将镇襄阳，邀苏同往，苏氏忿之，不与偕行。滔遂携阳台之任，绝苏音问。

苏氏悔恨自伤，因织锦为回文：五彩相宣，莹心耀目。纵横八寸，题诗二百余首，计八百余言，纵横反复，皆为文章。其文点画无阙。才情之妙，超古迈今。名《璇玑图》。然读者不能悉通。苏氏笑曰："徘徊宛转，自为语言，非我佳人，莫之能解。"遂发苍头赍至襄阳。滔览之，感其妙绝，因送阳台之关中，而具车从盛礼迎苏氏归于汉南，恩好愈重。

苏氏所著文辞五千余言，属隋季之乱，文字散落，而独锦字回文盛传于世。朕听政之暇，留心《坟典》，散帙之次，偶见斯图。因述若兰之多才，复美连波之悔过，遂制此记，聊以示将来也。大周天册金轮皇帝制。

琴清流楚激弦商秦曲发声悲摧藏音和咏思惟空堂心忧增慕怀惨伤仁
芳廊东步阶西游王淤淑窈窕伯邵南周风兴自后妃荒经离所怀叹嗟智
兰休桃林阴翳桑怀归思广河女卫郑楚樊厉节中闱淫遐旷路伤中情怀
凋翔飞燕巢双鸠士迤逶路遐志咏歌长叹不能奋飞妄清帏房君无家德
茂流泉情水激扬眷颀其人硕兴齐商双发歌我衮衣想华饰客朗镜明圣
熙长君思悲好仇旧蕤葳粲翠荣曜流华观治容为谁感英曜珠光粉葩虞
阳愁叹发容摧伤乡悲情我感伤情徵宫羽同声相追所多思感谁为荣唐
春方殊离仁君荣身苦惟艰生患多殷忧缠情将如何钦苍穹誓终笃志贞
墙禽心滨均深身加怀忧是婴藻文繁虎龙宁自感思岑形萤城荣明庭妙
面伯改汉物日我兼思何漫漫荣曜华雕旗孜孜伤情幽未犹倾苟难闱显
殊在者之品润乎愁苦艰是丁丽壮观饰容侧君在时岩在炎在不受乱华
意诚惑步育浸集悴我生何冤充颜曜绣衣梦想劳形峻慎盛戒义消作重
感故尼飘施衍殃少章时桑诗端无终始诗仁颜贞寒嵯深兴后姬源人荣
故遗亲飘生思衍精徵盛翳风比平始璇情贤丧物岁峨虑渐孽班祸谗章
新旧闻离天罪辜神恨昭感兴作苏心玑明别改知识深微至嬖女因奸臣
霜废远微地积何遐微业孟鹿丽氏诗图显行华终凋渊察大赵婕所佞贤
冰故离隔德怨因幽元倾宣鸣辞理兴义怨士容始松重远伐氏妒诗凶惟
齐君殊乔贵其备旷悼思伤怀日往感年衰念是旧愆涯祸用飞辞淤害圣
洁子我木平根尝远叹永感悲思忧远劳情谁为独居经在昭燕辇极我配
志惟同谁均难苦离戚戚情哀慕岁殊叹时贱女怀叹网防青实汉骄忠英
清新衾阴匀寻辛凤知我者谁世异浮奇倾鄙贱何如罗萌青生成盈贞皇
纯贞志一专所当麟沙流颓逝异浮沉华英翳曜潜阳林西昭景薄榆桑伦
望微精感通明神龙驰若然倏逝惟时年殊白日西移光滋愚谗漫顽凶匹
谁云浮寄身轻飞昭亏不盈无倏必盛有衰无日不陂流蒙谦退休孝慈离
思辉光饬粲殊文德离忠体一违心意志殊愤激何施电疑危远家和雍飘
想群离散妾孤遗怀仪容仰俯荣华丽饰身将与谁为逝容节敦贞淑思浮
怀悲哀声殊乘分圣赀何情忧感惟哀志节上通神祇推持所贞记自恭江
所春伤应翔雁归皇辞成者作体下遗葑菲采者无差生从是敬孝为基湘
亲刚柔有女为贱人房幽处已悯薇身长路悲旷感生民梁山殊塞隔河津

苏氏惠若兰织锦回文璇玑图

此图和序一经颁发，即轰动全国。

女皇得此才女，如获至宝，遂派銮舆接她，其兄护送来到东都。女皇亦十分欢喜，遂将她留在身边，让婉儿赐教。其兄在东都游览月余，返回故里，女皇送他黄金五百两，并携此才女送至十里长亭。因此才女年幼，痛哭不已，写诗一首：

别路云初起，
离亭叶正飞。
人生何如雁，
同来不同归！

女皇见她诗词哀怨，痛哭不已，遂起怜悯之心，放她随兄返里，俟数年之后再接进宫。但不料，她次年夭逝下世，十分可惜！莫非神童常劳心过度而不长寿耶？

女皇为了耀武扬威，决心收复被吐蕃侵占的安西四镇。此四镇是徐敬业叛乱时，武天后冤杀了边将程务挺之后，突厥和吐蕃贵族趁机侵占去了。女皇为了收复失地，感到将才不足，所以开创武举，又颁发一道《猛士诏》，共分为九科：

(一) 骑射　(二) 步射　(三) 筒射
(四) 射长垛　(五) 马枪　(六) 才貌
(七) 言语　(八) 翘关　(九) 负重

其中，射法者，必须十发十中。翘关者，以杉木长一丈七尺，径三寸半，凡十举，后手持关距处无过一尺 (前手距不限)。负重者，负米五斛行二十步。才貌者，身高必须七尺以上，五官端正，魁梧轩昂。言语者，对答如流，有智有谋。

除以上武艺标准外，还有九条纪律要求：五才，即知不可乱、明不可蔽、信不可欺、廉不可货、直不可曲；四义，即受命之日忘家、出门之日忘亲、张军鼓宿忘主、援桴舍战忘身。

由县州层层选拔，在职武官由兵部直接比试，考中者等同明经和进士，亦授状元、举人等称号，并由各地举行庆礼，然后送往兵部。此举使得英雄有了用武之地，全国上下，一派欢腾，热闹空前。

经过半年多的比试，考中武进士百名，武举人三千，殿试一甲三名，头名称为武状元。

且说武状元王孝杰，身高七尺，魁梧轩昂，面若银盆，鼻似琼瑶，两眉含威，二目有神，猿臂熊腰，力举铁轮，声如洪钟，叱咤风云。只是他十年前在安西追击吐蕃时，深入敌境，陷入重围，因众寡悬殊，斩敌千余后被俘。因此在发榜前大家曾争论纷纷。左丞相武承嗣首先反对道：“他若智勇双全，就不该陷入重围。”

徐有功道：“胜败乃兵家之常事，以少御多，赤胆忠心可嘉，故不应以成败论英雄。”

御史中丞来俊臣道：“他若具备‘五才’和‘四义’，就应血染沙场殉国，不可苟生当俘虏一年。”

狄仁杰道：“只因吐蕃将领见王孝杰魁梧英俊，颇似其父，不仅下令活捉，而且厚加礼遇，阻其自杀殉国，后释放回来，情有可原。”

明经出身、号称苏模棱的吏部侍郎苏味道说：“王孝杰当状元，论‘武艺’出类拔萃，讲‘四义’有失小节，且情有可原。若其名次以下，有适宜者，可以更换。”

进士出身、号称两脚狐狸的侍郎杨再思附和道：“苏老兄阔论，言简意赅，无须再议。请女皇陛下降旨是幸。”

女皇道：“人非圣贤，孰能无过。凡器可拯难，其流俗小过，不害于正道，皆可略之不记。”

杨再思急忙称颂道：“陛下求贤若渴，广开仕途，用人唯贤，不拘一格，不计门第，外不避仇，内可灭亲。开创武举，式静四方，光比日月，德配天地。大周江山，万古长青！”

对于第二名唐休璟和第三名员半千，君臣一致称赞不已。

欲知他们如何立功，且听下回分解。

第三十七回

二将出师收四镇
一臣入宫贬三级

话说女皇开创武举，将才辈出，次年即命王孝杰为武威总军管，唐休璟为凉州都督，共领兵二十万，反击吐蕃。为何未遣员半千同去？其间蹊跷，以后交代。王孝杰不但武艺超群，而且熟悉吐蕃地形和军事设施，又有国耻私仇齐涌心头，所以奋不顾身，身先士卒，勇猛无比，所向披靡。半年之间，攻至里海东岸，毙敌无数，尸横遍野。

唐休璟武艺稍次于王孝杰，但他智谋较高，当士兵看见吐蕃甲胄鲜华刺目，盛气凌人，有点胆怯时，他立即鼓舞士气宣讲道："吐蕃甲胄虽华，但多系贵族纨绔子弟，贪生怕死，缺乏斗志，实为外强中干，华而不实，不堪一击。如若不信，请跟我来，一试便知！"说毕，他身先士卒，跃马挥鞭，冲入敌阵，奋战忘身，左劈右斩，刀箭并用，敌兵不战而栗，纷纷溃逃，丢盔卸甲。首战告捷，士气大振，乘胜追击，五战五胜，毙敌五千，俘虏两万。

吐蕃西北两路皆溃不成军，急忙派使求和，交还安西四镇十八州全部土地。

女皇设宴招待使者，令王孝杰和唐休璟皆来作陪，使者不时偷看唐休璟，女皇有些纳罕，因问道："你莫非不认识他吗？"

使者道："此将军在洪源战场，威风凛凛，勇不可当，未敢细看，甚为遗憾。今日相逢，以偿夙愿，也可称为一生之快事。"

武承嗣因原先反对过王孝杰中武状元，心怀嫉妒，欲揭他短处，因问来使道："我们的王将军何如？"

使者道："王将军虽也勇不可当，但因他被俘一年，熟悉敝国地形使然。”

王孝杰立即还击道：“末将被俘一年，并非我不愿殉国，只因贵国元帅认我为父，不忍使他孤儿寡母飘零无依之故。且我只在贵国一年，而贵国侵占我安西四镇十八州十年有余，地形更应熟悉，为何反而连战连败呢?”

来使不料搬起石头砸了自己的脚，十分尴尬，满头大汗，只好认输，忙找台阶道：“王将军盖为卧薪尝胆，奋发图强，武艺猛进。且又师出有名，士气倍增，故能连战连胜，堪称常胜将军，亦当刮目相看。”

女皇道：“朕自开创武举，将帅辈出，类此二将军者，大有人在。古人云：‘兵者，凶器也，圣人不得已而用之。’但愿你我重修友好如旧，互不侵犯，利国利民是幸。”

来使道：“敝国多不毛之地，与富饶辽阔的贵国相比，似灯火比日光也。此次失利，已一蹶不振，定革心洗面，永结友好。”

且说武举殿试第三名员半千，原名余庆，三岁而孤，家贫只有三十亩地。但他自幼好学，儿举八科皆中，十岁能讲《易经》、《老子》，老师称赞他道：“人常说：‘五百年出一名贤者。’今又五百年没出贤人了，莫非轮上你了吗?我给你改名为‘半千’好了。”他如今已二十五岁。听说女皇招贤，可以自举，遂写一封上书：“臣举八科皆中，家资不满千钱，有田三十亩，粟五十石。闻陛下封神岳、举英豪，故凑钱走京师。朝廷九品，无葭莩亲，行年二十有五，怀志洁操，未蒙一官，不能陈力归报天子。陛下何惜玉阶方寸地，不使臣披露肝胆乎?”怎奈上书自荐者较多，其上书投递三个多月，尚无消息。恰好遇上开创武举，他立即应试得中。

员半千不但聪慧过人，而且相貌英俊，身材魁梧，智勇双全。殿试时，女皇问他：“兵书上曰‘天阵、地阵、人阵’之名，何谓也?”

员半千答道：“臣观典籍多谓‘天阵谓星宿孤宿也；地阵谓山川向背也；人阵谓编伍弥缝也’。以臣愚见不然矣：师出以义，有若时雨得天之时，此天阵也；兵在足食，且耕且战，得地之利，此地阵也；军士如子弟，将帅和睦，得人之和，此人阵也。用兵要缺此三者，必难克敌制胜。”

女皇闻其言，确为真知灼见，爱其才识，慕其姿容。在出征吐蕃将行之际，把他留下，擢为谏议大夫，兼控鹤监供奉。

员半千开始不知道控鹤监是什么衙门，但饥不择食，也不敢启问，就急忙爬在地下谢恩。当他到控鹤监一看，原来都是些浮狭少年，涂脂抹粉，半男半女，心中老大不快。但乍来初到，也只好暂且忍耐，任人打扮装束，学习弹唱。一个月过后，稍微习惯些，且他天资聪敏，一般的词曲过目不忘，还能对于原来词曲欠佳者进行修改。如有一首题为《偷情》的小曲，原词是：

二人情都有，
无机可成就。
妻不如妾，
妾不如偷。
偷得住，
还不如偷不住。

员半千读后觉得此曲淫秽不堪，提起笔来和了一首：

偷情美无比，
岂奈乱伦理。
天下都乱偷，
人与兽何异？

女皇看罢，又喜又气。喜的是头一句，气的是后一语。觉得他若无亲身体会，是道不出来头一句的。当晚就将他宣到寝宫，问道："你是和谁偷过情的？"员半千道："和我的妻子。"

女皇道："哪有和妻子偷情的，莫非你是装糊涂吗？"

员半千道："是在俺成婚之前。"

女皇道："这就是了。你若无亲身体会，是万万写不出头一句的。你如今已来神都半年，可想你那妻子吗？"

只问得员半千双颊泛红，吞吞吐吐，不知如何回答是好。

员半千本来就是粉面桃腮，眼下又添上一抹娇羞，愈加天真烂漫，憨态可掬，酒窝双生，秀色动人。女皇早已爱他入迷，情不可禁，伸手在他脸上摸了一下道："朕最善于察言观色，从你这羞容桃腮上，早已看出你的心思。你既长得貌似仙童，你妻子也必定俊俏非凡。一日不见，如隔三秋，明天给你公假，回去接你娇妻去吧！"

员半千激动地跪下道："多谢陛下关怀！"

女皇连忙将他搀起，顺势在他脸上吻了一下。

员半千这时心乱如麻，又喜又惊，又厌又怕，苦辣酸甜，不知所措，停了片刻方喃喃道："孔子曰：'男女授受不亲。'陛下贵为天子，抚摸为臣的脸庞，不知是何意？"

女皇道："只因你娇憨可爱，天真可喜，笑容可掬。"

员半千眨了几下眼皮，仍似丈二和尚摸不着头脑，愣了一会道："时已不早，请陛下就寝吧！臣明日返里接眷，今晚亦须做好准备。"

女皇道："朕方才是给你说笑，岂能当真？尚未赐你宅第，接来眷属，住于何处呀？"

员半千呆头呆脑地道："皇帝口中无戏言。"

女皇道："朕偏偏要对你戏言，你可怎样呀？"说着又在他脸上摸了一下。

员半千不知所措。

女皇道："如今宫门皆锁，你是回不去了。"

员半千心中七上八下，似揣小兔，砰砰乱跳。

女皇道："天下美男子成千上万，求为供奉者百不得一。你有缘获宠，实为三生有幸。朕绝不会亏待于你。"说着又吻了他一下。

但员半千拒不承恩，女皇也无可奈何，只好放他出宫。

因他是有才学之人，一心要做一番事业，始终不甘心为弄臣玩物。当他看到一首《缘法》的小曲时，又进行了篡改。

原词是：

有缘哪在容和貌？

有缘哪在前后相交？

有缘哪在钱和钞？

有缘千里能相会，

无缘对面遥。

用尽心机也，

还得缘法来凑巧。

员半千为了讽喻女皇，便改为双关语：

有缘哪在老和少？

有缘哪在名利高？

有缘尽在容和貌。

老年颜如玉，

少年黄似表，

是要老来是要少，

应由自己挑。

女皇听说以后，非常生气，便将他传来问道："你篡改《缘法》的曲词，用意何在？"

员半千道："臣以为自开天辟地，从无控鹤监的设置，故请予撤销。"

女皇怒道："你官职不大，管事不少，竟想将朕管住！"

员半千道："陛下曾建言广开言路、言者无罪，臣言可取则取，不可取则拒，何必降怒？且臣的词意，主旨是'应由自己挑'，若其甘当弄臣玩物，亦听其自便，如昌宗兄弟然。"

女皇道："你既不愿任控鹤监供奉，降你三级，任棣州长使可也。"即拂袖将员半千斥下。

员半千受贬，亦觉比为弄臣痛快，即时整装启程，临行时无一人送别。

员半千虽然受贬，但对于女皇的旧恩，仍然不忘，忠心可嘉。他到棣州之后，同情百姓的疾苦，抑富济贫，还趁刺史外出之际，放赈三日，救济灾民，深得众望。后虽经数迁，但一生清白，享年九十四岁。归葬时，吏民痛哭于野。

女皇对于员半千的才貌十分倾慕，每次调迁，皆暗示他回心转意。怎奈他过于倔强，因之坎坷一生。历来多少人由于才貌出众，攀龙附凤，飞黄腾达；也有多少人由于才貌丑陋，受人歧视，怀才不遇。而员半千这个五百年难遇的奇才，智勇双全，却因为才貌非凡，潦倒一生，实在可惜可叹！真是天下之大，无奇不有。

女皇由于对员半千的思念，曾多次想起他这个名字的来历——是他的老师因他的才华非凡而改的。所以女皇也想起了她的老师贾博古先生，遂传旨接他来京观光，以偿培育之恩。

欲知贾博古来京的情况，且听下回分解。

第三十八回

感谢恩师赏真珠
包庇男宠立假功

话说女皇感谢恩师贾博古的培育和激励，派人接他来东都览胜。这时贾博古已八十八岁，耳聋眼花。得此圣旨，喜从天降，次日即登辇启程，风餐露宿，月余方到。

女皇闻知恩师到来，迎至则天门外。乍相见，发现恩师苍颜鹤发，皱纹如织，体态龙钟，耳聋目昏，先时的容光尽失，神采皆无。女皇不禁心中一怔，感慨万千，“恨老天，岁月无情，恩师对面难相识。若在途中遇上，必当路人……”迟疑了一下，方又怜又喜地道：“恩师途中辛苦了。”

贾博古道：“蒙陛下宏恩，驿站款待如宾。”寒暄毕，即迎入则天殿，设宴洗尘，美酒佳肴，山珍海味，应有尽有。女皇让恩师上座，贾博古不肯：“天地君亲师，老师再老，仍在君下。”

女皇最后想出一个折衷的办法，让上座空着，师生二人左右对座。女皇给贾博古敬酒，他亦谢绝再三始受。

贾博古三杯美酒落肚，诗兴渐起，握起笔来，写了一首《白头吟》：

桃李满天下，
鬓毛尽成霜。
行将就木年，
不道有女皇。
喜见京华春，
一生沾荣光。

尔后无憾事，

笑容见阎王。

女皇看罢，亦立即和诗一首：

泪别黄土坝，

满眼衰芳草。

土坝应犹在，

青松有多高？

悠悠五十载，

恩师人已老。

夙愿未偿时，

岂敢轻相邀？

这才打开僵局，畅所欲言起来。女皇道：“师母何如？”

贾博古道：“糟糠未老先衰，已谢世多年矣。”

女皇道：“师兄师弟如何？”

贾博古道：“皆不成器，在家务农。”

女皇道：“黎民百姓衣食如何？”

贾博古道：“蒙陛下开天承运，风调雨顺，国泰民安，男耕女织，五谷丰登，大有‘贞观’的遗风。百姓尽享天伦之乐，众口皆碑。”

女皇笑道：“但愿恩师所陈如实，无有溢美。朕登基之后，虽辍寝忘食，犹恐匮乏直臣下情不达。”

贾博古道：“直木影不斜，君明臣自直。”奉承得女皇不亦乐乎。直至夜阑，方罢宴休息。

次日，女皇陪同恩师观赏宫殿御苑。行至则天门外，女皇道：“此门名称沿袭隋制，因恩师为朕起学名则天，故朕决定迁都洛阳，以取其吉利，果然大志得逞。实赖恩师预示之兆，不胜感激之至。”

贾博古道：“凡事成败，天时、地利、人和缺一不可。吾执教五十有五，早慧异才屡见不鲜，然皆庸庸碌碌，一事无成。陛下荣登神器，一是应天启运，二是自强不息。请将此门改曰‘应天’为宜。”

女皇最讲祥瑞，听此喜之不禁，立时传谕天下。

女皇陪贾博古在都城连游三日，因忙于朝政，此后即令太监导游。但游龙门和白马寺时，女皇又亲自陪同。

龙门第一景是禹王池，贾博古看罢颇有感触地道：“天下龙门有六：伊阙、河津、清水岩、涂山、葱岭、峨眉。皆传为禹王所凿，但吾至者有三，观之皆似天堑。以此伊阙为例，西山长约二里，宽不足五百步，何不避重就轻，引水环山而过，莫非真是效法愚公移山吗?”

女皇颇以为是，点头赞许致意。贾博古在禹王池边发现一片五色石子，在阳光水波的荡漾下，闪闪烁烁，便捡了起来，作为留念。接着观赏石窟。但见龛洞成千上万，各抱地势，参差错落，星罗棋布，使人目不暇接。佛像琳琅，神态奇异，栩栩如生。尤其是那释逝牟尼大像，盘腿而坐，仍高六丈，头长丈五，耳大七尺；慈容可掬，眉目清秀，姿态肃穆，宛若丹青，系女皇为皇后时捐脂粉钱两万贯，历经十五年雕成。

贾博古观罢，感慨万千：百姓们俭吃省用，花钱如金；皇家重敛苛赋，挥金如土……

尤其是当他观赏白马寺时，看到薛怀义那种轻薄样儿，无君臣之礼的举动，心中十分生厌。仅住月余，他即请求归里。

女皇再三挽留不住，赠他许多金玉古玩，其中尤以波斯进贡来的一枚母珠最为珍贵——每三年才可生养珍珠一颗。

贾博古临行，考虑再三无甚珍品可奉，便将在禹王池捡的那片五色石献上，并附小诗一首：

夏禹足迹满神州，
女娲补天未见碑。
贤王惠妃今何在?
空余五色石一枚。

女皇十分机灵，观此诗有双关之意，遂问道："恩师初来之时，即言如今天下富庶升平，颇有'贞观'遗风。此五色石本为补天之物，莫非讽喻为朕有什么弊端须要弥补?"

贾博古道："希冀陛下自强不息，日益昌盛而已，别无他意。"说罢即辞别而去。

且说薛怀义挨牙笏之后，日日绕道北门，十分憋气，心想皆怨自己无功荷宠之故，随时寻机立功，以便将来报仇。一日他听说突厥在边镇有抢市情事，遂谎报军情：重兵压境！便请准女皇，领兵十万，挂帅征讨。沿途游山逛水，寻欢作乐，采花盗柳，无所不为。经月余来至边镇，突厥不知其故，心甚疑之，早逃之夭夭。

薛元帅命各路士兵安营扎寨，然后传谕道："突厥自古为患。诡计多端，凶猛狡诈，神出鬼没，宜严防夜袭，免受所害。"

士兵多知薛元帅谎报军情，故认为此谕只不过老生常谈，皆安然而眠，高枕无忧。

不料三更之后，突然喊声大作，杀声一片，马嘶犬吠，火光冲天。士兵不知就里，乱作一团，且初来乍到，地理情况不明，晕头转向，自相践踏，误伤致死者亦不计其数。直至天亮，方把突厥首领擒获，遂罢兵息鼓，奖赏有功将士，树碑镇中，留作纪念。休整十日，班师凯旋。回至东都，女皇率群臣出城接风，并封薛怀义为左威大将军，赐爵梁国公。从此他恩威俱加，誉满天下，赏钱巨万，修一豪华无比之梁国公府第。

殊不知所擒首领系当地的一个老百姓。那晚烧杀，亦是薛怀义诡计，他自带士兵，伪装突厥模样，将此边镇焚之殆尽。

呜呼！为报牙笏之仇，邀功取宠，不择手段，烧杀无数，损失巨万！小人之心，真毒于蛇蝎，千刀万剐不足解其恨，碎尸如泥难平其愤！然小人往往巧言令色，无功荷宠，辗转君侧，言无不尽；而君子常常赤心为国，宿志难酬，忠言直谏，情不上达。

但因薛怀义所擒那个老百姓不是突厥人，所以他这个罪状很快就暴露无遗。女皇除了背后对他进行些斥责外，连忙将那个人杀了灭口。为了消除其影响，经过几天的苦思冥想，才得出一条计来。

欲知何计，且听下回分解。

第三十九回

收买民心三次选贤
诽谤监官初仕报国

话说女皇为了消除薛怀义立假功的影响，经过反复思考，认为最好的办法是收买民心，而收买民心的“法宝”莫过于选贤。所以又发了一道《搜访贤良诏》。

此诏一下，全国沸腾，大家奔走相告。因不准“说无”，所以七品知县以上官员每人推荐一至三名。不论贤愚，悉加录用，并一一召见，以收买民心。因名额逾万，虽滥以禄位，犹无法安置，便创置试官（即候补）。这些试官虽然鱼龙混杂、良莠不齐，但却以自己是天子门生而趾高气扬。高者试为凤阁舍人、给事中（同三品宰相）；次者试一员外郎、侍御史、补阙、拾遗、校书郎（四品）等，试官从此开始。因而有人编了歌谣，讥讽之曰：

补阙连车载，
拾遗平斗量。
欂推侍御史，
碗脱校书郎。

有个侍御史名叫纪先知者，启奏女皇，女皇亦不追究。后来，那个在劝进签名时受赏的穷秀才薛季昶因怀才不遇心中不满，又将此歌谣续了两句：

糊心存抚使，
眯目圣神皇。

纪御史听到后，心想这两句连女皇也给诽谤了，定能给他治罪，从中获赏，遂派人将薛季昶捉拿，送交女皇惩处。不料女皇仍笑道："只要卿等称职胜任，无滥竽充数者，何怕人言？可速放他。"

这个御史本想讨好女皇，却碰了满鼻子灰，羞愧难容，尴尬而下。

这个穷秀才，家里仅有薄田五亩，而他聪明好学，志怀高洁。见女皇如此滥以禄位，自己仍怀才不遇，心中十分不平，闻此民谣，引起共鸣，才不自惴续了两句。当那个御史去后，女皇问道："你如此诽谤朝政，难道不怕朕发怒吗？"

薛季昶道："陛下曾建言十二事，广言路，杜谗言，我相信陛下是能以身作则的，所以没有后怕。"

女皇听他言语乖巧，愈加喜悦，笑道："依你说来，朕已滥以禄位，应是野无遗贤了。那么你至今尚未得官，岂不是属于愚者了吗？"

薛季昶道："官滥也可能有遗贤，无遗贤也可能官不滥。犹似江南虽较江北酷热，然而江南降雨之后，却比江北还要凉爽许多。此二者盖为主流和支流之别。"

女皇佯怒道："如此说来，你一定是个遗贤了？那么，你何不自举？既不自举，又嫉妒别人，其居心安在？"

薛季昶坦然而答："民曾上书万言，似石沉大海，付游艺上表劝进之时，民还劝说庶民踊跃签名，获得奖银十两。常言道：'嫉之愈深，爱之愈笃。'否则民若甘心逍遥世外，何来京师招惹是非耶？其居心是忠是奸，岂不昭然若揭了吗？"

女皇被说得无言答对，觉得他既有文才，又有口才，喜不自禁，遂嘻嘻道："你欲为何官？"

薛季昶道："臣来自民间，颇知百姓疾苦，故愿为监察御史，为民除害。陛下何惜玉阶盈尺之地，不使臣披露肝胆报国耶？"

女皇取笑道："因前时朕眯目不慎，滥以禄位，使得补阙、御史船载车拉都运不完，莫说盈尺之地，连一寸地的空闲也没有了呀！"

薛季昶羞容满面，连忙跪下致歉道："臣言'眯目圣神皇'并非诽谤陛下，实为自己未被推荐，嫉妒他人尔！请陛下宽恕是幸！”

女皇见他坦白直爽，口齿伶俐，言辞文雅，才貌雄伟，便垂意录用，笑道：“待有船时载你是了。”

薛季昶一听赏他为侍御史，喜出望外，连忙叩头谢恩：“愿圣神女皇万岁！万岁！万万岁！”

恰好次日接到反击突厥的将领侯味虚的奏章，连败三仗，皆因敌军有虎蛇导军先行。女皇疑其有诈，即命薛季昶为河北道按察使，察其虚实。并赐他尚方宝剑一柄，可以先斩后奏。

薛季昶初仕报国，立功心切，日夜兼行。不日来到味虚营地，果真有三张虎皮、毒蛇百条，不胜纳罕，暗自思索起来：“若此虎蛇确为阵中所获，可见并非神兽，既非神兽，侯味虚领兵五万，岂止猎此三虎？若只此三虎，又何足畏惧？其间必定有诈。”于是又将此三张虎皮进行仔细观察，翻过来倒过去，搓搓揉揉，的确是新近剥掉的虎皮。若非阵中所获，一时去山中猎打，恐怕也未必能够寻到。他凝思良久，方发现了破绽：这三张虎皮上，除掉剥皮的刀口之外，皆无箭戟的痕迹，似是猎人用陷阱所获。于是去质问侯味虚道：“此虎若为阵中所擒，在那刀光剑影之中，为何未有伤痕？”

侯味虚不禁一怔，胡乱答道：“盖为神虎，刀枪不入。”

薛季昶道：“既然刀枪不入，为何能把它的皮给剥掉？”

侯味虚被问得无言可对，于是想了一个金蝉脱壳之计：“据闻老兄知识渊博，人称博士，久仰大名，正恨相见之晚。小弟不才，颇愿聆听教诲，恳请不吝赐教，定当结草衔环相报。”

薛季昶亦顺水推舟道：“我曾博览群书，虽有神兽神鸟之名，但皆系神话小说，不见于正史。老兄既然愿意聆听教诲，那么小弟就不客气了。此虎似为猎户用陷阱所获，老兄借以开脱自己畏敌欺君之罪，可对呀不对？”

侯味虚见薛季昶不上自己的圈套，只好饮鸩止渴似的胡诌乱说道：“此虎盖为敌人猎到的野虎，借以助威，并非神兽，故能被擒剥皮。”

薛季昶怒道：“狡辩！如果是野虎，为何在那箭镝如雨的阵中，不受一点伤？”说罢拔出尚方宝剑，照准侯味虚的脖颈，猛砍下去。说时迟，那时快，霎时血溅三尺，头落平地，吓得众人目瞪口呆。

薛季昶又立即约法三章："参与此谋者，马上自首，可以免罪，否则格杀勿论！"

通谋者见薛季昶对他们的元帅尚不留情，都吓得面无血色，灰白如土，立刻自首，将其经过原原本本交代出来。薛季昶按照诺言，对胁从者一律免罪，让副元帅领兵出征。将士们皆畏威怀惠，振奋杀敌，三个月内，把失陷的州县全部收复。

薛季昶为了治理河北，并不马上回朝请功，顺便到各州县视察了一遍。发现藁城县尉草菅人命，胡作非为，杀了一个驿使，还剪女子的头发做假发，州中刺史和都督皆不敢问。薛季昶闻知十分气愤，但自己仅带十几名侍卫，如无良策，岂能把他拿获。于是心生一计，命都督伪造了一道擢他为长史的圣旨，遣人送去。

此县尉不学无术，哪里认得出圣旨的真假，急忙摆起香案拜谢，盛情接待来者。次日大摆筵席，向狐群狗党告别辞行。

当县尉来到都督府里，自然将侍从留在门房，独自去拜见都督。进门时，他首先拍打拍打身上的尘土，掸掸帽子，兴高采烈地跨进门槛。只听一声"站住"，立即有四名衙役跨上前去，把他五花大绑，捆了个结结实实。

薛季昶喝道："你知罪吗？"

此县尉横行乡里，鱼肉百姓，从来没有受过别人的教训，乍然被绑，又看到薛季昶系钦差大臣的装束，吓得魂不附体，六神无主，连连答道："知，知，知……知罪……"

薛季昶责问道："你知什么罪？"

因他罪恶很多，不知从何说起，又语无伦次地道："我不知……什么罪？"

薛季昶道："打！"

于是四个大棒齐下，县尉鬼哭狼嚎地乱叫："我知罪……知罪……我抢过民女，我占过民田，我贪过赃、枉过法……我罪恶滔天！"

薛季昶道："你杀死过驿使否？"

县尉道："就杀死了一个。"

薛季昶道："你剪过民女的头发否？"

县尉道："剪过。"

薛季昶道："你还犯过什么罪?"

县尉道："我……吃喝嫖赌、坑蒙拐骗，无所不为……"

薛季昶道："你身为县尉，知法犯法，该当何罪?"

县尉此时神魂颠倒，也想不出恰当的词来，只把惯用的口头语"罪该万死"诌了出来。

薛季昶气恨交加，"嘿嘿"两声道："我不叫你万死，只叫你一死。"遂转向衙役道："把他拉出去，乱棍打死!"

从此薛季昶的威名震天下，不久即擢升雍州（长安）刺史。但在擢升之时，曾经过一场激烈的争执始定。

欲知端底，且听下回分解。

第四十回

魏元忠忠心依旧
徐有功功劳创新

且说女皇登基之后，大赦宽刑，恩诏求贤，俊杰之士，竟为之用，天下又转危为安。但是上自东都下至边远四域，仍不时有奸盗抢劫等不法案件。一天晚上，女皇把宰相狄仁杰招来，让他献策。

狄仁杰早看到眼里想在心里，故立即胸有成竹地道："如今不法事件多为贪官污吏使然。神都为全国之表率，故首应从神都做起。臣请将贬为费州刺史的原宰相魏元忠召回任洛州长史，定可见效。"

女皇也深知魏元忠的才干，历任监军、御史和宰相等职，政绩都很显著。尤其是他已先后受索元礼和周兴诬陷，贬谪两次，尚能贬而无怨，忠于职守，所以就依狄仁杰所谋，把魏元忠召回，担任洛州长史。

魏元忠到任后，很快了解到神都的奸盗案件多系洛阳令张昌仪——张冒宗的弟弟，其家奴所为。此等小人，十分狡猾，依仗着主人的权势，纵横犯法。百姓敢怒而不敢言，怕遭更大的报复。魏元忠便想出了一条计谋，让衙役化装成老百姓，进行访查捉拿。

这天晚上，张昌仪的两个家奴在赌场输了钱，来到银店越墙而过作案。魏元忠派的衙役紧跟过去，掏出匕首，当场展开搏斗。那家奴们吃喝嫖赌惯了，根本没有真实武艺，只两个回合，就身首两段。原来魏元忠已经给衙役们说过，如遇强盗，当场格杀勿论。若捉拿回来，张昌仪必然说情，就不好办了。

张昌仪的家奴吃了暗亏，有苦难言，便也想计报复，请张易之的家奴化装成御林军查夜，将魏元忠派的衙役拿获，搜出腰间匕首诬为盗徒，亦当场杀死。

魏元忠心中有疑，次日上朝，询问监管御林军的武承嗣："御林军历来只管宫卫，为何昨晚到皇城以外查夜去了。既然如此，洛州的安全由御林军负责是了。"

武承嗣不知就里，连忙否认道："宫卫我们还怕失误呢，哪有力量管理洛州。"

魏元忠道："我的两个衙役巡夜，昨晚被御林军打死，这可是何故呀？"

武承嗣莫名其妙，环顾左右，只见张易之给他频递眼色，方为其掩饰道："待我进行查巡之后相告。"虽然就此顺水推舟，搪塞了事，但张易之和张昌仪的家奴们却从此收敛形迹，再也不敢肆虐了。神都逐渐实现了夜不闭户，路不拾遗，其他州县也相继平静下来。

女皇见魏元忠很快将神都治理有序，遂擢他为吏部尚书。

不久，雍州长史病故，张昌宗奏请女皇让其弟昌期担任。上朝时女皇问道："谁可以当雍州长史？"

魏元忠道："谁也比不上薛季昶合适。"

女皇道："薛季昶的才能不错，不过我想让他担任别的职务。你们看张昌期何如？"外号苏模棱的苏味道和以溜须著称的两脚狐狸杨再思连忙迎合道："张昌期是最合适不过的了。"

但是魏元忠仍然坚持原意："昌期年轻无行，才疏学浅，先前他做岐州刺史五年，百姓逃亡了一半。而雍州地处京畿，事务重要，非同儿戏，故臣依然认为薛季昶为最适合不过的。"

女皇虽然心中不太愉快，但认为魏元忠的话确实很有道理，便依其奏，将薛季昶调迁雍州。

魏元忠任吏部尚书后，知人善任，大公无私，奏请将仁柔清廉的御史裴怀古调往西南边疆的姚州、始安和嶲州，惩办贪官污吏，改善了同僚族的关系。各族百姓情同一家，给他立碑颂德。

广州是海道交通的重要口岸，原都督路元睿敲诈外商，勾结各族酋长，勒索百姓，已有叛乱苗头。魏元忠奏请女皇将知法守礼的少卿王方庆派至广州接任。王方庆到任后，抑恶扬善，数月之间，贪官畏威，百姓怀惠，社会秩序井然。女皇立即降旨褒奖：“朕以卿博学知礼、贤良著称，故授此要职，美化边远，实乃朕意，今赐杂彩六十段，并瑞锦等物，以彰善政焉。”王方庆受此嘉赏，感激涕零，遂将先祖王羲之的书法珍品一卷奉献相报。女皇不胜欣喜，令中书舍人写篇《宝章集》，以叙其事，并赐王方庆一份，成为一时的佳话，哄传朝野。这时南北平静无事，风调雨顺，五谷丰登，三年之间，天下富庶，斗米五文钱，接近了唐太宗时的“贞观盛世”。

且说女皇感到天下太平，便决心收煞制约酷吏，以收买民心。首先将既明礼法、又秉公好义的徐有功安插到刑曹里面，挟制索元礼、周兴、来俊臣之辈。

索元礼有一次欲诬陷一个囚犯，判处了死刑。徐有功坚决反对。索元礼气得脸红脖子涨，拍案狂叫：“只要我索元礼不离开刑曹，这个囚犯就休想再活。”徐有功理直气壮，严厉反驳道：“只要我徐有功不离开刑曹，就不能让这个囚犯死掉！”二人争执不下，都将判决书呈递女皇。经过详细调查，那个囚犯原来是个富商，索元礼勒索未遂，诬告他谋反。女皇将犯人传来御审：“你为什么要谋反？”

那犯人道：“我家祖祖辈辈经商，从来不过问官场的事体，只为我熬刑不过，以求速死，才承认谋反的。如陛下不信，请看看我遍体的伤痕便知……”他说着说着泪如雨降，忙把衣扣解开，但见青紫乱红，血肉模糊，目不忍睹。

女皇见证据确凿，一是为了收买民心，一是给酷吏们一点颜色看看，当即喝道：“把赃官索元礼给我捆了，打入死牢！”左右对他恨之入骨，一拥而上，将他捆了个结结实实，拉了下去。索元礼自知害人太多，罪过严重，一进入死牢，就碰壁自杀了。女皇遂擢周兴任大理丞。

周兴任大理丞刑曹以后，接受索元礼的教训，更为阴险毒辣。他专门诬陷形迹可疑的地方官吏，伪造证据，使人难以调查，以求得逞。且他只以刑具恫吓犯人，施刑较少，所以不好抓到他的罪证。一次他诬陷道州刺史李行褒兄弟二人谋反，判处灭族的死罪。徐有功认为其间有诈，竭力反对。周兴就反咬一口，诬告徐有功“有意放纵犯人，罪当斩首”。女皇一时难辨真伪，一方面对犯人暂缓执行，一方面将徐有功贬到外地。但不久女皇弄清此案，立即把徐有功召了回来，官复原职。

徐有功回到朝里，见到女皇，趴在地上痛哭流涕地道："梅花鹿生在山林里，无拘无束地跑来跑去，十分自由可爱。可是因为它的肉鲜美可口，却时常被人们杀死挂到厨房里。陛下让臣仍做法官，臣不敢违旨，也愿意执法如山。但是总有一些爱徇私枉法的人，把臣恨之入骨，早晚是要陷害我的。他们不达目的，必定不肯罢休。如今陛下还让臣担任刑曹法官，岂不是早晚要我的命吗?"

女皇听罢很受感动："有朕给你做主，是不会让你死的，你放心是了。"说着把徐有功拉了起来。

徐有功道："有周兴在朝，臣是放心不下的。"

女皇道："周兴是冤杀了几个人，但那些人都是李唐宗室，并无平民百姓。你想，我的亲生儿子尚且反对我，他们能心服吗？他们早晚是要谋反的，为了防患于未然，杀之亦不足惜。"

徐有功壮了壮胆道："臣有一句话，不知当讲否?"

女皇道："说说无妨。"

徐有功道："人的牙齿早晚都是要掉的，那么我们能否把它都提前拔掉呢？况且周兴所冤杀的并非全是李唐宗室，也有无辜百姓呢。"

女皇听罢，深有所悟："你把周兴的罪状写个详细的奏章，容朕细思是了。"

徐有功听此，乐以忘形，握起笔来，不假思索，霎时写出数千言的奏章，把周兴的罪状揭露得淋漓尽致。女皇遂交来俊臣去提问，其结果如何，暂搁不提。

且说徐有功复职之后，深感女皇恩深，格外尽职。不久，在一个判决死刑的案件上，同监察御史薛季昶发生了争执。因这薛季昶自从冀州为民除害，先斩后奏打死一个残暴的县尉，威名大震之后，深得女皇信任，尔后凡有难以治理的地方，太后便命他去。先后任过魏、陕、洛各州的长史，皆为人称道。但智者千虑，必有一失。他同徐有功发生争执一案，系一个巫婆迷信烧香，被小人诬告希图爵赏之事，薛季昶审理错了，反而密奏徐有功袒护逆党，女皇信以为真，遂判处徐有功死刑。

徐有功有口难辩，无可奈何地道："我既然当了执法官，早已置生死于度外。难道只我一人要死，别人就永远不死吗？”说罢从容地吃了一顿饱饭，拿把扇子盖住脸，坦然地躺在长凳子上睡着了。

狱卒们认为他是故意装作满不在乎的样儿，肯定不会睡着，悄悄地到他跟前去看，只见他呼呼噜噜睡得十分香甜，遂将情况奏给女皇。女皇立即把他招来问道：“你老实说，你判案当中错放过罪犯没有？你该受什么刑罚？”

徐有功慷慨地道：“臣从来无意放过一个罪犯，即使有宽刑不当之处，也不过人臣的小过。而好杀恶生，才是圣人的失德啊！”

女皇听他义正词严，颇受感动，良久方道：“你方才可真睡熟了吗？”

徐有功道：“自古道：‘好名之士，为义而死；好色之人，为情而亡。’大丈夫为义而死，即死得其所，岂有何憾？臣方才不但睡熟了，还梦见阎罗笑面相迎，正恨见我之晚呢！”

女皇见徐有功确实是个忠直不阿的良臣，因道：“朕赦你不死，擢你为谏议大夫，留在朕的身边可好？”

徐有功道：“臣早已置生死于度外，任凭陛下安排是了。”

女皇道：“据闻你对礼法很有研究，朕建言高宗的十二事，始终未能彻底实行，希你详加研究，提出症结所在，重新颁布于天下。”

徐有功接受研究建言十二事之后，发愤忘食，查遍历代法书、礼记、典章，认为其中有九条能用，有一条不可行，有两条有问题，便进宫去奏请女皇道：“陛下建言第九条，‘父在为母服孝三年’和历代礼法皆不合，故不可行。”

女皇冷笑两声道：“‘王子犯法，与庶民同罪’，可合乎礼法？”

徐有功认真地道：“合乎。”

女皇道：“‘刑不上大夫’可合乎礼法？”

徐有功道：“此乃孔圣人之语。”

女皇道：“此二者岂不矛盾乎？”

只问得徐有功哑口结舌：“这……”

女皇冷笑道：“古人立法都是为维护皇帝的权力的，历代的皇帝都是男的，故对女子严加约束压抑。请问母与子，十月怀胎，三年哺乳，其功劳同父亲相比，孰小孰大？”

徐有功老实地道：“母大。”

女皇道：“那么为何‘母在可为父服孝三年’，而反过来就不行呢？”

徐有功道：“陛下言之有理，臣记下了。但第十一条‘京官八品以上益禀恤’，难道地方官就不宜增加薪俸？”

女皇道：“京中衣食都采自民间，费用俱增，且有万国使者频繁。若见京中官员寒碜之状，只怕有失国体。”

徐有功道：“此条臣亦记下了。但第三条‘息兵以道德化天下’，第八条‘王公以降，皆习《老子》’，臣亦以为不妥。以道德化天下是对的，但不可以息兵。否则遇有外患，为之奈何？且欲治国平天下，必须‘智仁勇’具备，而老子专讲‘仁柔’，是治不了天下的。”

女皇认为他言之有理，因道：“卿以为如何改法？”

徐有功道：“臣以为可补充三点：（一）于边疆地带实行屯田，使军粮自给，既可防患于未然，又可减轻百姓负担；（二）岭南物产富饶，环境优美，尤以桂林山水秀丽无比，地灵必有人杰，可速开办南选，庶免野有遗贤；（三）民以食为本，首应奖励农业，编制《兆人本业》，推广生产方法。凡地方官中，开辟田畴有方、使百姓安居乐业者超升，否则贬谪问罪。”女皇点头赞成。

徐有功抬头望了一下，又接着道：“臣还有一句话，不知当讲否？”

女皇道：“讲之无妨。”

徐有功道：“第四条‘南北中尚禁浮巧’，使各地方和政府崇俭节约，首应从女皇做起。陛下先时常着粗衣旧裙，曾受高宗称赞，而陛下近年来衣食住行日渐豪华奢侈。皇亲贵戚竞相效仿，甚至于有依势犯法者，皆为败国之本。且陛下登基之后，阿谀顺旨、报喜隐忧、献媚求荣的小人辐至，故请陛下仍要时常私访明察，方能收到事半功倍之效。”

女皇道：“可谓逆耳忠言，赐卿锦缎十匹，以彰其功。”遂将原建言之十二事，修订补充为十五条，颁布实行。五年之间，就取得了显著的成效。尤其是青海、甘肃等地的屯田，连年丰收，军粮可供十几年之需。还在黄河、长江流域，修建了许多水利工程。农业也获得进一步发展。

但边远地区如何？女皇唯恐地方官隐瞒虚报，遂将徐有功招来道：“贤卿谏言私访，朕很以为是。但如今朕已年过花甲，重任在身，只好由贤卿代劳。尤以边陲地区，山高皇帝远，最使朕放心不下。贤卿至云、代二州私访一次何如?”

徐有功毫不犹豫，果断地回奏道：“蒙陛下垂爱，臣义不容辞。”

欲知徐有功私访情况，且听下回分解。

第四十一回

五妪献枣感皇恩
一翁击壤唱太平

话说徐有功研究礼法二十余年，最为同情民间疾苦。女皇命他到代州和云州去私访，他十分乐意，三日之内就准备就绪，化装成一个算卦先生，起五更动身了。夜宿晓行，二十天头上就到达了代州，找了客店住下。客店里住有十几个客旅，听说来了算卦先生，就有五个老妪请他算卦。

原来这五个老妪是到五台山朝圣去的。徐有功端详了一下，心想："五个老妪一起住店，不像是探亲的，若非打官司申冤，定是到五台山朝圣。又见她们精神抖擞，红光满面，看来是刚到此地，尚未登山。因道："你们莫非到五台山朝圣去吗？"

老妪们高兴道："哎呀，先生可真灵呀！"

徐有功见沾了边，便继续说道："你们都是拜佛求寿的喽！"

众老妪道："是呀！"

徐有功见已猜准，心神坦定，向老妪甲道："请把你生辰八字告诉我，我先给你算上一卦。"

老妪甲道："先生不灵了，我到五台不是给我自己求寿的……"

徐有功连忙应变道："是给你丈夫求寿的吧？"

老妪乙道："也不对。"

徐有功有些纳罕起来：此老妪已六十开外，似不会再有爹娘，既不为己，又不为夫，可是为谁呢？难道是为子孙吗？他凝思良久方道："莫非是你的孙儿有慢性病疾吗？"

老妪丙笑道："更不对了。"

徐有功灵机一动道："算卦必先告诉八字或者抽个竹签。你既未告诉八字，又未抽签，就是诸葛亮也算不准的。"于是把签筒递了过来："来，抽根签!"

老妪甲抽签出来，徐有功一看，上写"高风亮节"四字，心中琢磨了一下。此老妪皆系农妇百姓，还有什么杰出的节操行为？刚才已猜过她的丈夫、子孙皆不是。也许她父母公婆尚在，是个贤女惠媳，于是便乱猜道："这'高风亮节'是说你有高尚的品行，一定是为你公婆求寿的喽?"

老妪甲道："还不对。"

徐有功见她说"还不对"，揣其意思，似乎是差不大离了，于是坚定地道："如不是你公婆，肯定是为你父母求的喽!"

老妪甲道："这可比我父母还亲!"

徐有功心想，比父母还亲者除非是她的大恩人，因道："那一定是你的救命恩人喽。"

老妪笑道："对是对了，这可又是谁呢?"

徐有功道："因他本人未在，又不知他的八字，这是任何算卦的也算不准的。"

老妪乙道："去年我姐姐家丢了两只羊，我替她去算卦，就可准呢，后来都找到了。人家给那个算卦的起了个外号叫杨百准。"

老妪丁奚落徐有功道："我看你这个算卦的好比是老母猪吃高粱——顺杆爬。"

老妪戊接着道："爬也只爬到半截就没劲了。"

徐有功只学过《易经》和《六十四卦》等书本知识，缺乏实践，对于随机应变、察观色等缺乏经验，所以至此便认输，下台阶道："好，好，算我今天没遇上'黄道吉日，犯了杨广忌了，请各位老大娘给我直说了吧。"

老妪甲道："我们都是孤寡贱妇，自从女皇登基，连下恩诏，免除我们的田赋租税，有时还给抚恤。"

老妪乙抢着说道："还杀了贪官污吏，使我们可以安度晚年。我们感激涕零，无以相报，故到五台山上给她求寿祈福，愿大周江山万古长青。"

徐有功听罢，激动不已，连连点头道："你们有什么话要给女皇说吗?

我可以给你们代劳。”

老妪丁道：“你个算卦先生，咋会见到她呀?”

徐有功道：“女皇纳谏选贤，樵夫都可入京相见，更何况我是个算卦先生，正准备去给她算卦呢!”

老妪甲道：“请代我祝愿女皇长寿万岁!”

老妪乙道：“请代我祝愿女皇五子登科!”

老妪丙道：“请代我祝愿女皇子孙满堂!”

徐有功道：“慢点，慢点，待我取纸记下!”

老妪丁道：“请代我祝愿女皇大周江山万古长青!”

老妪戊道：“请代我祝愿女皇国富民强!”

徐有功记完之后，又有个年轻女子要求算卦。徐有功心想，她大概是上五台山进香求子的，便问了一下她的生辰八字道：“你是上山求子的吗?”

那女子道：“是的，我如今已三十三岁，尚无一男半女，等到老了可咋办呀?”

徐有功思索片刻又问道：“你丈夫今年多大了?”

女子道：“我俩是一般大的。”

徐有功佯为吃惊道：“你俩都是火命，这火火相遇，万物不生，你俩是再也不会有子女的了，你就是上五台山烧五千斤香表、磕十万个头也是白搭。你干脆明天回去吧!”

女子哭道：“请先生给俺想想办法吧……”

徐有功道：“常言道：‘命里无儿难求子。’这办法是谁也想不出来的。有的算卦先生是为了骗钱，胡诌有什么破法，有什么仙丹妙药，你千万不要上当，我是不做那缺德事的。”

女子哭道：“俺老了可咋办呀……”

徐有功道：“这五个老妪，都是没有儿女的，有吃有穿，无忧无虑。如今女皇登基，优惠妇女，幼有所长，老有所终，是无须担心的。”

老妪甲道：“我看有些不孝儿女的人家，还不如俺这孤寡活得痛快呢!”

老妪乙道：“只要世道不变，谁给我儿女我还不要呢!”

大家你一言我一语的，把那年轻女子说得神思不定起来。

老妪甲又将话题拉回来道："算卦先生说是能见到女皇，咱们给送点什么礼物呢?"

老妪丁道："是呀，女皇一不缺金二不缺银的，咱该送点啥呀?"

老妪戊道："咱今天出门在外，除了敬神的香表、贡品、栗子、核桃、红枣、红布之外，再无别物。我看咱就用红布缝了口袋，装满一袋红枣，表表咱们的心意是了。"

老妪甲道："对，这一粒红枣，好似咱的一颗红心，这一袋红枣，可代表咱代州所有的孤寡了。"

老妪乙道："咱在上面再绣两朵花儿好吗?"

老妪甲道："绣什么花呢?"

老妪丙道："绣五颗红心是了，代表咱五个老妪。"

老妪丁道："再绣朵万年青，比作大周江山万古长青!"

众老妪一致赞成，说罢就兴高采烈地动起手来，有的剪，有的缝，有的持灯。因老妪们眼睛昏花，所以花儿是那年轻女子帮着绣的。大家一直忙碌到天明，方大功告成。送给徐有功一看，虽然绣花粗糙，但朴实大方，而且这满袋的枣儿，含意深厚。他心中十分高兴，连忙收下，拱手致意。

徐有功在代州地方私访逗留了十余日，但见集市交易繁荣，乡村五谷丰登，处处安居乐业，民无饥馑之色。算卦多为求子、祈福、祷寿等事，堪称太平盛世。

徐有功趁天高气爽的金色季节，很快来到云州。此地为突厥和中原出入的关口，正值交易互市的大会，货物云集，人山人海。因此地天气较寒，适合畜牧。每年只收一季五谷，故粮食较贵，每斗米为八文钱，可交换一只大绵羊，五斗米可换一头牛，一石米可换一匹马。胡汉百姓自由通婚交往，和睦无间。牛羊遍野，关城不闭，商旅野宿，路不拾遗，好一派升平景象!

来找徐有功算卦的多为突厥牧民，大多询问明年气候、交易行情、个人吉凶诸事。徐有功因不懂胡语，只让他们抽卦签，净拣大吉大利的话说给他们。他们算完之后，都十分高兴，每人送他一只羊，一天之间，徐有功竟得羊一百多只。晚间赶到客店里，很便宜地换些银钱，施舍给孤寡们。

在互市的大会上，还有赛马、射箭、摔跤、说唱、歌舞等表演活动。徐有功为了大饱眼福，脱去了卦衣，扮作商人模样，详细浏览了三天。最使他关心的是采风中听取说唱的内容，其间多半是善恶报应、神话、爱情之类。只有一个白发苍苍的老翁盘腿而坐，用一块木板敲地而歌，颂扬唐太宗和女皇实行睦邻的功绩。徐有功如获至宝，立即记录下来：

天苍苍，野茫茫，

云州是个古战场。

南边争，北边抢，

夺来夺去民遭殃。

唐太宗，好主张。

结拜兄弟情谊长。

开关市，通行商，

交换有无利双方。

太平年，乐无疆，

童子不识干戈样

…………

天苍苍，野茫茫，

云州是个好地方。

青天高，绿草长，

风吹草低见牛羊。

羊儿肥，牛儿壮，

河套稻谷瓜果香。

女皇帝，坐洛阳，

睦邻关系如既往。

喜和平，爱贤良。

大周江山万年长。

徐有功从无见过突厥人赛马，机会难得，必须观看。记罢民歌急走上前，但见人山人海，水泄不通，便登上土坡观看。正逢精彩的项目，一男一女脚蹬马靴，披红戴绿，神采奕奕，共骑一马，自南而北飞驰而过，英勇无比。忽而男的用双手将女的举起；忽而男的跳下马去，又蹦上马来；忽而二人双手扶着马背，四脚朝天倒立；忽而女的骑在男的肩上，拉起满弓，百步之外，向着竹竿上的铜钱射击，似同秋风打落叶一般，铜钱唰唰落地……

接着过来一个单人骑双马的，那人时而在飞奔的马背上踱来踱去，如走平川；时而双手分别扶着两匹马背，并驾齐驱；时而躺卧在两匹马上，放出两个兔子，手持宝剑猛砍，霎时击中……

后面又过来个神箭手，单人匹马，身背三只雄鹰，忽然放入天空，只见他一马三箭，箭箭穿红。于是掌声雷动，叫好连天……

其余的千变万化，络绎不绝，但皆大同小异，不再赘述。

徐有功此行，既了解了边远地区的真实情况，也观赏了北国的风俗民情，开了眼界，心情十分愉快，乘兴而来，乘兴而返。

当他回到洛阳北郊邙山时，忽见一群老百姓挑挑担担，携老提幼，自南而北，似是逃荒要饭的一般。他便立即下马问道："你们到何处去呀?"

一个白发苍苍的老翁答道："宗楚客侍郎扩建花园，赶俺到山后去开荒。我就有一个独生女儿相依为命，也被他抢走了。只怕我这把老骨头，一去就难回来了……"说着说着老泪纵横，呜咽起来。

徐有功道："给你们钱了吗?"

老翁道："分文未给，只说是新开荒地，可以免租三年。"

徐有功道："你叫啥名字，是哪个村的?"

老翁道："我叫王铁牛，是王家湾的。"

徐有功道："你们告过状吗?"

一个壮年道："人家宗楚客是女皇的外甥，兄弟三人都是当朝大官，谁敢告呀？就是去告，只怕也没人敢管呀!"

徐有功道："你们先去吧，待我给你们想想办法。"说罢扬马加鞭，至一更时分，方回到府第，次日即去给女皇回奏私访所见。

欲知女皇有何打算，且听下回分解。

第四十二回

奸佞献媚招灾祸
女皇探亲察赃污

话说女皇听罢徐有功的回奏，得知多事的北疆已经平静，天下确实太平了，顿起游幸之念，命武三思在龙门之南的万安山修建行宫。而对宗楚客兼并土地、逼迁老百姓之事，只让徐有功查询清楚，然后定夺处理。

不料那爱献媚求荣的宗楚客，听说女皇要修建行宫，急忙前去讨好道："甥臣新修一座外邸，在北邙山之阳，众人无不称奇。特来献图，供姨皇建万安宫时参考。"

女皇看罢此图，觉得的确不俗，因道："真乃巧夺天工，朕明日前去一赏何如？"

宗楚客一听，乐以忘形，女皇从来未到他府第去过，驾临之后，他必将身价倍增，荣幸无比，遂激动地道："此系甥儿一时的灵感，胡建乱造，蒙陛下过誉，不胜惶恐之至！甥儿立刻回府，筹措接驾事宜，请姨皇早临是幸。"说罢便疯也似的离去，以致在宫中被台阶绊倒数次。

宗楚客回到府中，向母亲和兄秦客、弟晋卿述说之后，立刻欢腾起来。他们将金窖打开，把所有的珍奇财宝古玩，一股脑儿翻将出来，同妻妾装车，共装满二十八车，浩浩荡荡，星夜赶往邙山新邸。次日晨起，女皇携了昌宗兄弟、太平公主、婉儿，及侍卫随从等一百多人，乘上銮舆车马，在宗楚客家人带领下，浩浩荡荡向邙山进发。宗楚客兄弟待布置停当，迎到十里开外，过午方至。

众人到后，盥洗毕，即在畅华阁开宴畅饮。美酒佳肴，集天下之最，应有尽有。至日夕时分，暑热已过，爽气渐升，宗楚客兄弟陪同女皇观赏此邸全景。论规模，比御苑差之数倍，但其幽雅精致，却有过之而无不及。其特点有二：一是大部分系真山真水，依势就形略加修饰，自然中见巧工，巧工中存自然，故有巧夺天工之妙。最引人入胜的，是那个山之阳坡的仙人洞，高丈五，宽百尺，深邃有致，溶石林立，千姿百态，罩以五彩缤纷的灯光，疑入仙界，冬暖夏凉，四季如春。洞外瀑布高挂，潭深无底，古木参天，鸟语花香。还有斗室五间，三明两暗，可读书弹琴，观花赏月，对诗饮酒，寻欢作乐，宛如世外桃源。二是亭台馆榭建筑豪华，设施富丽。尤以畅华阁为最，以文柏为梁，碧玉砌地，藻井镶嵌珍珠翡翠，四壁涂以红粉沉香，夜来荧光夺目，开门则馥郁扑鼻，着靴则仰扑难行。

太平公主看后，不禁惊叹道："观其豪华，我等则虚生浪死了……"由此可见，此府奢侈程度已远远超过宫中。次日上午，女皇只留下两个侍卫，命太平公主和众人都去游山逛水，自己同从姊和宗楚客在畅华阁中谈心。

女皇道："多年未见，姐姐也发福了。"

宗母道："托皇妹的福，三个犬子皆得高官厚禄，心宽体胖嘛!"

女皇仰望了一下藻井，羡慕道："中间那颗宝珠，又大又亮，人间罕有，不知甥儿从何处得来?"

宗楚客得意地道："是从波斯商人手中买得。他开始要价一千贯钱，后来听说陛下是甥儿的姨皇，才减了一半。"

宗母道："这也是托皇妹的福呀，若不嫌弃，奉赠陛下是了。"

女皇道："甥儿既已装上，就留下用吧。波斯年年朝贡，下次让他们送两颗来就是了。"说罢又看了看藻井，夸奖道："仅此藻井上的珍宝纹饰，也值上万贯了。看来甥儿很会治家理财，购置的田产也有上百顷了吧。"

宗母道："并州老家二十顷，长安三十顷，东都五十顷，正好一百顷，皇妹真会算呀!"

女皇道："这座新宅第花了多少钱呀?"

宗母不太清楚，询问儿子道："是三十几万贯吧?"

宗楚客为了炫耀自己，眉飞色舞地道："不，花了五十多万贯。"

女皇道："连同洛阳的旧宅，上百万贯了吧?"

宗母更说不清了，以目示意，请楚客回复。宗楚客仍很得意地道："再加上并州原籍的旧宅和祠堂，总共花了一百二十多万贯。”

女皇道：“你们兄弟三人的俸禄，每年也不过两万贯，买了那么多田地，又盖了这么多的宅子，这些钱可都是从何处来的呀？”

宗楚客不禁一怔，心想田地很分散，是难以查清的，许久方尴尬地答道：“实际上我家并没有那么多的田产，是我母亲记错了。”

宗母也听出女皇的话音不对，急忙转弯子道：“我已七十八岁，糊涂好几年了，说话常常是前言不搭后语，请陛下多多包涵是幸。”

女皇道：“这修建宅第的费用是甥儿说的，可该没错吧？这个数字也远远超出你们俸禄的好几倍啦！”

宗楚客又灵机一动道：“甥儿方才说此邸用钱五十万贯，是按买良田的价钱计算的，实际上这荒山都是雇人新开的，并未用钱买。”

女皇道：“此邸约占方圆十几里，难道其间没有村庄吗？那些老百姓都到何处去了呀？你付给他们搬家费用了吗？”

宗楚客道：“只有一个小村庄，十来户人家，每户付钱五百贯。”

女皇道：“每户都付钱了吗？这个数目属实吗？”

宗楚客佯为理直气壮，指手画脚道：“一家不拉，若有丝毫不实，请陛下论处。”

女皇道：“但愿如此才好。”正说之间，忽然有个乞丐闯了进来。宗楚客一边给他一贯钱驱他离去，一边责骂门卫。岂料门卫喝醉了酒，这个乞丐也很特别，不但不走，还大嚷道：“我不是讨饭吃的乞丐，我是此村乡老，我是来要房子和女儿的。”

宗楚客随机应变，立即向门卫道：“他是个疯子，快打走。”

门卫正举棍要打，女皇阻拦道：“我看他不像个疯子，让他把话讲完再走。”

那乞丐悲愤欲绝地道：“此山是我开，树木是我栽。我生为此地人，死为这里鬼。”说毕朝着墙壁撞去。宗楚客抢步上前，一把抓住他的衣襟，欲向门外拉。

女皇道：“老翁，我是皇帝的钦差，你有什么冤屈，大胆讲来，我给你做主。”

宗楚客无奈，只好把乞丐放开。那乞丐便哭诉道："我在此生活了三十多年，开山十亩，种树千株。老婆下世了，只留下一个女儿。宗家来此盖楼，将我的女儿抢走，把我轰到外乡，我饥寒交迫，孤独无靠，还不如死了的好……"说着老泪纵横，泣不成声了。

女皇道："你叫什么名字呀?"

乞丐道："叫王铁牛。"

女皇道："赶你走时，给你五百贯钱了吗?"

乞丐道："连五贯也没有呀!"

女皇问宗楚客道："这可是真的吗?"

宗楚客又应变道："钱我都是给了的，莫非是家人从中舞弊，也未可知。"

女皇又追问道："你家有多少婢女，都是从何处来的?"

宗楚客道："约有二百，都是买的。"

女皇又问乞丐道："他抢你家的女儿，给钱了吗?"

乞丐道："分文未见。我们父女相依为命，就是给钱，我也舍不得卖呀!"

宗楚客又巧辩道："定是管家从中舞弊，待甥儿查出，正法严惩是了。"

女皇怒道："人证、物证俱在，勿再巧辩。朕一再敕令，严禁鱼肉百姓，不论皇亲贵戚，违者与民同罪。尔兄弟三人一意孤行，置若罔闻，恶贯满盈，罪不容诛!"女皇怒不可遏，立贬兄弟三人于岭南。

宗母惊惶失措，扑通跪倒地下求情道："不看僧面看佛面，看在你我死去的父亲是骨肉兄弟的情分上，请陛下格外原情是幸!"

女皇郑重地道："我正是为了保存你我父亲的家庙和大周的江山，才不得不执法如山，铁面无情。"说罢扬长而去。宗母痛哭失声，口吐鲜血而亡。

女皇回朝，立即宣谕群臣道："纵观历代皇亲，依势犯法者多，克己奉公者少，为祸作乱者亦屡见不鲜。朕曾三令五申，严禁兼并土地。宗楚客兄弟目无法纪，肆意妄为，皆贬谪岭南，以儆效尤。并遣巡抚百员，分赴各地，希犯有同罪者，自动退还，既往不咎。否则一经查出，罪加一等。"

各皇亲闻此，无不汗流浃背，纷纷退赔赎罪。时经一年，四海升平，国泰民安。“太平多扈跸”，此话很有道理。女皇由于游幸心切，而龙门万安山行宫又未建成，所以在次年春天，便携昌宗兄弟等心腹前往嵩山，并美其名曰封禅。

欲知其盛况，且听下回分解。

第四十三回

嵩山封禅名为祈福
朝野献诗实乃求荣

封禅是从汉武帝开始的，即每逢天下太平之时，皆登泰山向皇天报功祈福。

女皇在当皇后时曾陪同高宗登泰山封禅一次。因嫌路途遥远，故此改至嵩山，并改元为“万岁登封”。是年之春，风和日丽，鸟语花香，桃红柳绿，牡丹欲放。洛阳城外，墨客骚人、公子仕女游春者络绎不绝，一派升平景象。女皇携男宠幸臣，以封禅为名，前往中岳嵩山游幸。带有御用文人李峤和崔融主持盛典，余者一百余人，有太平公主、太子旦、武三思、婉儿，梨园戏子、宫娥、黄门等。

是日黎明，各宫门甬道皆燃起宫灯，一片辉煌。市民百姓为了瞻仰女皇御容，亦都拥在街头巷口，人山人海，水泄不通，煞是热闹。

其中有个纨绔子弟，名叫宋之问者，年方弱冠，稍有才华，放荡不羁。他误信谣传，说女皇淫荡不堪，凡遇风流少年，无不召幸；一经召幸，无不飞黄腾达。故觉良机来临，彻夜失眠，五更而起，衣锦绣，饰朱粉，至宫门近处恭候。怎奈銮舆如云，旌旗蔽日，左右仪仗，前呼后拥。待跷足仰首看时，早被护卫推置一边。待香车宝马过后，闻到臭气扑鼻，才知被推到了茅房墙角。莫说女皇见他，而他连女皇影儿也未看到。他心中虽然扫兴，但见此隆重场面，亦觉三生有幸，遂写诗一首，题名《驾出长安》：

圣德超千古，
皇风扇九围。

天回万象出，

驾动六龙飞。

淑气来黄道，

祥云覆紫微。

太平多扈从，

文物有光辉。

他写完之后，吟咏再三，洋洋得意。经过反复推敲，认为已达天衣无缝、炉火纯青的境地，方始叩封，投寄女皇，希图召幸。

女皇一行，浩浩荡荡，连夜行驶，次日中午便到达目的地，下得车马，进驻三阳行宫。盥洗毕，谁也不肯休息，皆以先游为快，吃些茶点，便三三两两四处漫游起来。

女皇和幸臣、亲信、宠婢等休息一个时辰，更衣盥洗后，便徒步往九龙潭边凤凰阁中赴宴去了，沿途山清水秀，莺歌燕舞，桃红柳绿，五彩缤纷，宛似仙境。

是日之宴，全系山珍野味：野鸭肉、野鸡蛋、熊掌、鹿脯、蘑菇、木耳、松子、干枣、白果、核桃等，以体现野游的风味。加之梨园戏子呈技献艺，丝竹迭奏，抑扬顿挫，雅音缕缕，轻歌宜人，舞袖生风，无不陶醉。

酒过三巡，女皇诗兴油然而生，即席赋诗。张昌宗、武三思、崔融、李峤等幸臣皆争相和诗，为获女皇欢心，就连宫娥也当场献诗数首。

不料，李旦立起道："如今已到曲高和寡之境地，实难献丑，只好向诸君敬个礼吧!"遂拱手一周，引得满座大笑。

太平公主道："我亦有同感，难以献丑。眼下燕子争飞，我给跳个'燕舞'可好?"

武三思道："燕儿皆双舞双飞，需找个伴儿才行。"

这时驸马薛绍因和越王贞谋反牵连，杖死狱中。太平公主新寡，尚未再醮，日日和张昌宗暗度陈仓，巴不得同舞，怎好启唇，遂向女皇以目请旨。

女皇道："婉儿伴之。"

于是人随轻歌翩翩起舞，高似飘飘欲仙，低如贴地争飞，急比塘边衔泥，慢类红楼归晚。婉儿似欲软语，公主轻呢喃喃，红影穿帘，竞夸轻俊。直到娇喘难支，摇摇欲坠方罢。掌声雷动，喝彩不绝。

女皇看得高兴，又写诗咏之：

山窗游玉女，
涧户对琼峰。
岩顶翔双凤，
潭心倒九龙。
酒中浮竹叶，
杯上写芙蓉。
故验家山赏，
惟有入松风。

宴毕，命宫娥侍从离去，女皇便和亲信、幸臣在阁中休息。晚上，女皇宣谕赏月，可自由行动，大家皆巴不得如此。

欲知赏月和封禅情况，且听下回分解。

第四十四回

潭边幽会欢乐无限
寝宫交心悲痛欲绝

话说女皇来到嵩山封禅，当天晚上自由赏月，她只携昌宗一人，着轻纱细裙，挽手并望，去九龙潭边谈心。

是时，月上柳梢，几朵祥云，松涛习习，万籁沉寂，清风徐来，野花送香，鹤栖洲头，虫声似琴，心旷神怡，调人情趣。到得潭边，两人席地而坐，一双倩影，倒映水中。月明星稀，水天一色。鱼游浅池，清晰可见，三三两两，成群结队，摇头摆尾，煞是自由。昌宗道："有个成语，'临渊羡鱼，不如……'什么呢?"

女皇道："不如退而结网。"

昌宗道："那鱼儿双双对对，翔游跳跃，似是求欢幽会，使人动情发兴，怎能忍心结网捞它们? 那样，岂不恩将仇报了吗?"

女皇道："宜如何改法?"

昌宗道："刍议改为'临渊羡鱼，不如退而求欢'何如?"

女皇道："'宜速求欢'好了，何必还要'退而'呢?"

于是二人情不自禁，享受了一番云雨野趣，似乎宇宙间再无人类。一切礼教、道德皆不复存在，如同蝶儿燕儿，双飞共栖，相亲相爱，无拘无束，自由自在，飘飘欲仙……恨不能滚下潭去，永作水中鸳鸯。

正是：

荒坡草地作龙床，
风餐露宿胜天堂。

三宫佳丽皆平淡，

怎比野趣滋味长！

欢娱毕，两人席地并肩而坐。女皇道："我如今已六十多岁了。常言道：'美女四十外，双手招郎郎不来。'不知你是如何想法？"

张昌宗道："下面人常说'女皇春秋虽高，因天生丽质，又善涂脂，左右不觉其衰'，故臣认为陛下确为真龙天子，即使到得百岁，仍然美如观音，百看不厌，让人爱不释手。"说着，亲昵地爱抚女皇，凝视一笑。

女皇道："如今宫里聪俊的宫娥不少，难道你不曾看上几个？"

昌宗自知不可隐瞒过分，遂道："'温饱思淫欲'，乃人之常情，如今臣深受陛下宠爱，赏赐无数，富贵无比，淫欲之情，是在所难免。但饮水思源，臣之富贵全依陛下，怎能负恩？否则岂不与禽兽无异吗？"

女皇道："你我年龄悬殊，终难同寿。待我归天之后，你再婚娶恐已过晚。莫若趁我在时共选佳偶。九泉之下，我亦可瞑目尔。"

昌宗道："此话当真？"

女皇道："我何时欺骗过你？"

昌宗道："臣还不太敢相信！"

女皇道："难道让我发誓不成？"

昌宗忙致歉道："不敢，不敢。反正臣的一切都操在陛下手中，今天向你实说，任凭陛下是了。如蒙宏恩，请陛下把婉儿赐予我，结草衔环，难报万一。"

女皇早有所料，坦然道："婉儿聪俊可人，德才兼备，堪为佳偶。但如你日后负我，定不轻恕！"

昌宗忙跪下发誓道："我若忘恩负义，死无葬身之地！"

女皇拧着昌宗耳朵道："快速坐起。"

昌宗坐起后，转移话题道："老朽魏元忠、李昭德、狄仁杰、张柬之、宋璟之流，常居功抗上，傲慢无理，将他们杀掉可好？"

女皇道："老臣居功抗上者居多，阴谋篡位者亦常有之。汉朝吕后，采用杀害功臣之策，不无道理。故我对所有宰相和大将军，绝不让其任期逾越三年。要杀他们，不费吹灰之力。欲加之罪，何患无辞？但太宗说过：‘夫君者舟也，人者水也。水可载舟，亦可覆舟。’历来改朝换代，百姓造反者为多。故我以为最可怕者是百姓造反，须采用安抚策略。而个别宰相捣乱，何足挂齿。”

昌宗道：“一切事物都是老的不如新的。老臣居功自傲，新官勤恳可靠。”

女皇道：“如此说来，你成老官之后，定也居功自傲了？”

昌宗道：“这是一般而论。陛下对我如此优遇，我终生难忘，岂会有他念？”

女皇又拉回原题道：“旧爱难敌新宠，只怕将来你有了婉儿，会把我抛诸脑后。”

昌宗道：“路遥知马力，日久见人心。我侍候陛下已三年有余，何曾有丝毫倦意？过去如此，现在仍然如此，海枯石烂，永远不变！”说着又爱抚女皇，撒娇弄痴。

女皇道：“你真会讨人喜欢。”

昌宗道：“我是真心实意的，恨不能把心掏给陛下看！我绝不是口是心非、佯笑作颦……但只恨流言蜚语，使我不能同陛下朝夕共处，亲昵言欢。”

女皇伤感地道：“这是旧传统男尊女卑之故。而文武兼备、德高望重的太宗，曾娶八十一御妻。乡下田舍翁，三妻四妾者，亦常有之。可朕今为天子，仅有三两个男宠，就弄得满城风雨，传遍天下。这才是‘堂堂天子贵，不如田舍翁’……”

昌宗有些稚气地道：“请陛下发道敕令：‘既允许一夫多妻，亦可一妻多夫。’这样岂不就可名正言顺了吗？”

女皇感慨地道：“我先前也曾这样想过，当了皇帝就有了一切，可以报仇，可以申冤！故为了篡位，我掐死了女儿，杀死了儿子、姐姐、甥女、侄子……甚至失掉自己的性命亦在所不惜！谁知旧道德如此根深，旧传统如此蒂固，稍不经心，权可复失，前功尽弃。那样去办，必将遭到老臣的不服，众人的反对，引起民怨，动摇社稷。”

昌宗道：“这么说来，你我只有长期悄悄如此了？”

女皇道："这是无可奈何之事，千军万马不可怕，旧俗传统使人愁……"说着，不禁泪下。

昌宗道："如今陛下健在，魏元忠、宋璟之流经常骂臣为'狎邪小人，丑慢不耻，无功荷宠'……待陛下百岁之后，他们岂能容得臣？臣必将杀身破家，大受其害。陛下对臣虽曰爱之，其实害之，不知如何了结？"

女皇道："我也曾虑此事，但他们皆是有用之臣，我一时拿不得主意。"

昌宗道："臣之愚见，除非立我为太子，早日掌权，别无良策。"

女皇道："谈何容易。早有人奏请'废太子李旦，立魏王武承嗣'，理由是'神不羡异类，民不祀非族，今武家有天下，岂以李氏为嗣乎'。但亦有反对者，理由是'太子旦乃陛下之子，陛下有天下，当传之子孙，为万代业，岂得以侄为天子，而为姑立庙者也'。他们二人尚难定夺，而你既不姓武又不姓李，岂能成哉？"

昌宗早已胸有成竹："太子旦懦弱无能，且爱嬉戏恣情，不求上进，必为亡国之主，岂堪大任！武承嗣身为皇侄，傲慢天下，贪赃枉法，胡作非为，民怨载道，一触即发，亦必为失江山之徒。"

女皇笑道："如此说来，只有你能担此重任了？"

昌宗忙跪下叩头谢恩："侯思止曾为臣占相，谓我有太子相，必将大贵。若立我为嗣，则应天顺人。臣一定鞠躬尽瘁，报答陛下！而今太子旦和武承嗣，哪个赶得上为臣敬爱陛下？我恨不能将生命捐献给陛下，让陛下长生不老，青春常在，万古芳容……"说罢仍端跪不起。

女皇无限怜爱，感慨万千："你聪明非凡，英俊无比。但朕建此大周江山，废寝忘食，心思用尽，杀人无数，来之何等不易？若立你为嗣，必将阻力重重。倘有不测，引起民怨，动摇社稷，前功尽弃，岂不可惜？故必须相机而行，或能鱼熊兼得，岂不两全其美？"

昌宗道："古代名贤，唐尧虞舜皆为禅让，传为佳话，流芳千古，何虑之有？"遂扶女皇双膝，仰面恳求。

女皇道："容朕细思……"无限怜爱，吻其额，良久方携手并肩而归。

次日上午，女皇率群臣登上嵩山峻极峰封禅。典礼由文学士国子监祭酒李峤主持，奏乐章九首。

这些乐章是由员半千奉献的，有些出人意料。实际上他虽被贬，只因是反对女皇的生活小节，而对女皇求贤“不分士庶”则感之肺腑。所以他对女皇一直是恩怨掺半，闻知女皇嵩山封禅，立即撰此乐章。而女皇对他的才干亦终生难忘，故对别人进献的乐章不论好坏一律舍弃。

在奏乐当中，树起一道石碑。女皇先供奉一枚金柬，然后率群臣叩拜。碑文只有十六个大字：

嵩高峻极，万岁登封。

配天作镇，四方来朝。

随宣谕改元万岁登封，大赦天下，复魏元忠原职等。典礼总共不到半个时辰既完。

随后，自由行动，四处游玩。女皇只带了昌宗、大平公主和婉儿，先游览了中岳庙内的四岳殿：琉璃为瓦，兰砖作墙，雕栏玉柱，雄伟巍峨，象征“中岳作镇，四方来朝”之意。

此后按日游览了周柏、周公测影台，佛教发源地少林寺，夏禹王妻启母厥，七十二峰，七十二寺，奉天宫等名胜。

晚间仍只携昌宗谈情说爱而已。

前来的宫娥皆似囚鸟出笼，欢乐无限，成就风流事体者为数不少。其中有个名叫王娇娘者，甚为俊俏，秀色嫩质，心慧口巧，深获张易之欢心。两人简直如胶似漆，寸步分离不得，一日不见，如隔三秋，整日卿卿我我、恩恩爱爱……

张易之自游嵩山石淙，恋上宫娥王娇娘之后，如醉如迷，时刻想方设法与之幽会，因而产生厌弃女皇之念。张易之愈躲避女皇，女皇爱之愈炽烈。张易之遂又产生借机要挟女皇谋立太子之念。

昌宗因在嵩山饱受风霜，卧病在床。

一天晚上，女皇命婉儿宣召张易之进宫。

张易之来后，无精打采，冷若冰霜。

女皇问道：“你莫非也欠安吗?”

张易之道："臣身体尚可，只是心情不佳。"

女皇道："所为何来？"

张易之道："老朽们如今已谓臣为狎邪小人，到得陛下百年之后，岂能容得臣等？必将臣诛身破家，唯有立我为嗣，或能幸免。"

女皇遂把绝张昌宗立嗣的话又述说了一遍。

张易之道："如此说来，臣是注定要诛身破家的了。既然早晚难免，何如早点自杀，还能得个囫囵尸体，也免得忍辱偷生，受人讥讽耻笑。"

女皇道："你莫非要挟朕？既然如此，何必当初！"

张易之道："我当初年轻，不懂世故。"

女皇道："你如今已二十二岁，早已懂事，为何方冷酒后犯？"

"唉！"张易之叹一声道，"我一言难尽……"

女皇道："你当初不是不懂事，而是贫寒交迫。因朕如今对你宠幸过分，赏赐太多之故。"

张易之道："请把赏赐全部收回好了。唉，像我这等人，真不如死的好！"不禁泪下。

女皇道："朕不是已答应你成婚了嘛！"

张易之道："陛下难道不知，你我这等关系，谁都厌恶吗？"

女皇道："别人厌恶，可以谅解，那是男尊女卑之旧习所致。我进宫时，年方十四，太宗将近四十。可有谁同情过我？道理我早已讲了很多，难道你依然如故，无动于衷吗？"

张易之道："要消除此念，除非死掉。"

张易之连说三次自杀，女皇心中不悦，遂怒道："你死掉，有何了不起？自媒自荐，求为控鹤监供奉者大有人在。只是朕怜惜你之才艺罢了。"说毕即把右补阙朱敬则谏疏抛给张易之阅览：

> 陛下内宠，有易之、昌宗足矣！近闻左监门，明媒自炫，丑慢不耻，求为奉宸内供奉，络绎不绝。无礼无仪，溢于朝听。臣职在诤谏，不敢不奏。

张易之道：“陛下已有新宠，我则死而无憾。”

女皇怒道：“请便！”

张易之道：“我即刻就死！”

女皇道：“祝你一帆风顺！”

张易之甩门激动而下，确有自杀之势。

女皇为防万一，急忙召唤：“回来！”

张易之道：“陛下还有何事？”

女皇道：“你当真死吗？”

张易之道：“对陛下，我从来不说假话。”

女皇道：“我还有些舍不得你死，还有什么条件可讲吗？”

张易之道：“陛下还有什么可答应吗？”

女皇道：“除去立太子，什么都能答应。”

张易之道：“除去立太子，什么我也不要。否则，一切都是空的，必定身败名裂，什么名利都化为乌有！”说完又欲下。

女皇急忙上前紧拉他衣襟道：“我就依你……”

张易之道：“待陛下办妥后再议。”又挣脱欲下。

女皇道：“我尽速办理。”不禁跪在了地下。

张易之则愈劝愈醉，一不做二不休，干脆一硬到底，挣脱而去。

女皇立起，心中无限怅然，移步窗前，万重心事，齐涌心头……

呜呼！情之为何物，实在令人琢磨不透，故古人称之为“尤物”。控鹤监里美少年成百，皆为女皇囊中之物，随时可取，但她却对张易之迷恋若此，屈尊下跪……

他们在这里争风吃醋，甘苦备尝，而那失宠的薛怀义更是嫉恨交加，百般无奈，于是想出一个买诗泄愤的主意。

欲知端底，且听下回分解。

第四十五回

歌功颂德兴土木
吃醋泄恨买诗词

话说女皇登基选贤，励精图治，天下太平，国富民强之后，遂起歌功颂德之念。命鄂国公薛怀义监修明堂，高二百九十四尺，共三层，上为圆盖，九龙捧之。盖上立铜凤，高一丈，饰以黄金。中有巨木十围，上下通贯。自蜀伐此木，用民夫三百，车五十辆，日行十里，两年方至，沿途死伤无数。下建铁渠通水，号曰万象神宫。又于明堂北盖天堂，为五层。内塑大神十二，皆高三丈余。又铸铜为九州大鼎，高二丈，容一千八百石。动用民夫五万，三年落成，满饰珠玉，涂以丹青，铁凤入云，金龙隐雾，比殷纣王的瑶台还远而过之。遂于此赐宴群臣，大赦天下，并向百姓开放十天，许以观赏。

薛怀义在兴建中大肆贪污，用钱如水。但他欲望愈来愈大，似深壑难平，遂又奏请女皇，在端门之外，用铁柱铜盘建一通天大碑，号天枢，以颂大周。

其高一百零五尺，上径十二尺，中为八面，各五尺，铭刻颂周黜唐和百官四夷酋长名姓等，文字上万言。下围以铁山，周一百七十尺，以铜为蟠龙、麒麟萦绕之。上置一腾云铜盘，径三丈，是为求天降甘露之意。盘上立四龙人捧一金珠，高丈余，辉煌耀目。计耗铜铁千车，值数百万亿。而天下铜铁为之一空，又征收农器补充之。共动用民夫两万，三年方成。劳伤致死者不计其数。庆贺之日，女皇御笔亲书“大周万国颂德天枢”八个大字。从此将早先“禁浮巧，省功费、力役”之建言，抛到九霄云外去了。

且上行下效，为讨好女皇，给她树碑立庙者层出不穷！

因她七至十岁时，其父在利州任都督（后改为乾元县）。该县丞遂建一“利州都督府皇泽寺”，以邀宠求荣，且庙宇宏伟，依山傍水，阁楼参差，光彩夺目，雕梁画栋，龙蟠凤舞，金碧辉煌，因势就形，甚为壮观！

正殿内刻一石像，栩栩如生，精工细雕，宛似观音。

院正中立一碑亭，先述其父武士彟之功德：“贞观时为都督于是州，开辟田畴，抗击豪吏，数月之间，歌谣载路，真乃再世之句龙后焉。”后赞女皇：“圣母临人，普度众生，仗义当责，忘躯济危，威伏天下，永昌帝业，万国颂德，真天子也……”女皇得知，遂又将此县改为利州，擢县丞为刺史。

世人得知女皇开始好大喜功，献福瑞邀宠者蜂起。

雍洲新丰县因地震涌出一山，有人奏为祥瑞，女皇遂给以重赏，并改该县为庆山县。有人说此乃不祥之兆，女皇大怒，贬其官职。

监狱一个犯人得知此事，则于院中画一大足，说是看见天神下降，女皇遂将此犯人赦放，并改元大足。

薛怀义为了趁机贪污，又奏请女皇扩建白马寺。除汉明帝读书的清凉台保留原状翻新，以兹留念外，其余的殿堂全部拆掉重建。并增建回廊和亭台无数。尤其是在原清凉台之西侧，筑一雄伟、宏大、华丽的高阁，东西长三十丈，南北宽十五丈，高三层，重檐画栋，雕梁玉柱，五彩夺目，赐名讲经阁，可容万人听讲。这次扩建共历时五年，计占地一千五百余亩。东西宽一百五十丈，南北长六百丈。山门朝南，一门三洞。用拱形石条起券，门楣以白石镶嵌“白马寺”三个大字。门口有白石雕马两匹。

主体建筑共分八节，由南往北依次为天王殿、大雄殿、千佛殿、观音阁、接引殿、清凉台、毗卢阁和地王殿。其中以大雄殿最为宏伟，为众僧举行宗教活动场所。“大雄”即“大世英雄”，喻“于世独尊”之意，是对释迦牟尼的尊称。李白曾有“首出众圣，卓称大雄”的诗句。殿的中间有一座金色雕花佛龛，大鹏展翅，蛟龙起舞。龛为双层，有楼梯可上。龛中有三尊佛坐于莲花宝座之中，中为释迦牟尼，左为东方琉璃世界的药师佛，右为西方极乐世界的阿弥陀佛。佛龛东西两侧的站像分别是韦驮和韦力两大金刚天将。殿的东西两壁分坐十八罗汉，造型生动，神态各异，个个栩栩如生。

接引殿站立一个接引佛，伸出手来，笑容可掬，“接引”善男信女到西方极乐世界去。

过了接引殿，即到清凉台，其间有一拱桥相接。

清凉台高五丈，周围百丈。上建二层重檐的毗卢阁，即汉明帝避暑读书的别墅。毗卢阁前东西两侧配有竺法兰和摄摩腾二位大师的事殿，即当年他们译经之处。阁前有荷池，当时称为放生池。池畔有合抱古柏两株，上面绕有凌霄木藤。红花绿叶，点缀在古柏枝头，煞是可爱。唐代诗人白居易后来游此，曾写有讽刺趋炎附势者的名为《咏凌霄花》的诗歌一首：

有木名凌霄，
擢秀非孤标。
偶依一株树，
遂抽百尺条。
托根附树身，
开花寄树梢。
自谓得其势，
无因有动摇。
一日树摧倒，
独立暂飘飘。
疾风从东起，
吹折不终朝。
朝为拂云花，
暮为委地樵。
寄言立身者，
勿学柔弱苗。

此外还有很多附属建筑，皆左右对称，排列有序。如筹建白马寺的印度高僧竺法兰和摄摩腾的墓室，分立山门内左右侧，距寺中心轴线皆为二十丈。墓后皆和长廊侧殿相连。其间亭台花圃无数，杨柳梧桐相间，松柏桃李，梅兰竹菊，果木繁盛，四季如春。其中尤以石榴和葡萄最为著称。葡萄形如枣，石榴大似葫芦，曾有重达七斤者，因此赢得了“葡榴并美，冠于中京”和“白马甜榴，一实值牛”的美称。

薛怀义修乾陵建寺院，用钱如流水，从中贪污无数。于是修建了一座豪华的国公府，过起奢侈靡乱的生活来。寺中的一千多小和尚，也就自然上行下效起来，抢劫民女，胡作非为，弄得四邻百姓惶惶终日，路断人稀。

在此期间，女皇携昌宗兄弟赴嵩山封禅，薛怀义醋意发作，嫉恨万般，以百金赠无行文人宋之问，写诗词两首进行讽喻：

（一）下山歌

下嵩山兮多所思，
携佳人兮步迟迟。
松间明月长如此，
君再游兮复何时？

（二）有所思

洛阳城东桃李花，
飞来飞去落谁家。
幽闺女儿惜颜色，
坐看落花长叹息。
今年落花颜色改，
明年花开复谁在。
已见松柏摧为薪，
更闻桑田变成海。
古人无复洛城东，
今人还对落花风。
年年岁岁花相似，
岁岁年年人不同。

寄言全盛红颜子，
须怜半死白头翁。
此翁白头真可怜，
伊昔红颜美少年。
公子王孙芳树下，
轻歌妙舞落花前。
光禄池台交锦绣，
将军楼阁画神仙。
一朝卧病无相识，
三春行乐在谁边。
婉转蛾眉能几时，
须臾鹤发乱如丝。
但看古来歌舞地，
唯有黄昏鸟雀飞。

第一首《下山歌》，讽刺女皇喜新厌旧——携昌宗兄弟游幸，希下次再游嵩山时，勿漏自己。

第二首《有所思》，哀求女皇复宠。

薛怀义读毕，喜不自禁，似可与司马相如《长门赋》媲美，立即送交女皇。

女皇见诗，也不免唤起些旧情，但一个鸡皮鹤发，一个荷容月色；一个白头半老，一个英俊少年；一个丑态百出，一个美似天仙。旧爱难敌新宠，从来如是。欲待破镜重圆，势不能够！

其实薛怀义也并非贪恋女皇宠爱，因他建成梁国公府第之后，早已金屋藏娇无数，并有私生子女，只是唯恐丢失权势，同时还可制造假象，使女皇误认为他坚贞不渝，真乃一箭双雕之计。

且说女皇正同男宠争风吃醋之际，又有奸佞用计谋反。

欲知女皇如何处置，且听下回分解。

第四十六回

奸佞设计谋反
女皇就计平乱

且说天下太平之后，女皇开始好大喜功、贪恋声色起来，奸佞之辈乘其不备，又蠢蠢欲动。腊月的一天傍晚，劝进有功擢为丞相的付游艺来到后宫奏道："御苑的梨花忽然开了，盖为陛下德惠无边，泽及草木，真是大吉大利的祥瑞征兆呀，请陛下速去观赏是幸。"

女皇博览群书，知识丰富，虽然她也时常奖赏发现"祥瑞"者，但只是用来愚弄老百姓的。她听完此奏，丝毫也不相信，并想到其间必定有诈，可能有坏人趁机谋害她。可是奏报者乃是劝进立头等功的宰相，所以迟疑了一会，才想出一计道："既然梨花由于朕的恩惠能开，那么，我下一道圣旨，让百花全开，明早再去观赏不迟吧。"于是提起笔来，写了一首《催花诗》：

明朝游上苑，
火急报春知。
花须连夜发，
莫待晓风吹。

付游艺得此《催花诗》便退了出去。女皇遂吩咐婉儿将武承嗣传来道："付游艺方才启奏，御苑有梨树开花，我拟明晨去观赏。但疑其中有诈，速派人查明回奏。"

时已三更，武承嗣急忙派两名御林军去察访。他俩刚进御苑，就见影影绰绰，里面有许多人在花丛中七手八脚，不知在搞什么名堂。愈走愈近，听声音多是女的，他于是大胆问道："干什么的?"

有一女子答道："传达女皇圣旨，催花的。"遂走过来递给御林军每人一首女皇的《催花诗》。

御林军拿诗回来，交给武承嗣，武承嗣转交给女皇。女皇一看，却是自己方才写的诗，但不知他们究竟要把这盘棋下到哪一步，于是女皇命武承嗣从速再探。

非常奇怪，不但梨树开了花，而且除了牡丹之外，所有的花木都竞相开放。武承嗣更加怀疑，又命军士去采摘几枝回来。他拿到灯下仔细观察。原来都是人工制作的假花，急忙去回奏女皇。

这时女皇正同昌宗欢寝，闻讯急忙披衣起床观察，凝思片刻道："此事不外两端，一是谎报'祥瑞'邀赏，一是埋伏甲兵谋篡。可在五更时分派御林军三千团团包围御苑，并将付游艺提前'请来'，陪我一同赏花。"宣谕毕，女皇又安然去那安乐窝中入睡。

且说付游艺接到女皇的《催花诗》，也将计就计，一边搜集各有关大臣家中的假花，一边令人制作，陆续系到各种花树枝上。因牡丹花费工，故没有制作。

女皇五更而起，携带昌宗兄弟、婉儿、团儿及侍卫百人，让付游艺带路，同往御苑而去。

此时晨曦方露，一进御苑，到处是百花盛开，在朝霞的映照下，闪闪烁烁，的确是真假难辨。

女皇遂问付游艺道："这花儿虽多，但怎么不香呀?"

付游艺随机应变道："盖因天气晴朗无风之故吧。"

女皇旁敲侧击道："言之有理。这花儿倒还真是听话，可有些将相对朕却是阳奉阴违，还不如这花儿呢!"

付游艺不禁一怔。但他是个极为狡猾之人，不见棺材不掉泪，心想女皇也许发觉了他的阴谋，也许她是故作试探。且事已至此，船到江心，只有一错到底，勇往直前，别无良法，便硬着头皮道："对那种人面兽心之徒，应及早铲草除根，免得养痈为患呢!"

女皇边走边道："可他们都是有功之臣，必待败露之后，方能师出有名，现在还得边走边瞧呢。”

付游艺越听越像旁敲自己，心中越发发虚，语无伦次地乱道：“是，是，是的……”但为了先下手为强，侥幸万一，遂又道：“请快到假山后面看看牡丹去吧，独它未开，不知何故。也许陛下亲幸其地，马上就会开的。”

女皇道：“现在天尚未亮，只怕山洞里埋有伏兵呢。请贤卿先去给探探，朕再去不迟。”说毕向武承嗣使眼色。武承嗣立即命令侍卫：“动手!”霎时上前几个侍卫，七手八脚把付游艺捆了个结实。推他前头带路，并鸣起号角。御林军三千兵士似同天兵下降，立即把假山包围，万箭齐发，杀声震天。

女皇恐怕付游艺被乱箭射死，难以追根究底，立即传旨，将他打入死牢，然后率昌宗等亲信回宫。

付游艺被打入死牢，自知万无活命之理，为了成全同伙，便决心自杀，怎奈手脚被捆，既不能刎颈，又不能自缢，只好以头触壁。结果，头一次未能碰死，昏厥过去一个时辰，又醒了过来。欲再碰撞，怎奈眼黑恶心，四肢无力，抬不起头来，挣扎了一会，又昏厥过去。反复再三，终于又猛碰了一次，方才归阴。

因假山洞中的伏兵在暗处掩蔽。虽只有百名，却把御林军射死三百多人，而且仍然顽抗。原来这些伏兵系付游艺等用重金收买的亡命之徒，誓死不降。

武三思较有计谋，遂让武承嗣停止攻击，改为声东击西佯攻的样子，使其箭尽粮绝。且要活捉，以便顺藤摸瓜，斩草除根。他们一直围了三天三夜，方才攻破。这时假山洞中的伏兵都饿得半死不活，没了斗志，躺在洞中呻吟不止。

武承嗣让御林军找到他们的头目，审问道：“你是受了谁的指使?”

那头目是被灌输入了迷的，因道：“受天下百姓的指使，要除掉你们窃权的贼子，归政庐陵王!”

武承嗣道：“归政庐陵王是你们首领的招牌，谋篡才是你们的实意。你也是个受骗者，只要你能说出你们的首领是谁，我可以恕你无罪。而且赏你官邸一座，美女十名，黄金百斤。”

那头目被付游艺等收买时，只许他美女一名，黄金百两。如今增加了十倍，见钱眼开，他便动摇起来。但他一时又磨不开脸面，只是沉默不语。武承嗣看出他的心思，急忙热情相待，给他备了一桌丰盛的宴席，并找来两个美女侑酒。

那头目三天没有吃饭，见此丰盛的佳肴，馋涎早流了一地，马上就大口吃了起来。三巡过后，武承嗣道："将军原先在何处任职？"

那头目道："在丘神勣麾下。"

武承嗣道："你是受丘神勣指使的吗？"

那头目道："然也。"

武承嗣得此口供，便让美女继续给他侑酒，借故溜了出来，急忙奏给女皇。

近几天丘神勣已称疾不朝，女皇早已怀疑是他所为，因无拿获他的证据，只对他监视，不好下手。如今虽有证据，但又怕惹成兵乱，遂生一计，于次日上朝时，首先宣谕道："前日御苑之乱，叛军全部战死，英勇不屈。其通谋者付游艺亦拒不招供，碰死狱中。可见其首领英明超群，才干非凡，若使他带军防御边防，一万人马，可敌百万。朕素来求贤若渴，不计其小节。如骆宾王将朕骂得一无是处，但他确实知识渊博，怀才不遇，屡次上疏，被裴炎扣压，因而错投其主，朕非常惋惜！所以此乱的首犯，只要能坦白自首，革心洗面，朕不但既往不咎，且擢他为行军总管，使英雄有用武之地，为国家立功。"

女皇宣谕毕，众臣无不信以为真。消息很快传到丘神勣耳中。丘神勣近几日来就心神不定，曾反复考虑多次，战则凶多吉少，降则虽可取暂时之安。但女皇心毒手狠，其子尚不放过，恐也难以幸免，早晚必死于她的手中。今闻女皇此谕，反复思考，别无良策，只好饮鸩止渴，前去认罪。

女皇道："朕对你仁至义尽，你却屡次负朕，该当何罪？"

丘神勣痛哭流涕，连连叩头道："臣罪该万死……"

女皇道："朕赦你无罪，且说你是如何练就这般军士，誓死效忠于你，无有一人招供？"

丘神勣道："方法无他，都是用重金美女收买而已！"

女皇听罢大失所望，原想他有什么练兵秘诀，原来是美人计。若边防大军皆用此计，得多少美女黄金？便立即道：“此计不适于边防，升你为左御林军将军是了，快到则天殿赴宴去吧。”

丘神勣信以为真，坦然而去。但他一进门，兜头一鞭，又被捆了个结实，打入死牢。

女皇次日上朝，又宣谕道：“丘神勣祸国殃民，屡犯不改。太子贤虽然谋逆，罪不容赦，但应押回京师，由朕御审施刑。他却违旨逼其自杀，使得案情不明，有损圣德。命他博州讨伐琅玡王李冲，他又杀降千余，违犯律条。此次谋反大逆，朕原想他具有用兵奇才，擢他行军总管，岂料他使用美人计，有辱国家。总而论之，他不学无术，成事不足，败事有余，十恶不赦，着即绑赴刑场斩首，示众三日，以儆效尤!”

次日又追查出他的同谋还有周兴，女皇即命来俊臣审理。

来俊臣接旨，无比高兴。除掉了周兴，刑曹里再无比他地位高的人，遂用计以请客吃饭为名，将周兴邀去。酒过三巡，周兴尚不知所以然，便飘飘然乐以忘形起来，要求来俊臣的爱妾给他侑酒，否则他就要走。

来俊臣醋意发作，立即道：“贱妾正在妆梳，顷刻即到，请老兄稍等。今有一囚犯，铁证如山，所有刑罚皆已用过，始终不招。请问老兄可有什么妙计否?”

周兴自以为得意，把桌子一拍道：“这有何难？可找来个大瓮，用炭火炙红，请他入瓮，管教他望而生栗，不打自招。”

来俊臣道：“真乃妙计！可现在有人告兄与丘神勣通谋，女皇命小弟鞫问，就请你入瓮吧。”

周兴半信半疑道：“老弟开什么玩笑，快给老兄侑酒。”

来俊臣脸色一变，也把桌子一拍道：“来人，快给乱臣贼子‘侑酒’!”刹那间，上来几名壮士，七手八脚把他捆了个结实。周兴吓得瘫软在地，磕头捣蒜似的认罪求饶。

女皇认为他告密有功，本应处死，从宽减刑，流放岭南。但他刚行至太白山中，即被仇人闻知，拦截途中，零刀碎剐将他处死，大快人心!

怎奈这些酷吏恶性难改，来俊臣掌权刑曹之后，肆虐愈炽，登峰造极。

而且他手段阴险，野心勃勃，还善于媚颜女皇，使人难以发现罪证。

不久他就搜寻到乱臣琅玡王李冲的一个家奴，当时曾给李冲督过债息。还查出一个徐敬业已死亡的部属之子，奏请诛身破家，也获女皇诏许。朝臣卫士数百人皆缩头缩脑不敢吱声。不料徐有功突然而出，谏阻道："李冲家奴督债逼息，属于胁迫支使，情有可原。若天下的家奴都不听主人支使，岂不是都造反了吗？且女皇陛下已有诏令，未发之支党皆已赦免，故其家奴更不应再予追究。徐敬业部属早已病故，按照律典，谋反者斩首，但斩前已亡故者，不再问罪。其人已不问罪，更何况其子乎？"

女皇认为言之有理，遂将此二犯同时赦免。

但是贼心难改，不久来俊臣又掀起更大的冤案，弄得朝野上下不安，人人自危。

欲知端底，且听下回分解。

第四十七回

狼狈为奸害忠良　朝野上疏谏女皇

话说来俊臣监大理丞之后，和侯思止勾结起来，为其篡权猖狂活动，并接受付游艺和丘神勣的教训，不直接对女皇下手，而从揽夺兵权开始。他们首先诬陷左卫大将军李孝逸曾自言“我名中‘逸’字含‘兔’，‘兔’乃月中物，享有天分，将为皇帝”等。

女皇自从徐敬业和诸藩王叛乱之后，余悸未平，今又遇付游艺谋反，认为犹应苛法严刑，故怂恿酷吏，宁可冤杀，不可漏掉，而且她当年亦是利用迷信制造舆论，愚弄人民而获得皇位，故对李孝逸的谣言深信不疑，心想：“李孝逸身握重兵，万一谋起反来，易如反掌。”所以拟一道圣旨，将李孝逸贬为儋州刺史。李孝逸不久即含冤去世。

李孝逸刚死，来俊臣又陷害右卫大将军黑齿常之谋反，对其残刑逼供。他不堪其苦，自缢狱中，十分可悲。

之后，侯思止建议来俊臣拉拢左卫大将军泉献诚，亲自登门拜防，并送去歌妓五名。这泉献诚为忠直之士，婉言谢绝了。来俊臣脸面扫地，怎能罢休？霎时罗织成罪，杀其全家。

还有个大将军张虔勖被诬谋反，本人不服，请求徐有功复审。来俊臣大怒，立即命卫士以乱刀将其砍死。半年之间，来、侯二人杀戮郎将以下五百多家，而且往往是先斩后奏，女皇皆敕旨立案。所以弄得朝野上下人人自危，惶惶不可终日。上朝时都向家中诀别道：“今日还不知能回来否。”其情甚惨。

女皇新宠张昌宗兄弟，皆年方弱冠，和女皇悬若祖孙，所以甘受玩弄，目的亦是为了篡权。故他们很快和来俊臣同流合污，开始把矛头指向了宰相，陷害女皇身边的忠臣良将。

当时宰相中以右相魏元忠最有才干，敢于直谏。他曾代女皇复审冤狱，释放无辜数百名，因而威望最高。他还向女皇说过：“吾枉为宰相，使小人在侧，不能尽死节。”系暗指来俊臣和昌宗兄弟。所以张昌宗恨之入骨，便捏造罪名，诬他同侍郎高戬私议“女皇年老矣，不若挟太子为长久，东宫奋起，则狎邪小人自然而退”。女皇闻之大怒，将魏元忠和高戬皆打入来俊臣狱中。

这时，疾恶如仇、性情近于癫狂的诗人陈子昂，再也按捺不住满腔怒火，连篇上疏。此外，公正之士皆置生死于度外，上疏者蜂起。

但左右御林军皆系来俊臣同党，所以上疏都不可能呈送给女皇。即使侥幸到了女皇手里，亦被君侧的奸佞小人给以曲解，难获采纳。

单说那诗人陈子昂，本来疾恶如仇，不顾生死，而今写了三篇上疏，送不进宫去，简直气得发疯，连续闯宫五次，被打得头破血流，仍未如愿。

一天下午，他去御苑散心解闷，走到荷塘跟前，适值荷花怒放，颇有盛气凌人之感。而荷塘岸边则有无数泽兰和杜若花儿丛生，色香俱佳，遂写诗一首：

兰若生春夏，
芊蔚何青青。
幽独空林色，
朱蕤冒紫茎。
迟迟白日晚，
袅袅秋风生。
岁华尽摇落，
芳意竟何成？

他写毕，心中十分惬意，吟了一遍，自言自语道：“荷花‘出淤泥而不染’，古人赞扬太甚！它傲视百花，昂首朝天，一副祸败之相。而这泽兰和杜若，香色俱佳，甘居湖边，不争艳夺宠，自生自灭，其高贵品质，岂不更可赞乎?”念毕，喜不自禁，狂笑起来，“哈哈哈哈……”

这时有个跟梢的罗织之徒藏在湖畔假山洞中，急忙走出去问道：“你为何大笑?”

陈子昂道：“我写了一首好诗，心中高兴。请问，你是哪个府里的达官新进?”

密探道：“只怕你官职太小，再升八级，也无权问我。”

陈子昂书呆子气十足，认真计算起来道：“我如今是七品官麟台正字，再升八级比宰相都大，你莫非是皇帝不成?”

密探道：“我官职不大，权可不小，我要让你今晚死，你就难活到明天。”

陈子昂道：“你莫非是侠客?”

密探道：“不是。”

陈子昂道：“你莫非是刀斧手?”

密探道：“不是。”

陈子昂道：“你莫非是强盗?”

密探骂道：“混蛋!”

陈子昂道：“你为何骂人?”

密探道：“是你先骂我强盗。”

陈子昂道：“我从皇帝猜至刀斧手，你皆说不是，下面就轮到强盗了。如果说是用词不当，责任也不在我，应怪孔夫子，没给创造出个恰当的词来。”

密探道：“你这番话，我听不懂，少啰嗦，你刚才写了些什么?”

陈子昂道：“是首诗歌，歌颂泽兰和杜若花儿，你如果愿听，我可以给你讲解!”

密探道：“无须再讲，只要不是毁文就是了。”

陈子昂这才恍然大悟：“噢，你是个密探，罗织之徒!”

密探急忙否认道：“不不不，我不是密探，随便问问罢了。”

陈子昂怒道：“你们这些罗织之徒，为了邀功图赏，伤天害理，挟嫌诬告，许多忠臣良将被弄得家破人亡。”说着猛上前去打了密探一个耳光。

密探道：“我告你去。”说罢抱头鼠窜而逃。

陈子昂道：“我也去告你们!”遂把那三封上疏从兜里掏出来。

忽有一个少年疯狂跑上：“青天老爷请给我父申冤!”说着跪到陈子昂面前。

陈子昂道：“你父是何人?”

“我父是刑吏樊戬，因不忍杀害贤良，请求离去刑曹，来俊臣勃然大怒，将我父一刀劈死。刑部侍郎刘如璇见我父死得太惨，窃叹流泪，被来俊臣看见，立即处以绞刑。都先斩后奏，诬为谋反。我叫樊小诚，跑遍各个衙门呼冤，都无人敢问。我是喊天天不应，唤地地不灵，走投无路。请青天老爷给我父申冤……”说着便泣不成声了。

陈子昂道：“我有心救你，只可惜我是个文官，心有余而力不足。我写了三篇上疏，如今已半年有余，尚呈不得女皇。”遂拿上疏给樊小诚看。

樊小诚道：“如此看来，我们樊家命苦，再无申冤之日……”遂疯狂似的投进荷塘。

陈子昂也顾不得脱衣，将上疏放在地上，急忙跳下去捞人。怎奈水深，很久也打捞不出来，想必早已淹死了，便爬上岸疯了似的跑下：“我去闯宫，不见女皇，死不瞑目!”由于太激动，他把上疏忘在塘岸上。

恰巧侍御史宋璟、李昭德和宰相狄仁杰前来赏荷，捡到陈子昂的三封上疏，三人看毕，皆有同感。宋璟道：“写得好!‘奸人荧惑，乘险相诬，纠告疑似，希图爵赏’；‘诸方告密，囚累千辈，及其穷究，百无一实’；‘爱一人而害百人，天下喁喁，莫知宁所’等处，真是一针见血，切中时弊!”

狄仁杰道：“魏元忠素称忠直可靠，竟然下狱，只怕你我亦朝夕难保了。”

李昭德道：“我们与其束手待毙，何如挺身直谏?”

狄仁杰道：“陈子昂此三封上疏最早者已达半年，许是进不得宫去，咱们替他呈递何如?”

李昭德道：“好，我立即去呈递。”

欲知女皇是否纳谏，且听下回分解。

第四十八回

庭堂雄辩忠直不阿
裙下谗言诡计得逞

且说李昭德进宫呈递陈子昂上疏时，来俊臣正在进谗：“魏元忠破口大骂：‘女皇淫乱若此，使狎邪小人在侧，纵酷吏严刑，好大喜功，劳民伤财。吾枉为宰相，死不瞑目……’”

女皇信以为真，命来俊臣继续深究。

李昭德在殿下等了良久不得进宫，心急如火，便闯进殿来：“启奏女皇陛下，臣方才去御苑赏荷，捡得陈子昂上疏三封，请陛下御览。”

女皇看毕，交由婉儿、来俊臣、薛怀义、张昌宗、张易之等传阅。

女皇问道：“陈子昂所言，贤卿意下何如?”

李昭德道：“皆属事实。”

女皇道：“既所言属实，是朕以往用刑太严？那么，当初贬黜徐敬业，是宽乎，是严乎?”

来俊臣兴高采烈，精神振奋道：“对，请李侍郎快答。”

李昭德道：“凡事应看主流，百宽中可能有一严，百严中亦可能有一宽。陛下当初对徐敬业之贬黜，乃百严中之一宽也。”

女皇被说得一怔，旋即又问：“陈子昂所言‘爱一人而害百人，及其穷究，百无一实’，夸张何其甚也！莫非恶意诽谤朕乎?”

李昭德道：“陛下盛开告密之门，防微杜渐，实为有益。然‘无实者不予问罪’使奸佞小人乘险相诬，希功图赏者蜂拥而起。前日命臣复审，引虚服罪者达八百五十余人，这还能算少吗?”

来俊臣急忙插言道：“贼人狡猾，鱼龙混杂，冤枉些微，在所难免。而漏网一人，则作乱一方，亿万生灵涂炭。其得失之间，悬若天地。”

李昭德道：“冤枉一人，是为不仁；若师出有名，虽牺牲千军万马，则为义。二者不可同日而语，混为一谈。”

女皇道：“陈子昂以隋炀帝比朕，实为可恶！”

李昭德道：“是请陛下引以为戒。若效汉武帝纳谏宽刑，可以确保大周江山万岁通天。否则，大狱一起，不能无滥，冤人吁嗟，祸乱之心，怵然而生。虽不以炀帝比陛下，而陛下自为炀帝了。”

来俊臣插言道：“请问其中‘乘险相诬，希图爵赏’所指何人？”

李昭德道：“指当今朝内上下，所有之流氓无赖、阿谀谄媚、瞒上欺下之小人。”

来俊臣道：“流氓也有很多长处，汉刘邦还是流氓出身哩。”

李昭德道：“如此说来，来中丞可以担任流氓无赖之元帅喽！”

来俊臣恼羞成怒，血口喷人：“如此说来李侍郎可以担任谋反叛乱之魁首喽！”

李昭德道：“拿事实来！”

来俊臣道：“事实很多，随手可拈——陈子昂上疏，为何交给了你？”

李昭德道：“确实是我捡的。”

来俊臣道：“有人看见，是陈子昂亲自交与你的。”

李昭德道：“是谁？”

来俊臣被激失嘴：“是我的密探！”

李昭德道：“啊，你派密探跟上了我，不知是何用心？陛下请听，他对臣尚且如此，对别人更可想而知了。这岂不是陈子昂所言‘天下喁喁，莫知宁所’之铁证吗？”

来俊臣瞠目结舌：“这……”

李昭德道：“你既然可以信口雌黄，随意造谣，你的密探还要之何用呀？”

来俊臣仍无言答对。

李昭德道：“女皇陛下，常言道：‘用兵不疑，疑兵不用。’请将为臣罢免了吧。”遂将乌纱帽摘下来。

侯思止慌忙上前，左右观望，举手欲接。

女皇道：“密探跟梢，并非朕意。”瞪侯思止一眼。侯思止退下，李昭德复将乌纱帽戴上。

忽有一小黄门急报：“启禀女皇，门外有一报祥瑞者求见。”

女皇为了愚弄百姓，最喜欢祥瑞之符，遂宣谕道：“让他进来。”

那报祥瑞者上得殿来，急忙跪拜：“愿女皇长寿万岁，青春永在。”

女皇道：“你叫什么名字，哪里人氏？”

“我叫胡惛，襄州人氏。”

女皇道：“你报什么祥瑞？”

胡惛道：“忠心石。”他把石头掏出又道：“此石外白心红，和赤心无二，象征天下之人都忠心于女皇陛下。”

李昭德道：“就这块石头忠心，难道别的石头都要谋反不成？”说得哄堂大笑，胡惛满面通红。

李昭德道：“此石多否？”

胡惛支吾道：“不……不多。”

李昭德道：“如此说来，谋反者多，忠心者少，天下岂不就要大乱了？”

胡惛张口结舌道：“我还献个长字龟，上有‘天子万万年’五个红字。”

李昭德更加怀疑，接过来用刀刮之，字全脱落，遂道：“此系用红漆所写，欺君图赏，该当何罪？”

胡惛吓得不知所措。

女皇忙道：“此人用心不恶，可释之。赠钱十贯，以资路费。”

婉儿遂取钱递给胡惛，胡惛谢恩毕狼狈而下。

李昭德道：“女皇陛下，庇护此等小人，只怕将来要吃大亏。此亦属陈子昂所说企图贪功爵赏之小人。”

女皇不悦道：“李昭德，你可以走了。且你年迈，今后少管闲事为好。”

李昭德道：“臣在职一天，就要管闲事一天。”

女皇怒道：“大胆！轰出去！”

立即上去两个侍卫，把李昭德拖出。李昭德一边挣扎，一边乱喊：“我不走……我不走……”

李昭德被拖下去后，女皇与男宠、幸臣们继续密议起来。

女皇道：“此老朽们都很迂腐，皆不会对朕心腹。”

薛怀义道：“陈子昂是个疯疯癫癫的诗人，能否写出如此文章，很叫人怀疑，且又偏偏被李昭德捡去，这岂不叫人更加怀疑？”

张昌宗道：“对，盖为借疯子之口，实现他之阴谋。”

来俊臣道：“他这几篇上疏是毒液四溅，用心不良。非为辅助陛下治国，而是居心叵测篡权之护身符，要推翻大周江山。必须顺藤摸瓜，弄个水落石出。”

女皇道：“可速把陈子昂捕来严审！”

来俊臣道：“是，臣即刻去捕。”说罢急促而下。

欲知审问陈子昂的情况，且听下回分解。

第四十九回

酷吏逼供血染法堂
女皇赏荷诗咏男宠

且说来俊臣立即把陈子昂捕来之后，次日上午便和侯思止二人共同会审。

来俊臣道："陈子昂，你知罪吗?"

陈子昂道："我义激于心，秉公无私，置生死于度外，为民请命，何罪之有?"

来俊臣道："你是当今朝野知名诗人，我们客气相待。但也希你自重，一要老实招供，二勿装疯。"

陈子昂怒道："你这个刽子手，残害忠良，心毒手狠。你才是疯子！你才是疯子!"

来俊臣暂且忍耐道："你给女皇的上疏为何交给李昭德?你和他的关系如何?"

陈子昂道："我的上疏是丢失在御苑，被他拾去的。"

来俊臣道："你上疏中所说'奸人荧惑，乘险相诬'，不知是指何人?"

陈子昂怒火万丈，手指来俊臣和侯思止道："是指你来俊臣、侯思止这一帮!"遂将来俊臣的出身，诬陷东平王续，杀害李孝逸、黑齿常之、泉献城等数千家的罪恶简叙一遍，拿起木棍撵打来俊臣和侯思止。他们绕躲一周，侯思止也拿木棍还击。

来俊臣阻止道："让他继续讲下去。"

陈子昂道："你们那个门徒王弘义，亦是流氓无赖。因向他邻居要瓜未遂，他便状告县官瓜田有白兔，使人搜捕，将瓜蹂躏精光。他还见一家百姓作斋，诬告谋反，逮捕的二百多人尚在狱中。罪恶累累，不胜枚举。你们弄得朝内朝外，从百姓直到宰相，人人自危，惶惶终日，实属穷凶极恶，罪大滔天。”又举棍撵打一周，继续说道：“你们的刑具惨无人道，骇人听闻！什么定百脉、突地吼、死猪愁、求破家、反足实、凤凰展翅、驴驹拔橛、仙人献果、玉女登梯、醋灌鼻、紧箍咒……真是让人目不忍睹，惨不可闻，令人发指。但箍紧必炸，物极必反，火包纸中，岂能长久？尔等祸国殃民之徒，死有余辜！”说罢举起棍来，照着来俊臣、侯思止猛戳狠打。

来俊臣和侯思止惨叫，遂上来两个狱卒，把陈子昂的棍棒夺去。

来俊臣大叫：“快把他杀掉！”

陈子昂道：“大丈夫为国为民，何惧生死？我与奸贼不共戴天！”掏出匕首，照来俊臣猛刺。因未刺中，自知难免一死，遂照自己脖颈猛刺一刀，血染法堂，昏厥倒地。吓得来俊臣和侯思止不知所措，急忙跑下堂去，启奏女皇。

女皇一早就与张昌宗、张易之、薛怀义、武承嗣、武三思、太平公主、婉儿、团儿、俊儿、英儿等去御苑赏荷去了。

是日天气晴朗，风和日丽，绿柳垂荫，红花满路。山上奇石琳琅，林中百鸟争鸣。荷塘香艳千朵，碧叶满地，高低参差，鸳鸯戏水。塘边亭榭林立，雕梁画栋，艳阳斜照，金光灿烂，宛若仙境无二。

女皇率众到得荷塘，太平公主撒娇道：“母皇，请看，那朵最高的开得多好！”

武三思道：“姑皇，我说中间那朵最好。”

婉儿道：“依我看，那朵含苞未放者最好。”

太平公主道：“母皇，圣意如何？”

女皇道：“依我看……”

太平公主撒娇抢说：“最高的……”

女皇道：“都好。”

众人哄然大笑。

女皇率众浏览一周，去到吟诗亭中。亭中有精刻细雕之石桌石椅，并常备笔墨纸砚，供游人题诗留念。

武三思为了讨好六郎（张昌宗美称）和五郎（张易之美称），去塘边采了朵莲花，向六郎脸上一比道："六郎面似荷花。"

女皇高兴道："还是荷花似六郎吧。"

武承嗣灵机一动道："不对，都不对，是五郎面似荷花，荷花似六郎呀！"

六郎和五郎十分高兴，拍着武三思和武承嗣肩道："好小子，回头赏你！"

大家坐定后，女皇命团儿端上酒来。

婉儿道："今天是良辰、美景、赏心、乐事——四美俱全了。宁可有诗无酒，岂可有酒无诗耶？"

女皇道："婉儿，快拟个题目来！"

婉儿道："刚才陛下言'还是荷花似六郎吧'甚为有趣，就以'荷花郎'为题目吧。"大家一致赞成。婉儿遂写了八个纸阄，放在玉盘里，让大家拈了个顺序：太平公主第一，婉儿第二，武三思第三，薛怀义第四，张易之第五，张昌宗第六，女皇第七，武承嗣第八。

婉儿道："每人先饮三杯，然后按顺序联句——第二人诗首字和第一人诗的末字相同。诗优者赏佳肴，劣者罚酒。"

张昌宗马上举起酒杯道："为女皇青春常在，芳容永继千杯！"

大家一饮而尽，团儿等倫酒。

武三思接着举起酒杯道："为女皇寿比南山，天授如意千杯！"

大家又一饮而尽。

薛怀义连忙举起酒杯道："为女皇神功浩荡，万岁通天千杯！"

大家又一饮而尽。

婉儿道："请公主吟诗开始。"

太平公主道："我才疏学浅，尚未熟思，由令官诗主开篇才是。"

大家也认为其言之有理，皆表赞同。

婉儿道："好，你真巧嘴。我就开始。"

斜倚牙床想荷郎，

盼他早日登金榜。

千万莫要招驸马，

撇却为奴不还乡。

太平公主道："好，你挖苦我，我也不饶你。"

乡姑学绣绣鸳鸯，

停针断线想荷郎。

再有一日不回返，

情诗写满三大箱。

大家一致赞成给赏，婉儿赏她海参一条。

武三思接着联诗道：

箱底红裙香消尽，

荷郎不归懒试装。

成败与否快回转，

羡罢帝王羡鸳鸯。

众人一致赞成给赏，婉儿赏他熊掌一只。

薛怀义立即联诗道：

鸳鸯爱藏荷花塘，

日日幽会交颈忙。

只怕秋后寒霜降，

砍荷挖藕遭祸殃。

众人一致认为用意不良，遂罚酒三杯。

张易之急忙联诗道：

殃及鱼塘白马寺，

吓煞秃驴无处藏。

一匹误入南衙内，

牙笏落处命夭亡。

多数人认为他也该罚三杯。张易之道：“由阿秃引起，责有旁贷，应减罚一杯。”众人依之。

张昌宗亦急忙立起联诗道：

亡命之徒有余辜，

焚尸造塔众人谤。

男盗女娼臭万年，

十个和尚九个脏。

众认为也应罚，援例减罚一杯。

女皇联诗道：

脏泥污水植荷塘，

十里荷花百里香。

天生万物皆有用，

何必自扰论短长？

众一致认为收得好，应重赏。婉儿遂敬燕窝一杯。

武承嗣立起联诗道：

长夜花烛不足论，

金榜题名也平常。

堪羡东宫太子贵，

羽毛未丰依女皇。

众一致赞成该赏，婉儿遂赏他油筒鱼一条。此令已轮流一遍，大家共贺一杯。

众饮酒毕，婉儿道："下面余兴，舞百鸟朝凤。"

武三思向女皇道："侄臣把先前制作的木鹤也带了来，请六郎骑而舞之，岂不有趣?"

女皇甚悦："可速取来。"

张易之吹笛伴奏，众整衣，六郎骑上木鹤，翩翩起舞，女皇居中，宛似百鸟朝凤。

舞多时，忽然来俊臣跑上。

来俊臣道："启禀女皇，陛下命臣审问陈子昂，他畏罪自杀，血染法堂，该如何是好?"

女皇吃惊道："血染法堂，古今罕见，只怕惹起民怨，速起驾回宫。"

欲知女皇回宫如何善后，且听下回分解。

第五十回

来俊臣遭贬得诡计
张昌宗妒贤纳叛徒

女皇率众来到法堂，急忙把侍御史宋璟和李昭德招来。

李昭德和宋璟来后，首先观察陈子昂的伤情，遂道：“脉搏微弱，呼吸尚存。”女皇立即派人将他送往太医院施救，并让来俊臣、侯思止暂退，商议善后事宜。

李昭德道：“臣屡次启奏来俊臣逼供，陛下似信不信，如今再不容置疑了吧?”

女皇道：“怎奈他是有功之臣，如何处置?”

宋璟道：“他昔时有功，已予重赏；今日犯罪，亦应严惩。赏罚分明，方国泰民安；姑息养奸，必贻后患。血染法堂，古今罕见，如不当机立断，必将惹起民愤，江山有危。”

女皇沉思片刻，将来俊臣和侯思止传上殿来宣旨道：“朕一再告诫，勿严刑逼供，尔等听而不闻，一意孤行，致使陈子昂血染法堂。此事必将传遍天下，动摇朝廷。不处以尔等极刑，难平民愤。念尔等昔日有功，从宽惩处：来俊臣，降职三级，贬同州参军；侯思止，削职为民。”

来俊臣和侯思止皆道：“冤枉!”

女皇道：“可以申辩。”

来俊臣道：“陈子昂刎颈，是他行凶不成，畏罪自杀。”

女皇道：“那么，他遍体鳞伤，又是为何?”

侯思止道：“是他装疯。”

女皇道：“狡辩！装疯卖傻者常有，而装疯自杀者，从未有闻。”

来俊臣道："此乃奸人效黄盖受刑——苦肉之计也。当今天下尚未太平，奉劝陛下切勿受骗。"

侯思止吓得语无伦次："奉劝陛下切勿采纳陈子昂缓刑宽赦之谏……"

女皇道："朕今日如不缓刑宽赦，就应将你们两个一起杀掉！"

侯思止搬起石头砸了自己的脚，忙叩头求饶道："是是是，请陛下宽赦为臣是幸！"

来俊臣道："陛下将臣贬了，臣无怨言，只怕日后还有思臣之日。"

女皇道："勿再多言，赶快下去。"

来俊臣和侯思止狼狈而下。

女皇道："此狱尚有犯人三千，卿可即时辅朕复审，以平民怨。"

李昭德道："皇恩浩荡，臣愿效劳。"

宋璟道："陛下圣明，臣早愿如此。狱中最冤者莫过于魏元忠宰相，首应昭雪。"

女皇道："魏元忠案事出有因，须庭对详按，朕自有主意，卿勿问是了。"

李昭德又道："据闻，狱中有赵州一起二百人谋反的案件，系为敬神吃斋，被挟嫌诬告，请陛下明察。"

女皇道："可把首犯带来审问。"

犯人听说来俊臣被贬，女皇御审，顿时沸腾起来，便有两个市民跟随赵州谋反的首犯一并而来。

那首犯上得殿来痛哭流涕："只为我老母患得邪症，人说中魔，得找巫婆作斋，于是广请亲邻聚餐吃会。不料被无赖王弘义遇见，挟嫌诬告，捕来二百余人，已监禁年余，无从发落。请陛下明鉴……"说着泣不成声，叩头不止。

那两个市民急忙哭诉道："我俩更是冤枉，只因观看来俊臣残杀右卫大将军泉献诚全家，目不忍睹，私语落泪，被他门徒瞧见，诬为同谋，抓进狱来，严刑拷打。请陛下为我们做主……"

女皇正欲宣旨，忽听一声吵闹，一个狱卒跑上殿来奏道："犯人听得女皇御审，一哄而出，求见女皇。"

李昭德道："有无潜逃?"

狱卒道："无一潜逃，皆欲上殿。"

李昭德道："既无潜逃，必皆冤枉；若真有罪，岂不趁机逃跑，怎敢来见女皇?"

宋璟道："请陛下速发特赦，全部释放。自垂拱以来，罪无轻重，一一昭雪。死者追封，生者复职。既可消除陈子昂血染法堂之影响，亦可使天下皆知以往之滥刑并非陛下之意，皆系酷吏之罪，以顺天应人，岂不两全其美?"

女皇心中犹豫，一时拿不得主意，既想拒绝，又有些害怕，便借故道："朕尚有急事，须立即回宫。二位贤卿可代朕复审。"

李昭德道："皇恩浩荡，臣愿效劳。但请陛下速发特赦。"

女皇道："容朕细思……"说罢便带张昌宗等溜之大吉。

李昭德和宋璟立即到院中，接见无辜百姓，一一询问。除魏元忠和高戬二人外，全部释放。囚犯们个个热泪盈眶，欢呼雷动。

且说来俊臣被削贬之后，狼狈不堪，垂头走下堂来。侯思止跟在后面，摇尾乞怜地喊道："来中丞，请等一等。"

来俊臣道："草包军师，还有何面目见我?"

侯思止道："君子报仇，十年不晚。姜子牙未得志时，上街卖面，被马踢翻；又值风起，刮之精光；仰面哀叹，乌鸦拉他一嘴，是何等之倒霉！常言道：'背运黄金失辉，时来黑铁生光。'"

来俊臣道："你还有什么翻身之计?"

侯思止道："有，有，有……"遂爬到来俊臣耳朵上私语一阵，"你意下如何?"

来俊臣高兴道："好，好，好！真乃妙计，一可戳破陈子昂缓刑宽赦之谏；二可重获女皇重用，官复原职；三可报复宋璟、李昭德之辈！哈哈哈哈……"遂乐以忘形而归。

来俊臣和侯思止被贬之后，上下无不为之欢欣鼓舞，但因未斩草除根，亦有后顾之忧！

其实女皇对于来俊臣、侯思止和王弘义等酷吏的作为，也并非完全不知，只是很需要利用他们罢了。因为宋璟、狄仁杰、李昭德等宰相都很有才干，威望极高，若皆重用，只怕大权旁落，收之不易，所以有些左右为难。

女皇的心腹，除却太平公主、上官婉儿之外，就只有张昌宗和张易之兄弟了。而此二张水性杨花，难成大器，并屡有谋篡野心，但女皇为色情所迷，又舍不得，亦捧不得，进退维谷。再者，就是奉宸府内供奉吉顼了。此人进士出身，稍具才略，且愿献媚，只是姿容不及二张，故无见幸。但女皇对他亦有好感，偶尔也召进宫里谈情惹趣。

女皇贬谪来俊臣之后，心中有些顾忌，回到寝宫，便把吉顼招来商讨。

吉顼道："诬陷忠良，民愤如山者，何止来俊臣和侯思止二人，那王弘义和郭弘霸皆可称为来俊臣之亚。"

女皇道："岂可将他们都贬了。若无此辈，只怕宋璟等跋扈起来，无法收拾。"

吉顼道："常言道：'秀才造反，三年不成。'只要莫让他们总揽兵权，何患之有?"

女皇道："兵部尚书娄师德可靠吗?"

吉顼道："可靠得很哩！有一次他弟弟守代州，听到些流言蜚语，欲辞官归田。娄师德劝道：'人非圣贤，孰能无过？谁也难免背后之言，能忍者自安。'其弟反驳曰：'难道有人唾我脸上，就自己擦掉吗？'娄师德道：'擦掉亦有违抗之意，可让它自干最好！'由此可见，娄尚书是最能容人、最仁柔不过的了。"

女皇道："右御林军大将军李多祚可信吗?"

吉顼道："可将其部属李义府之子李湛擢为将军，以监督之。"

女皇很以为是，立即命婉儿发两道圣旨，将王弘义和郭弘霸贬往岭南，将李湛擢为右御林将军。

吉顼道："自魏元忠下狱后，民怨沸腾，若其罪证不实，宜速放之。"

女皇道："此系昌宗告密，又非来俊臣所为。且从他以往曾言'吾枉为宰相，不能尽忠死节，使小人在侧，臣之罪也'等来推断，他同高戬谤君之言，似是属实。只是皆不招供罢了!"

吉顼道："昌宗对魏元忠早有嫌隙，借机报复，也未可知。"

女皇道："但昌宗和高戬并无嫌隙呀!"

吉顼道："无论如何，宜从速审理为好。"

女皇点头称是。

且说张昌宗对诬陷魏元忠之事迟迟不得解决，心中十分苦恼。一日傍晚，去御苑凝碧池散步，登上孤山飞亭，仰观宇宙，浮想联翩："偌大的世界，难道就遇不到一个有才干而忠于自己的人吗……"

他沉思良久，忽见山坳里有一男一女，正在石板上坐着，便下意识地走过去看个究竟。原来是凤阁侍郎张说同一新纳的小妾宁醒花在谈情说爱。见昌宗走来，连忙起立相迎道："六郎请坐。"

昌宗一见宁醒花的花容月貌，不禁魂销骨酥，乐以忘形，并误为张说的女儿，拉起她的手臂就问："令爱叫什么名字，贵庚几许?"

张说急忙答道："她是老朽的贱妾，名叫宁醒花，年方十八。"

张昌宗道："公已年近花甲，获此美妾，实为三生有幸。但伊岂不嫌公衰老吗?"

张说听他言语既含讥讽，又有挑拨，居心叵测，实在生气。但因畏他权势，敢怒而不敢言，只好搭讪地道："常言道：'有缘不在老和少，无缘对面遥。'这也算是老朽的造化吧!"

张昌宗道："公言未必属实，岂非重金收买进府的吗?"

张说无奈，只好承认道："是用百两黄金所买，但她对老朽的情爱，的确甚笃。"

张昌宗实在爱她入迷，已达到了狂热的程度："我用千两黄金赎她何如?"一直紧握她的手腕不放。

宁醒花见昌宗的容貌非凡，又是风华正茂的少年，和张说相比，真有天壤之别。又说用千金赎她，必然富贵无比。所以芳心早动，含情脉脉，心许目成。

这张说也是爱她入迷，万万舍弃不得，便也斩钉截铁地答道："掏钱难买心爱物，你就是给万两黄金，我也是不能卖的。"

张昌宗见他如此坚决，心想即刻难以如愿，只有设计图之，终能到手，便道："你莫不识抬举，只怕过后你再孝敬我，我也不会要的。宫中的美女无数，难道就挑不出一个赛过她的来吗？残柳败絮，何爱之有？”遂把她的手狠狠地甩开，“我方才只不过是试验你一下罢了。”说罢扬长而去。

张说此时烦恼莫名：“悔不该今日带妾游湖。他是女皇最喜爱的男宠，女皇对他言听计从。一句好话能使人鸡犬升天；一言恶语可叫人家破身亡。欲待将宁醒花孝敬给他，怎奈如割肉剜骨般难受；若其不然，恐有大祸临头。”他心中七上八下，携宁醒花回府，一路无言，并连续三天三夜失眠，愈想愈怕。最后终于决定割爱，去讨好昌宗。

张昌宗自从遇上宁醒花之后，心中也确实迷恋很深，夜夜梦中相见。但是他在宫中横行无阻，美貌的宫娥也不计其数，随时都可找到替身，那股子热情也就逐渐冷淡下来，把主要精力仍放在排除政敌魏元忠的身上。所以当张说前来表示要献妾时，他就改变了主意道：“我当时只不过是开个玩笑，你竟当了真。但从公欲割爱献妾之举来看，公对我忠心可嘉，只希公今后志同道合、生死相助是了。爱妾仍然完璧归赵。”

张说听此，喜出望外。且亦不知张昌宗欲让他相助何事，便未及细思，慷慨答道：“蒙六郎垂青，赴汤蹈火，在所不辞!”

张昌宗又将他一军：“此言当真?”

张说道：“如违誓言，请立刻问斩!”

张昌宗道：“好，一言为定。愿公同爱妾白头偕老，百年好合。”

张说高兴而归，自不必说。单表张昌宗收此心腹之后，便心生一计，诣女皇寝宫奏道：“魏元忠向侍郎高戬谤君之言，也对张说说过，他可以作证。”

女皇道：“让他明日早朝作证是了。”

张昌宗连夜将此计告诉张说。

张说因才发过誓，难以推却拒绝，只好应允诬证。

是晚，张说心中千头万绪，辗转反侧，夜不能眠：诬陷宰相，既于心不忍，亦必遗臭万年；若不诬证，则立即大祸临头。左右掂量，进退维谷。千不该，万不该，真不该买此美妾，招惹是非。即使将美妾抛弃，亦噬脐莫及。后来，他灵机一动，披衣而出。

欲知何往，且听下回分解。

第五十一回

忠良自救暗中团结
男宠诬告当众败露

且说徐有功因年老体弱，时常在家休养，近来酷吏来俊臣等猖獗反扑，魏元忠亦被张昌宗诬陷，群臣噤若寒蝉。宋璟、姚崇、狄仁杰等常来徐有功家抚牌、执双陆，以苦中作乐，消磨时间。这姚崇本来被贬往灵州，是听说魏元忠下狱之后，借病回京探听消息的。这天晚上，四人正在抚牌，凤阁侍郎张说突然破门而入。大家感到蹊跷，连忙问他来意。

张说道："张昌宗欲让吾诬证魏元忠言：'女皇年老矣！不若保东宫太子为长久。东宫奋起，则狎邪小人自退矣！'吾于心不忍，又怕引火烧身，特来求计于徐公。"

宋璟性急，不待徐有功开口，便道："名义至重，神鬼难欺，不可怕邪害正，苟且偷安。若因此贬窜，其荣多矣；若有不幸，遭受极刑，吾当叩阍力谏，与君同死！"

姚崇道："魏宰相入狱，乃是对吾等下毒手之前兆，唇亡则齿寒。吾等当精诚团结，岂可自焚长城？"

徐有功道："勿污青史，累及子孙。或流芳，或遗臭，在此一举矣！"

狄仁杰道："朝闻道，夕死可矣！徐公、宋卿和姚卿之言，甚合吾意，请君细思。"

张说见众人异口同声，抑邪匡正，尤其宋璟愿和己同死，深为感动，便坚决道："聆听诸公教诲，获益良深。吾已决意弃暗投明，诛身破家，在所不辞。"遂转身而去。

徐有功道："张昌宗诬陷魏元忠之言，虽然不实，但却有些道理。女皇如今已七十有五，岂能长寿不老？其侄武承嗣和武三思皆有负人望，百姓亦不忘唐德，早晚还不是归政东宫太子吗？”

姚崇道：“女皇对昌宗兄弟迷恋若此，是否会禅让二张也未可知。”

狄仁杰道：“二张亦缺才少德，与其禅让异姓，何如慎选贤良之才？以老朽看来，唯有姚、宋二卿为最适合不过了。”

姚崇道：“老兄莫非在白日做梦了？小弟只因稍违二张，就被贬到灵州。吾若能保住寿终正寝，就算不错了。岂敢再有奢望？”

徐有功不禁感慨道：“女皇革命之初，求才若渴，不分士庶，唯贤是择，连发三次求贤诏，又屡次大义灭亲。若能保持至今，不怕不会效法尧舜禅让异姓呢！”

狄仁杰听罢，亦感慨万千：“历观汉高祖、唐太宗，先时亦极谦恭，而晚年皆趋于傲固，此莫非天道使然、人莫能违耶？”

徐有功辩道：“汉文帝除严刑苛法，以敦朴示天下，宠妃衣不曳地，帐无锦绣，崇礼尚义，以德化民，致海内殷富，为三代贤主，仁慈恭俭，善政多端，始终不变。”

宋璟道：“如今来俊臣初贬，尚未甘心。男宠又猖獗而起。前门赶狼，后门进虎。覆巢之下无完卵，吾等与其束手待毙，何如反击自救？”

狄仁杰看了一下，徐有功和姚崇皆在沉思，便道：“女皇若将吾等全都除掉，大周江山岂可长保！张昌宗兄弟缺才少德，只因耳目之好，获得女皇宠爱。而女皇素有知人善任之长，岂能受其摆布？”

徐有功不以为然，叹口气道：“人被色情所迷，什么荒唐事体都会做得出来。商纣王宠妲己、周幽王宠褒姒皆然。好色之心，盖男女无有二致，女皇对昌宗兄弟之宠爱，似已入迷，吾等切不可等闲视之。”

姚崇遂和道：“据悉，昌宗兄弟鱼肉百姓，恶贯满盈。不妨吾先奏他一本，看女皇对之态度如何？”

宋璟十分赞成道：“吾早有此意。”

徐有功道：“二卿年轻有为，只怕万一不测，有失众望。老朽年近古稀，行将就木。若因此获罪，亦无所憾。待我奏本是了。”说罢，取过纸笔，立成数张。其中最严重者，乃在京郊强购民田百顷、逼死人命两条，遂交给宋璟审理。

众人去后，徐夫人拿一条绳子自帘后入，大嚷道："你个老不死的，非把满堂儿孙都流放到岭南才甘心哩！我给你找条绳子，快把我们都勒死算了。"说罢抓着徐有功的衣领，从病床上拉了下来。

徐有功毫不动气，慢条斯理地道："我是对得起我的名字哩！我是有功之臣，我的命大，先前曾经判了死刑，又把我赦了。如今我又立了许多汗马功劳，女皇绝对不会让我死的。请夫人把心放在肚里，快去睡觉吧！"

徐夫人反驳道："魏元忠可比你的功劳大吧，已被贬了两次，如今又被抓到狱里了……"

徐有功笑道："可我才被贬过两次呀！"

徐夫人道："你还想被贬一百次呀？"

徐有功笑道："被女皇诛身破家的都是谋反案。我如今已卧床不起，还能谋反吗？"

徐夫人道："可有几个是真正谋反的，她冤枉了多少好人呀！"

徐有功仍笑道："那都是奸臣来俊臣的诡计，如今来俊臣已经被贬下去了。"

徐夫人道："可我听说女皇的男宠五郎和六郎比狼还厉害，你竟敢上人家的本章，你这不是在太岁头上动土吗？"

只说得徐有功一时无言答对，喃喃许久方道："人怕输理，狗怕夹尾。有理走遍天下，无理寸步难行。我上的本章，有理有据，岂奈我何？"

徐夫人道："来俊臣杀害那么多贤良无辜，难道都是有理的吗？"说罢，用绳子兜头套在徐有功脖子上，拉黄牛似的边拽边道："你快去把本章给我要回来，否则，咱不算完！"

徐有功急忙哀求道："君子一言，驷马难追。本章已交给宋御史，再要回来，你不怕人家说我惧内吗？这惧内的名称，既显得我懦弱，又说明夫人你太厉害，是母老虎、母夜叉，岂不怕人讥笑吗？"

徐夫人愈听愈气："我不怕！当个母老虎也比被流放岭南好受得多！"说罢又拉徐有功在花室内兜绕一圈。

徐有功急中生智道："事已至此，我写张乞休归田的辞职书是了。咱都回到乡下去，以享晚年可好吗？”

徐夫人因心存后怕，早有劝夫隐居之意。这算说到她的心坎里了，才松手罢休。

且说次日早朝，女皇首先宣旨，让张说和魏元忠对质。

魏元忠立即怒驳张说道：“侍郎欲苟同小人陷我魏元忠吗？我若不幸含冤九泉，必有昭雪之日，而古往今来陷人保己的小人，善终者有几人？请君细思！”

张昌宗唯恐张说被魏元忠所激心中反悔，连忙催促道：“张说何不快言？若被贼人花言巧语所惑，同流合污，为虎作伥，则当亡身破家，罪不容赎！”

张说见势已燃眉，遂下定决心，悬崖勒马，当机立断道：“在女皇陛下驾前，张昌宗尚逼臣如是，何况在外乎？臣在当朝广众之下，不敢不以实对。臣从未闻魏元忠有是言，而是张昌宗逼臣恶意诬陷，以报他私怨尔！”

群臣听此，不禁哗然，窃窃私语起来，称赞者居多，观望置疑者亦不乏其人。

张昌宗则恼羞成怒，厉颜厉色道：“张说先前也曾和魏元忠有所勾结，因怕他揭穿，故不敢当面对证尔！”

女皇道：“有何事实？”

张昌宗道：“张说曾称魏元忠为‘伊、周’，岂非欲谋反则何？”

张说道：“昌宗乃不学无术之辈，徒闻伊、周之名，而不知伊、周之道。伊尹和周公历来都被誉为贤相。孟子曾称伊尹为‘圣之任者’。民间亦以‘梦见周公’传为佳话。陛下任用宰相不使学习伊尹、周公，难道让他学习王莽和司马昭不成？”

女皇为了庇护昌宗找台阶下，因道：“张说身为凤阁侍郎，并非三岁儿童，即使昌宗逼你诬证属实，而你一不启奏，二不坚贞，岂无罪哉？”

善于察言观色、献媚取荣，外号两脚狐狸的内史杨再思，急忙附和道：“张说损人保己，助纣为虐，又反复无常，罪莫大焉！宜一并下狱严惩！”

宋璟立即驳斥道：“张说欲损人保己，实为不该，但尚未造成事实，已悬崖勒马，情有可原。若说他助纣为虐，应当下狱严惩，那么对于‘纣’若不家灭九族，则恐不足以平民愤了！”

群臣多被宋璟的正义严词所感动。张昌宗亦吃惊不小，深恨两脚狐狸的比喻不当，恶狠狠地瞪他两眼。两脚狐狸亦深悔自己未经深思熟虑便抢先发言争功，羞愧难容。

幸好那外号苏模棱的侍郎苏味道急忙折中调和道：“张说反复无常，其言亦不可全信，需详做调查。待调查属实，则昌宗一身自清。由于杨再思的比喻不当，所以宋璟所言亦不无道理。且今日天雨，宜提早散朝。”

女皇心领神会，便借此台阶宣谕道：“待详查后再议，暂将张说下狱。”群臣陆续离去。

张昌宗原想张说既已应允诬证魏元忠，今天一定能够取得圆满的结果，不料竟得到如此下场，心中实在气闷，颜面亦羞愧难容，所以便托病休养起来。女皇屡次召他进宫，他都佯称病重，拒不见驾。

初时女皇亦认为他是托病。但屡次拒召，一是思念不已，食不知味，卧不安眠；再则怕他真的病了，遂趁一个月明星稀的夜晚，带上婉儿、俊儿到他私邸探望。

昌宗见女皇来府看他，更加敛容皱眉、唉声叹气不绝。因他艳丽非凡，病容亦有病容的风韵，似乎又添了许多天真烂漫的稚气，温柔文雅的妩媚，雨打梨花的粉嫩，含情欲吐的娇羞。一幅仙童的姿态，动人情肠，销人灵魂，魅力无穷。

女皇愈看愈爱，虽说舍不得为他倾国，但似乎丢掉几个城池是有些心甘情愿的。于是坐在他床前，爱抚问候不已：病因何来，病状怎样，何处痛，何处痒，欲食何食，需用何物……

昌宗未语泪先流，过了很久，方喃喃道：“我的病都从气上来……”欲言又止。

女皇是心有灵犀一点通：“你莫非非让朕将魏元忠和张说流放岭南不可吗？”

昌宗道：“先前陛下初爱臣时，曾数次说过可为臣倾城倾国，可如今即使张说之言不实，但魏元忠曾面奏过‘臣徒为宰相，使小人在侧，不能尽死节劝谏，罪莫大焉’之言。女皇在日，他尚高傲如此，若陛下万岁后，岂能容得为臣？臣必遭诛身破家之祸！与其死在他手，何如我今日绝食绝药自尽……”说着泪流满面，泣不成声。

女皇亦早有同感，只是欲使昌宗努力上进，克己奉公，学些治国的本领，博得魏元忠好感，共安社稷。若能如此，虽为男宠，则亦无可厚非。怎奈历来嬖幸之臣，皆有恃无恐，凭借自己的姿容，荒淫无耻，劳民伤财，挥霍无度。盖形势使然，故张昌宗亦难例外。因他嬉戏已惯，懒惰成性，只图享受，既受不了沙场之苦，又受不了案牍之劳。女皇考虑再三，只好随机应变，顺水推舟，处置魏元忠了事，因道：“贬魏元忠为高要尉，流放高戬和张说于岭南可好？”

张昌宗喜形于色道：“此言当真？”

女皇道：“皇帝口中无戏言。”

张昌宗道：“多谢陛下恩典！”遂立即跪在床上磕了三个头。

女皇道：“你的病好得真快呀！”

张昌宗道：“托陛下的福。”于是又撒娇弄痴起来。

但在贬魏元忠时引起了众怒，以至群臣对张昌宗进行了一次报复。

欲知详情，且听下回分解。

第五十二回

色迷女皇贬忠良 义激直臣杖男宠

且说昌宗听说女皇决定流放张说，喜不自禁，这样既可报他失信揭露自己之耻，又可夺他爱妾宁醒花以偿夙愿。所以是晚尽力侍奉女皇，次日即恳求女皇宣旨。敕令一下，即刻遣人敦促张说和魏元忠离京。

岂料张说下狱之后，张夫人杜氏得知祸由宁醒花引起，嫉恨交加，将她囚禁密室，严刑拷打，并四处托媒准备卖出她。幸有张说的书童名叫王生者，早对宁醒花有情而无机表达，便趁她落难之际，于夜深人静时撬开房门，携她逃出牢笼。怎奈佳人多薄命，又被查夜的捕获收进狱中。

张说出狱之后，得知底细，觉得既已丢丑，自己又确实爱她不忍加罪，就顺水推舟，成全了他们。遂从狱中赎回，给以妆奁，让他们成婚，以博宽宏大量、成人之美的虚名。这的确要比给她治罪或破镜重圆复婚光彩好听得多。

张昌宗将张说逼走之后，急忙派人去索取宁醒花，结果是人去楼空，空欢喜一场。

魏元忠含冤受贬，心中十分不服，临行向女皇奏道："臣已老矣，今贬至岭南，九死一生，但只怕他日陛下还有思臣之时。"

女皇道："你怎见得?"

魏元忠道："常言道：'女色为祸水。'而男色亦为祸水也。昌宗兄弟终将为祸，请陛下未雨绸缪，早作防范是幸。"

其实，女皇被昌宗的姿色所迷，早欲易立太子，只是怕舆论难容，动摇民心，有危社稷。现在正千方百计为他扫除障碍，创造条件，哪会有什么防范的意识。明眼人早已看穿，而英明的宰相魏元忠还被蒙在鼓里——此真所谓“智者千虑，必有一失”了。

女皇听罢魏元忠此奏，心中觉得既可嘉又可笑，可嘉的是他的忠心，可笑的是他的拙笨，尚看不出自己的意图，便嗤之以鼻，挥手让他离去。

魏元忠被贬的消息传出之后，正义之士议论纷纷。宰相狄仁杰欲上疏申辩，侍御史宋璟劝阻道：“魏元忠已保全性命，可谓不幸中之万幸也。若再上疏冒犯威严，怪罪下来，改作死刑，岂不更糟?”

狄仁杰道：“魏公因忠获罪，我为义所激，愿置生死于度外。今不能如愿申魏公之冤，疚心如焚!”

宋璟道：“凡事欲速则不达，必须善思良策，相机而行。”

狄仁杰道：“今后咱们都明哲保身，不求有功，但求无过，敷衍应付如何?”

宋璟道：“只要大家齐心，或许能使女皇心回意转。

狄仁杰道：“祸根皆在张昌宗兄弟身上，如能把他俩除去，天下自安。”

宋璟道：“此二小儿，心怀异志，终有暴露之日。”

狄仁杰道：“只怕女皇被他俩的姿容所迷，纵容包庇，不忍加罪，为之奈何?”

宋璟道：“车到山前必有路，请放心是了。”他俩谈得十分投机。

张昌宗为了将魏元忠的余党一网打尽，还派人对给魏元忠送行的人进行监督，发现有太子的仆从崔贞慎等八人，遂密告给女皇。女皇命御史中丞徐有功审问。

徐有功调查后回奏道：“崔贞慎等八人给魏元忠送行属实，但并无反状。”

女皇道：“莫非卿欲纵容反者，养痈成患吗?”

徐有功道：“魏元忠由宰相贬官，崔贞慎以亲友送行，若捕风捉影诬为反状，臣实不敢。汉朝梁王彭越犯罪被诛，不准收尸，而他的旧友栾布却抱尸痛哭。汉高祖深感栾布对朋友的信义，不但不怪罪于他，反而封他为都尉。而今魏元忠之刑，远不及彭越，难道能杀他的送行者吗？陛下贵为天子，掌握生杀大权，欲加之罪，请径发敕令是了。臣实不敢受命。”

女皇认为徐有功言之有理，遂作罢，不再追问。

且说宋璟早欲报复张昌宗诬陷魏元忠之仇，即按那日晚上徐有功拟就的奏章，以侍御史身份令狱吏收张昌宗下狱。因事实俱在，张昌宗又有恃无恐，皆供认不讳。

女皇欲赦昌宗，因问：“张昌宗有否功绩？”

最爱谄媚取荣的杨再思遇此良机岂能放过，急忙趋前奏道：“昌宗访医炼丹，陛下服后龙体有返老还童之效，此莫大之功也！故应从宽处理，罚铜十斤可也。”

女皇甚悦，欲赦其罪。

侍御史宋璟认为很是不公，因道：“王子犯法，与庶民同罪，更何况一员无功之臣。若不罚金千两、杖刑一百，不足以平民愤。”

张昌宗道：“女皇在此，何劳他人擅权矫旨？”

女皇道：“常言道‘打而不罚，罚而不打。’岂有又打又罚之理？”

宋璟心想：张昌宗的钱财无数，莫说罚他千两黄金，就是罚他万两，也难不倒他，还是痛打他一通才能解恨。遂道：“就依圣意，只杖不罚是了。”

女皇出于无奈，便道：“杖打二十好了。”

御令一下，即时施刑。杖起杖落，呻吟不绝。

女皇最爱他不过，见此场景，心痛如焚，肝肠欲断，目不忍睹，耳不忍闻，恨不能移到自己身上几杖，替他担些疼痛。不禁一阵眩晕，颓于龙椅之中，左右忙扶她回宫。

其实，执刑官亦多是女皇的心腹，明知女皇出于无奈才发此令，所以都棍下留情，用力大，着肉轻。只因昌宗娇生惯养，细皮嫩肉，从无受过磨炼，挨此二十轻杖，亦红肿如拳，行走维艰，遂派人抬回私邸。且他向来宠若仙童，一人之下，万人之上，目空一切，今天竟在龙堂广众之下受刑，丢尽颜面，羞愧难容，扬言痛不欲生，要悬梁自尽。

女皇听此消息，甚为震惊，急忙赶来慰问。

昌宗见女皇亲临，愈加呻吟连天，泣不成声，羞愧欲绝。

女皇首先掀起衣服看他的棍伤，只见红肿透亮，毫无血迹，心里便已安稳许多，遂道："既未伤筋动骨，又无皮开肉绽，过三五日就会痊愈，安心保养是了。"

昌宗道："疼痛难忍，羞愧疚心，里外交加，我今后如何见人？"

女皇道："人生百年，孰能总是一帆风顺？升贬迁调，人人难免。只此二十杖罚，何足挂齿？"

昌宗道："臣若是一名平民百姓，就是碎尸万段又有何羞？可如今我身为奉宸府供奉，倍受恩宠，竟被一个小小的侍御史欺凌若此。棍虽打在奴身上，实为给陛下脸上抹黑。若不治他欺君之罪，臣实无颜面见人。且陛下往时同臣海誓山盟不计其数，如今亦是兑现的时候了。"

女皇道："怎奈宋璟既有才略，又肯尽心报国，不辞辛苦，负有众望，朕实少他不得。必待他有罪，方能处置。且人生百年，谁能无过，早晚有给你报仇的时机——君子报仇，十年不晚，希你耐心等待是了。你欲购置田产，何必着急，待有机会我封你五千户是了。"

昌宗道："只是我一时颜面难容，不如死了的好……"说着又泪流满面，泣不成声。

女皇想到的言语都已说尽，一时也再无良策，只好付以长吻。温存良久，女皇想出一个妙计来："你明日换一素服便衣，到宋璟府上拜访，以示负荆请罪之意。如此，既可表示痛改前非，又可显你宽宏大量，闻过则喜，不计私怨。朕趁机封你为'喜过侯'，赏五千户以示标榜。这样岂不两全其美？"

昌宗听罢，不禁破涕为笑。

次日晨起，昌宗的杖伤虽然疼痛，但由于邀赏心切，便换上素服便装，打扮成一个穷书生的模样，带了一个小黄门，一踮一跌地往宋璟府上走去。昌宗自从进宫以后，每次外出，不是骑马，便是坐轿，今日步行，又加上杖伤，的确是举步维艰。而且如此装束，一副穷酸的模样，还生怕被熟人遇上。所以单拣背街小巷通行，恨不能长上翅膀飞墙而过。他心中一慌，走着走着竟迷失了方向。宋璟住在东市，结果他竟奔到南市去了。那个小太监是刚从乡下来的，路径更生，只好自认倒霉罢了。于是又往回返，昌宗心急如火，眼冒金星，肚子亦饿得咕咕直响。直到偏午，方摸到宋璟门下，便命小太监上前说明来意。

那守门的老仆很会办事，便道："请二位稍等，待我看看是否在家。他今天上午曾经外出来着，像是未见回来。"

老仆进去禀报后，宋璟琢磨起来："根据张昌宗的为人，一向嫉世傲物，不肯让人。而我昨日杖他二十，他今日前来请罪，事出反常，必是黄鼠狼给鸡拜年——不怀好意。我若是见他，则中其诡计；若是不见，一则显得自己高傲，二则可能使他恼羞成怒，还有可能使他误认为自己理亏不敢见他。"

宋璟经过反复思考，左右掂量，毅然决定："引他来见！"

张昌宗踮跛而入。寒暄毕，宋璟问道："供奉日理万机，夜以继日，今日光临寒舍，不知有何贵干？"

张昌宗道："只为昨日蒙公手下留情，处以宽刑，小弟一则痛悔前非，二则感恩戴德，特来奉赠御赐玉如意一件，以表谢意。"

宋璟道："玉如意乃纨绔子弟的玩物，愚兄不才，夜以继日犹恐失职，哪有工夫玩它？且昨日宽刑，皆系女皇口谕，并非愚兄初衷。谬承酬谢，受之有愧，实不敢当。"

张昌宗碰了满鼻子灰，理屈词穷，实在无言答对，只好羞怒地道："天有不测风云，人有旦夕祸福。"

宋璟道："宁为玉碎，不为瓦全。"

张昌宗哼了一声，尴尬而去。宋璟夫人黄氏在帘后听得明白，连忙走出抱怨道："人家是女皇的宠臣，得罪了他，终究要吃亏的。你自己丢官事小，只怕连累全家，噬脐莫及！"

宋璟道："为正义而死，重于泰山。"

黄氏道："你死了重于泰山，可儿女们或杀或贬，或者流放岭南，那个痛苦是很难忍受的。"说着泪似断线的珠儿一般流了下来。

宋璟道："善有善报，恶有恶报。我一心志安社稷，老天有眼，岂能没有好报？你是相信老天爷的，现在就哭，毫无道理。"

黄氏道："咱如今已丰衣足食，不求有功，但求无过，提早乞休归里好了。"

宋璟道："如今酷吏勾结宠臣，祸国殃民，多少忠臣良将受害！人非草木，谁能无情？不把这些蟊贼除尽，我死也不能瞑目！"

且说张昌宗回去之后，心中很是恼火，躺在床上反复思虑，愈想愈气："女皇对我尚且百依百顺、言听计从，而你一个小小的侍御史竟傲慢如是。你杖罚了我，我去给你道歉赔礼，你反而恶言相讥，莫非想造反不成？真是欺人太甚！此仇不报，死不瞑目！"他似同热锅上的蚂蚁，辗转不安，直到傍晚方拿得主意，去女皇跟前回奏："我今日去给宋璟赔礼，他先是不欲接见，让我在门口等待了两个时辰。接见之后，则冷若冰霜，盛气凌人，既把昨日杖我的罪责归于女皇陛下，又将陛下所赐的玉加意称之为纨绔子弟倾家荡产之恶物。一个小小的侍御史，竟说出如此犯上的话来，背后必有人指使操纵，应顺藤摸瓜，弄个水落石出才是。"

女皇听罢，虽然觉得张昌宗由于羞怒，其言有些夸张不实，但也有些半信半疑，且为了慰藉昌宗，因问道："他能受何人指使呢？"

张昌宗道："除了御史中丞徐有功之外，还有何人！"

女皇道："待你查出实据，朕定予以严惩，为你报仇出气。"

张昌宗这才转怒为喜，并拟以用计报复。因他杖伤疼痛，放他归去。女皇遂命团儿去召张易之陪寝，不料又遭拒绝，十分生气，决心用计泄愤。

欲知何计，且听下回分解。

第五十三回

男宠害能难酬
女皇让贤未遂

话说昌宗受了宋璟的审问和训斥，日日寻机报复。不久，宋璟之子成亲，昌宗便雇一侠客混入宾客之间，伺机行刺。但宋璟防备甚严，一连两天，无得机会。到第三天的晚上，此侠客摸清了宋璟和爱妾的寝室，于四更时分，飞檐走壁，用了一个倒挂金钟的技艺，从窗户里“嗖——嗖——”连投两镖，只听‘唉哟”几声，两个血人儿滚到地下，声息渐无，刺客这才遁去。

此侠客胜利而归，前去找昌宗领赏。岂料宋璟那天晚上因疲劳过度，醉酒未归，宿于客厅，刺死者为宋璟的爱妾和其表弟。此妾为宋璟用钱所买，先前和其表弟有私，已一年多未见，前来幽会，而死于非命。所以张昌宗不但不给赏金，反而对其责骂不休，欲杀此侠客灭口。侠客见势不妙，佯称“三日之内定取宋璟头颅领赏”，随即离去。

且说宋璟爱妾被刺，明知是张昌宗所为，一则没有实据，二则爱妾偷情，不便声张，只好哑巴吃黄连，苦忍下去。但次日晚间宋璟正躺在床上休息，那个侠客突然而至，跪下叩头道：“小人有眼无珠，被奸佞张昌宗收买，杀死中丞爱妾，死有余辜，请中丞发落!”

宋璟见状，先奇后喜，因道：“只要义士能给我作证，去见女皇，可恕你无罪。”

侠客慷慨道：“大丈夫为义而已，死得其所。我已置生死于度外，莫说去见女皇，就是让我赴汤蹈火也在所不辞。”

宋璟把他扶起，传厨子备了几样佳肴、一壶美酒，边饮边叙起来。宋璟道："义士既然受昌宗收买，替他效劳，为何中途反戈？其间必有原因。"

义士放下酒杯，一拍桌子，侃侃谈道："他言中丞有三大罪状：结党营私，图谋不轨；施苛法严刑，违背圣意；夺良家女、有夫之妇为妾。并答应事成之后赏我黄金千两。孰料，如今他不但不赏，还欲杀我灭口，小人悔恨交加，方前来请罪！"

宋璟道："义士乃受人蒙蔽，不知者不为罪。"

二人饮餐毕，立即去见女皇。启奏之后，女皇认为情节严重，因道："待朕查实，为卿申冤是了。"

宋璟二人去后，女皇立即将张昌宗宣进宫来寻根究底。昌宗有恃无恐，皆供认不讳。

女皇本想让张昌宗给宋璟赔礼，结为异姓兄弟，试图日后立张昌宗为嗣，拜宋璟为相。孰料宋璟傲慢无理若此，而张昌宗亦毒辣残忍至极。事与愿违，不胜懊恼，既恨宋璟心胸狭隘，难成相才；又气张昌宗无知，不会用人，难成大器。于是对张昌宗发泄道："无知奴才！自己无能，又不肯礼贤下士，若传江山与你，岂不危亡立至！朕如今健在，你尚毒辣如此，待朕万岁后，岂堪设想？"说毕甩袖进入内室，把门闩上，将张昌宗甩在外厅，不予理睬。

张昌宗自入宫后，女皇就爱恋他入迷，从未见过她若今天盛怒的情景，只好怏怏而退。

女皇回至卧室，一夜未眠，经过慎重思虑，觉得张昌宗实在不可为嗣。自己因已经被他的姿色所迷，缺乏全面正确的了解，似今天所为，必遭众人深恶痛绝，立其为嗣，危亡立至，若因男宠误国，后人将谓我何？接着她又将子侄考虑了一遍：李显懦弱无能，优柔寡断；李旦只爱安逸，不贪权柄；太平公主不学无术；驸马武攸暨才浅学疏；侄儿们寡义缺德；孙儿孙女亦无一人可意。于是决心从姚崇、宋璟和员半千三人中挑选。次日将狄仁杰和徐有功宣进宫来密议。

女皇说明旨意后，那迂腐固执的徐有功抢先奏道："此与《周礼》不合。陛下既改国号大周，就应效法周朝制度。周朝皆裔姬氏，不封异姓为王。"

狄仁杰接道：“女皇登基，万物革新，不循旧制，合则用，不合则舍。周朝从无女帝，若拘泥于《周礼》，岂可得乎？尧舜禅让，佳话千古，女皇若能立异姓贤者为嗣，必将为千古佳话。只是姚崇，虽德高望重，但已年过花甲；而宋璟年岁虽当，但气窄量狭，不善用人；员半千虽文武双全，但书生气很浓，善于文史，不擅政道。”

女皇道：“二卿辅朕有年，上自朝中，下至州县，官吏僚属无不熟悉，可代朕再荐选若干。”

狄仁杰道：“薛季昶何如？”

徐有功道：“其人忠直可嘉，德才具备，只是性格偏激固执，屡有失误。臣以为不若凤侍郎张说英明有为。”

狄仁杰也十分赞成，立即奏道：“张说曾经选贤入士，糊名对策第一，又屡上疏论政，德才兼备，忠直可嘉，堪为良嗣。”

女皇道：“卿且退，容朕细思。”

徐有功和狄仁杰去后，女皇又经过反复思考，认为张说文才有余，而英武不足，故确定立员半千为皇嗣。

但员半千既有自知之明，又有远见，闻后即回绝道：“臣蒙陛下垂青，不胜感恩戴德之至。臣不过中智之才，岂敢奢望神器？只欲功成名就之后，能归隐南山，保存名节就为万幸了。且自圣君夏禹王以天下为家之后，同室操戈者屡见不鲜，周有管蔡二叔之乱，鲁有庆父之祸，更何况异姓乎？诸葛亮聪资绝伦，尚辅佐庸君阿斗，何况陛下内有二子、外有数侄，聪智者远居阿斗之上，请陛下速择贤立之，庶免后患是幸！”

女皇默默点头，认为其所言恳切有理，因道：“且问朕之子侄中，以谁为贤呢？”

员半千道：“臣以为相王旦宽仁敦厚，孝悌具备，贤德昭著，万民敬仰，继承皇位，必能承上启下。”

女皇认为员半千言之有理，于是又将狄仁杰和徐有功宣来重议。

狄仁杰道：“若立陛下之子，仍以庐陵王为宜，一者居长，二者颇有民望。”

徐有功持有异议道：“庐陵王被废已久，不宜启用，否则，陛下必膺反复无常之名。且相王旦仁孝著称，如今宜顺水推舟为好。”

女皇这才决议仍立李旦为嗣，但怕身后子侄不睦，遂心生一计。他将太子旦、太平公主、驸马武攸暨、魏王武三思和昌宗兄弟招来，郑重地道：“汝等似朕之心腹手足，破一指无不牵肠。但尔等因往昔惯养失教，皆才疏学浅。相比而言，唯旦儿尚明孝，可负众望。希共辅之，以免同室操戈，致使渔翁得利。为此特拟一誓文，命汝等共同遵守，谁个违反，余者协力灭之。如此，朕于万岁之后，方可瞑目无虑。”

众随声应诺，于是共指明堂，举行仪式，拜天告地，然后铭于铁卷，藏文史馆中。

但众人无不口是心非、各有打算，此盟誓仪式只不过掩人耳目，实属枉费心机。

这才是：

千古誓文千古存，
几个应验几个真？
聪明常被聪明误，
圣神皇帝不圣神。

尤其是那昌宗兄弟，一恃女皇宠爱，二恃才智高于李旦，心中最为不服，立即将御林将军武攸宜叫来，谋划对策。这武攸宜因系女皇远房从孙，不甚得志，又有些才华，故依附昌宗兄弟，以求一逞。

得知昌宗兄弟的用意后，武攸宜为了讨价便道：“立嗣已定，似木成舟，实难挽回。”

张昌宗道：“易立太子，屡见不鲜，隋文帝易立太子杨广，唐高祖易立太子李世民，唐太宗易立太子李治。将军一向爱夸海口，今日何乃胆小如鼠耶？”

武攸宜道：“自尧舜以后，易立太子皆为骨肉兄弟，而两位国公都系异姓。纵有女皇御旨，亦恐众心不服，更何况如今立嗣已定！吾若盲从走险，与以卵击石何异？”

张易之道："隋恭帝禅唐，岂非异姓乎？"

张昌宗道："养兵百载，用兵一时，早知如今，何必当初……"

武攸宜见张昌宗欲怒，因道："我岂不欲革命耶？成功之后，相位唾手可得。只是如今我孤掌难鸣，上有左、右御林大将军，下无足以驱使之兵。二位国公又失女皇庇护，似同无根之木、缺源之水。兵法云'知己知彼，百战百胜'，以吾等之处境，师出无名，则必败无疑。"

张易之细思其言，确有道理，因道："待我进宫奏请女皇擢你为右卫大将军是了。"武攸宜这才喜形于色道："如此，则方可成功有望矣！"

但他们哪知，女皇正对张易之用计泄愤哩。

欲知端底，且听下回分解。

第五十四回

选美泄愤吓旧宠
耗资动众建新宫

且说女皇决意惩治张易之，经过半夜的思虑，心生一计。次日晚上，让婉儿布置停当之后，命俊儿把张易之和张昌宗招来。

张昌宗先到，看女皇气色不好，急忙去给她捶背。

女皇道："你如此有气无力，不知把精神用往何处？"

张昌宗道："不敢。"连忙用力捶。

女皇又道："你欲捶死朕吗？"

张昌宗道："不，不，不敢。"又放轻捶。

女皇道："你不愿捶腿吗？"

张昌宗道："愿，愿……"急忙跪下捶腿。

张易之后来，看女皇面带气色，也急忙跪下，捶另一条腿。

女皇问婉儿道："如今求为控鹤监供奉者，有多少人了？"

婉儿道："已有一百五十八人。"

女皇道："为朕选中了若干？"

婉儿道："已选五人。"

女皇道："速命俊儿将他们装扮完毕，宣来侍候。"

婉儿道："是。"随即吩咐俊儿去办。俊儿霎时将初选的五名美少年装扮完毕，带了进来。

众少年跪拜女皇："愿女皇青春常在，万岁通天！"

女皇道："快速站起，为朕舞蹈一番。"

众少年齐道："遵命。"都站了起来。

女皇道：“五郎伴奏!”

张易之道：“是。”起立吹笛。

雅乐渐起，众少年翩翩起舞。舞多时，女皇兴起，挥手止乐，上前端详众少年。昌宗这时才起。

反复两遍细瞧，女皇指少年甲的鼻子道：“鼻子太低。”

后又端详少年乙，指少年乙的眼睛道：“眼睛太小。”

然后去端详少年丙，指其嘴唇道：“嘴唇太厚。”

然后端详少年丁，指其脸皮道：“脸皮太黑。”

然后端详少年戊，看来五官秀丽，粉面桃腮，似玉无瑕，欲待选中，拉进两步道：“你叫什么名字?”

“我叫宋之问。”少年戊答道。

“今年多大?”

宋之问谎报年岁道：“一十七岁。”

“有何特长?”

“诗词歌赋，琴棋书画，无所不能。”

女皇心中高兴，遂道：“可谓才貌出众，权且留下。”

宋之问喜出望外，乐以忘形，跪上前去，大声欢呼：“谢恩！愿女皇万岁！万岁！万万岁!”

女皇怒道：“呋!”

宋之问不禁一怔：“啊?!”向后猛仰。

婉儿道：“陛下为何生气?”

女皇道：“此小子才高貌美而口臭，轰出去!”

宋之问又“啊”一声，昏厥倒地。

女皇命众少年：“将他拉出去!”

众少年道：“是!”一起去拉宋之问。

宋之问醒过来又道：“我可口含檀香，侍候女皇陛下……”

女皇怒道：“快拉出去!”

众少年拉宋之问下去。

女皇道：“明日再为朕选上十名!”

婉儿道："是，陛下。"

女皇道："五郎!"

张易之道："在!"

女皇道："求为供奉者大有人在，你欲离开宫廷，请便。"

张易之道："但愿荣立太子……"

女皇道："区区太子，何在话下，只怨你福浅，与你无缘。"

张易之无限尴尬踟蹰，垂头而下。

女皇端坐，张昌宗又急忙跪下捶腿，因心中害怕，又急又累，满头大汗。

女皇道："你累了吗?"

昌宗道："是我心中着急，唯恐失掉陛下的宠爱。"

女皇道："你失宠之后，和婉儿相爱，岂不天作之合？只怕你巴不得哩。"婉儿羞退。

昌宗道："岂敢！我的富贵皆系陛下所赐，若不幸失宠，一切都化为乌有。故愿为陛下鞠躬尽瘁，死而后已。"

女皇道："此话当真？那么，将你手指咬破，滴血一碗，为朕煎药可好?"

昌宗道："莫说手指，就是把我的头颅拔下，为陛下煎药，亦未尝不可。"说毕就伸出左手，照小指猛咬，鲜血直流。

女皇遂唤婉儿拿只玉碗放在桌上，令昌宗对坐滴血。

女皇问道："痛吗?"

昌宗道："肉怎能不痛？但想起陛下恩德，就忘记一切。"

女皇道："不知此话是否出于挚心诚意?"

昌宗道："如陛下不信，可将五郎传来，比比何如?"

女皇心中略有感动，遂道："比起五郎，你可算得忠实。"

昌宗道："比太子旦和武承嗣何如?"

女皇心中明白，昌宗又想提谋立太子事，遂道："朕早有心立你为嗣，只是仍未寻得时机，只怕惹起民怨。"

昌宗遂想起激将之计："陛下向来果断敢为，垂帘听政，登基称帝，排除元老，谋害太子，从无惹起民怨，动摇社稷。难道禅立一个区区太子，却拿不得主意？莫非陛下如今年老志衰、灰心丧气了不成?”

女皇沉思片刻道：“我决不灰心，决不丧气！我要奋斗到老。就立你为嗣，看能如何!”

昌宗急忙跪下：“谢恩！愿陛下万岁！万岁！万万岁！”又坐回原处。因血滴太慢，又连咬两口。

血滴满后，女皇遂叫婉儿把血端下煎药，然后道：“时已不早，快陪朕休息。”

昌宗高兴地回答：“是!”扶女皇进入寝宫。女皇服药毕，即吹灯就寝。昌宗因怕失宠，分外服帖顺从。

昌宗为了讨好，奏请增征五万民工，加速修建龙门南山新行宫，以欢度晚年。自从贬谪来俊臣之后，天下太平，朝野庆贺，女皇叹惜暮景匆匆，淫欲之情倍增，早有此念。昌宗所奏，正合心意，遂道：“正合朕意，宫名可定为‘兴泰’。”次日即令武三思筹办。左右近臣皆阿谀顺从，只狄仁杰上疏：“众臣皆怕迕旨，致使陛下不知百姓之疾苦，伤损陛下之仁政。若陛下能以‘免劳民’为辞，发令罢修此宫，则天下皆知陛下克己爱民也。”

女皇不但不从，又令修建庙宇，愚弄百姓，在白马寺塑大神像，高百尺，需钱二十七万缗。于是物议沸腾，纷纷上疏。

徐有功最为激动，其疏云：“大军初定，水旱相仍，流亡滋长。节此钱，人与一千，则可救济二十七万户，既拯饥寒，又省劳役，顺乎神佛之慈悲，沐浴圣君之宏恩。人神共悦，功德无量。伏愿陛下察臣之愚见，不以人废言。”

女皇深受感动，赏徐有功绢十四，遂为之罢役停建。但兴泰宫照增民夫，加速赶工，用钱如水，怨声载道，又越一年即成。

欲知女皇在此如何消遣，且听下回分解。

第五十五回

徐有功控鹤监受嘲
浮浪儿左宫门起哄

话说女皇感到暮景难长，在万安山修建期间，便常去游幸。而晚间只好仍以控鹤监为娱乐之处。但自贬罢员半千之后，朝野对控鹤监的流言蜚语愈来愈多。可群臣都未到控鹤监去过，多系臆测，所以女皇决定让徐有功去目睹一次，然后再定夺取舍。

在一个花好月圆之夜，控鹤监里布置得富丽堂皇，耀眼夺目。长明灯百盏，彩纱如云，五颜六色。锦缎的窗帘结成各式花形，挽垂四壁，使那轻柔的月光斜射进来，灯月交辉，幽雅宜人。

观台上一座龙墩，千雕万镂，饰金织玉，龙凤呈祥。上铺绣花锦垫，在灯光的闪烁下，银光四射，煞是好看。龙墩下有一排八个檀香绣花椅子，小巧玲珑，是供女皇的亲信们坐的。

女皇在昌宗兄弟二人的陪同下，率领太平公主、婉儿、团儿和徐有功进来，厅中空无一人。只听张昌宗一声呼唤，百名红男绿女从化妆室里款步而入，向女皇道了一声："万岁！万万岁！"便丝竹迭奏，翩翩舞蹈起来。

先舞了一场《百鸟朝凤》，动作轻盈逼真，姿态柔媚无比。

演完之后，张昌宗向女皇献一杯美酒，便到化妆室去了。

第二场是《百鸟朝鹤》，只听张易之竹笛一奏，张昌宗便上披羽裳，下骑仙鹤，在众鸟的簇拥下，翩翩而至。时而似凌空而下，时而似在河边觅食，时而戏耍追欢，时而伏地假寐……姿态千变万化，极尽献媚斗妍之能事。最后从女皇跟前一掠而过，飕的一声登上天梯，似是凌空升仙去了。其间有个调皮者把徐有功的帽子衔至半空抛却在地，还有人故意用假翅膀在他脸上扇了一个耳光。

第三场是扮演民间故事，不外乎是哭出嫁、新娘子探亲、夫妻观灯、老头背老婆、骂鸡、拔河之类，粗俗不堪，丑态百出。他们打从女皇台前经过时，都想方设法搔头弄姿，以求一逞。但怎奈昌宗兄弟专宠，谁也难以如愿。

演完之后，众少年每人持纸一张，蜂拥到徐有功面前，七嘴八舌，求诗讨赏。徐有功老实地道："我是研究礼法的，不会写诗。"

少年甲道："我是演喜鹊的，技艺如何？你不会写诗，写条赞语总可以吧！"

少年乙道："我是演凤凰的，技艺如何？请给写个赞语吧！"

少年丙道："我是演天鹅的……"

少年丁未待丙说完，就一把将徐有功拉转脸来道："我是演杜鹃的……"

少年戊未待丁说完，也一把将徐有功拉转脸来道："我是演孔雀的……"于是你拉我拽，把个徐有功撕抓得迷三倒四，晕头转向，低着头眯着眼，举起双手乱摆道："等我回去给你们写，等我回去给你们写……"

女皇见闹成一窝蜂，把徐有功撕扯得衣帽不整，才禁止道："都退下！"

众少年开始平静下来。

少年甲向徐有功做个鬼脸道："上天言好事，下界保平安。"

少年乙道："你岂不是把徐丞相比作灶王爷了？"

少年甲道："还缺个灶王奶奶呢，你给当吧！"少年乙追甲下。

少年丙灵机一动道："我给徐丞相送首诗吧：'徐公气宇轩，有功大无边。上天言好事，下界保平安！"遂下。

女皇又厉声道："都快退下去！"众少年方散。然后问徐有功道："卿对此控鹤监看法如何？"

徐有功心想，这些少年都是些浪荡公子和缺德无行的文人，当着女皇的面，竟敢戏弄自己，若说出对他们不利的话，必有后患；且此为生活末节，非关军国大事，便口是心非地道："按照历代礼法，是无此机构的。但男天子三宫六院，佳丽三千，肆意寻欢，今女皇男宠仅昌宗兄弟二人，连同控鹤监全员，亦不过百名，留之以娱晚年暮景，似无不可。但此控鹤监的名称稍嫌轻薄，不如改为奉宸府，庄重典雅。”女皇甚悦，立即采纳，传旨改之。

控鹤监改为奉宸府之后，似乎地位升高一等。本来有些纨绔浪荡子弟就巴望求为供奉，如今听说由礼部尚书改为此名，所以次日在左宫宫门外，抹粉涂朱、衣锦着绣、自媒自荐者竟达百人之众，其中还有些无行的少年文人。先前碰壁的宋之问仍不甘心，口含檀香而来，向黄门侍郎自吹自夸之后，将早已写好的一首意可双关的《寿阳王花烛图》诗奉赠，作为自媒自荐的礼物：

仙媛乘龙夕，
天孙捧雁来。
可怜桃李树，
更绕凤凰台。
烛送香车入，
花临宝扇开。
莫令银箭晓，
为尽合欢杯。

只因值承的黄门侍郎不学无术，对于诗歌一窍不通，又嫌人多烦乱，接到宋之问的诗稿看也不看便一撕两半，塞于袍袖，驱逐道：“有才华的考状元去，写些淫词浪语，只可给老爷擦屁股使。”

宋之问道：“你看也不看就撕成两半，怎能知道是淫词浪语？你欺上压下，罪不容赦！”

众人认为宋之问言之有理，便对那黄门侍郎群起而攻之。

公子甲道：“女皇创设控鹤监，又扩为奉宸府，以倡礼乐，导风化。吾等皆应旨而来，你则视若儿戏，玩忽职守，搪堵塞责，从中作梗，实为欺君，罪大恶极！”

黄门侍郎道：“女皇选才，百里挑一。似你丑如驴、笨如猪，胸无点墨，言粗语臭，实属癞蛤蟆要吃天鹅肉，痴心妄想！”

公子乙道：“身为京官，应有文化，知情达理。你却恶语伤人，满嘴吐粪，白拿国家的俸禄，连狗都不如！”

黄门侍郎恼羞成怒，照公子乙猛打一拳。宋之问和公子甲等便蜂拥而上，一阵拳打脚踢后，一哄而散。

这黄门侍郎因自己首先骂人动手，自知理亏，也不好发作，便向女皇奏道：“陛下内宠有昌宗兄弟足矣！近来纨绔子弟、浮浪少年成群结队至左宫门自媒自荐，敷粉涂朱，半男半女模样，恬不知耻，丑态百出，无理取闹，实有污视听，为之奈何？”

女皇道：“非卿直言，朕尚不知此事，今后当谕以‘奉宸府已满’，无理取闹者罚。赐你彩缎十匹，以兹鼓励！”从此自媒自荐者便日益收敛了。

但婉儿听说此事，颇有感触：“自己十四岁入宫，就同太子贤时常幽会，后又和张昌宗私通，而今二十有五，尚无寻得终身伴侣，不知何处是归宿。心想左宫门取闹者多系浮浪少年，也许会有可意者？”她便灵机一动，去向女皇奏道：“如今北门学士府中，李峤、崔融辈皆年过半百，宜栽培后进呢！”

女皇道：“朕也曾虑此，只是尚无合适人选。”

婉儿道：“左宫门取闹者皆系少年，既肯忠心献媚，又奉赠不少诗文，其中也许会有奇才。”

女皇道：“你不妨去选一下，看看如何。”

婉儿获此口谕，喜出望外，次日便去到左宫门。虽然那些浮浪子弟见了“奉宸府已满”的告示大为收敛，但仍有迷了心窍者常来张望。不到一个时辰，已逾十人。忽见一个年方弱冠的少年，既英俊又文雅，既天真又腼腆，翩翩跹跹，趑趑趄趄，煞是可爱。婉儿一见钟情，急忙唤道：“小公子，这里来。”

那公子小心翼翼，忙上前来施礼道：“请大姐栽培！”

婉儿道：“你叫什么名字？”

公子道：“小生名叫崔湜，年方二十，乃先朝简州刺史崔仁师长孙，既通经史，又善文辞音律，愿为奉宸府供奉。”

婉儿又仔细端详一番，他的确妩媚动人，秀色丽质，因问道：“你带有献诗否？”

崔湜急忙掏出献诗，双手捧上：“请大姐品评！”

婉儿阅罢，不禁一惊，因问道：“有如此诗才，为何不曾及第？”

崔湜道：“若非考官不公，则定为有目无珠罢了！”

婉儿道：“你既通经史，擢你北门学士府编纂《三教珠英》何如？”

崔湜道：“多谢大姐恩典，只要拔小生于泥涂，莫说北门学士，就是南门学生，也当鞠躬尽瘁！”

婉儿听他口齿伶俐，愈加喜爱。而他所献诗词，不知多长时间写就，不妨临时给他出题，当面再试验一番，看个究竟。于是出了一个《折杨柳》的诗题，让他即刻去作。

这崔湜虽有些聪明，但学识尚浅。方才所献，乃宋之问前天交给黄门侍郎放于袍袖的诗歌掉于地下，被他拣得，拿来舞弊。如今当面考试，吓得他满头大汗，半个时辰，方勉强凑成五言八句：

> 二月风光半，三边戍不还。
> 年华妾自惜，杨柳为君攀。
> 落絮萦衫袖，垂条拂髻鬟。
> 那堪音信断，流涕望阳关。

婉儿看罢，虽然不及方才献诗优美，但也毕竟可以看得过去，因道：“把你住址留下，待我回奏女皇，敕令赴任是了。”

崔湜感激涕零，叩谢而归，次日接旨赴任。因他才浅学疏，遂向婉儿推荐沈佺期和宋之问一起进入北门学士府中。

婉儿因爱崔湜入迷，急于同他幽会，所谏无有不准。但因宋之问口臭女皇早已知道，不敢擅权做主。崔湜道：“宋之问口臭，系他牙龈糜烂所致，并非恶疾，再臭也薰不及三尺。而北门学士府远离女皇寝宫三里开外，比不得奉宸府近在咫尺，岂可闻得？”

婉儿认为有理，趁女皇高兴之际，婉言启奏，终获允准。宋之问和沈佺期皆对婉儿感激莫名，分外尽职，不但同李峤、崔湜等编纂《三教珠英》、《臣轨》、《百僚新戒》等书一千五百多卷，深获女皇赞扬。而且他们两个还琢磨钻研制订出了律诗和绝句的音韵平仄格式，使其达到炉火纯青的地步，颁布天下，流传至今，可算立一大功。从那以后，北门学士的威望骤增，女皇对许多敕令奏章往往咨询北门学士，不问诸儒，以分宰相职权。

其实婉儿系醉翁之意不在酒，主要是想在北门学士府中结纳聪俊少年，寻欢作乐。如今北门学士威望骤增，她更加肆无忌惮，不但同崔湜好事早成，而崔湜的弟弟崔液、崔涖皆如花似玉，都被婉儿尝鲜。后来学士府中收纳聪俊少年竟达百人，几乎变成了婉儿的“控鹤监”。这班少年，肯求上进者，如崔湜、沈佺期和宋之问之流，在婉儿的协助和营私之下，陆续及第进士。按此三人的才智，以进士擢官入士，也无可厚非，只是他们皆狭态媚骨，奴颜婢膝，损人利己，趋炎昌宗兄弟和武三思，不得善终。

且说太平公主揣测女皇有立昌宗为嗣之意，便会同太子旦，劝奏封昌宗为王，以两面讨好，

女皇本来巴不得如此，但因封异姓为王非同小可，恐怕引起民怒，只说：“时机未到，容朕细思。”

张昌宗听说此事，非常高兴，便夤夜入宫讨封。

女皇道：“无功岂能受封？”

张昌宗道：“陛下操生杀大权，何事不能？常言道：‘欲加之罪，何患无辞？’而‘欲加之功，亦何患无辞’耶？”

女皇道：“虽能措辞，但只怕难掩天下人之耳目！”

张昌宗道：“请问陛下圣意。”

女皇道：“凡事欲速则不达，宜相机而行。”

张昌宗无奈了，只好耐心等待。

光阴荏苒，日月如梭。忽报万安山兴泰宫建成，武三思献风景彩图一张，但见：

白洛阳定鼎门南行，黄砖铺地，垂柳两行，蜿蜒四十五里，抵达万安山下，即傍山依水，因势就形，修楼建阁，筑路架桥。

前门五楹，雕梁画栋，黄瓦红墙。一进门是道曲折的粉壁，连开十个花窗。隔窗而望，东湖的景色尽收眼底。但因粉壁阻隔，可望而不可即，似故意使人着急。

花窗后面，紧靠东湖。湖宽三十丈，长约里许。湖岸逶迤，山势平缓，亭台水榭，络绎不绝，柱石玲珑，檐牙高啄。白杨冲天，垂柳匝地。倒映水中，疑是空中仙阁。

左侧有一架水板桥，一连三孔，雕栏玉砌，堤低水高，人行其上，似同踏水凌波。桥后紧接迎客亭，亭中有石凳石桌。滨湖步行，立即可到望春榭，与对岸的宜春堂遥遥相望。

宜春堂中富丽堂皇，宽敞高深，洞门月窗，布置雅致，古色古香。庭院里，引水为池，池中堆山，三棵杨柳，两株松柏，盆景花草，琳琅满目。穿过庭堂，进入长廊，傍山临水，忽高忽低，经望山阁、赏月楼、九龙湾，则山陡湖窄，似同咽喉，一桥飞架，进入湖中的大观楼。

登楼远望，湖北平坦，有阳春、碧云、堆秀三院相连。院院引水为池，景色各异。山中有水，水中有山，奇峰怪石，错落其间。楼阁轩榭，各得其所。湖中有两岛一山，长堤短桥相连。东岛曰蓬莱，西岛名海南，中间为孤山。孤山上松柏叠翠，玉泉绿竹，亭飞峰顶，寺藏花坞。湖南山陡路窄，亭台稀少，廊因峰回，桥随水尽。然而西湖的双塔插云，似海市蜃楼，若隐若现，更是诱人。

原来西湖小巧玲珑，为最绝胜处。兴泰宫背依龙岗，面对西湖，杨柳掩映，金碧辉煌。房五楹，东西厢房各三间，院中一水池，池中一假山，奇石斗艳，异花争香。门前两蹲石狮，一道花墙。凭窗外眺，湖心亭似浮水上，四壁杨柳，满堂荷花。三道画桥，处处通幽。湖的四周堆以奇峰怪石，洞窄路小。南有荷花榭，西为鸳鸯馆。楼前楼后，亭榭参差，倒影绮丽，水天一色。人入其中，仙幻莫知。

宫后有一花园，万紫千红，春来桃杏迷人，三秋桂菊飘香，夏日石榴似火，冬至腊梅傲霜。画廊尽处云亭欲飞，竹影纵横，玉泉喷绿。拾级而上，坡仙轩揽住山腰，飞檐流丹，窗明风清，仰望凌云高阁，似在咫尺头顶。但欲攀其上，必须左右迂回半里路程。经八卦庵和望月亭，可以稍憩，凭阁回望，东南面山小水阔，湖光粼粼；西北峻岭塔低，云高天远。乘风怀想，心旷神怡。

兴泰宫西侧，有一小溪穿墙而过。沿溪行，拱桥无数，峰回路转。忽见一柳暗花明的处所，即到世外山庄。单见桑槐绿竹，美池良田，土墙茅屋，鸡犬相闻。小溪尽头乃一清泉，泉上有亭，名曰山穷水尽，不可前行，必须按原路折回。

女皇览罢，十分高兴，立即传旨筹备行装。

欲知到此行宫寻欢作乐的情况，且听下回分解。

第五十六回

穷奢极欲欢娱少
强征暴敛忧患多

话说女皇听说龙门山兴泰宫建成，立即宣谕整备行装。传旨太平公主监国，由宰相狄仁杰、左相武承嗣、右相杨再思和尚书苏味道辅佐。因为寻乐心切，女皇次日即率昌宗兄弟、宫娥太监启驾。旌旗蔽日，凤辇缤纷，宝马如云，十里香风如画。

一路上昌宗兄弟争宠献媚，阿谀不绝，女皇心花怒放，乐不可支。中午时分来到驿站，停住车马，休息进餐，申时方启驾。因时不早，快马加鞭，黄昏时刻始到山下。于是点起宫灯火把，星月交辉，似同白昼，湖光山色迷离，愈加妩媚可爱。

众官员宫娥似烘云托月，簇拥女皇驾临兴泰宫后，但见御床香软，陈设雅致，十分如意。因览景心切，女皇也顾不得休息，即刻率昌宗兄弟提灯到宫院前后夜游一遭，方才下榻。女皇因精神特别兴奋，彻夜失眠。

次日早膳毕，又率昌宗兄弟、俊儿、英儿等心腹二十余人，周游全景。先自西湖西侧的鸳鸯馆开始，此馆因离寝宫较近，怕影响女皇休息。馆内只有一个荷池和十对鸳鸯。岂知女皇最喜白鹤不过，故看后很不满意，立即传旨，移来三对白鹤，并将馆名改为仙鹤池。然后方喜形于色，起驾南行，很快来到荷香榭中。此榭西、北、东三面临湖，凭栏凝望：双塔插云，云影于水，水天一色，满湖翡翠，柳丝拂面，荷香扑鼻，令人似醉如迷。步入画桥，径趋湖心亭而去。一到亭中，女皇就陶醉了，即令止步吟诗，便信口开篇道：

香气四面有，

风从哪边来？

白云脚下行，

天地不可猜。

张易之急忙和道：

香气能逆风，

神功可长安。

众生沐皇恩，

人在天地间。

女皇觉得诗意一般，类似老生常谈，只点头说了一声：“文笔敏捷。”张昌宗接道：

天授如意时，

和风四面来。

人入九仙家，

天地不须猜。

女皇颇觉诗意新颖，且是原韵，心中十分满意，不禁称赞道：“好个‘九仙家’！就将此亭题为‘九仙家’好了。”

英儿急忙侍候纸笔，女皇一挥而就，遂交由工匠镌刻亭上。

然后改乘龙船，游至中湖海南岛上岸。此岛上有三个亭子，以画桥相连，紧贴水面，人步其上，似行镜中。亭子周围桂花含苞，荷花正香，莺歌垂柳，燕舞草坪，蝶恋花丛，鱼吞浮萍，微风徐徐，皆有飘飘欲仙之感。留恋再三，方上船开到孤山。

孤山东西长约半里许，五步一亭，十步一阁，上入云霄，下临江河，更有移步换景之妙。女皇为了尽快饱览全景，欲从南坡直登山顶。但未至中途，便筋疲力尽。昌宗急忙传来一顶小轿，前拥后护，左右盘旋而上。

女皇登上峰顶白云楼的最高层，凭窗四望，中湖景色似在脚下，东西两湖亦在眼前。仰观宇宙浩瀚无边，女皇不禁心旷神怡，遂宣旨在此峰顶共进午餐，携昌宗兄弟下榻休息。左右皆疲劳不堪，倾堆于楼下。

过了两个时辰，御膳房方将午餐备好，抬将上来。打开笼屉，美酒佳肴香气扑鼻，鲜瓜梨枣应有尽有。

女皇同昌宗兄弟在楼上畅饮，只留英儿和俊儿侍候，所以无所避忌，饮酒共杯，甜情难言，蜜意难诉。也不知何时，烟雨西来，如丝如雾，楼在云上，疑入凌霄，忘尽人间万事，不知今夕是何年。直至黄昏雨住，方登舟回宫。连游了三日，才将全湖的景色领略一遍。

此后，每天游赏之处都在西湖附近。海南岛、孤山和大观楼亦经常光顾。但美景再好，终有玩腻的时候，于是千方百计想游戏消遣。

次年七夕的晚上，女皇扮演织女，易之扮演牛郎，昌宗和一宫娥充当他们的儿女。女皇从宫后卧龙山北下，易之搀着昌宗和一宫娥由世外山庄向南来，徐徐而行，定在玉拱桥相会。相会后，牛郎和织女欢喜若狂，而昌宗却和宫娥到桥下幽会去了。

女皇发觉后，愠形于色，急忙回宫，训斥昌宗。昌宗则揭发易之亦早有私通之情事，于是兄弟二人失和，互相监视。

一天晚上，易之见一宫娥悄悄而行，往仙鹤池后悦来亭中走去，心想定是与昌宗相约，立即向女皇告密。女皇便借故将昌宗拖住，使他寸步难离，使得一场幽欢化为黄粱泡影。

昌宗猜想此事定是易之告密，别人谁敢？于是就寻机报复。在一个月黑之夜，他见一宫娥沿着回廊向玉泉附近走去，急忙告诉女皇。女皇遂换上宫娥服装前往，将那宫娥交昌宗领回。张易之赶到时，也不及细辨，便上前拥抱。

女皇怒道："住手!"

张易之一听是女皇的声音，急忙跪下求饶道："恕臣初犯，请陛下开恩。"

女皇怒道："罪应诛身！念你初犯，格外原情，赐死自缢！"说罢拂袖而去。

张易之知是女皇一时之怒，待次日平静之后，多次下跪赔情，方言归于好。

当女皇命张昌宗领回宫娥的时节，他也不禁为她的姿容所动。且她一再叩头求饶，所以也就趁机享了一番偷情之乐。这才是前门赶狼，后门进虎，防不胜防。

女皇后来想出一个“喜新厌旧”的计策，以补充奉宸府供奉的名义，召选童男童女百名。御旨一下，雷厉风行。不到两个月，一批如花似玉的娇娃艳女络绎而至。女皇逐个物色，最后挑了两名绝秀的童男，一个更名如玉，一个更名俊生，留在身边支使。

且说那如玉年十八，已和艳丽无比的表妹私订终身。如今棒打鸳鸯，已疚心如焚，又被女皇日夜玩弄，思之欲呕，却丝毫不敢违旨，哑巴吃黄连，佯笑作欢。那痛苦的滋味，似万箭穿心，佳肴难下咽，锦帐如针毡。第三天晨起，就投入了西湖，一命归天。

如玉死后，俊生亦有同感：“苟安偷生，如坐针毡。投湖而死，徒死何益？”思之再三，忽生一刺杀女皇之念。于当晚入帐时，暗藏一把匕首在腰间。只因他年幼，缺乏经验，心情紧张，言语恍惚。女皇很是机警，急忙唤团儿、俊儿和英儿等进来，遂问俊生道：“你莫非病了？”

俊生道：“无病。”

女皇道：“你郁郁不乐，是为何来？”

俊生道：“昨日晚间，如玉尚同陛下言笑谈欢，可今日已入土成鬼，难以复生。”

女皇道：“他自愿寻死，是他福薄，与你何干？”

俊生道：“人非草木，谁能无情？”

女皇道：“你和他有亲？”

俊生道：“无亲。”

女皇道：“你同他有故？”

俊生道：“无故。”

女皇道：“如此说来，你莫非兔死狐悲不成？”

俊生见事已至此，难以隐瞒，便从腰中掏出匕首，欲向女皇掷去。怎奈心情紧张，浑身哆嗦，手不随心，抬不起来。团儿急忙上前，把匕首打落，俊生遂束手被擒，立即被斩首碎尸。

那昌宗兄弟被女皇冷淡之后，虽皆有后怕，心不自安，但抱着“今日有酒今日醉，管它明日是与非”的想法，饱享了几天滥情纵欲之乐。如今女皇的两个新宠先后成鬼，且女皇对昌宗兄弟的缘分似乎未尽，于是又破镜重圆，复归于好。

女皇在此兴泰宫共住五年有余，享尽了人间的穷奢极欲之乐。但那争风吃醋的滋味，亦是苦辣酸甜，不可备述。正在无可奈何之际，忽闻突厥举兵南侵，势如破竹。

欲知何故，且听下回分解。

第五十七回

公主监国卖官鬻爵
驸马逍遥寻花问柳

要知突厥为何举兵南下，还得从太平公主监国说起。这太平公主自幼娇生惯养，不学无术，才智和女皇不差上下，而奢侈淫逸却有过之而无不及。所以监国之后，为所欲为。尤其害怕太子旦和已废的中宗庐陵王复辟，所以早留后路，大肆搜刮民膏，积攒金银财宝，购置田产。她还卖官鬻爵，不论士庶屠户，只要纳钱十万贯，就可授官员外、补阙、拾遗等职。五年之间，卖官达三千多人次。而且上行下效，层层加码。尤其是那张昌宗的弟弟——洛阳令张昌仪，也因长就一副白皙的面皮，早被太平公主恋上，如今天假其便，一拍即合，夙愿得偿，恩爱如漆。这张昌仪，上依太平公主，下赖二兄昌宗和易之，所以权倾天下，张扬跋扈，不可一世。

有一天，在他上朝的途中，有个试官拦轿呼冤。张昌仪道："将状纸递上来！"

此人站起来，曲腰驼背，恭恭敬敬地趋上前去，把状纸呈上之前，又送一个红布包，说是物证。

张昌仪打开一看，状纸本是求官表，物证原是黄金百两，便道："请回家等候，我给你申冤是了。"但他上朝之后，悄悄将此人的求官表交给吏部侍郎张锡去办。张锡不小心将此求官表给丢了。一月之后，去问张昌仪那个求官人的姓名。

张昌仪骂道："蠢材！我也不知道他的名字，只记得他姓薛。凡是姓薛的试官，都给授职是了。"

张锡经过查询，共有六十五名姓薛的，便一起给授了官。这些新进，十分感恩戴德，纷纷投表，称颂张锡之才。太平公主遂擢张锡为礼部尚书，擢张昌仪为吏部尚书。

但是太平公主后来又喜新厌旧，爱上一个礼部侍郎。不久，玩腻了，又将婉儿的情夫——北门学士崔湜霸占过来，擢为吏部侍郎。这崔湜才貌双全，有一副好口才，又会写诗，处处讨人喜欢。先依附于武三思门下，后被上官婉儿爱上，纳入北门学士府中。

太平公主爱他入迷，除赏他金银财宝不计其数外，还将旧驸马府赐予他。这个府第原是公主出嫁薛绍驸马时，高宗皇帝用三十万两银子修建的，楼台亭榭，假山碧湖，花圃园林，都极尽华丽。

但自太平公主监国后，嫌其简陋，在西侧另起一座新宅，比先前扩大五倍，将附近的三个村庄圈入院中，把村民赶往北邙山中。

园中时常斗鸡走狗，陈演百戏。公主一行一动，都有少年子弟服侍，说笑戏谑。在上下朝的途中，接连抛撒珠玉金钱，既显示荣华，又收买民心，遇有俊美的少年，则格外多撒。许多人由此致富，也有许多人为抢捡此等施舍，被践踏致死致残。

到晚间，在奉宸府里，灯红酒绿，征歌逐舞。其中有个最为聪俊者，年方十七，颇有张昌宗当年的艳丽，于是太平公主给他易名为荷郎，时刻带在身边，日夕共处，赏赐无数。

太平公主如此荒淫，新驸马武攸暨岂能管得，也只好效仿唐高宗之与武后，互不干涉，在花园西畔营建一个安乐窝，挑选了年轻美貌的宫娥百名为妾，整日花天酒地，效法那隋炀帝，每天令两个宫娥做东，请那九十八名姬妾欢宴，竞比豪华丰盛，穷奢极欲，必至杯盘狼藉，衣帽不整，夜阑方散。晚上就同做东的姬妾共枕而眠。一年三百六十日，天天如此。三年过后，也有些发腻，于是也产生了另辟蹊径之念——早听人说歌楼酒的滋味胜似神仙，尚未尝过，决心一试，遂令童仆探听那狭斜巷中哪家歌楼最好。回报说："全城最好的歌楼是三春院，其中有个嫩牡丹，妙似天仙。只是被一个什么大官包占，再不接客。"

武攸暨听罢，冷笑了两声："什么大官还能大过我去？如今我的妻子监国，号曰皇太公主，我就是皇太驸马，给我带路！"遂带了一包银钱立刻乘上皇帝的玉辇而去。当他来到三春院时，适逢凤阁舍人李迥秀正同嫩牡丹幽会。李迥秀闻听有乘玉辇的贵客来临，吓得不知所措，连忙钻到床底下躲避。

武驸马一见嫩牡丹，也十分投缘，立即取出黄金百两，设宴寻欢。嫩牡丹见武驸马比那李迥秀既年轻美貌，又有钱有势，所以婉转歌喉，极尽风流，呈伎献媚，那歌词还是当年挂牌时给太子贤唱的原词，把个武驸马高兴得乐以忘形，急忙吹灯就寝。

他们这里欢娱无限，却苦了那凤阁舍人李迥秀，在床下受了一夜的苦楚，又累又困，又气又恨。

欲知他如何能有钱嫖这嫩牡丹，又如何了结此冤家债，且听下回分解。

第五十八回

七宝帐中寡母承欢
三春院里孤女受害

要知李迥秀为何有这么多钱，还得从张昌宗说起。自从张昌宗兄弟进宫，女皇就宠爱入迷，除掉江山以外，要啥给啥，金银连车载，珠宝不计数。于是在御苑东侧修建了一座十分豪华的府第，一进三节的院落，坐北朝南，中院大厅取名华堂，为张易之住所，后院为昌宗私邸，东院分前后两节，分别为易之母臧氏和昌宗母韦氏的住所。

单说那华堂的建筑，壮丽无比，耀眼夺目，琉璃为瓦，玛瑙铺地，玉柱饰金，雕梁嵌玉，还有那沉香红粉涂壁，宝珠翡翠乱坠，香气盈门，夜光如昼，耗银数百万之巨。

张易之生母臧氏，长于富贵之家，生性奢侈，最会享受，请能工巧匠，制作一副七宝帐，其上金银珠玉应有尽有，旷古未闻。只是她中年寡居，不胜寂寞，日日游山逛水，散愁解闷。一天风和日丽，臧氏去游龙门，蝶飞燕舞，春愁倍增，尤其是看到那对对游春的善男信女，又羡又嫉，心似油煎，难描难述，那滋味恨不如死去。

当她来至宾阳洞前，浮想联翩：那微露笑容的释迦牟尼，原为王子，富贵无比，竟然抛弃娇妻美妾，遁入空门，流芳百世，其中必有乐趣，胜比人间风月之苦，颇有羡意……

当她来至珍珠泉边，再也忍耐不住内心的激动，泪似断线珍珠，滚滚而下，不禁哭出声来……

不知何时，过来一个英俊的官员，见状奇异，止步细看。臧氏发觉之后，瞟了一下他的模样，颇似亡夫之英俊，急欲上前招认。忽然急中生智，用扇子佯为扑蝶，将他纱帽打入水中，连忙赔情道：“对不起官人，因扇子失手，将你纱帽打落，赔黄金十两可好?”边说边掏，递了过去。

那官人本来正要发火，忽见递过十两黄金，不禁惊疑起来：“这是谁家官眷，有这么多金钱?”是拒是受，一时拿不定主意。

臧氏催促道：“莫非嫌钱少不成?”于是又掏出十两银子来。

那官人喃喃道：“帽子湿了，一晒就干，岂敢受这么多金银。不知夫人是何府的官眷?”

臧氏道：“我是五郎的生母、六郎的姨娘。不知官人是哪个衙门的新秀?”说罢送了一个秋波。

这官人正是李迥秀。他自我介绍道：“我是一个小小的凤阁舍人，和令郎比起来，真是一个地下，一个天上，望尘莫及呢!”

臧氏道：“蒙官人谬奖了。听你这几句话，定是个聪明绝顶之人，又长就一副俊雅非凡的容貌，不怕将来不大富大贵呢!”说着秋波迭送。

李迥秀是个走惯风月场中的人儿，早已心有灵犀一点通了，不住地暗自琢磨起来：臧氏虽已徐娘半老，比自己大几岁，但毕竟风韵犹存，且同她勾搭上手，昌宗兄弟在女皇那儿美言几句，不怕不青云直上，岂不色权双收!于是心许目成道：“若蒙夫人垂青，则为三生有幸，不胜感恩戴德之至，倘若有用，当鞠躬尽瘁，死而后已。”

臧氏喜不自禁，遂道：“请官人今晚三更时分，从东角门进府，由丫鬟接你。”

李迥秀激动而去，一路上既喜悦又忐忑不安，喜的是即将身登龙门；忧的是老妪徐娘半老，年龄又比自己大，实为美中不足……可是想到女皇比昌宗兄弟还大好几十岁呢，这算什么呀，于是又乐以忘形起来。

李迥秀去后，臧氏急忙乘车回府换装，筹备美酒佳肴、香熏罗帐，等待俊郎早临。

李迥秀按时而至，由丫鬟引至绣房，二人初会，颇有拘束之感。三杯美酒落肚，都兴奋起来，尤其是臧氏，两颊泛红，酒窝双生，颇似年轻许多，李迥秀见状，春兴勃发，秋波暗送。

臧氏道：“请问官人排行第几?”

李迥秀道："第三。"

臧氏大壮色胆，称起"妾"来："妾今后呼你三郎可好？"

李迥秀道："任凭夫人。"

臧氏道："不知三郎家中有几多妻妾？"

李迥秀道："现只有两个。"

臧氏道："好个'只有两个'，那么今后还要纳多少呀？"

李迥秀道："还要一个。"

臧氏道："那是谁呀？"

李迥秀道："远在天边，近在眼前，就是夫人你呀！"

这臧氏守寡多年，便主动上前，紧搂不放。李迥秀顺水推舟……

臧氏同李迥秀的私通日益频繁，终于被昌宗的母亲韦氏发觉。臧氏为了堵口，将她也兜了进来，二人平分秋色。这韦氏表面稳重，不及臧氏放荡，且她又年轻许多，所以欲心更炽，大有喧宾夺主之势。首先唆使昌宗在女皇面前说情，把李迥秀擢为凤阁侍郎。

李迥秀虽然获得馈赠无数，但觉得受此二妪玩弄，心中常有怏怏之感，于是乍起歌楼之念，去到最有名的三春院，嫖那嫩牡丹。这嫩牡丹虽已年过二十，仍然聪俊非凡，似将他魂儿勾住，朝夕分离不得。李迥秀拟给她赎身脱籍，问起她的身世来："看你的姿容不似贫家的黄花女儿，不知为何流落于此？"

嫩牡丹见他既居高官，又是一个俊雅的中年，也有委托终身之念，于是哭泣道："我本出生于官宦之家，只因我父亲是个浪荡公子，吃喝嫖赌，将家财荡尽，在我四岁时把我卖掉……"

李迥秀道："你父亲叫什么名字，你还有兄弟姐妹吗？"

牡丹道："我只知道父亲姓张，什么名字都不知道，哥哥很多，一直排到八郎。"

李迥秀听此不禁一怔："张易之和张昌宗爱称五郎和六郎，且也姓张，莫非是她哥哥？"又仔细端详一下她的模样，的确和昌宗十分相似，心想："如果确是如此，这也算老天爷的报应：我用她母亲的钱朝她女儿身上花，也解了我心头之恨。"于是又接着问道："你母亲姓啥，你叫什么名字？"

牡丹道："我叫张二妞，不知道我母亲姓什么。"

李迴秀心中生奇，当晚去和韦氏私会，寻根究底，她的确有个女儿名叫二妞，被丈夫张希臧卖了。

李迴秀自迷上嫩牡丹之后，逐渐对臧、韦二氏冷淡起来，她俩都起疑心，竞相派人寻访，不到半年弄了个水落石出。韦氏派家丁数十人，于一天夜间闯进三春院行凶。这时李迴秀正同嫩牡丹在安乐窝中，众人破门而入，把嫩牡丹捆绑起来。

李迴秀看全是张府的家丁，就知道是臧、韦二氏所为，连忙叩头求情道："弟兄们暂且息怒，请给她解开，待我去府中给夫人求情是了……"

总管家道："韦夫人已铁了心了，这个情你是万万求不来的。"

李迴秀百般无奈，只好把谜底揭开道："众所不知，她本是韦夫人亲生女儿，幼年家道中落时，被卖到娼家，我若给夫人说明，她必定会收回成命的。请高抬贵手！"

总管家心想："此说如果是真，母女共夫，家丑外扬不堪设想。"于是狠狠心道："你莫非是疯了，造此谣言，恶毒咒骂我们的夫人。伙计们，走！"遂七手八脚将嫩牡丹抬到荒野埋掉。

李迴秀急忙跑到韦氏跟前跪下求情。韦氏听罢，暗自思忖："嫩牡丹确是自己亲生女儿。怎奈事已至此，难以挽回。即使挽回，这母女共夫的名声也难当，而且李迴秀必定迷恋女儿，抛掉自己。"于是一股怒气，连打李迴秀三个耳光："贱人！胡说八道，信口雌黄，你莫非疯了！"

李迴秀哭道："请夫人息怒，你不为我着想，也要为你的女儿……"

韦氏这时千头万绪，痛苦莫名，一头倒在床上，抽泣起来……

自太平公主监国三年多来，自上而下的政治、经济、生活都腐败若此，天下暴乱在所难免。但突厥的突然南侵，还另有特殊原因。

欲知端底，且听下回分解。

第五十九回

真公主错用调包计
假驸马招惹倾城祸

话说太平公主监国之后，怕众人不服，为了张威，连年用兵，东征西讨，而且穷奢极欲，卖官鬻爵，挥金如泥。那买官者更加贪暴，捞取本钱。只弄得民不聊生，百姓逃亡的逃亡，起义的起义。四夷见天下大乱，皆欲乘虚而入。

且说那北方的突厥族，自从唐太宗偃武修文，采取睦邻政策，和其可汗结拜兄弟之后，一直太平无事。虽然女皇把防卫突厥的大将程务挺、黑齿常之诛灭之后，有弹冠相庆、幸灾乐祸者，但却无乘虚而入者。而今看到太平公主监国，朝政紊乱，便有趁火打劫之念，遂想出一条计谋，以给公主招婿的名义，欲把太子旦索去，然后树为傀儡，举兵入侵。遂遣使下国书一封，提出三项条款：

（一）以女赘婿唐天子之子李旦；

（二）索回高宗咸亨年间投降唐朝的降户三千帐；

（三）要聘礼谷种四万斛，丝帛五万匹，农器八万件。

太平公主接此国书，觉得事关重大，亲自上兴泰宫奏请女皇。恰好那天发生俊生行刺未遂事件，女皇心中十分烦恼，约略一看，便宣谕道："除第一款婉言谢绝外，其余两款可同诸宰相商议而定。"

太平公主回朝，召诸宰相商议。右相两脚狐狸杨再思眉头一皱计上心来："皇孙武延秀聪俊非凡，堪称当朝最美的男子，冒充太子前去，定能被他公主看中。”

太平公主道：“其他条件亦嫌苛刻，似有威胁的口吻。”

左相武承嗣道：“民间娶媳，尚须聘礼呢，何况一朝天子？”

尚书苏模棱亦觉杨再思言之有理，立即附和道：“武延秀的聪俊，比太子旦皆有过之而无不及，定能讨得突厥公主的好感。突厥的降户终为突厥之人，早晚亦归突厥，留之利害参半，趁机遣还，两全其美。索要之丝帛、农具、铁器、谷物等，可将库藏年久者予之，既可清仓，又可滥竽充数，搪塞应付。”

太平公主认为此计可行，即应允照办。

狄仁杰却认为此计不妥，启奏道：“突厥生性淳厚，较讲义气，故太宗时屡次同他结盟，兄弟相待，推心置腹，一视同仁，二十余年无有战乱发生。但是突厥人复仇之心亦较重。若是欺骗损害于他，则往往不惧生死，铤而走险。故臣以为武延秀代替天子，宜将情况言明，使其谅解：女皇四子，已死去两名，现都中只有李旦一人。所赠财帛器物，若库藏不足，亦应婉言谢绝，或减或免，或以物换物，皆无不可，切不能滥竽充数，欺骗哄诈。如此谎言，一戳即破，既失信，又失财，徒有害而无一益。请皇太公主细思！”

太平公主既先入为主，又觉得突厥人少势弱，难成大患，可和则和，不和则战，岂能给他低首下气？如此礼仪，已算待他不薄，且走且瞧是了，遂依令而行。

默啜可汗一见所赠丝帛、农具、铁器等，多为破烂不堪，心中便已有气。不久又发现谷种有许多不发芽、不出苗，更气上加气。

所好者，女婿既聪俊，同宝兰公主感情甚笃，且又知书达理，十分孝敬，心中尚可自慰，将火气暂且压住，相机而行。

一日天晴气朗，又值阳春时节，宝兰公主心花怒放，备些美酒佳肴，携武延秀野游，谈情说爱。因武延秀初到漠北，刚学会骑马。公主唯恐他跌伤身体，便让他同骑在一匹马上，搂在怀中，缓缓而行。

遍地绿草如茵，一望无际，似同浩瀚无边的海洋。时而听到些若断若续的虫声，愈显草原上的幽静，二人似乎沉醉在甜蜜的梦中。因在马上，也顾不得谈情说爱。约过一个时辰，翻越一道沙梁，忽见野桃满岗，红花缤纷，一片仙意。紫燕低飞，蜂儿争忙，一条小溪映带左右，似入世外桃源。二人便下得马来，欣赏这迷人的风景，边走边看，来到一块大石头处，并肩而坐。

两个人的倩影映入水中，皆如花似玉，叫人愈看愈爱。且四外无人，无拘无束，两人遂极尽蜜月之欢。不知不觉，已到中午时分，于是取出奶干、奶油、葡萄美酒，吃将起来。三杯美酒下肚，两副芙蓉脸上都泛起一层红润，简直和荷花无二。于是兴起情浓，不拘形态起来，一会同杯共饮，一会口对口送酒。你恩我爱，忘尽人间万事。

兴尽之后，公主忽然产生了后顾之忧："日后若召你回去，可该何如?"

武延秀道："我同公主生死与共，永远不再回去。"

宝兰公主道："你难道不想你的母皇吗?"

武延秀因正沉醉在欢爱之中，未及细思，脱口答道："我双亲早已去世。"

宝兰不禁一怔道："当今女皇岂不是你生母?"

武延秀方醒悟过来，急忙掩饰道："我系女皇姐姐私生，为掩家丑，认给了女皇。"

宝兰公主道："传说女皇美似天仙，你的容貌像她吗?"

武延秀道："女皇虽美，但是她的四个儿子和我相差很远……"他又说漏了嘴。

宝兰公主又一怔道："听说女皇一共只有四个儿子，你既然私下里认给了她，那么你排第几?"

只问得武延秀一时难以答对，喃喃不知所措。

宝兰公主遂起疑心，一定要追问到底："你一定是个冒牌货，我禀告父王给你治罪!"

武延秀急忙跪下求饶道："女皇是我姑奶，我乃女皇嫡孙。女皇只剩两个儿子，一个贬往外地，一个立为太子无法脱身，且都相貌不扬，远不如我，才想出此计，前来顶替。如今咱已结成夫妇，情洽意浓，山盟海誓，言犹在耳，岂可忘怀?"

武延秀说到了宝兰公主的痛处，她既迷恋上他的姿容雅态，又觉得他是女皇的嫡孙，也和太子相差无几，便有意原情。但为了使他感恩，便吓唬他道：“假冒太子，罪不容恕！骗我誓言，无耻至极，还有何面目启唇?”

武延秀道：“常言道‘一日夫妻百日恩。’咱已成婚两个多月，岂能毫无恩义?”说着泪珠双流。

在他如花似玉的脸上，增加了两行泪珠，映着日光，晶莹闪烁，更显妩媚。都道笑容可掬，岂料泪颜亦是迷人的。宝兰公主气在表面，喜在心里，仍继续吓他道：“骗子从来没有恩义，只有碎尸万段，方能雪耻解恨!”

武延秀坦率地道：“我已爱你入迷，若能死在你的手下，我亦含笑九泉了。但希不要告诉可汗大人，庶免死于别人手里。”

宝兰公主见他痴情如是，方转怒为喜道：“我暂恕你不死，看你日后如何。”说罢把他扶起。

此后武延秀侍奉公主小心翼翼，百依百顺，夫妻情爱愈来愈笃。但他系纨绔子弟出身，得陇望蜀，喜新厌旧之心油然而生，不久就同默啜可汗的几个艳丽的歌妓发生了私情，对公主逐渐冷淡起来。公主起疑，嫉恨交加，暗中访查，很快捉到奸证，将他的来历劣迹全告诉了父亲。默啜可汗一听，气从数处来，立即把武延秀囚禁，拟了一道檄令，谴责女皇的四大罪状，举兵南下报仇：

> （一）我可汗女，当嫁李氏天子儿，而武氏无赖，竟冒充太子骗我公主，罪莫大焉；
>
> （二）赠我谷种，种之不出；
>
> （三）送我农具、铁器破烂不堪，不能使用；
>
> （四）献我丝帛，霉烂虫蛀，无法穿着。

因事发突然，女皇边关守将无所准备，所以突厥人势如破竹，所向披靡，半月之间，占领河北大部，逼近潼关。

女皇闻此战报，方才下山回銮。

欲知女皇采取哪些措施，且听下回分解。

第六十回

女皇下山收拾残局
宰相上阵荐贤代职

话说女皇听闻突厥举兵南侵，逼近潼关，急忙下山回朝。当即召集群臣商议对策。

女皇首先斥责两脚狐狸和苏模棱道："此皆二卿拙计欺骗突厥使然，理应绑缚二卿前去谢罪。"

吓得两脚狐狸和苏模棱一齐跪下叩头求饶。

狄仁杰道："大敌当前，勿先自责，宜速计议良策才是。"

女皇道："不知贤卿有何主意?"

狄仁杰道："宜双管齐下，一边募兵，一边议和。"

张昌宗早欲寻机立功，树立威望，谋立太子，率先启奏道："臣愿挂帅，以报圣恩!"

女皇道："六郎年轻，办事不牢。"

狄仁杰道："若将魏元忠赦归，定能胜任无虑。"

女皇凝思片刻方道："贤卿曾任幽州都督有年，地理人情皆熟，且魏元忠年老体衰，恐比贤卿相差远矣!"

狄仁杰道："如蒙垂青，臣生死在所不辞。但亦应赦魏元忠复为宰相，方可万全无虑。"

女皇道："卿且退，容朕细思。"

女皇回到寝宫，召集昌宗、易之、三思、婉儿等心腹密议。

昌宗首先启奏："陛下似有任狄仁杰为帅之意，但不知把臣置于何地?"

女皇道："突厥此次大举进犯，六郎实难胜任。朕拟命狄仁杰为元帅，你为副帅何如?”

昌宗道：“应命臣为元帅，他为副元帅才是。”

婉儿不禁一笑道：“明明狄仁杰才略高明，若令他为副帅，六郎为帅，这岂不正好是狐假虎威了?”

昌宗道：“女皇在此，何用奴婢擅权多嘴!”

女皇道：“还是婉儿之言为是。”

昌宗道：“狄仁杰曾任幽州有年，德高望重。若同突厥里应外合，反戈一击，大周江山立致倾覆，岂可任他为帅？臣虽不才，赤心可嘉，时刻观察动静，稍有不测，即可制裁于他。若位在他之下，受他指使，只怕冤死九泉，亦真伪莫辨了!”

张易之道：“用兵不疑，疑兵不用，还是狄仁杰为妥。调兵遣将，非同儿戏。只怕胞弟经验不足，万一失误，噬脐莫及。”

昌宗道：“谁个经验是从天而降？若不令臣带兵打仗，是永远也不会有经验的。失此立功良机，恐臣此生是永无出头之日了。臣非挂帅不可!”

女皇见昌宗意志坚决，主要是为谋立太子捞取本钱。且有狄仁杰为副帅保镖，也不致出大乱子，便迁就道：“狄仁杰诚恳可靠，精明老练，你宜时时尊重于他。若万一不测，见有异志，则宜调他回京，由朕处置，千万不可莽撞行事。”

昌宗道：“此乃一般而言，但若必须当机立断之时，也只有先斩后奏了。陛下不曾闻‘将在外君命有所不受’之说吗?”

女皇道：“那是极少有的特殊情况。”

昌宗为了对女皇进行要挟，板起面孔，嗔怒道：“若不让臣挂帅，臣就立刻死去! 庸庸碌碌一生，有何意思?”说罢拂袖欲走。

女皇急忙搭讪道：“就命你为帅是了。”

接着又商议赦魏元忠归来任宰相事宜。大家一致认为经此一贬一赦，他的权势锐减，已无功高震主之虑。且令狄仁杰出征之后，除他之外，再无合适的良才，也只好如此办理了。

任命一定，立即调兵遣将。只因连年四面用兵，京师已经备兵不足，随即诏令募招新兵。但令下月余，数不满千。女皇甚为惊诧，急忙召狄仁杰进宫，问其缘故。

狄仁杰回道："昌宗年华方茂，既无威望，又无御敌经验，万一不测，全军覆没，谁愿去同他白白送死耶?"

女皇道："贤卿之见何如?"

狄仁杰道："如今天下尚不厌唐，突厥曾欲赘太子旦为婿。故以臣之见，应以太子旦为帅。"

女皇同意所奏。诏令一下，数日之间，即募得新兵十万，又从京都、江淮等地调遣十五万人马，号称三十万大军，宣誓出征。

临行，太子旦托病，由狄仁杰兼元帅职务，增派张昌宗为监军使，女皇亲自送至坝桥。

女皇下山派遣狄仁杰和张昌宗北上抗击突厥之后，立即把魏元忠赦归复为宰相，商讨太湖啸聚问题。而岭南僚人造反之事，远在边陲，暂搁一边。

武三思首先启奏："啸聚匪徒同幽州孙万荣遥相呼应'还我庐陵王'，其间必有唐宗室余孽，应速派兵征讨。"

张易之道："据尚议院女官司籍谢瑶环奏称，太湖地方官吏贪暴，兼并土地，百姓无田可耕，方铤而走险，啸聚太湖。欲根除后患，必釜底抽薪，从整治贪官做起。"

魏元忠奏道："常言道：'上梁不正下梁歪。'问题在下，祸根在上，故宜顺藤摸瓜，先从朝内着手。"

太平公主道："太湖啸聚，势如烈火，急于燃眉。而朝内隐患一时未显，若顾此失彼，岂非本末倒置了吗?"

苏模棱眼观四面，耳听八方，认为再无标新立异的主张，遂依故技奏道："太湖啸聚严重，朝内隐患亦为不小，顾此失彼或顾彼失此，皆事倍功半。依臣愚见，宜双管齐下，以收事半功倍之效。"

女皇为了抬高张易之的身价，又怕他所言欠实，遂将谢瑶环传来核对。

谢瑶环道："义军确系被新兴豪门贵族兼并土地而倾家荡产的贫民。只要制止兼并，进行招抚，使耕者得其田，仍能达到'江南江北皆春意，笙歌一片颂明时'的太平景象。若用武力镇压，只怕是压而不服，愈燃愈炽，走向隋末群雄四起的局面。"

女皇一听“隋末”二字，不禁打了一个寒噤，举目将谢瑶环打量一番，但见她身高六尺，魁梧英俊，春风满面，双目有神，颇似一个雄伟的男子，有几分侠气。因问道：“此等情况，你如何得知?”

谢瑶环道：“臣夫袁行健，刚从江南来京，皆他耳闻目睹，无一虚言。”

武三思立即驳斥道：“袁行健乃江湖侠客之流，来历不明。请陛下细思，勿受其骗!”

女皇明知武三思次子武宏官居镇江，定有依势兼并之嫌，故对武三思所奏甚为反感，立即制止道：“朕意已决，卿勿再言。”遂命婉儿草诏：

(一) 凡兼并渔利百姓土地财产者，一律无偿归还；

(二) 兼并土地致伤致死百姓者，偿命；

(三) 主动退还者奖，抗拒者罚；

(四) 继续威胁百姓、营私舞弊者，不论皇亲贵戚，格杀勿论。

宣谕毕，当即赐谢瑶环尚方宝剑一口道：“命你夫妇巡按江南，凡有违旨者，不拘勋官贵戚，格杀勿论!”

谢瑶环急忙跪上前去，接过尚方宝剑：“皇恩浩荡，定以死相报!”遂激动而下。

女皇为了万全，采用招讨两个方案：一面命谢瑶环夫妇前去招抚，一面又派张易之带领五万大军跟随。如招抚不成，即以武力相待。同时还可给易之以立功的机会，树其私恩，便于其日后掌权。

武三思一见女皇赐给谢瑶环尚方宝剑，便心神不安起来，一边制造流言蜚语，说袁行健来历不明，一边收买刺客，阴谋杀害谢瑶环夫妇。

女皇听此流言，觉得袁行健至多不过是个侠客，且只让他担任巡按，并无兵权，不足为患，仍依令而行。但是当谢瑶环夫妇渡江之时，却被武三思收买的海盗推下江中。于是招讨的双重任务都落到了张易之的身上。

欲知南北战果，且听下回分解。

第六十一回

忠臣出征招讨并举
男宠监军名利双收

话说狄仁杰一边行军，一边遣使前往定州，把会同女皇拟定的国书照会突厥默啜可汗：

> 自高祖、太宗以来，每每结拜，情同手足，恪守边塞，开关互市，牛羊布野，一派升平景象。迩来或受小人调拨，或遭误会，万里边疆，纠纷难免。
>
> 如今我大周建国十又五年，国姓为武，延秀纳可汗女，应算门当户对。至于谷种、丝帛、农器低劣，皆系检验疏漏，并非有意。若能见谅，重修友好，悬崖勒马，转祸为福，则双方有利；若执迷不悟，一意孤行，我泱泱华夏，岂与汝区区绝域低首下心？必奉陪到底，以见高低，其无悔！
>
> ——大周金轮圣历皇帝武则天

默啜可汗见此国书，思之再三，有一定道理。而狄仁杰为政公允，先前上疏亦较平等，他带兵上下同心，谋略过人。且如今已虏获财帛无数，以示惩罚。遂决定撤兵议和，将武延秀放回。

狄仁杰议和完成后，即时上疏善后：

> 突厥虽退，但被其胁迫助纣为虐之徒，皆散入草泽山林。历代朝廷，多以此辈心虽与敌人有异，罪则相同。臣以为此辈多为生活

所迫，情有可原。尤以山东近数年来，支援军机，征调繁重，更有不法官吏趁火打劫，渔利百姓，致使许多百姓家破人亡，不顾礼义，但求一生，逃奔于敌。敌人退后，其心疑惧不安。夫，人好比是水，壅塞则为泉，疏通则为川。若赦其罪，则出；不赦，则必顽抗，继续为祸。而且山东尚有许多逃亡之流民，聚结于草泽。臣以为边疆烟尘暂起，不足为忧，而国内不安，则为祸更大。伏愿尽赦河北诸州，胁从于敌者，一律不问，发放旅资，送其还乡。并开仓散粮，救济山东百姓，其逃亡聚结之流民，可不攻自破。

女皇甚嘉其言，颁令执行。数月之间，河北、山东遂安。狄仁杰班师回京，女皇封他为晋国公，尊称国老，奖赐无数。亦借机封赏挂名的监军使张昌宗为邺国公。

话说张易之因邀功心切，马不停蹄，日夜兼行，不及半月即到太湖驿站，安营扎寨，遣派使者召农民军前来商议。

你道农民军的商谈代表是谁？却是谢瑶环和袁行健夫妇二人。

原来，袁行健的水性极好，竟然举着谢瑶环游上了岸，投奔到太湖农民军中。

张易之和他们相见，首先致以歉意："兄嫂途中不幸，小弟惊叹不已，即时回奏女皇，敕令缉拿凶手，并令小弟兼职招讨双任。小弟深感才疏学浅，请兄嫂多予关照。"

袁行健道："愚兄个人安危不足挂齿，宜速商谈巡按大事。"

张易之道："请问义军意见如何？"

袁行健道："招安不难，只需三个条款：立斩劣绅武宏，以平民怨；将诸土豪兼并土地一律归还原主，流民自然安居乐业；贬谪武三思，以防其为子报仇。"

张易之听罢，面有难色，思考良久方道："第一条，武宏系女皇侄孙，人命关天，小弟可遣人拿获，送交女皇惩办。第二条，小弟立即照办。第三条，亦须奏请女皇审处。"

谢瑶环不禁一笑道："我且问你，这尚方宝剑是否女皇亲赐？是否有

‘凡兼并土地者，不拘皇帝贵戚，皆可格杀勿论’的谕旨？由此来看，若非张巡按胆小如鼠放弃职守，则定是女皇口是心非欺骗义军!”

张易之被问得张口结舌，尤其怕影响女皇威望，急忙答道：“全系小弟胆小，并非女皇欺骗义军。如今三条，小弟全都应了。只是武三思尚在朝中，小弟立即修书奏请女皇惩处。”

袁行健和谢瑶环认为其言之有理，遂令他立即执行。

张易之随从不及千人，大队人马尚未赶到，只怕武宏拒捕，遂同左右用计，给武宏修书一封。

武宏贤侄：

余奉女皇密旨，招安太湖匪徒。匪首妄称必先斩除贤侄，方允招安。余虑之再三，唯有一计：请在奴仆中选一相貌类汝者，绑来归案。汝亦速化装同行，送汝回京，以防万一，待匪徒散尽，再图复仇良策，切切勿误!

愚叔张易之手书

武宏系不学无术之辈，平日只知“财色”二字，头脑简单，心眼短少。对张易之手书全信为真，急忙依计前来。

张易之早将士兵埋伏停当，武宏刚进驿站大门，即束手被擒。武宏不知就里，还以为发生了误会，急忙高喊：“错了!”士兵道：“是你看错信了!”霎时把他捆牢。

武宏这才恍然大悟，知中了计谋，便开口大嚷：“我是女皇侄孙，谁敢动我一根毫毛，叫你家灭九族!”

张易之道：“臣有御赐尚方宝剑一柄，你是怪不得我了。”说罢，即令侍卫将他首级斩下，交付义军。女皇接到易之来书，亦立即将武三思贬为太子少保。

张易之遂将所有劣绅土豪兼并土地一一归还于民。民愤大者，亦殄灭殆尽。太湖义军遂纷纷散去，重整家园。未及两个月，即豫乐升平，歌谣载路，深感女皇恩德，众口皆碑。但袁行健和谢瑶环却悄悄引退，不知去向。

张易之胜利归来，女皇十分满意，犒赏无数，封为恒国公。

且说京畿地区兼并土地问题，交由魏元忠查处。首先触犯的就是太平公主和女皇胞姊之子贺兰敏之，只好折中调和，能退者就退，不能退者补些钱财。而洛阳令张昌仪，因恶迹太重，实难包庇，贬任博望县丞。

如今除岭南僚人造反尚未平定外，国家渐趋平安。那爱进谄图赏的千金公主又伺机向女皇道："庐陵王第五女永泰郡主，虽只一十六岁，但既风流放荡，又爱调拨是非，希早日出嫁为好。"

女皇信以为真，立即将她下嫁侄孙武延基为妻。

且说狄仁杰平定突厥回来，除封为国公、国老外，仍任宰相。魏元忠迁为右相，两脚狐狸被降为尚书。狄仁杰休息数日，即商讨平定僚人造反问题。

欲知有何良策，且听下回分解。

第六十二回

书致岭南招抚五万
身入河北拯救一僧

话说狄仁杰同突厥缔罢和约，安定河北回朝之后，女皇深感其功。这时岭南僚人五万所陷三州五十县，仍然未退。狄仁杰又欲亲自出征，女皇道：“国老年近古稀，南征北战，立下许多汗马功劳。且国老刚从河北回来，理应长期休养才是。国老德高望重，可以你的名义写封书信，遣廉洁奉公的棣州都督员半千为始安都督前去招抚。若是无效，国老再去不迟。”

狄仁杰道：“蒙陛下恩典，不胜感恩戴德，臣遵命是了。”于是亲自拟《招抚书》一封：

> 历代帝王皆贵华夏，而轻四夷。自太宗以来，视天下如同胞，万国归附。圣神女皇革命之初，酷吏乘隙而入，上陷忠良，下欺百姓，人人自危，民不聊生。尔等铤而走险自救，实为情有可原。而今元凶来俊臣、周兴相继贬谪，普天同贺。太湖啸聚已平，河北突厥缔结和约。国泰民安，众心所向，势在必行。希尔等视时省事，悬崖勒马，既往不咎。汝等比突厥，恳若灯火与日光，吾既能击退突厥，又岂能败汝麾下？若执迷不悟，其后果可知也。

僚族首领接到狄仁杰的《招抚书》，颇受感动，从他对突厥的缔结和约来看，的确是言行一致的。所以畏威怀惠，立即放下武器。员半千都督到来之后，众首领齐去迎接，抱歉地道：“由于地方官吏贪得无厌，穷凶极恶，使我们走投无路，方铤而走险。今受宰相招抚，深感宏恩，听候都督发落。”

员半千见他们诚心可嘉，立即抚慰他们道："贪官污吏，上违朝廷，下欺百姓，实属十恶不赦。已杀之，罪有应得；漏网者，吾当纠查严惩。尔等交回所占州县，各回各地，一切不咎。"

众人听罢，皆欢天喜地散去。员半千廉洁奉公，努力贯彻新订的"十五事"，劝农桑，抗击豪吏。两年之间，此地五谷丰登，夜不闭户。当地各族百姓给员半千树碑立传。

员半千到岭南不久，发现当地土人的首领中也有不少才干出众者，遂给女皇上疏，请求一视同仁，给予重用。这样既可为女皇树恩立德，亦有利于国家。女皇甚嘉其言，遂发一道南选诏令："勒桂、广、交、黔等州都督：比来所奏土人首领简择未甚得所，自今以后，宜四年一度，差强明清正五品官以上充使选补，仍令御史同往。土人首领中可任五品以上官者，由所管都督府相识具陈，其艺能政术，堪称所职之状，奏闻。"

此南选和武举诏令皆为开天辟地以来之首创，乃女皇的两大功绩。

不久，恒州鹿泉寺又发生一件奇案。一个小和尚从佛经筒里发现一张画，上画老和尚拉弓射杀楼上一个华贵的女人，画中女人疑是女皇。小和尚上朝控告。女皇命徐有功按问。

徐有功立即提出疑问道："用符咒者，皆系暗中行事，岂有将自己和所咒之人一起画将出来之理？"

女皇道："莫非是老和尚用箭射画时，被别人瞧见，暗自画将出来，也未可知。"

徐有功道："若是如此，绘画人就应前来告密，而为何将画放在佛经筒中，被小和尚发现呢？"

女皇道："依贤卿之见，应如何处理呀？"

徐有功道："臣愿去寺中详察。"

女皇道："贤卿年近古稀，不辞劳苦，长途奔波，朕实有些不放心呢！"

徐有功道："恒州不远千里，臣愿效此微劳。"次日即带此小和尚回去详察。

徐有功到鹿泉寺以后，首先核对了一下笔迹，同老和尚以往的画册十分相似。但老和尚却连喊冤枉，声称受人陷害。

徐有功问道：“你同这个小和尚有无私仇？”

老和尚道：“无什么私仇，只是他太爱花钱，我控制较严，他似有不满。”

“你看这张画是小和尚画的吗？”徐有功问。

老和尚道：“他整天贪玩，是画不出这么好的画的。”

徐有功道：“这就奇了……近处还有人会画画吗？”

老和尚道：“北岳庙里有个法满和尚，是教我学画的师傅，但他已归天两月多了。他对我甚厚，是不会陷害我的。”

徐有功道：“他可对女皇尊敬否？”

老和尚道：“女皇登基以来，到处建庙塑神，把我们老和尚快祟上天去了，我们感恩还感不尽呢，岂有不尊敬之理？以老僧愚见，绘此画像者，若非此小和尚收买名家陷害老僧，必为其他人所为。”

徐有功认为其言之有理，心中纳罕，琢磨不定。

老和尚突然问道：“请您看看墨迹有多久了。我因患眼疾，看物昏暗不清，已三年多不曾握笔了。”

徐有功仔细看了一下墨迹，尚鲜艳有光，似不过几个月的光景，因而肯定此画不是这老和尚画的。于是对小和尚道：“此画肯定不是你师傅所画，究竟如何来的，快速招供。遵照女皇敕令，一问即承罪者，可以宽赦，而诬陷良民者反坐，且我带有尚方宝剑，可以先斩后奏。”霎时将宝剑抽出鞘来，照准小和尚的头颅，作欲砍之状。

小和尚吓得六神无主，立即跪在地上喃喃道：“女皇的告密令，是说‘不实者不予问罪’的……”

徐有功道：“那是先前酷吏索元礼和周兴篡改的。如今这两个奸贼早已诛身破家，你可想去追随他们两个吗？”

小和尚无奈，只好如实招供道：“此画是我请北岳寺法满和尚画的。我骗他说因我妻子原是富家小姐，我家破落中衰，她嫌贫爱富把我休了，所以我才出家，心中十分恨她，请他给绘此画。”

徐有功道：“画上的和尚应该是你才对呀，为何是老和尚？”

小和尚道：“那是我用此画和老师傅的画像比对，重新描绘的。”

徐有功道：“那你为何要陷害你的师傅呢?”

小和尚道：“因他过分吝啬，我想把他害死，由我掌管全寺财物，就可以自由挥霍了。”

徐有功道：“念你年轻初犯，赦你不死，赶出寺门，另谋生路去吧。”

小和尚抱头鼠窜，老和尚涕泪交零，跪在地下连连叩头道：“阿弥陀佛！大官人明察善断，爱民如子，清白如镜。愿大官人五子登科，长寿百岁。阿弥陀佛，善哉，善哉!”

徐有功回奏之后，女皇亦十分高兴，深感徐有功办案公正，体恤百姓，擢他为司仆太常卿，赏锦缎十匹。

从此天下又转危为安，但淫逸之风已弥漫朝野，改之极难。女皇宠爱昌宗兄弟，挥金如土。太平公主监国，将国库挥霍一空。地方官吏竞相效尤，克民肥己，如今只是暂时收敛而已。且那元凶来俊臣贼心不死，又趁机反扑，一场惊心动魄的斗争正在酝酿，比先前还猖狂百倍。

欲知来俊臣使用何计，且听下回分解。

第六十三回

来俊臣用计反扑 刘思礼害人苟安

话说来俊臣被贬至同州后，日日盼望侯思止用计的消息，睡梦里都在想着借机复职，然后拉拢一批人，把宰相狄仁杰等除掉，使女皇孤立起来；或者用毒计将女皇暗杀，武力谋篡；或者将太子旦除掉，使其后继无人；或者勾结武承嗣篡位，然后再把他除掉……“天下无难事，只怕有心人。”只要一计得逞，即可面南登基，称孤道寡，享受那三宫六院七十二妃的穷奢极欲。他盼星星盼月亮，似同热锅上的蚂蚁，直盼了五年半，终于盼到侯思止送来的一封箕州刺史写的密札。他打开一看，喜不自禁，乐以忘形起来。当即给侯思止设宴洗尘，命爱妾前来侑酒佐欢，直至烂醉方罢。次日即备马回朝告密。

这时朝中还有不少来俊臣原先的下属，急忙将他迎进后宫，朝见女皇。他一见女皇，跪拜在地，哭诉道：“箕州刺史刘思礼给臣写来密札一封，托言术士为他占相，称其必将大富大贵、登基称帝，约臣和他同谋，事成之后，拜我为相。臣虽受贬，不过是因女皇一时之怒。且女皇昔日厚恩，臣终生难忘，故将密札呈上，请女皇陛下御览定夺。”

女皇接此密札急忙打开观看，上面写道：

来中丞英鉴：

女皇暮年以来，多疑信谗，恩将仇报，大杀开国元勋，且穷奢极欲，重敛苛赋，失去民心，不可保也。今有术士为吾占相，称吾身有龙气。昔唐高祖起兵太原，一举而就。今吾地处太行之阳、太原之右，南控潼关，北扼突厥，天时地利具备。希君助我共图大业，定当爵赏不次。

箕州刺史刘思礼谨启

女皇看毕密札道："此贼真乃可恶，狂妄已极，十恶不赦！可将他捕来，严惩示众！"

来俊臣道："臣如今受贬，无此职权，如何是好？"

女皇道："念你受贬无怨，忠心可嘉，前罪尽释，官复原职。"

来俊臣忙叩头道："谢恩，愿女皇陛下万岁！万岁！万万岁！"然后又说些别后如何怀念女皇厚德和天下百姓如何感谢女皇的话语等，方才退下。

且说这刘思礼为何有这么大的胆量呢？只为他迷信使然。

他任箕州刺史以来，时常听说唐高祖李渊太原起兵、北联突厥的故事，加之徐敬业叛乱后，女皇手段毒辣，老臣怨尤，便有心效法李渊，时时窥窃时机。

一天晚上，忽然有个术士，身穿八卦衣，手持羽扇，飘然而至，不让而坐，端起茶杯就饮。

刘思礼问道："请问仙师何处而来？"

术士道："白云深山有古寺，南来北去无踪迹。"

刘思礼道："请问尊师大名？"

术士道："法名礼耀山人，修行一百八十八载。功德完成，师傅命我下山，寻得同名者佐之，必能创立江山。"

刘思礼遂屏退侍卫，问道："请讲明白。"

术士道："我法名礼耀山人，即寻找有'礼耀'二字之人辅佐，将来必能开国创业。今日行至箕州，见得城头龙气万丈，直冲斗牛，必有贵人在焉。当即打听，得知刘刺史台府思礼，岂非思我则何？且这箕州，地处太行之阳，西控太原，东临冀州，北连突厥，南通潼关。太原乃唐高祖起兵开国之地，而箕州居其东，位在其上方，必然取而代之。"

刘思礼道："我如今只是一个小小刺史，权微势薄，只怕前途难料。"

术士道："如你不信，请抽签猜个字看。"说着把签筒递了过去。

刘思礼顺手抽得一文竹签，但见上写一个"天"字。

术士道："这个'天'字，岂不正是真龙天子之'天'，你还有何怀疑?"

刘思礼仍半信半疑："这……"

术士道："这个'天'字，还可以拆为'一'和'大'两个字。一大者，第一大也，第一大除非皇帝则何?"

刘思礼渐渐相信："是。"

术士道："这个'天'字，还可分为'二'和'人'两个字。二人者，就是要两个人结盟起义。"

刘思礼道："但不知那人是谁?"

术士道："还须在我法名上找——我法名礼耀山人，你占去了'礼'字，那人名字必然带个'耀'字。"

刘思礼思索片刻道："我有知已，名叫綦连耀，可是他否?"

术士道："是了，是了！你看他那个'连'字，正是让你和他串联之意。不知此人现在何处?"

刘思礼道："现任洛州参军。"

术士道："是了，是了。你看那个'洛'字，'江'字的偏旁，一个'各'字，岂不是分裂'江山'之意吗?"

刘思礼道："是。"

术士道："欲待成功，必须里应外合。而且当皇帝，必须有贤臣武将辅佐。綦连耀既然是参军，可当武将，那么就缺一贤臣了。"

刘思礼道："请问尊师，此人是谁?"

术士道："还须在我法名'礼耀山人'中去找——尚有'山人'二字未曾寻得。

刘思礼道："不知该是何人?"

术士道："此人的名字，必须带一个'山'字或者'人'字。"

刘思礼思考良久，不得其解，因又问道："请尊师指教。"

术士佯为皱皱眉头，然后道："此人似是来俊臣，因他名中'俊'字既带有‘人’字偏旁，而且还有个忠臣的‘臣’字。但不知刺史同他的交情如何?”

刘思礼道：“无什么交情，而且他如今贬往同州，亦难作里应之人。”

术士道：“贬而生怨，人之常情。虽无交情，其心如一，小弟不才，定能撮合。且他在朝中十余年，百足之虫，死而不僵，朝中定有很多心腹可为其效劳。”

刘思礼被说得心动，立即设宴热情招待。晚上又谈至半夜，遂决意谋反。次日就写密札两封，一交术士勾结来俊臣，一交衙役送给綦连耀。

这个术士原来是侯思止假扮，得此密札，立即赶往同州，送交来俊臣。

这侯思止如何知道刘思礼有谋反之心呢？因他为了学习算卦技巧，在洛阳卦摊上混了三个多月，听一个算卦先生说，曾给刘思礼占过相，言他有龙气，他十分高兴，赏赐黄金十两，便由此推测而知。

且说来俊臣复职之后，为了按问刘思礼和綦连耀，则密不公布，仍让侯思止扮为术士，以请他二人到同州商谈谋反的名义，将他们捕获，解押回朝。

来俊臣为了加紧谋篡，对刘思礼道：“只要你牵连朝中的凤阁侍郎李元素，郎将孙元豪、石抱忠等三十六人，可免你不死。”

刘思礼误认为真，遂依其意胡咬乱引，将三十六名无辜同斩于市，并流放一千余人，而刘思礼只得到暂时苟安。

来俊臣立此“大功”，胆量愈来愈大。

欲知他又陷害何人，且听下回分解。

第六十四回

永泰郡主受谗赐死
贺兰敏之流放自缢

话说千金公主听说来俊臣复职反扑，杀害侍郎李元素等三十六家之后，预感到自己的前途不妙，又于晚间进宫去探听动静。恰遇昌宗兄弟在外室煎汤药，忙得不亦乐乎，手脸被熏黑数处。千金公主便阿谀道："荷花出淤泥而不染，二郎煎药，烟熏火燎不上脸。莫非真是再世的二仙？"

昌宗道："蒙大长公主夸奖，快请上座。"

千金公主道："常言道：'久病故人稀。'一点不假。女皇卧病三个月了，太子和宰相无一人前来侍候汤药，可见其忠心如何了。"

张易之道："只怕他们还盼望女皇早日驾崩，以便复辟呢。"

其实是昌宗兄弟故意讨好女皇，便于谋篡，矫旨不许宰相和太子进入寝宫的。千金公主佯为不知，故意讨好献媚。

千金公主道："二郎何不早日请立太子呢？"

昌宗道："这是女皇圣裁之事，我们从未考虑及此。"

千金公主道："人有好心，天有感应，功到自然成。我看早晚必立二郎为嗣。"

张易之道："大长公主可知群臣对我兄弟二人有何议论吗？"

千金公主凝思片刻，忽然想起陪永泰郡主出嫁时，她同驸马和原皇太孙三人曾私议过昌宗兄弟宫闱秘事，便将经过添枝加叶述说了一遍。张昌宗十分气愤地道："女皇这几天精神较好，请速面奏。"遂领千金公主进入内室。

女皇正在龙案翻阅表章。

千金公主连忙趴在地下给女皇叩头请安，祷告苍天保佑女皇长寿无疆，然后坐在一旁。

女皇问道："宫外对杀李元素三十六家有何种议论？"

千金公主信口胡诌道："都说既有刘思礼的密札，又有口供，证据确凿，他们死有余辜。"

女皇道："你还听到什么了？"

千金公主道："去年永泰郡主出嫁时节，陛下命我同皇太孙重润前去送亲，她在轿中哭了一路，入了洞房仍然珠泪不止。我问她何故。她说只因陛下荒淫无耻，其父诚恳进谏，陛下恼羞成怒，废他为庐陵王。若其父仍是皇帝，她出嫁时该是何等的隆重豪华呀！而今冷冷清清，似同平民百姓，所以心中十分难过……"

女皇道："她父欲把江山让给她外祖韦玄贞，她可曾提及吗？"

千金公主道："未听有是言。"

女皇道："武攸基和李重润都说些什么？"

千金公主颦了颦眉头，故作欲言又止的样儿，然后低声道："语言恶毒下流，我不敢启唇。"

女皇道："说之无妨。"

千金公主这才壮了壮胆，侃侃回奏道："皇太孙李重润说：'五郎和六郎是狎邪小人，恬不知耻，奸赃如山，准备谋篡，对陛下全是假心假意。而陛下却被五郎和六郎的姿容迷恋，淫荡不堪，已暗许江山。'武攸基说：'五郎和六郎已众人切齿，定不得好死，欲篡我们武家的江山，是癞蛤蟆想吃天鹅肉，痴心妄想。'"

女皇怒道："快将永泰郡主宣来！"

团儿便飞也似的把永泰郡主带了来。

女皇怒道："你知罪吗？"

永泰郡主道："孙女不知何罪。"

女皇道："你出嫁那日，和重润、武攸基一起，私议些什么？"

永泰郡主不禁一怔道："是……孙女一时糊涂，听得外人私议祖皇和五郎、六郎秘事。谅来祖皇不知，只怕贻笑后人，拟启奏祖皇，请加以注意，掩人耳目为好。"

女皇道：“朕之私事，皆尔等扬出，否则外人如何得知？”

永泰郡主道：“是，祖皇陛下，孙女罪该万死！”

女皇道：“我今天只让你一死。婉儿，执笔！”

婉儿取纸笔：“是。”

女皇宣谕道：“永泰郡主、邵王重润和驸马武攸基，诽谤朝政，皆属十恶不赦，立即赐死！”

永泰郡主叩头求饶：“祖皇开恩，祖皇饶命……”

女皇呵斥道：“拉将下去！”

团儿遂和英儿手持敕令将永泰郡主拉出。

来俊臣接到逼永泰郡主等三人自缢的圣旨后，立即行刑。为了表示忠心，他还积极巡查各种罪犯。三日之内，就查出有真凭实据的奸盗犯十余起。其中以女皇胞姊韩国夫人之子贺兰敏之最为严重，除私通王妃外，还强奸幼女，致死者达十余人，强抢市民田五顷，逼拆民房百间。

女皇闻知，降旨斩首示众。怎奈荣国夫人曾同贺兰敏之有私，牵肠挂肚，哭闹不休道：“你姐少年寡居，养得一男一女，其女魏国夫人被你毒害。仅剩此一子，若再正法，祭祀乏人，于心何忍？为母已年过九旬，留之无用，甘愿代刑！”说罢跪在女皇跟前，图死卖活。闹得女皇无奈，只得妥协让步，减刑流放岭南。但贺兰敏之是享乐惯的，骄奢淫逸，如何受得此苦，行至衡阳，便于旅店中以马鞭子自缢而死。荣国夫人闻此，旋即悲痛而亡。

此二事轰动东都，很快传遍全国，各级官吏噤若寒蝉，天下又暂时转入危机。为什么说是暂时呢？由于近数年来，女皇和太平公主穷奢极欲，兴修土木，好大喜功，各级官吏贪暴成风，百姓凋敝，国库空虚，根本动摇。尤其是女皇朝令夕改，时而宽赦选贤，时而纵酷吏严刑，嗣君太子亦举棋未定，使群臣无所适从。故似纸包火中，大有一触即发之势。

而那酷吏来俊臣贼心不死，复官以后，更加狡猾、阴险，又勾结武承嗣策划了一个冤案。

欲知能否得逞，且听下回分解。

第六十五回

奸相谋篡陷害二妃
太子让位绝食三日

且说武承嗣拜为左丞相之后，虽然已是一人之下，万人之上，但东宫太子李旦尚在，而且女皇反复无常，自己又不得民心，朝中公卿不服己者亦大有人在。所以便时刻窥窃时机，陷害李旦。许久寻不得破绽，便勾结来俊臣唆使女皇近婢团儿，诬告太子的刘、窦二妃烧香敬神，系符咒女皇。女皇听后盛怒，立即敕令来俊臣将此二妃活埋于荒野中。

李旦对刘、窦二妃最为情深意厚，二妃均是他亲自在掖庭挑选的，所以她们被捕之后，李旦痛苦莫名，便去女皇寝宫求情。

女皇怒道："她符咒为母，罪当粉身灭族，皇儿应该同仇敌忾才是。汝不但知情不报，反而为其求情，心必怨恨母皇。为儿不孝，该当何罪？"

李旦哭道："刘、窦二妃皆以贤惠著称，且同孩儿情深意厚，孩儿从来不贪功名，她二人岂会心生异志？其间是否有诈，望母后明察是幸。"

女皇怒道："团儿与刘、窦二妃昔时可曾有怨？"

李旦道："无怨。"

女皇道："可曾有仇？"

李旦道："无仇。"

女皇道："一无怨，二无仇，她为何陷害她们？"

李旦壮了壮胆，继续道："孩儿曾听人说，武承嗣自言'我名中有嗣，将来必为嗣君'。莫非他求嗣心切，嫉恨孩儿，故下此毒手乎？孩儿自知才疏学浅，素不贪政，只图后宫享乐，了此一生。只要母皇能宽赦刘、窦二妃，孩儿情愿辞去太子之位让贤。"

女皇道："汝不贪政，为何那日在则天门楼伸手欲接皇冠呀?"

李旦道："只因孩儿误为母皇实意归政，只怕有违圣意。且孩儿太傅刘祎之亦信以为真，暗示孩儿使然。"

女皇道："今后再有张祎之、王祎之之流调唆皇儿，岂不仍可死灰复燃?"

李旦立即跪下发誓道："孩儿今后如再轻信人言，奢望贪政，死无葬身之地!"

女皇道："若果发誓皆验，怕不会有一个坏人了。"

只说得李旦百口莫辩，便决心让位道："孩儿德才俱无，实难胜任太子之位，请速速把兄长庐陵王召回是幸！否则孩儿就要绝食自尽……"

女皇仍余怒未息道："你爱死就死去，为母自有主意。"遂拂袖进入卧室。

李旦无奈，只好怏怏离去，且果真绝起食来。但三天过后，痛定思痛，感到徒死无益，不如看罢贼人的下场再作道理，便打起了出家的主意。于是用二妃的衣物设坛在院中，衔哀致诚，祭奠招魂，其词甚哀，令人不忍卒读：

呜呼！汝皆出于清白之家，洁于冰雪，贵于璧玉。貌羞寒宫嫦娥，色比碧池芙蓉。品德超群，丽质慧心。夙遭险凶，籍设掖庭。鄙旦有幸，一见钟情，得配鸾俦，恩深意浓。日夕共处，谈古论今。如胶似漆，不离寸步。月下窗前，携手并肩。观花咏诗，琴棋佐欢。置功名于脑后，不羡帝王不羡仙。故吾"文明"登基，三宫六院皆虚。实欲偕老白头，共穴千秋。

孰料奸人荧惑，毒于蝎蛇，断香碎玉，死无其所。生既不能同生，死亦难以同穴。呜呼哀哉，好人不长寿，坏人久不死，莫非天道变耶？餐奸佞之心，不足以解恨，饮婢奴之血，亦难复仇于万一！

呜呼哀哉！衣冠俱在，物是人非。汗枕未干，余香犹存。孤衾易醒，好梦难成。天上人间，再不能诗酒月下，软语床前……汝归阴府，乃一时之苦，且有二人为伍。吾独留人世，则悲痛绵绵无终期矣！

鸣呼哀哉！汝二人贤惠，名播宫闱，古今罕闻。公卿皆慕汝德，奴婢无不感恩。贤人成仙，历来不鲜。汝若不成仙，恐定无仙焉。且你我子女皆已长成，故吾再无心于凡间，当即出家修行。或能功成，会二仙子于瑶池，再续前生未尽之情。故不自揣，以俗词俚语歌而招之：

红颜薄命可哀，
公子情深堪怜。
衣冠招魂古常有，
仙凡相见不鲜。
只恐浊旦陋质，
弗能感动苍天。
但愿梦魂常相聚，
慰我愁怀一片！
因吾让贤迟误，
祸及二妃无常。
山盟海誓犹在耳，
同穴顿成幻想。
玉沉香消无处，
芳魂应可飞翔。
不看僧面看佛面，
再试衣冠何妨？
若已升天成仙，
应奏大帝玉皇：
收尽人间害人虫，
普降功德无量。
若已升天成仙，
旧情岂可忘光？

你我宜同仇敌忾，

速来带我同往！

言有尽而情不可终，呜呼哀哉，尚飨！

李旦祭奠之后，将二妃衣冠埋于南郊，名曰衣冠冢，即准备出家。但那天晚上，太监总管范云仙会同监察御史裴匪躬突然破门而入。李旦感到蹊跷，急忙问他们来意。范云仙道："刘、窦二妃是武承嗣唆使来俊臣让团儿诬陷的，是我在窗外亲耳听到的，请太子启奏女皇，为二妃申冤昭雪是幸！"

李旦听罢，沉思良久，无可奈何地道："承二卿盛情，不胜感激之至。怎奈女皇被来俊臣和武承嗣蒙蔽不悟。如今二妃已死，是她们命薄。若揭出此事，二妃亦难复活，还只怕要引起后患呢！"

御史裴匪躬道："如今女皇穷奢极欲，荒淫无度，好大喜功，多疑信谗。于是酷吏猖獗，冤案迭出，国库空虚，百姓凋敝。女皇已经失去了民心。天下尚不忘唐德，殿下何为怯懦如是？"

范云仙道："刘、窦二妃丧生事小，只怕殿下也即将大祸临头。何去何从，请速当机立断是幸！"

李旦坦然地道："武承嗣和来俊臣狼狈为奸，张牙舞爪，样子虽凶，但皆不如昌宗兄弟受宠。只怕他俩也将死无其所呢！"

御史裴匪躬道："若武承嗣即位，侄承于姑，虽其人寡德鲜威，尚可掩人耳目。要是昌宗兄弟嗣立，岂不愈加贻笑后人吗？"

李旦道："民间尚言'天要下雨，母要嫁人'，这是没法子之事，更何况一代女皇呢？男女食色盖无二致，男皇帝三宫六院七十二妃，已成常制。吾母皇只不过几个男宠，岂宜苛责。而症结是昌宗兄弟寡恩少义，若其德望昭著，效法尧舜让贤，亦无不可。"

御史裴匪躬道："可如今是昌宗兄弟不贤，诬告魏元忠宰相曾当场败露，而女皇还将错就错，把魏元忠贬了。"

李旦对老子的名言深信无疑，于是背诵起来："柔弱胜刚强，强大处下，柔弱处上；天下莫柔弱于水，而攻坚强者莫之能胜；是以圣人之能成其大也，以其终不自为大，故能成其大……"

太监范云仙对李旦的柔弱和固执是早有所闻、深有体会的，至此已感到无望，便向御史裴匪躬递了个眼色欲走。

李旦这才停止了背诵老子的《道德经》，因道："感谢二卿的美意，请速离去，免得被罗织之徒发觉，惹祸上身。"

范云仙和裴匪躬乘兴而来，败兴而归，且果然被罗织之徒发觉，次日皆被打入死牢。裴匪躬自知难免一死，在按问时，既供认不讳，又把武承嗣和来俊臣的罪恶揭露得淋漓尽致，使其颜面难容。来俊臣添油加醋奏给女皇，都判以刮刑。二人临刑皆欲呼骂，因木丸塞于口中，挣扎不已，让人惨不忍睹。来俊臣又诬告李旦蓄谋已久，东宫侍役皆是同党。女皇亦信以为真，遂命他按问。于是又发生了一场惊天动地的事来。

欲知端底，且听下回分解。

第六十六回

乐工剖腹救贤主 李旦出家散财宝

话说来俊臣受旨按问东宫，便立即行动，上自太子太傅、太子少卿，下至厨子、奴婢，共计一百多人，悉数捕来，杖的杖，夹的夹，血肉横飞，惨叫不绝。起初还有人呼冤，替太子李旦辩护，后来都吓得魂不附体，面色如土，纷纷招供自诬。但有一个乐工，名叫安金藏者，手持匕首，跑到堂前大呼道："太子旦天性仁柔，日日只读《道德经》。'贵以贱为本，高以下为基。侯王能守之，万物将自化。'且常与奴仆为伍，宴游言欢，不拘礼法，嬉戏终日，情同骨肉。他对奴仆尚且如此，岂能有弑母篡权之心？故吾敢保太子旦不反。如若不信，我可剖腹明心！"说毕掏出佩刀，照腹猛刺，内脏俱露，鲜血满地……

吓得来俊臣急忙去启奏女皇。

女皇一面命狱卒将安金藏抬到太医院缝伤抢救，把东宫人员全部释放；一面将太子旦传来，抚慰道："吾子不能自明，使安金藏如此，为母不胜歉然，希今后常通声气，庶免有误。"

太子旦道："母皇明察秋毫，为儿坦然以待，从无惧色。安金藏技艺拔萃，德才兼备，儿愿侍奉汤药，请母皇准奏。"

女皇道："吾儿生性仁柔，尤重情义，可常去探望，但勿陪护，以免操劳太重。"

太子旦道："为儿注意是了。"遂奔往太医院去，直扑安金藏床前，痛哭失声……许久方继续问道："安金藏……我来了……你认识我否？"

安金藏昏迷不醒，毫无动静。

太子旦又道："你睁眼看看我……"

安金藏睁眼一笑，又昏迷过去。李旦怜爱无限，抚慰备至……

因安金藏伤情严重，太医再三劝阻，李旦只好坐在床边，泪眼相望，并嘱咐太医使用珍贵药物——灵芝草、人参、仙丹、龙骨等，竭力抢救。两天之后，方清醒过来。李旦高兴无比，遂问道："疼痛如何?"

安金藏道："已不疼了。"

李旦道："你骗我！你忠心为我，我疚心难安，真恨不得把伤移到我身上一些……"

安金藏道："太子情深似海，结草衔环，难报万一，死而无憾。"

李旦道："我才该结草衔环报答你呢!"

李旦转忧为喜，协同安金藏妻子时刻陪护身边，端茶送饭，刮屎擦尿，唯恐别人照顾不周。夜晚也躺在身边，不离左右。常言道："重病百日无孝子。"而安金藏半年之后方才痊愈，李旦则始终如一，擦尿不嫌臊，刮屎不怕臭。而且为了预测吉凶，曾先后三次尝粪。伤初愈，即抱他下地，背他散步。

李旦自刘、窦二妃被害后，即欲出家，只因安金藏剖腹未能如愿。如今安金藏伤愈，李旦深感宫廷祸福无常，便于晚间诣女皇寝宫奏道："儿臣'智'不及承嗣、三思；'体'无缚鸡之力；'德'愧兄长庐陵王；'群'亦不如昌宗兄弟。故愿辞去东宫让贤，请母皇恩准是幸。"

女皇道："但不知皇儿又欲让贤何人?"

李旦知女皇有意于昌宗兄弟，因道："庐陵王有德无才，承嗣和三思有才无德，德才具备者唯有昌宗兄弟。"

女皇道："昌宗兄弟果真德才具备吗？岂非皇儿欺母耶?"

李旦道："此乃相对而言。若平心而论，如今德才兼备者，莫过于宋璟和姚崇二人。母皇若能效法尧舜，禅让异姓，则亦佳话千秋!"

女皇凝思片刻道："尧舜禅让，似同神话。自夏禹以来，而至商汤、周武，无不以天下为家，亦传为名贤。为母建此大周江山，夙兴夜寐，杀人如麻，是何等的不易！岂能拱手他予人?"

李旦道："只恨孩儿不肖，缺才少德，与其待人篡夺，何如让贤自退?

夏禹王传十七世灭于商汤，周传八百载卒亡于秦。同尧舜相比，孰是孰非，岂不昭然若揭吗?”

女皇道：“母若禅让昌宗兄弟，拜宋璟和姚崇为相，何如?”

李旦迎合道：“那是再好不过的了。”

女皇道：“其实，还有个更合适的人呢!”

李旦：“请问是哪个?”

女皇道：“那员半千，文武双全，德才具备。其忠心也在姚崇和宋璟之上。”

李旦道：“请母皇速发敕令是了。”

女皇道：“容母细思，皇儿且退。”

李旦如释重负，高兴而去，遂决心出家，脱离红尘。当晚将东宫库藏金银财宝全部取出，分给侍卫杂役，令各归其家。众人见状，感慨万千，痛哭失声，皆不肯离去。

李旦遂生一计：“大家先把分就的东西拿去，我出家之事，待今晚细思，明日再议。”众人信以为真，方陆续归寝。

李旦待至更深夜静，换上道士服装，越墙而出，直奔西京终南山楼台观而去。一路上，清风明月，万籁俱寂，树影婆娑，他心中未免有些害怕。但他一想起宫廷里尔虞我诈，钩心斗角，早晚必遭陷害，与其不明不白地死去，倒还不如喂了虎狼，图个干净，他便坦然自得地信步而行。他时走时歇，边唱边哼，一会儿背诵阮籍的《咏怀·夜中不能寐》、《咏怀·嘉树下成蹊》，一会儿又背诵刘琨的《扶风歌》，一会儿朗读郭璞的《游仙诗》。他夜宿晓行，一路上化缘乞食，时经月余，方至楼台观，改名郭琨——既有羡慕郭璞、刘琨之意，且此二字亦含有李旦笔画的成分。

李旦进得道观，见一老道士端坐蒲团之上，须发皆白，急忙跪下拜道：“弟子姓郭名琨，乃太原人氏。因少年丧父，中年丧妻，三大不幸已有二至，必为前生有孽，故愿入道，修化来生，恭请仙师收容是幸。”

老道士圆睁老目，将郭琨从上到下打量一番道：“把右手伸过来。”

郭琨趋上前去，伸出右手。老道士握了握，看了看，又细又软，因道：“你必出身于富家，只怕经受不了这出家的清苦。”

郭琨道："富家有富家的苦，贫家有贫家的苦，贫家苦于肌肤，而富家苦于心灵。自杀死于非命者，富家比贫家不知高出几多倍呢！且弟子早慕老子之道，常言道：'朝闻道夕死可矣！'弟子已置生死于度外，还有什么清苦经受不了呢！"

老道士见郭琨心坚意决，因道："权且留下，先给你点轻活儿，试验两月，白天汲水十担，浇花种菜，夜间读经三卷，嗣后再作安排。"

郭琨道："弟子遵命。"

郭琨早已把老子的经卷读得滚瓜烂熟，每晚三卷经毫无问题。这十担水却把他难住了。他自幼长在深宫，手不提四两，肩不挑半斤。这上百斤的两桶水，真是让他望而生惧，试了好几次都未担起。凝思良久，方想出一个主意，每次各担半桶，十担分成二十次担。就这样，每到晚间他都累得腰痛腿酸，浑身瘫软。十天过后，才稍觉轻松，抽出时间，将楼台观周围浏览一番，感到此处风景堪称幽雅宜人，要是啥事不干，每天游山逛水，真不啻是神仙般的生活……

怎奈人总是喜新厌旧的，时过一月，郭琨便逐渐生腻了，每逢浇花时，就联想到如花似玉的妃嫔，还俗之心油然而生。这才是：

旧人颜似花，
浇花思旧人。
汲水泪双倾，
两桶愁万斤。

尤其是每当黄昏降临、孤雁哀鸣时，郭琨更是悲不可言，便诌出了民歌一首：

红枫清泉，
云掩暮霭，
山藏楼观，
斜阳孤雁，

莫道出家人似仙。

炊烟一片，

百姓团圆，

心绪万端，

忽忆京华，

多少良宵佳夕御苑间。

看月圆花好，

贤后淑妃牵衣衫。

踏波凌水，

穿径依栏杆。

笑语古今情，

欢洽何限，

烟消云散。

人间寻无处，

魂上西天。

难难难，

梦也难见！

欲知郭琨是否还俗，且听下回分解。

第六十七回

武承嗣害贤亡身
太子旦忆旧还俗

话说武承嗣唆使来俊臣害死刘、窦二妃，李旦出走之后，他认为谋立太子已唾手可得，便收买一个花言巧语的洛阳人，名叫王庆之者，联名五百人给女皇上表，请立武承嗣为皇太子。上表略云："陛下既已废唐为周，得罪李氏，故应将天下传给武氏。武氏中唯有武承嗣德才出众，堪为储嗣，庶免李唐遗老遗少伺机复辟。"

女皇道："太子旦无过，奈何废之？"

王庆之道："古人云：'神不歆（羡）异类，民不祀非族。'今陛下登基皇位，尚以李氏为嗣，民实不解。"

女皇认为虽有道理，但武承嗣不学无术，德才难服众望，一时拿不得主意，因道："立储太子乃国家大事，汝且退，容朕细思。"而王庆之求功心切，伏在地下哀求，死乞白赖不肯离去。女皇无奈，赐他一张"印纸"道："汝且退，今后持此'印纸'作为门证，可随时进宫再议。"王庆之得此"印纸"，喜不自禁，乐以忘形，摇头摆尾出宫，逢人就说，见人就取出来让人观看。后来观看的人越来越多，门庭若市。于是他开始收起钱来，起初一次一贯，后来涨至三贯，并要求观看的人签名拥护武承嗣为太子方可。

人数与日俱增，由每日几十名升到数百名。所以他每日去向武承嗣报功，隔日去给女皇上表，人数不断增补。

武承嗣不胜欣喜，把他待若上宾，日日设宴款待，每餐都有山珍海味、美酒佳肴。这王庆之没见过什么世面，有许多都是见所未见、闻所未闻的，把人参当成小萝卜，将海参叫作刺儿虫，闹了许多笑话。由于他接连入宫，女皇颇厌其烦。尤其是有天晚上，女皇正和张昌宗谈心，他忽然闯了进去，把昌宗误认作皇太孙，因道："小皇爷请出去会儿，我给你祖皇上表哩。"把张昌宗气得心肺欲裂。因不知他的底细，暂为忍耐。待他走后，了解原委，恨之入骨，心想："若立武承嗣为太子，则比李旦难治多矣！"于是在女皇面前奏了许多武承嗣的恶迹。而且宰相狄仁杰和魏元忠等也都认为武承嗣缺德少才，不可为嗣。尤其是疾恶如仇、能说敢言的中书侍郎李昭德，按捺不住心中的怒火，立即入宫谏道："陛下既然当了皇帝，立自己的亲生儿子为皇嗣，这是理所当然的。从来无有以侄为天子，为姑立祠庙的。且如今武承嗣的权势太重，既封亲王，又兼左相，只怕陛下不能善终哩！隋炀帝弑父为鉴不远，更何况侄子呢？当断不断，必受其乱，请陛下明察是幸！"

女皇听罢很受感动，不但拒绝了王庆之立武承嗣为太子的上表，还立即罢去了武承嗣的左丞相之职，左迁为尚书。

那王庆之势迷心窍，仍不死心，又持"印纸"进宫苦谏，跪在女皇面前叩头出血不走。女皇怒道："此贼痴意废我皇嗣，应捕杀之！"立即命李昭德持杖，驱赶他至门外，慢打数百下，使他慢慢死去，倍受痛苦。在临咽气之前，他又忽想起"印纸"给打丢了，还连连呼唤："快给我的'印纸'呀，快给我的'印纸'呀……"

李昭德道："到阎王殿找去吧！"

那武承嗣偷鸡不成，反蚀一把米，气从数处来，便勾结来俊臣，诬陷李昭德贪赃国宝，以抄家的名义，拿些宫中禁物——宫缎五百匹、古玩千件，给他栽赃。女皇信以为真，处以斩首。武承嗣为了解恨，亦改用棍刑，百姓甚为痛惜。

这武承嗣打死李昭德之后，解了心头之恨。当晚便设宴款待来俊臣。一是庆贺初步胜利，二是筹划将宰相狄仁杰和魏元忠等一网打尽，以孤立女皇，篡政夺权。宴会上令三十名姬妾载歌载舞，助兴侑酒，淫词浪语，丑态百出，觥筹交错，衣冠不整。武承嗣高兴过度，喝得酩酊大醉，乐以忘形，拉着一个美妾欲当众施淫。此妾害羞，猛一挣脱，使他栽倒在地，中风不语而亡。

来俊臣一看，兔死狐悲，掉了几滴眼泪，便溜之乎也。

话说武承嗣死后，满朝拍手称快。那武三思原先也有谋太子位之意，今见武承嗣的下场，只好收敛形迹。但他认为如今李旦已出家，皇嗣必被昌宗兄弟篡夺，于是奏请诏回庐陵王为皇嗣。此议一出，不但诸宰相赞成，那昌宗兄弟也十分同意。女皇立即下诏，遣武三思前去迎接。

那昌宗兄弟为何同意呢？只为把庐陵王囚禁东宫，便于除灭，免得他在外被人拥戴，分庭抗礼，遗患无穷。

武三思到得房州，向庐陵王及其韦妃说明来意。真是喜从天降，庐陵王感激涕零，杀鸡宰羊，热情款待，恨不能将身上的肉割下来一块给武三思侑酒。岂料武三思对美酒佳肴皆不在意，而对韦妃的姿容却垂涎多年，遇此良机，怎肯放过，便眉来眼去，频频致意。那韦妃也是十分机灵之人，既感谢他奏谏复位之恩，也慕他的聪俊远远超过庐陵王之上，所以当即心许目成。于晚餐时，故意将庐陵王用酒灌醉，二人得以幽会。武三思夙愿得偿，欢乐无限，颇有些流连忘返了。一直住了十日，方起程回归。

且说李旦出走之后，女皇回想起原太子贤的诗句“四摘抱蔓归”，也不禁有些凄然，一边遣武三思去诏庐陵王，一边遣人寻找李旦。

安金藏闻知李旦出走，心想他最崇拜老子，定到西京楼台观去了。但因武承嗣知他二人亲密，既派人前来询问，又常派罗织之徒跟梢，他不敢行动。直至武承嗣故去之后，方才启程，十天之后赶到。

安金藏来到观门口，见一老道把门，便施礼问道：“方士万福！请问贵观近两月之内，可收纳一个新弟子吗?”

那老道白了他一眼道：“莫说两月之内，两年之内也没有收过呀!”

安金藏碰了一鼻子灰，心中暗自思忖：“李旦若不在此处，便似海中捞针了。既然不远千里而来，必须弄个水落石出。但此老道刚已回绝，怎能立刻改口?”他凝思良久，方想出一个计策，从腰间掏出二两白银道：“我长兄因同嫂子怄气，一怒之间出家去了，我已寻找他两个多月了，无得下落。如今天已黄昏，我想在贵观借宿一晚，奉此白银二两，算作薄仪，请方士笑纳是幸。”

老道见钱眼开，便转为和颜道：“观内是不许留宿的，念你可怜，就同老身住此山门是了。”

安金藏道："多谢方士。"遂就椅坐下。安金藏心急如火，稍微寒暄了几句，便央求道："我明日起早赶路，趁眼下天色尚亮，想进观中浏览观光一番，不知可否？"

老道道："前后殿和西花园随你浏览，而东厢房是师傅住所，不可前去打扰。有人问你，就说是老身的表弟是了。"

安金藏激动地道："多谢方士。"说罢便疾步而入，似同雄鹰觅食，举目察访。各殿值承的道士都感到稀奇，从未见过如此的香客——不观神像，只看道士。

安金藏将前后大殿寻遍，天已昏黑，心中无限怅然，急忙赶到西花园里。只见这里林木茂密，花草繁盛，杳无人影，似已绝望。但行有百步，忽听西北角有辘辘声音，便飞奔而去，上前仔细一看，正是李旦在汲水，遂双手抱着他哭道："你让我找得好苦呀……"

李旦对安金藏的到来既感到突然，也觉得必然，满腔的凄凉无从说起，良久方平静下来。安金藏首先报告武承嗣死亡的消息。李旦喜不自禁地道："善哉！善哉！多行不义必自毙。善有善报，恶有恶报，善恶不报，时间未到，时间一到，一切都报！"

安金藏急不可耐地道："你打算如何呀？"

李旦道："我原想出家修行似仙，哪知是此等凄凉的滋味……回想起当年东宫寻欢作乐的情景，我恨不能插翅而归！如今贼子已死，我明日即随你还俗同去是了。"安金藏道："正合吾意。"

是晚，二人像是阔别十年，知心话儿如山似海，对榻而眠，滔滔不绝，直至天亮，一眼未合。晨起之后，李旦就去启禀师傅还俗，道："弟子因同妻子怄气，一时之怒，前来拜师修行。今有家母遣人寻找，特来拜别仙师还俗，请恩准是幸！"

老道士奚落道："只怕令堂不派人寻找，你亦欲还俗了。我早已看出你是个凡人俗夫，吃不得苦，成不了道的。难道敝观成了旅店不成，想来就来，想走就走？"

李旦看出老道的用意，盖为打些秋风，遂从怀中掏出一个金锭道："弟子尚有一个金锭，奉赠仙师是了。"

老道接过金锭一看，非是常人所有，似是宫中禁物，便急忙致歉道："善哉，善哉！请恕老身有目无珠，不知贵人驾临，多有怠慢，请海涵则个!"

李旦道："弟子素来不拘小节，请仙师无须多心是了。"便转身欲走。

老道急拉住道："请问贵人尊姓大名，以便今后登门化缘、布施。"

李旦道："无须多礼!"便挣扎而去。

李旦走后，老道仔细看看金锭，又寻思了一会，心中恍然大悟，便向其他弟子问道："你们可知郭琨是何许人也?"众弟子皆说不知。

老道矜夸地道："乃东宫太子李旦是也。"

众弟子道："师傅怎么知道?"

老道士道："请看他的化名'郭琨'二字：'郭'字左旁，上为'高'字的上半截，下为'子'字，即高宗之子。再看'琨'字，上有'旦'字头部。而且'郭'的右侧'阝'配上'琨'的右下部'比'字，即近于'陛下'的'陛'字。李旦既当过皇帝，又为嗣君太子，他非李旦则何?"众弟子听后不禁惊叹佩服。

且说李旦随安金藏下山，一路说笑，轻盈如飞，丝毫不知疲倦。三天之后，便来到潼关。逢此险要关口，李旦欲游览一番，安金藏自然顺从。二人登上山头，举目遥望，黄河扼控于北，秦岭屏障于南，真是一夫当关，万军莫入，不愧为历代兵家必争之地。俯首下视，镇上熙熙攘攘，商旅络绎，摊贩如林。李旦二人在山头休息片刻，便又下山一观。忽见路旁有两行少年女子，身上插有草棍，李旦甚为稀奇，便问道："这是为何?"

安金藏道："这是贫苦人家养活不起子女，出卖的标记。"

李旦不禁一惊："儿女连心，除非万不得已，当父母的怎能忍心割爱?"于是又联想起被淹死的安兴公主，不禁落下泪来。便走到一个约莫十八岁的少女跟前，仔细端详一下，还有点貌似窦妃，因问道："此女要卖多少银钱?"

主人道："此女面似桃花，窈窕非凡。嗓音清脆，喜唱山歌，心灵手巧，还会刺绣描云。只因父母卧病，前来卖身求医，还是一个孝顺善良的女子，所以最少要白银十两。"

安金藏觉得李旦看上此女，便连忙帮衬道："如今刘、窦二妃皆不能复生。此女既聪俊文雅，又天真淳朴烂漫，兼有刘、窦二妃之长。殿下既已还俗，亦应纳妃。今日奇遇，似是天缘。"

李旦道："但不知此人所言是否属实？"

安金藏："不妨先让她唱支山歌，一试便知。如此事属实，其他亦不会相去太远。"

李旦道："好，你给唱支山歌听听。"

安金藏又帮衬道："我们主人富贵无比，而且德才兼备，十分善良，管教你幸福终身。"

那女子仔细端详了一下李旦，的确长就一副善良的面孔，虽然年近四十，但因他容颜嫩白，加之保养得好，所以看上去仍似三十岁左右的青年，既富态文雅，又英俊可爱，心中十分乐意，便轻启朱唇，泄珠吐玉似的唱出来：

俏哥哥你长得十分可意，
打着灯笼也难寻觅。
天下的美女千千万，
是哪个有福的受用你？
我眉来眼去用尽了心机，
也不知你心中是什么主意。

李旦听得乐以忘形，立即掏出来一枚金锭。安金藏急忙阻止道："此主人像个人贩子，并不是她的亲生父母，就按他的要价付款是了。"李旦认为有理，便换了十两银子，将此美女买下。但未走百步之远，又看到一个十六岁的美女，身插草根，艳丽既超过刚才买者，又颇似当年结纳刘妃的模样，心想："莫非是刘妃转世的吗？但刘妃刚死数月，也不会转世这么快呀……"于是急忙上前问道："此美女要多少银钱？"

那主人看着李旦的模样，像是王孙贵族，也不知该要多少钱为好，便想出一个狡猾的计谋道："我们老百姓家穷困无奈，才用此下策，抛儿弃女。

常言道：‘富人省一升，够我们穷人吃一冬。’请少爷高抬贵手，随便多给一些是了。”

李旦受此恭维，便激动地把那枚金锭交付给他。

那狡猾的主人喜出望外，连忙趴在地下叩头道：“祝少爷连升三级，青云直上。”

李旦买罢这两个美女，因欲同她们谈心，便急忙投店，包了一个上等的房间。盥洗毕，李旦先问那个貌似窦妃者道：“你叫什么名字，家住哪里，为何被卖?”

她答道：“奴婢姓柳，岐州人氏。只因官府贪得无厌，强征暴敛，逼得我们穷民半岁无粮，能吃的草根树皮都被挖光铲净。老百姓约逃亡过半，早逃的还逃得脱，晚走的被饿得身瘦如柴，已走不动，百般无奈，竞相卖儿鬻女。一是能够养活二老爹娘，二是希望儿女讨个活命……”她说到此处，眼圈一红，流下泪来。

那个十六岁者接续道：“奴婢姓崔，也是岐州人氏，家乡情景和刚才柳姐姐所说相同。我的爹娘皆被饿死，是我哥嫂把我卖出的……”说着说着也呜咽起来。

李旦见状，觉得她俩都十分可悯，也流下泪来，心想：“此还系张昌宗弟弟张昌仪在那里当刺史时留下的恶果。回去之后，立即启奏母皇，以解百姓之苦。”于是向崔、柳二女子道：“我本是东宫太子李旦，化装私访来此，一定给你们家乡百姓复仇解恨。我先前的两个妃子皆被奸臣杀死，你们两个如愿给我当妃子，可以留下；如不同意，我可派人护送你们回家。”

柳崔二女子一听逢遇东宫太子，都不禁一惊，立即停止了哭泣，又见李旦如此善良，都急忙跪下道：“奴婢万幸，得遇太子。奴婢愿意留下侍奉贵人，请笑纳是幸。”

李旦道：“都快站起来，我是不喜欢这等礼节的，今后你们都和我同起并坐，无拘无束是了。”

崔、柳二妃皆感激涕零，是晚的欢娱不可言状。次日即雇车马起程，夜宿晓行，五天之后便回到东都。这时庐陵王虽已诏回，但尚无嗣立。

李旦将崔、柳二妃安置停顿，立即去拜见母皇，把出家的经过和纳购崔、柳二妃，以及张昌仪在岐州的暴政后果叙述之后，便恳求道："吾兄庐陵王早已悔过，其威德亦远超儿上，请速立为太子是盼！"

女皇虽然觉得李旦之言不无道理，但易立东宫太子系国家大事，仍需慎重考虑。如今已易唐为周，李唐宗室杀之殆尽，但不忘唐德者大有人在，待自己万岁之后，复辟之可能仍存。除此之外，只有武三思和二张的选择，武三思才德皆无，而二张有才无德，且由于习惯势力，难负人望。自己又年老多病，已刻不容缓，便立断道："自你走后，东宫空虚，为母遣武三思将庐陵王诏回。因待你的消息，尚未议定。如今你既固让，就立太子显是了，仍封你为相王。"

李旦道："甚合儿意，多谢母皇。"

女皇立李显为嗣之后，怕子侄们身后不睦，遂心生一计，将太子显、相王旦、太平公主、驸马武攸暨、侄子武三思和昌宗兄弟招来，郑重地道："汝等似朕之心腹手足，破一指无不牵肠。但因往惜惯养失教，皆才学浅疏。相比而言，唯显儿尚明孝，可负众望，希共辅之，以免同室操戈，致使渔翁得利。为此特拟一誓文，命汝等共同遵守，谁个违反，余者协力灭之。如此，朕于万岁之后，方可瞑目无虑。"

众随声应诺，于是共指明堂，举行仪式，拜天告地。然后铭于铁卷，藏之史馆。

但众人无不口是心非、各有打算，此盟誓仪式只不过掩耳盗铃、枉费心机而已。尤其是那昌宗兄弟，一恃女皇宠爱，二恃才智高于李显，心中最为不服，立即将御林将军武攸宜叫来，谋划对策。这武攸宜因系女皇远房从孙，不甚得志，又有些才华，故依附昌宗兄弟，以求一逞。

武攸宜为了讨价，得知昌宗兄弟的用意后，便道："立嗣已定，似木成舟，实难挽回。"

昌宗道："易立太子，屡见不鲜，隋文帝易立太子杨广，唐高祖易立太子世民，唐太宗易立太子李治。将军一向爱夸海口，今日何乃胆小如鼠耶？"

武攸宜道："自尧舜以后，易立太子皆为骨肉兄弟，而两位国公都系异姓。纵有女皇御旨，亦恐众心不服，更何况如今立嗣已定。吾若盲从走险，与以卵击石何异？"

张易之道："隋恭帝禅唐，岂非异姓乎？"

昌宗道："养兵千日，用兵一时。早知如今，何必当初！"

武攸宜见昌宗欲怒，因道："我岂不欲革命耶？成功之后，相位唾手可得。只是如今我孤掌难鸣，上有左、右御林大将军，下无足以驱使之兵。两位国公又失女皇庇护，似同无根之木、缺源之水。兵法云：'知己知彼，百战不殆。'以吾等之处境，师出无名，则必败无疑。"

张易之细思其言，确有道理，因道："待我进宫奏请女皇擢你为右卫大将军是了。"

武攸宜这才喜形于色道："如此，则成功有望矣！"暂搁不提。

且说来俊臣与武承嗣相勾结害死刘、窦二妃和李昭德之后，胆子愈来愈大，为了抓紧谋篡，把矛头转向了狄仁杰和魏元忠。

欲知后事，且听下回分解。

第六十八回

外甥图功害舅父　国老设计鸣冤案

话说来俊臣复职之后，生怕再受人弹劾，故抓紧谋篡。而今权势最重者为狄仁杰和魏元忠。而狄仁杰又受女皇的信赖和重用，采用一般的罗织方法很难使女皇受骗，必须证据充分，才能如愿。他苦思冥想，不得主意。

一天晚上，忽有一个下属监察御史霍可献，馈赠高丽参五斤、波斯珠一盘，请求擢为侍御史。来俊臣忽然灵机一动，想到他舅父裴宣礼系当今工部司农卿，虽无重要权势，但职位不低。于是试探道："你要想超升，有个捷径，但不知你意下如何?"

霍可献道："请中丞指教，定当厚报。"

来俊臣道："你若能证明你舅父裴宣礼勾结狄仁杰、魏元忠、裴行本、李嗣真、任知古和宋璟等七人谋反，则可使你立刻飞黄腾达。莫说侍御史，我的御史中丞也可让与你哩。"

霍可献道："我愿效劳。"

来俊臣道："可不能中途反悔，否则叫你家灭九族!"

霍可献马上跪下发誓道："若中途反悔，愿天打雷轰，碎尸如泥!"

来俊臣见他忠心可嘉，立即拟就告密表一封，让他誊抄一遍，投入端门外铜匦里面。但女皇登基之后，日益纵欲，懒于朝政，对于铜匦中的表疏，除了有关告密者外，一律不闻不问，全交给徐有功办理。徐有功因受酷吏排斥，早已调离刑曹，仍就谏议大夫原职，因此无有实权，各衙门皆瞧他不起，使他处处碰壁。而女皇又时常拒绝召见他，便奏一本道："陛下令朝堂受表，设铜匦投状，空有其名，未见其实。延牵岁月，拖曳来去。叩阍不听，挝鼓不闻，抱恨衔冤，吁嗟而已。太宗曾言‘水可载舟，亦可覆舟’，寓意良深，臣请细思是幸。”

女皇看后，颇受感动，但为情丝所缠，难以自拔，又将此疏放到一边，置若罔闻。

徐有功后来又想出一个办法，将重要案件攒起来，待有告密表章时，一并面圣启奏。但自从来俊臣被贬之后，数年来，告密者几乎绝迹。偶尔有之，亦系无赖之徒诬告图赏，不像罗织之徒手法严谨，一看就穿，不值一问。如今来俊臣又立假功复职，他预感好景不长，须加倍注意才是。

徐有功忽然得到霍可献的密状，十分怀疑，因事关重大，当即进宫启奏道：“宰相狄仁杰和魏元忠，屡经贬谪，赤胆忠心，始终不渝。他们要是谋反，我看朝中之人都不可靠了。可这又是裴宣礼的亲外甥告密，说得有根有据，实在使人费解，请陛下过目。”遂将此表章递给了女皇。

女皇看罢，沉思再三，方道：“卿且退下，容朕细思……”

徐有功去后，女皇觉得案情重大，立即把霍可献招来问道：“你告你舅父裴宣礼等七人谋反，你是如何得知的?”

霍可献道：“是在我舅家窗外听到的，一字不错。”

女皇道：“因事关宰相，案情重大，如有不实，罪不容恕。”

霍可献扑通一声跪在地下，发誓道：“我霍可献所告舅父谋反案，如有丝毫不实，情愿反坐。青天在上，我若诬告舅父，则不仁不义，死无葬身之地。”

女皇道：“卿且退下，待我详察是了。”

霍可献跪在地下，捶胸击首，哭道：“臣深感陛下厚德，破格用人，不分士庶，故疾恶如仇，大义灭亲，和我舅父不共戴天！若陛下不把我舅父杀掉，我就尽节死谏!”说着说着，便用力连连叩头，血流满面。

女皇见他忠心若此，遂道：“卿忠心可嘉，先擢你为侍御史，待此案结束，另加封赏。”

霍可献这才破涕为笑，连呼“女皇万岁，万万岁”，然后立起，高兴而归。次日上朝，他便更换了绯色长袍。但他下朝回家时，其母却指着他的鼻子骂道：“你这绯色长袍是用你舅父的鲜血染就……”

女皇经过一夜的思考，为防止万一，决心对此七人详加审理，次日即交来俊臣和侯思止按问。来俊臣和侯思止把狄仁杰等捕来，当晚就对魏元忠严刑拷打。

魏元忠坚贞不屈，横眉怒骂道："若需吾头颅，可径直截取，为义而死，其荣多矣！尔等奸佞酷吏，多行不义，岂能长久？必将诛身破家，遗臭万年!"

侯思止大怒，用绳套其颈，在室内倒拽。

魏元忠破口大骂："为臣不幸，似坠驴落马，足挂手镫，任畜生拖曳尔!"

来俊臣更怒，举起大棒，照头猛劈。霎时，他昏迷倒地，不省人事。

因狄仁杰平素仁柔，无大仇恨，来俊臣采取逼供手段："狄丞相，冤家路窄，咱们又相逢了。"

狄仁杰道："你必是又立新功，祝你青云直上。"

来俊臣道："女皇已经准奏，一问即招供者，可以免死，顽抗者格杀勿论。魏元忠不识抬举，落此下场。何去何从，狄兄自择。"

狄仁杰凝思片刻，灵机一动道："大周革命，万物维新，唐室旧臣，甘愿诛戮——我谋反是实。"

签字画押毕，来俊臣道："系你自愿供状，我并未用刑。"

狄仁杰道："是我自首，并未用刑。"

来俊臣遂令狱卒食宿给以优待。

狄仁杰见对他放宽管束，拟趁机写一封血书捎回家中，遂道："如今时至晚秋，夜凉难耐。我穿的夹衣还生了虱子，让我儿子给换件棉衣来可好吗?"

来俊臣道："可以依你，但如反供，罪加一等!"

狄仁杰道："是，决不反供!"即跟随狱卒而去。

那薛怀义因挨过魏元忠两牙笏，最恨他不过，听说来俊臣会审，急忙跑来。见魏元忠已奄奄一息，仍不解恨，拿起棍子，浑身乱打："你打我两牙笏，我连本带利，还你二十棍子!"

侯思止讨好薛怀义道："上师请坐，莫跟老朽生气，我替你打。"遂接过棍子又打二十。

来俊臣道："上师驾临，不知有何贵干？"

薛怀义道："魏元忠死后，这宰相之位可由谁继为宜，特来商议。"

来俊臣道："上师何如？"

薛怀义道："我乃出家之人，不堪此任。"

来俊臣道："愿闻上师高见。"

薛怀义道："我拟举荐来中丞，但望日后多加关照为臣。"

来俊臣急忙跪拜："蒙上师垂青，生可捐躯效忠，死应结草衔环。"

侯思止亦跪拜道："但愿同舟共济，一帆风顺。"

张昌宗突然进来，来俊臣和侯思止无限尴尬，慌忙而起。

张昌宗讥讽道："这是从何说起呀？"

薛怀义道："井水勿犯河水。"

张昌宗道："真是冤家路窄。"

薛怀义道："当此月圆花好、风清夜朗、良宵千金之际，六郎不陪女皇谈情说爱，来此何干呀？"

张昌宗道："你嫉妒吗？"

薛怀义道："请问六郎青春几许？"

张昌宗道："阿师明知，何必故问！"

薛怀义道："女皇七十，六郎十七，老少相合，似同祖孙！"

张昌宗道："女皇和阿师年龄相当，一个是开天女皇，左右不觉其衰；一个是秃头和尚，鸡皮面苍。常言道：'十个和尚九个脏，有奶便是娘。'"

薛怀义笑道："如此说来，你该称我为父喽！"

张昌宗道："出家寡欲，断子绝孙。"

薛怀义大笑："哈哈！"

张昌宗道："你笑为何来？"

薛怀义道："我笑你的姓好！"

张昌宗道："请讲明白！"

薛怀义道："你们姓张的人才出众。汉朝吕后有个男宠，名叫张释，当今女皇又宠爱你们二位兄弟。莫非你们姓张的专出男宠不成？"

张昌宗道：“女皇对阿师宠爱已久，如此说来，你早应该改姓为张喽?”

薛怀义又大笑道：“哈哈！你的名字真好!”

张昌宗道：“请讲明白!”

薛怀义道：“你那个‘昌’字，加个‘女’字偏旁，岂不成了男盗女娼的‘娼’字了吗?”

张昌宗亦讥笑道：“哈哈，你那个‘薛’字下面加个‘子’字，岂不成了罪孽滔天的‘孽’字了吗?”

薛怀义黔驴技穷，败退道：“后会有期。”遂拂袖而出。

侯思止讨好张昌宗道：“失宠生嫉，人之常情。”

张昌宗道：“嫉而生恨，亦常有之。”

薛怀义在门口偷听至此，又进来道：“娇花嫩蕊，尚无暇攀摘，老树枯藤，何嫉之有?”说罢气愤而去。

张昌宗道：“兔子尾巴长不了。”

来俊臣道：“君子不与小人生气。请问六郎，来此有何贵干?”

张昌宗道：“我来问你审案情况。”

来俊臣道：“狄仁杰已经招供，宋璟年轻，系进士出身，留之有用，拟用美人计试之。魏元忠破口大骂，自臣往上，一直骂到六郎和女皇。”

张昌宗道：“他如何骂我?”

来俊臣把侯思止和狱卒全支出去道：“他骂你为狎邪小人，丑漫下贱，软骨媚态，恬不知耻。”

张昌宗道：“真可恨！他对女皇是如何骂的?”

来俊臣道：“他骂女皇为荡妇、妖婆，豺狼成性，毒于蛇蝎，贪政不归，祸国殃民!”

张昌宗道：“看太子那个行径，终日嬉戏，无所用心，堪称之为酒肉饭袋、窝囊废物，怎能归政?”

来俊臣道：“对，窝囊废，早该废！若能立你为太子，定能顺天应人！我可为你鞠躬尽瘁，死而后已！”

张昌宗道：“好，到得那时，我定拜你为相!”

来俊臣道：“臣定效犬马之劳。且问如今魏元忠奄奄一息，当如何处置？因未请准女皇，不敢擅自妄为。”

张昌宗道：“为免夜长梦多，可使他一死了之。女皇面前，为臣给你代言。”说罢急忙而去。

张昌宗刚走出门，来俊臣照他背后唾了一口：“毛孩子，癞蛤蟆想吃天鹅肉，妄想拜我为相，你给我当相，我还不要哩！”

恰好侯思止迎上，误会道：“怎么你不让我给你当相了？”

来俊臣道：“我骂张昌宗那个毛孩子哩！”

侯思止附和道：“看他那个德行，一副短命鬼相，必定不得好死！”说罢去看魏元忠的动静，不禁“哎呀”一声：“死了。”

来俊臣道：“死了好！快叫人抬出去。”

侯思止马上叫来两个狱卒，但都害怕道：“小的不敢。”

来俊臣道：“混蛋！你俩不敢，难道让我俩去抬不成？”

狱卒甲道：“叫宋璟和狄仁杰来抬可好？”

侯思止道：“是个妙计。”于是他们都溜之大吉。

宋璟和狄仁杰抬魏元忠时，他又苏醒过来：“小人不除，我死不瞑目！”说毕又昏迷过去。

宋璟道：“贤兄冤枉，我定继承遗志，给你报仇！”

魏元忠又苏醒道：“早知如今，何必当初！”回想起女皇由谦恭下士、勤俭爱民，变化到腐化堕落、多疑信谗、冤杀功臣的过程，他又昏迷过去。

狄仁杰道：“贤兄，贼人已误认为你死了，请暂且装之，我设法救你！”遂将魏元忠抬至院中，用破席盖上。

且说昌宗刚回到府邸，婉儿早至，女皇召他回奏审问魏元忠的情况。昌宗欲同她享乐一番再去，忽然来俊臣派遣侯思止和王弘义赶来，报告魏元忠死去的消息。而女皇因婉儿迟迟不归，放心不下，便带着俊儿和英儿赶来了。昌宗急忙将女皇迎至另一室中。

侯思止趁机打趣婉儿道：“诗圣、六郎，一副肚肠，内掌诏命，外揽朝纲。”

王弘义亦和道：“郎才女貌，福禄长寿。”

婉儿正在喝茶，被他俩说得坐立不稳，呛了一片茶叶，吐在地上，遂道："狗嘴里吐不出象牙来，臭蛆往外爬。告辞了。"起身而走。

王弘义道："这奴才长得真叫漂亮，一见倾四城。"

侯思止道："再见倾四国！"于是端起婉儿用过的茶杯舔个不停，尚有余香。王弘义抢过来，连舔三圈："真香，真香。"

侯思止跨步上前："我再品品。"

王弘义稳拿不放，结果将杯把夺断。王弘义打侯思止一个耳光："你这个色鬼。"

侯思止欲捉弄报复王弘义，灵机一动，爬到婉儿坐过的椅子上闻了闻："椅子更香。"

王弘义忙爬到椅子上闻："是，真香。"

侯思止又灵机一动，爬到婉儿吐的茶叶上嗅个不住："这才叫香呢！"

王弘义也急忙爬到地上连闻带舔："是，真香，真香……"

两个坏蛋像趋腥逐臭的苍蝇，贪得无厌，嗅个不住。不料女皇突然推门进来，吓得二人慌忙爬起。

女皇道："二卿爬在地下为何？"

侯思止随机应变道："抓耗子……"

女皇道："杯把怎么断了？"

王弘义道："打耗子。"

女皇道："二卿来此何事？"

侯思止道："只因魏元忠顽固不化，畏罪自杀，来中丞遣臣来启奏女皇陛下。"

王弘义道："狄仁杰已经招供，我们并未用刑。"遂将狄仁杰口供呈上。

女皇道："上次魏元忠入狱，里巷汹汹，若闻其死，必将引起骚动，故应妥善安置，暂为保密，不可外泄。"

侯思止道："遵命！"

女皇道："二卿且退。"

侯思止和王弘义狼狈而下。女皇依旧携带张昌宗回宫寻欢作乐去了。

欲知狄仁杰计谋能否成功，且听下回分解。

第六十九回

张柬之密谋匡复计
张易之暗做如意梦

话说狄仁杰获允更换衣服之后，便于夜间把手指咬破，在衬衣袖子里写了几句血书。他儿子狄光远次日早上来时，他当众叮嘱道："衬衣里生了虱子，先捉干净再洗。"狱卒都知道狄仁杰已经认了罪，便对他放松了看管。又听说内衣里生了虱子，只根据惯例检查了一下口袋，对里面没有细翻。

狄光远听父亲说"先捉干净再洗"，就估计里面可能写有什么，把内衣拿到家中，就急忙翻找，发现血书后，立即进宫去求见女皇。其结果如何，容后再表。只因狄仁杰和魏元忠刚一入狱，便有一个见义勇为、英明多谋的大臣，为营救他们七人和匡复唐室铤而走险，必须在此补出。

此人名叫张柬之，系明经出身，才智双全，年逾八旬，老谋深算，疾恶如仇。原为荆州长史，经狄仁杰推荐，升迁洛州司马。狄仁杰又立即举荐于女皇道："此人有宰相之才，非司马也。"在李昭德被害之后，女皇便擢他为左相。

他虽然到任不久，但目光犀利，很快就洞察了张昌宗兄弟和武三思的恶迹，感觉到除灭武张，匡复唐室，已成为朝野及民心所向。而今酷吏又猖狂反扑，将朝中德高望重的宰相狄仁杰、右丞相魏元忠下狱，已到千钧一发的时刻。所以他置个人生死于度外，铤而走险，力挽狂澜。

那么来俊臣为何未将张柬之下狱呢？一是需要暂留一人执掌朝政，二是认为他初来乍到，似浮萍无根，估计掀不起大浪。张柬之正好利用这个空隙，积极活动。为了迷惑张易之兄弟和武三思，张柬之当天下午诣女皇寝宫议决，将他们的党羽武攸宜提拔为右御林军大将军，把原右御林大将军李湛降为将军，以稳住他们的心神。当天晚上去找左御林军大将军李多祚，屏退左右，问他道："将军今天的荣华富贵、金章紫绶、钟鸣鼎食，是谁赐给你的?"李多祚道："是高宗皇帝。"

张柬之问道："你在此北门守卫多久了?"

李多祚道："将近三十年了。"

张柬之道："听说大将军当年平定靺鞨叛乱，有很大的功勋呢!"

李多祚道："故此获得高宗大帝封赏，授此守卫北门的重任。"

张柬之听他念念不忘高宗皇帝，不提女皇，推知他必定不忘唐德，于是大胆问道："如今高宗二子幽囚东宫，女皇重病数月，宰相和太子皆不得见，只由昌宗兄弟侍候。今日又将国老狄仁杰、右丞相魏元忠等七人下狱，莫不是昌宗兄弟即将谋篡吗?常言道：'一朝天子一朝臣。'若昌宗兄弟得逞，大将军只怕是凶多吉少哩。"

这李多祚亦系智谋双全之人，他平定靺鞨时，亦系智取，以借其酋长结盟喝酒之名义，将其灌醉，然后杀之。所以他也早已预感到风雨即将来临，正愁孤掌难鸣。听罢张柬之此言，对其用意心领神会，立即发誓道："吾亦正虑于此，蒙丞相指教，愿效微躯，为丞相所使，一可报答高宗大帝圣恩，二可保身齐家。若有一丝假意，定五雷劈顶，粉身碎骨!"

张柬之见他如此忠烈，便让他立即把右御林军将军李湛和杨元琰找来，一起商议举义计划。

李湛来后，见张柬之在此，心中十分纳闷：今天方降了他的职，肯定是忠心于女皇，不相信自己，可又于深更半夜叫他前来，莫非黄鼠狼给鸡拜年吗?他心中忐忑不定。

张柬之看出他的矛盾心情，立即说明来意，问道："今日已到当机立断的时刻，保李保张，应速抉择。如欲保张，可速去告密，吾等甘愿诛身破家，供君受赏。大丈夫为义而死，死得其所。但二张或可暂得天下，只怕他们缺才少德寡义，难以久长。如欲保李，则吾等需同心协力。明天早上举事，使他措手不及，定可马到成功。"

李湛亦觉得二张无功荷宠，傲横天下，不得民心。长久之计，必须保李，故立即发誓道："丞相之见，正合吾意，愿凭丞相所使，矢志不渝。"

接着杨元琰亦到。张柬之急忙问道："你记得当年在荆州游江时所说的话吗？"

杨元琰道："终生难忘。"

他们在江中说的是什么话呢？需要在此补出。原来张柬之由荆州长史拜为洛州司马时，是由杨元琰接任的。杨元琰设宴舟中给张柬之饯行，酒酣之后，二人谈起了国事，都吐了实言。

杨元琰道："老兄年将八旬，又蒙超升，实为古今罕见，可喜可贺呢！"

张柬之道："如今女皇年过古稀，太子未定，偶尔驾崩，定有大乱。常言道：'保国如保虎。'吾此去吉凶祸福，还难预卜呢！"

杨元琰道："只要老兄顺天应人，何祸之有？"

张柬之道："如今朝中有媚张、保武和救李三党，贤弟以为何者顺天耶？"

杨元琰道："女皇登基之初，励精图治，革除旧弊，求贤若渴，不拘门第，劝农桑，抑富济贫，功劳不算不著。怎奈晚年穷奢极欲，好大喜功，多疑信谗，倒行逆施，弄得国库空虚，边陲不宁。且她的侄子不肖，男宠无义，故今天下仍思唐德，还是保李方可顺天应人。"

张柬之道："老弟之言不无道理，但我认为保李只是应人，是否顺天，尚未分晓。如今朝中大权皆被武、张两党掌握。太子显和李旦不过是块空头招牌，随时都可被人砸烂。"

杨元琰道："世上柔莫如水，但攻坚者水也。'多行不义必自毙'有至理存焉。故小弟愿为匡复李唐江山，替丞相效劳。"

往事补过，话说回来。张柬之道："今天是老弟效劳的时候了。"

杨元琰道："自丞相擢小弟为右御林将军之日，吾已知效力之时将到，正恨今天来之不速呢！"

张柬之见大家都同仇敌忾，志同道合，便问："谁可去东宫密约太子显呢？"

李湛道："小弟和李显之女定安公主的驸马王同皎友善，约他同去，定可胜任。"

于是大家约定次日早晨举事，快速散去，分别准备。

话分两头，且说张易之兄弟勾结酷吏来俊臣，将宰相狄仁杰和魏元忠等七人下狱之后，似乎觉得已成功在望了。但对左丞相张柬之当天下午传旨迁升自己的亲信武攸宜为右御林大将军，却有些狐疑。

当天晚上，张易之一边让张昌宗去狱中观察来俊臣逼供情况，一边召集武三思和武攸宜来他的府第，策划下一步的行动。至酉时，张昌宗从狱中回来，把情况汇报完毕，武三思和武攸宜赶到，于是四人围桌而坐，议论起来。

张易之首先向武攸宜道："贤弟超升，不知如何感谢我等？"

攸宜道："只要恒国公有所遣使，赴汤蹈火，在所不辞！只是右御林军只卫南门，若北门作起乱来，为之奈何？"

张易之心有灵犀一点通，因道："你莫非仍嫌位低，欲升兵部尚书吗？"

武攸宜道："非嫌位低，实为确保万全起见。"

张易之道："张柬之老谋深算，偏在今日奏请擢升贤侄，只怕其间有诈！先下手为强，后下手遭殃。我们明日必须举事，成功后拜你为相。"

张昌宗道："因今日把荐他的狄仁杰下狱，他已成了无根之木、缺源之水，不依附我们，还有何待？既非真心，亦得委曲求全，岂敢来咱老虎头上搔痒吗？"

张易之道："吾弟之言差矣！为防万一，明日午前必须行动！"众人一致赞成。

昌宗又问道："狄仁杰、魏元忠极刑之后，这宰相之位岂能让给张柬之老儿？"

张易之道："自然是武尚书了。"

武三思道："可两位国公谁为太子呢？"

张昌宗道："长幼有序，自然是吾兄恒国公了。"

张易之道："吾亦效太宗的故事，封吾弟为天册府上将，位在三公之上可好吗？"

武三思忙逢迎道："那是再好不过的了。"

张昌宗道："只是尚未奏请女皇，若不准奏奈何？"

武三思又逢迎道："二郎的话，在女皇跟前从来说一不二，无有不准之理。”

武攸宜亦搭讪地道：“女皇对于五郎和六郎，向来是言听计从，百依百顺。”

张昌宗道：“那来俊臣十分狡猾，当如何派遣是好?”

武三思道：“他只不过是一支鹰犬，早晚还是听凭二位国公的宰割罢了。”于是同武攸宜告辞而出，两个人边走边议。

武三思道：“咱们武李两家的江山，难道就被这两个毛孩子轻而易举地篡夺去吗?”

武攸宜道：“如今女皇健在，这是没法子的事。有朝一日，宰这俩毛孩子，还不是和杀鸡一样容易吗?”

武三思道：“到得那时，我拜你为相。”

武攸宜道：“是，是，是!”可他内心里想的却是：“还不定是谁拜谁为相哩!”这两个人各怀鬼胎，暂搁不提。

且说张易之兄弟当武三思二人去后，也在继续议论。

张昌宗道：“对李显和李旦如何处置呀?”

张易之道：“他俩还不是瓮中之鳖。赐其自缢，就算格外优待了。”

张昌宗道：“狄仁杰和魏元忠虽已下狱，但是否还有人求情，使女皇收回成命呢?”

张易之道：“咱先斩后奏，明天就叫他们七人一起去见阎王!”

张昌宗道：“好，我明天一早把女皇哄到御苑去赏菊花，你在宫里顺利行事便了!”

张易之道：“女皇身体尚未复原，她不会有那个兴致吧!”

昌宗道：“请哥哥放心，我自有办法。”

忠奸双方，皆策划明天举事。

欲知鹿死谁手，张昌宗又用什么办法哄骗女皇，且听下回分解。

第七十回

来俊臣失算丧身家
宋御史妙计转祸福

话说张昌宗为了把女皇引出宫外，便于张易之谋杀东宫太子，次日一早起床，便携婉儿去御苑谈情，并故意使团儿知道，让她告密。女皇不知是计，醋意发作，立即振作精神跟上前去。

张昌宗见女皇赶来，急忙致歉道："我因昨晚失眠，头晕难耐，陛下圣体欠安，未敢惊动。故只约婉儿为伴，请海涵是幸！"

女皇怒道："狡辩！"

张昌宗和婉儿都立即跪下赔情，正尴尬莫名之际，忽然有个童子手持血书疯狂而上，跪在女皇面前呼冤。

女皇接过血书一看，原是狄仁杰的手迹，上面写道："女皇陛下：臣含冤入狱，剖心难明，为免徒死拷刑，佯为招供，请念臣昔日微功，赐见一面，死而无憾！"

女皇看罢问道："血书如何得来？"

顽童答道："今晨给我父亲送棉衣时，父亲密交给我。"

女皇问道："你叫什么名字？"

顽童答道："狄光远。请女皇给我父申冤！"

女皇道："知道了，你且回去。"

狄光远仍拦驾不放："不给我父申冤，我不回去！"

女皇见他聪俊伶俐，可怜可爱，吻他一下道："朕给你父申冤是了！"遂派一名侍卫去宣宋璟和来俊臣到御苑来见。

狄光远这才半信半疑，怏怏离去。

女皇来到御苑，但见一派秋后萧条的景象，残柳低垂，败荷似箭，吟诗亭冷落，假山黯然，遂无限感慨：“这荷花盛开之时，绿叶如翠，色嫩似染，而今残叶褴褛，乱茎如箭，真是萧飒人也……”

张昌宗道：“但到了莲熟子满、秋收冬藏的季节，岂不也喜煞人吗？且到得明年，依然绿叶满池，花艳似染。”

女皇道：“花开花落年年有，青春一去不再来！”

女皇和昌宗二人坐进吟诗亭中，忽有一群百姓跳越御苑篱笆闯进来，跪在女皇面前：“民等为魏元忠宰相请愿！请陛下开恩！”

女皇道：“尔等知他犯了什么罪吗？”

百姓甲：“小人不知他有罪，只怕是受了奸人诬陷。即使有罪，亦应念他劳苦功高，宽宥才好！”

女皇道：“尔等受了何人指使？”

百姓乙：“我等受普天下百姓指使！魏宰相大公无私，勤政爱民，一心为公！”

百姓甲：“我等受良心指使，魏宰相抵制酷吏奸臣，鸣冤放狱，挽救无辜，感天动地！”

张昌宗道：“尔等私闯宫闱，聚众闹事，知否该当何罪？”

百姓乙道：“我等都是早已死过之人，是魏宰相给以重生，无论什么罪，都已不再怕了。”

女皇心生一计：“朕已派人宽赦魏元忠等，尔等快速散去！”

百姓甲道：“谢恩！”大家一起叩头。

百姓乙道：“皇帝口中无戏言，若是不赦，我等再来！”

张昌宗道：“少废话，滚下去！”

百姓陆续而下。薛怀义蹒跚而上，启奏道：“九州大鼎，早已完成，尚须铸十二大神，高三丈，再请款五万缗！”

女皇道：“你已用去上千万缗了，实为浪费太大，国库为之一空，如今一缗也不能再给。”

薛怀义生气道：“陛下那晚为何给张昌宗钥匙，让他自取？”

女皇恼羞成怒道：“张昌宗是张昌宗，你是薛怀义，怎能和张昌宗相比？”

薛怀义也怒道：“前些年，你待我好的光景，比对张昌宗还要好几多倍呢！莫非如今嫌我年老色衰，不中用了不成？”

女皇怒道：“秃驴胆敢无礼！你在白马寺中纵横不法，奸盗频仍。若不念你旧情，早应严惩！”

薛怀义怒道：“不领圣情。逼臣过甚，箍紧必炸，后会有期！”遂拂袖而下。

张昌宗道：“秃驴如此无礼，难道无法治他不成？”

女皇道：“近日繁忙，待有闲暇，定不轻饶！”

侍卫将来俊臣、狄仁杰、宋璟带来。

女皇问来俊臣道：“狄仁杰口供属实吗？”

来俊臣道：“臣既未解其巾带衣冠，又未用刑，若无此事，他岂肯招供自诬？”

狄仁杰道：“若不招供，岂有今日？定早死在刑下矣！臣百般无奈，才想此缓兵之计。且臣等皆受陛下爱戴，身居相位，感恩不尽。而谋反者自古败多成稀，臣等何不欢度晚年，而冒身铤险耶？”

女皇问宋璟道：“你为何安然无恙？”

宋璟道：“来中丞和六郎在此，臣不敢言。”

女皇道：“二卿且退！”

来俊臣和张昌宗无奈而退。

宋璟道：“因为来贼欲拉我为他效劳，使团儿做个美人计。我曾打他三个耳光。”

女皇道：“啊？有这等事？”

密探和刘思礼忽然疯狂跑来，跪到女皇跟前哭诉。

密探道：“启奏女皇，快救小的性命！”

女皇道：“你是哪里人氏，什么名字？”

密探道：“我是来俊臣手下密探，他要杀人灭口，让小人去荼毒刘思礼。我想，我更知他奸情，今天他让我去杀刘思礼，日后必定派人来杀我，故我协同刘思礼来告御状，请女皇做主！”

刘思礼道："臣本无反意，一天一个术士为我占相，说我将来必定能当皇帝，并佯称来俊臣受贬生怨，让我和他同谋。臣不知是计，上其圈套，任其摆布，诬陷李元索等宰相三十六家，落此下场，罪该万死！"说罢叩头不迭。

密探道："那个术士为侯思止所扮，他原来是个市井无赖，他密告恒州刺史和舒王谋反，全是捏造。只因刺史门下有个王判司，犯奸盗罪，受杖刑一百，怀恨在心，才想此毒计。"

女皇道："你怎么得知?"

密探道："侯思止将王判司推进山沟未死，前来告他。来俊臣审问侯思止，皆供认不讳。但侯思止立即为来俊臣相面，说他有帝王之相。来俊臣高兴异常，遂拜他为军师，事成之后，许他为相。于是二人狼狈为奸，极力诬陷忠良和太子，以便把陛下孤立起来，取而代之。"

女皇吃惊道："此话当真?"

密探道："如有半句假话，请立刻问斩!"

宋璟遂想出一计道："如陛下不信，可做个试探：佯称陛下爱女太平公主谋反，我敢断定，他亦立即能编出许多罪状来!"

女皇道："你们暂去山洞，待我试他。"

众人藏好后，女皇命侍卫把来俊臣传来道："此二贼实在狡猾可恶，一派胡言乱语，强词夺理，拒不认罪。且还反咬一口，诬陷五郎和六郎谋反，而朕的一些私情，除太平公主和婉儿之外，从来无人知晓，他俩却了如指掌。莫非太平公主与婉儿亦与他们同谋乎?"

来俊臣早想诬陷太平公主，以孤立女皇。现不知是计，遂乐以忘形道："此事早有密状。只因太平公主是陛下爱女，婉儿为陛下心腹，臣投鼠忌器，不敢奏闻罢了。"

女皇道："这就是卿的不对了。太子贤、中宗显都是朕的爱子，因其谋反，我不是将他们都先后废了吗?"

来俊臣道："是，是为臣不对，但亡羊补牢，尚不为晚。我即刻去取密状，请陛下御审。"

女皇道："此事暂且放之不迟，还是先审狄仁杰和宋璟当紧。此二贼十分顽固，看来非用大刑不可，不知何刑最效？”

来俊臣忽然想起前年周兴所说的“火瓮”刑法来，遂道：“此甚容易，可取一个大瓮，用炭火围烧之，令囚入其中，何患不供？”

女皇道：“甚善，你可速去寻找刑具，就在此苑中执刑。因事关丞相，似比法堂更为秘密。”

来俊臣道：“陛下考虑极是，臣一定缜密行事，使其滴水不漏，销声匿迹。”他乐以忘形而去。

女皇遂把狄仁杰和宋璟叫出山洞，宋璟问道：“臣之预言何如？”

女皇道：“皆如所料，情况都听清否？”

宋璟道：“都听清了，请陛下速发敕令！”

女皇提笔而就，交付宋璟审问。

宋璟道：“遵命！”

女皇道：“朕在此不便，去山洞听之。”

宋璟道：“陛下圣明，臣定效力！”

女皇走进山洞不久，来俊臣便带两个侍卫抬瓮上来，霎时架定，燃起烈火。

来俊臣道：“二位请速招供，否则就请入瓮！”

宋璟道：“有密状告君，请君入瓮！”

来俊臣仍理直气壮地道：“请君入瓮！”

宋璟威风凛凛：“请君入瓮！”

来俊臣有些纳闷：“是我审你。”

宋璟道：“是我审你！”

来俊臣道：“是女皇陛下令我审你！”

宋璟道：“是女皇陛下令我审你！”

来俊臣道：“莫要儿戏，确是女皇令我审你！”

宋璟道：“拿敕令来！”

来俊臣不禁一怔：“是女皇口谕！”

宋璟道：“空——口——无——凭！”

来俊臣更加疑惧：“你有敕令？”

宋璟道："我有敕令！"

来俊臣道："拿来我看。"

宋璟道："我念你听。'敕令御史中丞宋璟：国家元恶来俊臣诬陷忠良，冤魂塞路，赃贿如山，恶贯满盈。着即处以弃市极刑，以平民愤，急切执行回报——大周金轮圣神皇帝武则天'。"

来俊臣吓得魂不附体，跪下叩头求饶："中丞开恩，中丞饶命……"

宋璟道："侍卫们，快将他拉出去，当众宣布敕令！"

侍卫甲、乙："是！"即拉来俊臣去到闹市，当众宣布敕令。百姓义愤填膺，欢腾若狂："挖他的心，掏他的肺，砸烂他的脑袋……"霎时，将他粉身碎骨，踏踩成泥。祸国殃民的酷吏终得到报应。女皇为讨好民心，下令诛灭来俊臣全家。

女皇预感江山欲坠，立即任命宋璟为御史大夫（等同三品宰相），治理诏狱，希图收买人心，以为己用。

宋璟道："对其他乱臣如何裁处？"

女皇道："任卿为之。"

宋璟道："谢恩！"随即命人去捕捉张昌宗兄弟。一场激烈的战斗，迫在眉睫。

欲知后事如何，且听下回分解。

第七十一回

女皇倒台权势一空 中宗复位军民双喜

且说宋璟受命治狱，即刻令侍卫将侯思止和张昌宗捕来。

女皇疑惧道："带张昌宗何事？"

宋璟道："来后便知。"

女皇急问："究系何事？"

宋璟道："陛下刚才说过，'对其他乱臣贼子，任卿为之'。"女皇被堵得无以答对。

宋璟道："侯思止，你知罪吗？"

侯思止故作强硬："我不知罪！"

宋璟道："快老实招供，顽抗者严惩！"

侯思止仍花言巧语，拍马溜须，妄想侥幸免罪："因宋中丞正大光明，大公无私，不喜阿谀谄媚，讨厌奉承之辞，所以我对你是十分老实。"

宋璟道："你莫再花言巧语，我且问你，你都给何人相过面？"

侯思止道："给来俊臣。"

宋璟道："还给谁？"

侯思止故意回避道："我还打过魏元忠。"

宋璟道："我问你还给谁相过面？"令侍卫打他两个耳光。

侯思止无奈，只好交代："我还给春官侍郎邺国公张昌宗和刘思礼相过面。"

宋璟道："你对张昌宗是如何讲的？"

侯思止道："我说他有太子相。"

宋璟道："张昌宗如何回答？"

侯思止道："他让我保密，相机而行。"

宋璟问张昌宗道："侯思止所言，是否属实？"

张昌宗见女皇在此，毫无惧色："属实如何？不属实又怎样？"

宋璟道："属实，身为女皇宠臣，恩荣无比，复召术士占相，终是包藏祸心，图谋不轨，罪当诛身破家；不属实，铁证俱在，顽固抵抗，罪加一等！"

女皇忙道："卿且停审，待作详尽调查，然后定夺。"

狄仁杰道："昌宗无功荷宠，犹包藏祸心，若陛下不忍加诛，必将动摇民心，江山有危。"

侯思止忽然想起先前杨再思的话来："昌宗配仙丹，女皇陛下服之甚验，使圣躬万寿无疆，此莫大之功焉！"

宋璟道："谋反大逆，岂能赦免？若昌宗不伏大刑，安用国法？臣知祸从言出，然义激于心，虽死不恨！"

女皇无奈，想出一个调虎离山之计，拟敕令宣读："敕令御史大夫宋璟，幽州突仲翔赃污，着即前往审处。急切执行回报！"

宋璟据理抗命道："按照惯例，州县有罪，品位高者由侍御史审问，位卑者则由监察御史问处；非军国大事，御史大夫不当出使。故臣不敢奉旨。"

女皇实难割爱，甩出最后一张王牌，拟特赦令宣读："特赦春官侍郎邺国公张昌宗，戏言占相，实属年幼无知。且当今天下太平，众心已定，宜缓刑宽赦，使苍生安坦大悦。故特赦之。"

张昌宗听罢哼了一声，昂首阔步而下。女皇亦跟随而去。

宋璟道："悔未击破此小子脑袋，负此恨矣！"

狄仁杰道："欲速则不达，当相机图之。"

霎时火光冲天，喊声一片，女皇跑上。

女皇急呼："卿等救火！卿等救火！"

宋璟问："何处起火？"

女皇道："明堂起火！"

狄仁杰道："何故引起？"

女皇道：“尚不得知。”

婉儿跑来惊慌失措，急奏：“薛怀义放火，只因刚才请款未遂，醋意发作，嫉恨二张，放火泄愤！”

女皇道：“啊？秃驴如此无礼，立处极刑！”遂写敕令念道：“敕令御史大夫宋璟：薛怀义宫廷放火，目无朝纲，损失巨大，十恶不赦！着即棒杀焚尸。急切执刑回奏！”

宋璟道：“遵命！”随即带侍卫前往。

霎时又一阵冲杀之声，山岳欲动！

原来是左相张柬之率领御林军大将军李多祚、将军李湛、崔玄炜、敬晖、桓彦范和袁恕己，及其御林军千骑，自玄武门闯进宫来，迎立中宗李显复位来了。

说来好险，那李显懦怯无能，本来昨晚李湛约王同皎去和他联络时他已经应允了，但经过一夜思考，届时又犹豫害怕起来，拒绝出驾。这时张柬之、李多祚等已率领千骑集结玄武门口，命李湛和王同皎去请太子显，但迟迟不见前来。大家心急如火。李多祚无奈，便急忙冒险进宫去劝说：“高宗把天下传给陛下，不幸被太后和奸佞践祚，将贞观余泽败坏一空，冤魂塞路，朝野不安，大失民望。如今忠臣良将同心协力，匡复唐室，拯国救民，迎立殿下。请殿下速去玄武门抚慰鼓舞士气是幸！”

李显仍犹豫不决地道：“二张诚然该杀，但母皇抱病，岂敢惊动圣驾。莫若待母皇驾崩之后，再举事不迟。”

李湛道：“诸将相为了迎立殿下，已冒诛身破家的危险，集结在玄武门前，你怎好中途反悔，弃众人于死地呢？”

太子显还在犹豫不决之际，忽然武三思赶来，李多祚众人吓得不知所措。因武三思为人狡猾，最善于投机取巧。他献媚依附二张，又恨二张。他昨晚经过一夜的思考，二张奸诈，李显懦弱，若保张除李，自己永无专权之日，如保李除张，或可出头。故悬崖勒马，前来通风报信：“表弟赶快躲避，张易之杀宫来了。”

众人听此，这才松了一口气。太子显已被逼到绝处，便当机立断道：“备马！”

李多祚怕武三思不稳，让人左右监视他，遂命王同皎扶太子上马，急驰玄武门迎接张柬之等千骑入宫。恰好这时张易之和右御林军大将军武攸宜因找不到武三思，正急得如热锅上的蚂蚁，突然被千骑包围，束手被擒。右御林军因大将军武攸宜被擒，群龙无首，纷纷投降。然后张柬之率众四处找寻女皇，直追至御苑，方才找到。

随着喊杀之声，张昌宗、太平公主皆逃来御苑。

女皇忙问："这又是为何?"

太平公主道："皆为魏元忠宰相被害惹起民怨，又特赦六郎，薛怀义放火是火上浇油，军民哗变。要捕五郎和六郎，迎立中宗复位!"

张昌宗道："这该如何是好?"

女皇一时也想不到良策，山洞成了唯一的保险洞："快躲进山洞!"

军民抬魏元忠蜂拥而至，崔玄炜、李湛在后跟随。

侍卫甲道："张昌宗、张易之逃往何处?"

女皇佯为镇静，装腔作势道："我大周皇帝在此，谁敢无礼?!"

崔玄炜道："太后姑息养奸，残害忠良，大失民愿，快交出乱臣贼子，复位中宗!"

女皇道："当今国家元恶来俊臣已诛，万民争欢，百官庆悦，皆贺朕圣明！尔等不知受何人蛊惑，贸然盲从。朕宽仁为怀，快速退出宫闱，赦尔等无罪!"

百姓甲道："非交出张昌宗兄弟不可！不归政不行!"

女皇道："昔日用刑狂滥，都非朕意，皆系狱吏之罪。"这时方想起先前贬来俊臣时宋璟的谏疏来："现发特赦：自垂拱以来，蒙冤者罪无大小，一一昭雪。死者追封官爵，生者听还乡里。"但为时已晚。

李湛道："女皇晚年多疑信谗，远善良，狎小人，纵酷吏严刑，崇佛像浮巧，好大喜功，劳民伤财。今与之亲，明与之仇，反复无常，认敌为友，人妖颠倒，赋役繁重，百姓凋敝，岂无罪呼?"

众人齐呼："有罪！有罪！快交出张昌宗，快交出玉玺!"

女皇向崔玄炜道："别人系他人引荐，唯你是朕亲自提擢，竟也叛朕?"

崔玄炜道："我为民除害，正是报答陛下之恩德!"

女皇向李湛道："朕待你父子亦不薄，怎会有今日?"

李湛道："大义能灭亲，何况你我?"

丞相张柬之和宋璟率侍卫押张易之来到。

侍卫甲持玉玺道："玉玺已经拿到，快交出张昌宗!"

狄仁杰道："张昌宗在山洞里!"

众人蜂拥而上，拉出张昌宗跪在魏元忠担架前。

侍卫乙道："请张丞相发落!"

张柬之手指二张、侯思止和团儿道："乱臣贼子，死有余辜，快拉赴刑场斩首!"侍卫拉二张等执刑而去。

张柬之手指武则天道："太后革命之初，人称纳谏之君。暮年以来，皆谓信谗之主。自魏元忠上次下狱以来，里巷汹汹，都谓太后亲信奸佞，斥逐贤良。忠臣烈士皆玩牌于私室，钳口于朝堂。且今赋役繁重，百姓凋敝。贞观永徽之间，农不劝而耕者众，法不严而犯者寡。贪吏则耻，忠直则荣。而今谄媚者，无贬黜之忧；不阿者，有后顾之叹！夫贞观永徽之天下，亦今日之天下，浮薄相反，由治使然。太后垂帘听政时，曾禁女犯修路，而今妇女服役，常不为怪。且朝令夕改，反复无常。故海南僚人暴动，塞北稽民造反，东北契丹反抗，西南吐蕃不满，关东饥馑，蜀汉逃亡。山东流民，缘兹聚结，近缘军机，调发伤重。近数年来，公私俱竭，户口耗减；家无接新之储，国无备荒之蓄。百姓衣牛马之衣，食犬彘之食，十室而九空，丁壮尽于边塞，孤孀转于沟壑，或起为盗，或四处流亡……但念太后当年建言十二事，劝农桑，薄赋徭，勤政爱民，禁浮巧等，稍有功劳。兹将功折罪，幽居别宫，了此残生!"

恰好这时魏元忠苏醒过来，翻了翻身子。

众欢呼："魏宰相苏醒啦！魏宰相复活啦!"

张柬之道："快抬入太医院去!"

众欢呼不已，抬魏元忠簇拥而去。

武则天昏厥于亭中，太平公主和婉儿扶持左右。

武则天感慨万千，悔之莫及："晚啦，晚啦，晚啦……"又昏厥过去。

欲知其生死如何，且听下回分解。

第七十二回

皇帝选妃韦后拉郎 五王亡身女皇归天

话说张柬之杀了二张，立即扶中宗复位，废周兴唐，改元神龙。尊武后为则天大圣皇太后，由长生殿迁入上阳宫。武太后因年老多病，受此刺激，屡经昏厥，盖为寿限未到，皆被抢救复苏。

中宗复位后，首先分封功臣。张柬之为礼部尚书，崔玄炜为内史，袁恕己为侍郎，敬晖、桓彦范为纳言，并皆赐爵郡公。李多祚封辽阳王。王同皎为驸马都尉，兼右卫将军，爵琅玡郡公。李湛为右御林军大将军，封赵国公。对于媚附二张的旧臣，杀的杀，贬的贬，除了两脚狐狸杨再思善于献媚，谋个西京留守外，无一幸免。而武三思一是迎驾告密有功，二是长就一副白净面容，又和韦后有私，故最为受宠，封为司空。

对于武周的旧臣，公正不阿者亦酌情授职，任魏元忠为兵部尚书，宋璟为刑部侍郎，薛季昶为洛州长史，姚崇为吏部侍郎，唐休璟仍为太子少师。韦后为了揽权，擢从兄韦温为礼部侍郎。

次日又令婉儿代武太后拟就大赦诏，交由太平公主劝说武太后认可。接着，婉儿把赦文读了一遍："自文明以来，除徐敬业、李冲、李贞、薛怀义、张昌宗诸反叛魁首及其余党外，凡为酷吏来俊臣、周兴、许敬宗等所诬陷者，一律平反昭雪。死者追封，生者复职。流放岭南子女，听还乡里，厚给赏赐，尤其对长孙无忌、褚遂良、王后、萧妃等家族，宜格外抚恤。"

武太后亦无可奈何地道："既已拟就，何必问我……"说着泪似泉涌，悲不能言。

太平公主道："事已至此，只好为活者着想，委屈死者了。"

中宗为报答太平公主效此微劳，立即封驸马武攸暨为定王，兼司徒要职。武延秀、武崇训依旧任原职。于是武家又权倾天下，大有挟天子以令诸侯之势。

张柬之和桓彦范等五大匡复功臣皆心不自安。洛州长史薛季昶最为敏感，对张柬之道："元凶二张虽诛，吕产之辈犹存，去草不除根，恐祸复生，吾辈死无葬身之所了。"张柬之很以为是，立即入宫进谏，请削减武氏职权。

怎奈中宗昏庸透顶，认为大势已定，武氏不足为患，便告诫武三思道："外人议论你擅权呢，希注意是了。"

武三思极为狡猾，立即想出个一箭双雕之计，跪下发誓道："青天在上，我武三思若有异志，死无葬身之地！表弟请细思之：女皇当朝时我不图谋，而去房州迎接表弟；今天大局已定，反生他念，岂非舍易求难吗？此等流言，若非贼人中伤，坐收渔利，则定为陛下对匡复的功臣分封不足，宜速加赏为是。"

中宗道："对张柬之、桓彦范等五大功臣，皆已封至相位，尊荣已极，岂能再升吗？"

武三思道："只怕是对魏元忠、宋璟封赏过低吧！"

中宗道："依你之见，宜当如何？"

武三思道："宜免魏元忠兵部尚书，拜为宰相，免宋璟的刑部侍郎，拜为刑部尚书。"

中宗甚嘉其言，次日上朝，即传旨施行。许多人不明真相，误认为武三思宽宏大量，以恩报怨，对其放轻了警惕。由于朝中有张柬之、魏元忠、宋璟、薛季昶等一批精明老练的大臣，赤心报国，缓刑宽赦，所以一月之间便秩序井然，天下升平。怎奈那中宗显是个昏庸无能的皇帝，年将五十，颇有"夕阳无限好，只是近黄昏"之叹，立即着手纳妃选嫔，营建后宫。为了寻找内助，首先封上官婉儿为昭容（三等妃子），掌握诏令。

韦皇后由于受武太后的影响，十分向往女皇的宝座。其女安乐公主亦想效法太平公主监国，时时怂恿韦后揽权。十天之后，韦后便垂帘听政。韦后虽也有中等的聪明，但她不学无术，对于军国大事一窍不通。她坐在殿上，活像个木偶菩萨，全依男宠武三思操纵定夺。

武三思为了固宠，用尽手段讨韦后的欢心，时而撒娇弄痴，时而佯笑作颦，时而甜言蜜语，时而艳辞不绝，时而正人君子，时而翩翩少年，时而体态俨然，时而放荡不羁，时而谑而不虐，时而约而不至，时而温存，时而冷淡……因而韦后把他爱如心肝宝贝，时刻少他不得，三日不见，竟如大病临头，便央告中宗去唤。这中宗是和她有密约协定的，只要她不干涉他纳妃，他可以为她脆腿效劳。而中宗把武三思叫来之后，同韦后执"双陆"游戏，中宗还给他俩记输赢的筹码，真可谓昏庸愚蠢之极。

武三思在同韦后欢爱的火候上更是无话不说。他曾问她："若是中宗和我同时掉进河里，你先救谁?"

韦后道："当然是先救你了。"

武三思吻她一下又道："可是中宗淹死了，让谁当皇帝呢?"

韦后道："当然是我了。"武三思佯为生气，马上披衣欲走。

韦后急忙拉住道："咱俩二圣临朝好不好?"

武三思道："你是个女的，只怕众心不服。"

韦后道："武太皇曾当女皇二十年呢!"

武三思道："可终究还是被人给扳倒了。"

韦后道："我只要能当一年就心满意足了。"

武三思道："我只要能当一天就可以了。"

韦后道："看你那可怜相，到时候我让给你一半好了。"

武三思道："可是中宗啥时能淹死呀?"

韦后道："淹不死，还能烧不死吗?"

武三思道："现在可不能把他烧死，如今还少不得他当傀儡哩!"

韦后道："我希望他明天就死了才好。"

武三思道："可不能那么着急，当前应首先除去那五大功臣，才能下手呢!"

韦后道："就看你的手段了。"

武三思道："请皇后放心好了，我自有主意。"

武三思担心韦后见异思迁，结纳新宠后抛弃自己，又想出一个计谋道：

"将皇后嫡出安乐公主下嫁吾儿崇训可好?"

韦后道:"我也早有此意,那是再好不过的了。明天就可筹办。"皇帝家金银财宝无数,华衣贵品无所不有,三日之后,便举行了婚嫁典礼,隆重情景可和原先太平公主出嫁媲美。

喜新厌旧乃人之常情,三月过后,韦后对武三思就冷淡下来。因他已四十开外,纵然姿容秀美,而同英俊的少年相比,则大为逊色。而韦后年方四十,所以淫荡之心比武后有过之而无不及,便到处物色新欢。一天,她携带宫娥侍卫去逛北市,满街百姓争相围观。在酒馆门前遇一聪俊少年,似同被磁铁吸住,径直走了进去。那少年原是酒保,急忙走上前去,毕恭毕敬地问道:"请问夫人用何种酒肴?"

韦后听他口齿流利,声音清脆悦耳,顿觉魂销魄散,又仔细一看,他那荷颜嫩色,绯红的双颊,藏娇的酒窝,秀丽的眉目,天真的姿态,稚纯的神气,苗条的身材,再也收不住意马心猿,良久方才醒悟过来,慢吞吞地答道:"要上等的佳肴十碟,美酒两壶。"

待酒肴上齐,韦后舍不得让他离去,便语无伦次地夸奖道:"你的手艺其巧!"

酒保道:"是俺老师博的手艺。"

韦后应变道:"你长年在此,也一定学会不少。"

酒保道:"不,我刚来三天。"

韦后被堵到绝处,又语无伦次地道:"你……你……别客气。"

酒保天真地道:"我若骗夫人一句话,就是个小王八。"

韦后再想不出词儿来,便假装听错了他的话,佯问道:"你姓肖,排行第八?"

酒保答道:"不,我姓杨,叫杨筠。"

韦后道:"你的名字真好,杨筠,杨筠……聪俊可亲。"

杨筠不禁一怔,这才有点像丈二和尚——摸不着头脑了。

韦后道:"你今年多大了?"

杨筠道:"我是属老鼠的,刚十八岁。"

韦后又撩拨道:"你成过亲否?"

杨玓霎时双脸通红，羞涩地道："小的家无立锥之地，岂敢妄想？"

韦后道："你如愿意进宫给我做菜，可让你立刻致富！"

杨玓道："小的不才，愿效微劳！"

韦后遂乐以忘形，立即付了酒钱，携杨玓回宫。名义上让他司厨，实乃男宠。当晚便让他陪寝，任其摆布，狂欢不已，赏赐无数。数日之后，即被中宗发觉，斥责韦后道："你和杨玓是何等关系？"

韦后怒目相对道："你母亲同张昌宗是何等关系？"

中宗似同喉头塞下个核桃，良久方道："你同武三思私通，已弄得朝野皆知，蜚语充耳。朕佯为不知，千方为你包庇掩饰。你太不知足了！"

韦后道："你刚登基不到百日，纳妃已逾九十，是谁不知足呀？"

中宗无言答对，只好气急败坏地走了出去。韦后获此胜利，更日益肆无忌惮起来，不几日又纳了个聪俊的御医马秦客。

且说那武三思同韦后私通，只不过是贪她权势。如今韦后纳了杨玓和马秦客，正好有了替身，抽出时间搞营私篡权的勾当，日日同司徒武攸暨等筹划除去张柬之等五大功臣的谋略。张柬之等闻之，心不自安。有个疾恶如仇的御史韦月将，遂给中宗上了一本："武三思私通后宫，窃盗国柄，宜速诛身破家，庶免大祸。"中宗览奏，明知所言属实，但家丑不可外扬，而且为了威吓他人，免得再奏谏此事，便下诏："韦月将离间宫廷，罪当斩首示众。"

尚书宋璟闻此，据理力谏："武三思私通韦后，街谈巷议，早已鼎沸。陛下应彻底查究，不宜滥杀无辜。"

中宗心虚，岂敢查究，仍坚持原旨。宋璟则犯颜直谏："如欲斩韦月将，可先斩臣。"

中宗素知宋璟忠直，先前曾欲斩张昌宗，甚嘉其才，只好妥协调和，将韦月将流放岭南了事。

一天晚上，武三思正在同妻妾寻欢作乐，一个受来俊臣株连、被贬宣州司士的胡愔突然而至，跪到面前，先抱头痛哭一阵，然后哈哈大笑不止。

武三思心中觉得蹊跷，连忙斥退左右，问其缘故。胡愔答道："大王虽得帝后尊宠，位列三公，但张柬之等五大功臣切齿久矣！彼等操将相之权，胆略过人，废太后尚如反掌，除大王岂非轻而易举？故我深为大王忧虑，不禁痛哭……”

武三思道：“那么你大笑，又是为何呢?”

胡愔道：“幸我胡愔未死，可为大王尽力，生有一计，所以大笑。”至此故意中止不谈，卖弄关子。

武三思连忙问道：“你有何妙计？快速说来!”

胡愔道：“可将张柬之等赐爵国公，封为五王，调离朝廷，明升实降。”

武三思很以为是，立即唆使韦后擢胡愔为中书侍郎。

韦后和武三思认为中宗既肯包庇自己的私事，还有何事不能成？于是便大胆向中宗进谗道：“张柬之等五人，诡计多端，除太后易如反掌。而今恃功专宠，出将入相，不可一世。陛下威望又不如太后，若他们谋起反来，岂不可怕？何如皆封为王，遣出京师，名升实降，岂非良策?”

中宗生性怯懦，一提起“谋反”二字就胆战心惊，遂命婉儿降旨：封张柬之为汉阳王，桓彦范为扶阳王，敬晖为平阳王，袁恕己为南阳王，崔玄炜为博陵王。

且说那个无德行的文人宋之问，因曾媚附张昌宗，进入原先女皇的北门学士府，因而被流放岭南。其人的确有些聪明手段，竟然买通监守，私奔了回来。宋之问溜回洛阳，不敢进家。自恃诗才出众，便到同窗王同皎府上献媚，请求说情，再度入宫歌功颂德。王同皎被其花言巧语所蒙蔽，认为他如今似一个落水狗，救他上岸，定能报恩，便待若心腹，私藏府中，对客人私会言谈皆不避讳。这王同皎既是中宗新宁公主驸马，又是匡复的功臣，只因对武三思私通韦后擅权心怀不满，不获重用。又见五大功臣明升实贬，心有后怕，曾同洛州参军张仲之和周憬定计，拟待武太后驾崩时，于灵前射杀武三思和韦后。那宋之问听到以后，顿起告密之念：“若不趁机立功，则恐永无翻身之日矣！私藏别人檐下，岂能长久！”便毅然投奔武三思府中告密道：“王同皎私结张仲之和周憬，欲于太后驾崩时，于灵前射杀大人、韦后、婉儿和皇帝，请早为预防!”

武三思闻之大怒，立即命杨再思审处。这杨再思初任西京留守，由于媚附武三思，又擢为刑部侍郎，岂有不尽心之理？遂将张仲之捕来严刑拷问。那张仲之知由宋之问告发，无可隐瞒，皆供认不讳，中宗敕令与王同皎一并腰斩。临刑时，张仲之沿途痛骂："武三思窃权误国，嫉贤害能，赃污狼藉，罪恶滔天，上奸韦后、婉儿，下污小姨、姊妹，似同衣冠禽兽……"刑吏将其左臂打断，犹大骂不止。

周憬逃往比干庙中，倾诉苦衷道："比干忠贤，汝被纣王剖腹，流芳千古，应知我周憬冤枉！武三思淫乱宫闱，窃权误国，应得纣王的下场，只恨我不能目睹了！"说毕拔刀自刎于比干塑像脚下。

武三思为了抓紧谋篡，即令杨再思诬告张柬之五王和薛季昶皆与王同皎通谋。因五王立匡复大功，中宗当时曾许"终生罪不加刑"，只好连贬三级：张柬之为新州司马，桓彦范为陇州司马，敬晖为崖州司马，袁恕已为窦州司马，崔玄炜为白州司马。

武三思为了斩草除根，便令婉儿假传圣旨，派遣与五王有私仇的周利用去追杀之。待至，年迈的张柬之和崔玄炜已忧病而死。遇桓彦范于贵州，先用竹槎钉其四肢，后以乱棍打死。对于敬晖改用千刀万剐，惨不忍睹。袁恕已知不能免，吸毒葛汁数升，腹似刀绞，满地乱滚，手脚抓地，爪甲殆尽，许久不死。周利用急不可耐，拿起大棍，照头猛劈，霎时脑浆迸裂，溅他一脸，气得咬牙切齿，又挖出袁的心脏，踏践成泥，方才解恨。周利用回朝复命，擢为御史中丞。薛季昶已贬为儋州司马，闻知五王惨死，自知难免，遂饮毒自杀。

五王被害后，太平公主立即告知武太后。

武则天自尊为则天大圣皇太后，徙居上阳宫。十天之后，中宗方率后妃、百官去上阳宫朝拜。而皇太后荣华富贵、欢乐骄奢四十九载，怎耐这冷宫的寂寞，悲愤交加，痛不欲生，拒不接受朝拜。

皇太后既失权，又失恋，幽居冷宫，凄凄惨惨，日日以泪洗面。百般无奈，于宫后修座昌宗祠，内设昌宗兄弟塑像、画像、诗词、书画无数。日日观赏，夜夜悼念。悼念之余，悲痛莫名。写了许多诗词，其中一篇俚曲《大梦终》最为哀怨：

忆往昔，凄凄惨惨，惨惨凄凄。
五岁而学，十四进宫为奴婢。
读经史，自强不息。
替晋王谋太子，费尽心机。
二十岁为尼，饱尝凄凉味！
谋皇后，当皇帝。
谦恭下士，屠儿害女。
杀人如麻，流放难计！
谁料想，江山难得，
守江山更为不易！
小人难防，酷吏不义。
上下相蒙，左右相欺。
挟嫌诬告，蜂拥而起。
纠西偏东，纠东又偏西。
遂使朝令夕改，打乱了一盘棋。
天下怨吾，失去民意。
五十年废寝忘食，
到头来一场空喜！
既失权，又失恋，
悲莫悲兮，棒打鸳鸯死别离！
男何尊兮，女何卑？
男何贵兮，女何非？
男天子八十一御妻，完全合理，
女皇帝几个男宠，流言蜚语！
想六郎，心似煎。
蜜意深似海，恩爱重如山！

再不能，谈笑月下，携手花前！

永难见，风流雅态，荷花容颜。

对诗饮酒成泡影，

夫随妇唱变云烟！

春过江南花落去，

水流东海难归还。

物是人非，

天上人间！

望窗外，

花影纵横，月明云淡，

杂虫乱飞，鸟雀盘旋，

绕来绕去，何枝可眠？

看屋内，

人去楼空，灰尘堆满，

杯盘狼藉，纸笔杂乱。

鸳衾留余香，凤枕汗未干。

东边找，西边翻，

踱来踱去，心似刀剜！

千般无计，拿出丹青看。

脸儿真，眼睛欢，

但不会动，不能言，

柔情蜜意无一点。

愈看愈销魂，

愈看愈肠断。

愈说放下，愈留恋，

而看还强似不看，

泣不成声，泪成串。

早知今日苦，

何如当初不相见！

闷闷忧忧，愁愁绵绵，

似是鱼钩卡喉间，

吐也吐不出，

欲咽怎能咽？

都道黄土垅中，六郎薄命。

谁知冷宫帐里，太后伤情。

死者，一时苦痛，

活者，其悲无穷。

凄凄惨惨，孤孤零零，

寂寂寞寞，冷冷清清。

这似油煎火燎的滋味，

委实地，一天也不愿再生！

她悲痛莫名，时而焚稿，时而执笔，度日如年。当她听到五王被杀，大笑三声："哈！哈！哈！"遂激动而倒，口吐鲜血，一命归天，享年八十有二。其遗诏早已写好。

中宗便根据遗诏，改称则天皇太后，与高宗合葬于乾陵，并在陵前立一无字碑，让后人给她做盖棺论定。

不到一年，全碑刻满文字，成了有字碑：有因她"知人善任"而赞她智慧者；有因她"抑富济贫"称她同情百姓者；有因她"弑子屠孙"赞她大义灭亲者；有因她"做事果断"钦佩她勇气者；有为她"怂恿酷吏"恨她阴险狡诈者；有为她"冤杀无辜"怨她残暴者；有为她"穷奢极欲"怪她败国者；有为她"内多男宠"骂她淫荡者……毁誉褒贬，判若天壤。

中宗将太后归葬之后，为了摆脱其残余的羁绊，立即迁都长安，整顿朝纲。